금강경 비밀장

# 금강경 비밀장

차례

## 01

네가 나를 죽게 할 수 있겠구나

멀리 흰 눈을 머리에 인 마차푸차레[001]가 올려다보이는 설산(雪山) 히말라야 기슭의 커다란 석벽(石壁) 아래에 자리잡은 토굴. 붉은 산철쭉이 아름답게 피어 있는 바위굴에 뚫린 앞면을, 돌과 나무를 엮어 황토를 바른 바람벽을 잇댄 초막이다. 이 토굴 지붕에는 마른 풀이 덮여 있어 온갖 새들이 쉬기에 늘 푹신하다. 이따금 긴꼬리 무지개꿩이 날아와 앉아 쉬거나 히말라야 텃새인 흰목딱새들이 날아와 재잘거리곤 한다.

이 토굴에서 나와 북쪽을 향해 마당에 서면 마주하게 되는 마차푸차레는 해발 6,997미터, 바람은 산들거리고 하늘은 맑고 공기는 언제나 서늘하다. 갖은 채소가 자라는 텃밭을 굽어보는 살라나무 한 쌍은 계곡 쪽으로 그늘을 길게 드리우고, 노란 나리꽃이 떼지어 핀 자리에 나비들이 나풀나풀 날아다니는 이 계곡에는 마차푸차레의 눈 녹은 물이 사철 졸졸거리며 흐른다.

어제 저녁 노을이 질 때부터 나그네 한 명이 토굴 앞에 쳐놓은 야크가죽 천막에 들어가 가부좌를 튼 채 앉아 있다. 붉은 가사를 걸치기는 했으나 머리칼은 손가락 한 마디쯤 자라 얼핏 보면 비구 같기도 하고, 달리 보면 요가 수행자 같기도 하다. 행색으로 보아 먼 길을 온 듯하고, 목이 늘어진 것을 보니 몹시 지친 듯하다. 그의 오른쪽 무릎

---

001   히말라야 산맥의 마차푸차레봉(Machapuchare, 6,997미터)은 입산이 금지된 네팔의 절대 성산이다. 마차푸차레는 물고기 꼬리라는 뜻이다. 힌두교에서는 시바신이 살고 있는 산이라고 하며, 불교에서는 수미산이라고 부른다. 8,091미터인 왼쪽 봉우리 안나푸르나에 비해 1천 미터 이상 낮으나, 네팔 제2의 도시 포카라에서 바라볼 때는 마차푸차레봉이 가장 높아보인다.

옆에 놓인 발우에는 물기가 없다. 빈 발우[002]를 앞에 내놓은 것은 탁발을 원한다는 뜻이고, 물기 없이 바짝 마른 속을 보니 적어도 하루이틀은 굶었다는 뜻이다.

마침 토굴의 주인이 질그릇 주전자를 들고 물을 뜨러 나오지 않았다면, 그는 해가 높이 뜨도록 그렇게 앉아 있었을지도 모른다.

인기척이 나자, 허기지고 목마른 그가 살며시 눈을 뜨고 묻는다.

"태이자 스님이십니까?"

"알고 온 듯 하구만 뭘 굳이 묻는가. 누군가?"

"한때 브라만이었지만, 6년간 천하를 떠돌며 지혜를 구하다 지금은 불문(佛門)을 기웃거리는 청년 아주타나[003]입니다. 3년 전 겨우 삼장(三藏)[004]은 읽었고, 지금은 외우는 중입니다."

"말은 그럴 듯하다마는 실은 생사에 쫓기다가 세상을 떠돌았겠지. 그나저나 왜 나를 찾아왔는가?"

"반야에 굶주려 탁발하고자 왔습니다. 목이 마르고 배가 고픕니다."

"반야에 굶주렸다? 반야가 무슨 개뼈다귀나 썩은 고기 같은 것인가? 목이 마르고 배가 고프다고 솔직히 말하면 먹을거리는 줌세."

"어쨌든 태이자 스님과 이 토굴은 어둠 속의 불빛입니다. 목이 마르고 배가 고플 뿐 나머지는 처지가 궁하다 보니 혓바닥이 부딪쳐 낸

---

002    파트라(pātra)의 한자 음차어다. 탁발로 얻은 음식물을 담는 그릇으로, 주로 흙이나 쇠로 만든다. 따뜻한 지방에서는 음식이 상할 우려가 있어 불에 한번 끓일 수 있는 재질을 사용했다. 한국에서는 구하기 쉬운 나무를 쓰며, 대신 옻칠을 하여 쇠발우 색깔을 낸다.

003    아주타나(阿周陀那). 나가르주나 즉 용수(龍樹, Nagarjuna)의 본명이다.

004    삼장(Tripitaka). 불교의 경, 율, 논 세 가지를 아우르는 말이다.

개뼈다귀 같은 소리였습니다.”

“어둠 속의 불빛이라? 이 초막에 누가 등불을 켜 두었나?”

“그 등불을 따라 아주 먼 데서 왔습니다. 목마른 나그네가 물을 찾듯이, 배고픈 나그네가 먹을거리를 찾듯이 저는 반야를 찾습니다.”

“반야를 삶아먹든 구워먹든 내 알 바 아니고, 가죽천막은 편안하던가?”

“산꼭대기에서 불어오는 찬바람은 막아주었습니다.”

“두꺼운 야크가죽으로 친 천막이니 비가 와도 눈이 와도 끄떡 없지. 먹고 싶은 게 뭔가?”

“붓다의 비밀장을 주십시오. 그게 아니고는 저의 허기를 달랠 수가 없습니다.”

태이자 비구는 히말라야 기슭에 수행처를 마련한 이후 마을로 탁발을 나갈 때마다 “붓다의 비밀장이 내게 있으니 배우고 싶은 자는 언제든지 오라”고 말하면서 돌아다녔다. 대개는 우스개로 여겨 시주자들조차 웃음으로 흘려듣고, 더러 이 소문을 듣고 찾아온 비구들이 있었지만 찾아오는 사람마다 얼마 버티지 못하고 떠나버렸다. 고된 노동을 시키는 것도, 공부를 시키는 것도 아니건만 비구들은 거미줄처럼 늘어진 ‘시간’을 견뎌내지 못했다.

“삼장을 외웠다면, 거기에는 비밀장이 없더냐?”

“태이자 스님, 삼장은 아무리 외워도 거기에는 붓다의 비밀장이 보이지 않았습니다. 글자의 숲에서 붓다의 맥박은 얼핏 느껴지기는 하는데 반야실상이 잘 그려지지 않습니다.”

“흠, 아무나 주고받을 수 있으면 그건 비밀이 아니지. 게다가 나는 비밀스러운 건 하나도 갖고 있지 않아. 토굴에 들어가 보면 알겠지만, 내가 가진 거라곤 발우 한 벌에 해진 가사, 질그릇 몇 개, 아무 집에나 있을 법한 횃대나 베개 같은 세간살이 뿐이다. 설마 그거 훔치러 온 건 아니겠지?"

"훔치면 스님의 마음을 훔치지 가사나 발우 따위는 탐내지 않습니다."

"그래?"

히말라야 은둔승 태이자는 개울에 다녀온 뒤 물이 든 호리병과 양털 방석을 내주면서 거기 더 앉아 있으라고 이르고는 토굴로 돌아가 문을 닫아걸었다. 그러고는 인기척이 끊어졌다.

어둠이 내리니 하늘에 별빛만 남는다.

다시 밤이다. 은하수가 큰 강물처럼 흐른다.

거대한 공간은 느껴지지만 시간이 흐르는 느낌이 없다. 느낌이 없으니 더 무섭다. 시간 없는 공간은 가짜다. 눈을 감으면 그 공간이나마 사라지고 없다. 사바가 멎고, 삼천대천이 멎는다. 아주타나도 태이자도 사라진다. 이 공(空)이 너무 지겹다.


이튿날, 아주타나가 밤새 앉아 있다 지쳐 잠을 자는 사이 아침 탁발을 다녀온 노승 태이자가 아주타나의 발우에 밥을 나누어 담았다. 그러고는 토굴에 들어가더니 말린 반찬 두 가지를 들고 나왔다. 나물을 간장에 절인 장아찌와 소금을 쳐서 햇빛에 말린 나물이다.

태이자가 먼저 발우에 든 밥을 오른손으로 집어 먹었다.

아주타나도 태이자를 따라 오른손으로 밥을 집어 입에 넣고 씹었다.

"너, 붉은 가사는 입었는데 머리가 긴 것을 보니 중인지 속인지 모르겠다는 거구나? 대체 브라만이냐, 중이냐?"

"브라만이었지만 우르르 무너진 다음 불문에 들어왔으나 온전히 들어오지도 못하고 있습니다. 지붕에서는 물이 새고 벽으로는 바람이 숭숭 드나듭니다."

"지금도?"

"저를 버리고자 하나 다 버리지 못하고 있습니다. 껍질이 두터운지 꼬리가 긴지 벗기도 떨치기도 어렵습니다."

"그러면 내 눈에 보이는 이 물건은 무엇이냐?"

"아마… 혹시… 공(空)인가요?"

"어허, 수부티[005] 존자가 젊은 것들을 다 버려 놓았군. 요즘은 어린 애들도 공공(空空) 색색(色色) 공공 색색 하며 논다더니."

"고향을 버리고, 부모를 버리고, 형제를 버리고, 친구를 버리고, 브라만이라는 신분마저 버렸습니다. 제게는 아무것도 남은 것이 없어야 하는데…"

"무슨 소리? 가장 골치 아픈 네 몸뚱아리가 남아 있잖으냐? 버릴 거면 그것도 버려야지."

"태이자 스님, 솔직히 말씀드리자면 붓다께서 '나를 버리라'고 하신 말씀이 무슨 뜻인지 잘 모르겠습니다."

"아직도 자기 자신을 굳게 움켜쥐고 있다니, 무슨 까닭이 있을 것 아닌가? 죽어도 열 번은 더 죽었을 널 죽지 못하게 막는 그 욕망이 뭔

---

005    수부티(Subhūti)는 기원정사를 지어 보시한 수닷타 장자의 조카이자, 붓다의 10대 제자 가운데 한 명이다. 한자로는 수보리(須菩提)라고 새긴다.

가 찾아야지."

"브라만으로 태어나 아무 부족함 없이 살았습니다. 원하면 다 되는 줄 알았습니다. 어느 날, 친구들과 더불어 궁중에 숨어 들어가 왕의 여인들을 몰래 찾아다니고, 비단 속에 감춰진 붉은 속살을 들여다보았습니다. 욕망이 끓어올라 눈을 뗄 수가 없었습니다. 헉헉거리는 제 몸을 말릴 수가 없었습니다. 그런 중에 궁중 군사들에게 들켜 벗들은 잡혀 죽고, 저만 도망쳐 겨우 살아남았습니다. 잡혀도 죽고, 집으로 돌아가도 쫓겨나니 이 넓은 세상에 저 한 몸 숨길 데가 없어 그림자처럼 귀신처럼 떠돌았습니다. 한갓 장난질이 이런 무서운 죄가 될 줄 몰랐습니다. 살아 있으나 죽은 몸이며, 죽자니 부끄러워 죽을 수도 없는 죄인입니다. 욕심내고(貪) 성내던(瞋) 어리석음(痴)이 아직 깊은 뿌리로 남아 있습니다. 늘 두렵습니다."

"아주타나 그대는 바라문도 아니고 비구도 아니고 사람도 아니로군."

"그러니 저를 비구로 만들어 주십시오."

"붓다의 말씀은 대략 공부했다고?"

"예, 삼장(三藏)은 도둑질하듯이 다 읽고 외웠습니다만, 저는 붓다께서 아무에게나 말씀해주시지 않은 진짜 법문을 듣고 싶습니다."

"붓다께서 말씀해주시지 않은 말씀? 그런 것도 있던가? 누가 그런 망언을 함부로 지껄이던가?"

"공(空)을 말씀하셨으나 그 뜻을 밝혀주지 않으시고, 반야를 말씀하셨으나 역시 뜻을 밝혀주지 않으셨습니다. 삼장을 뒤져봐도 속 시원히 말씀해주지 않은 부분이 많습니다. 저는 그게 뭔지 알고 싶습니다. 붓다가 늘 말씀하시던 공은 대체 무엇이고, 반야는 대체 무엇입니까?

왜 시원한 설명이 없는지 의문입니다. 왜 감추고 숨긴 것입니까?"

"그런 질문을 왜 오늘내일하는 늙은 중에게 던지는가? 부다가야에 가면 황금가사를 걸친 수많은 비구들이 모여 다리를 꼬고 있을 텐데 그들에게 물어야지? 붓다는 다 말씀을 하셨어도 어쩌면 그 비구들이 감췄을지 모르잖은가?"

"사실은 그분들에게 묻다가 이렇게 쫓겨나 3년을 헤매 다녔습니다. 누가 붓다의 비밀장을 숨겼는지 궁금했습니다. 그러다가 우연히 소문을 들었습니다. 태이자라는 스님이 히말라야 마차푸차레봉 아래에 계시는데, 그분에게는 붓다의 비밀장이 있다더라, 사실인지요?"

"어떤 놈이 세상을 속이는 거지? 내게는 비밀장이 없다. 붓다도 죽었는데 그때 비밀장도 함께 죽었겠지."

"정녕 없습니까?"

"없지."

"없다고 그렇게 자신있게 말할 수 있으면 반드시 있는 거지요. 스님께서 탁발 다니며 하신 말씀을 이미 주워들었습니다. 감추지 말고 제발 알려 주십시오."

"아주타나여, 이곳 설산 마을에는 나를 사기꾼이라고 물어뜯는 비구들이 아주 많이 살고 있다. 내 입에서 나온 말과 그들의 입에서 나온 거짓말이 뒤섞여 흙탕물처럼 흐르다가 얕은 귀로 쏟아져 들어가지. 물론 붓다의 말씀에 흙탕물과 구정물이 뒤섞이면서 비구들의 눈과 귀를 어지럽힌다는 말은 들리지만. 뭐 비밀장 얘기야 은근히 내가 던져 놓기는 했지. 말하자면 미끼랄까. 흐흐흐."

"태이자 스님, 저는 자기 자신을 등불 삼아 길을 가라고 말씀하신 붓다의 그 말씀을 굳게 믿습니다. 저는 진짜 붓다를 뵙고 싶습니다. 붓다의 제자의 제자의 제자의 제자가 아닌 붓다 그분을 직접 뵙고 싶습니다."

"맹랑하네? 이미 돌아가신 붓다를 어디서 찾아? 그럼 쿠시나가라 사리탑에 가서 발을 굴러보든가? 혹시 아는가? 돌아가신 붓다가 놀라 일어나실지? 붓다가 열반하신 지 벌써 5백 년이 흘렀어. 사리를 구한다면 모를까 무슨 수로 붓다의 살아있는 음성을 구하겠는가."

"스승님은 지금 저를 속이고 계십니다. 고타마 싯다르타는 죽지 않았습니다. 죽었으면 어떻게 바가바트[006]이며 붓다입니까. 붓다께서는 '반야의 세상으로 열반한다'고 하셨지 죽어 없어진다고 하지 않았습니다. 전 살아 있는 붓다를 뵙고 싶습니다. 이 하늘이 살아 있고 땅이 살아 있고, 스님이 계시고 제가 이렇게 있는데 왜 붓다께서 안계시겠습니까."

아주타나는 주먹을 꽉 쥐면서 목소리를 높였다.

"딱 보니 네 놈이 쫓겨날 짓을 골라서 하고 다녔군. 내 참."

태이자는, 아주타나의 주먹과 손목을 타고 벌떡 일어서는 힘줄을 물끄러미 바라다보면서 한편으로 잔잔한 미소를 흘렸다. 마침 구름을 젖히고 나타난 햇빛이 쏟아지면서 마차푸차레봉이 하얗게 빛난다.

"궁중에서 겨우 달아나 목숨을 건진 뒤 어디로 가서 누구에게 쫓

---

006    바가바트는 마친 자, 위대한 승리자, 가장 높은 분이라는 뜻이다. 한자로는 세존(世尊)이라고 새긴다. 사캬 고타마 싯다르타를 가리키는 여러 경칭 중 가장 많이 쓰인다. 여기서 이따금 나오는 붓다는 '반야를 깨달아 완전히 아는 이'라는 뜻이다. 이 소설에서 '바가바트'는, 제자들이 붓다를 직접 호칭할 때 쓴다. 객관적인 서술에서는 '붓다'로 적는다.

겨났는지 말해보라."

아주타나는 헐떡거리며 달리던 몇 년 전 기억을 다시 떠올려 놓고 차례차례 풀었다.

태자가 그의 눈을 뚫어지도록 바라본다.

그는 말했다.

고향을 떠나 허겁지겁 바이샬리까지 달아난 아주타나는 갈 곳이 마땅치 않자 붓다의 제자들이 모여 수행한다는 승원의 문을 두드렸다. 그곳에는, 붓다가 처음 반야를 가르친 땅(초전법륜지)이라 하여 승원이 몇 군데나 있었다. 어딘지도 모르고 일단 아무 데나 다가가 문을 두드리며 사문이 되고 싶다고 말했다.

잔뜩 겁먹은 얼굴을 한 아주타나를 본 그들이 묻는다.

"누구신가?"

"안드라프라데시의 군트르에서 온 아주타나입니다."

"신분은?"

"죽어야 하는데 죽지 못한 채 살아 있는 생명일 뿐 계급과 신분은 다 버렸습니다. 지금은 성을 버리고 그저 이름 하나만 쥐고 있습니다."

"나이는?"

"스물아홉입니다."

"나이는 딱 맞췄군."

고타마 싯다르타가 출가한 나이와 같다는 뜻으로 들렸다.

아주타나는 곧 가사를 얻어 입고 머리를 깎았다. 이제 그는 바라문이 아니고, 사문이 되었다. 빌어먹으며 수행만 하는 사람이 사문이다.

그렇지만 그날 당장부터 거리에 나가 빌어먹어야 한다. 잠자리도 거칠지만 한 몸 뉘고 보니 궁녀들의 침대보다 더 편하다. 그런대로 헐 떡거리던 도망자가 겨우 쉴 수 있는 터전을 마련했다.

"그랬으면 거기 눌러 있지 왜 이곳까지 왔는가?"

가만히 듣고 있던 태이자 비구가 아픈 질문을 던졌다.

아주타나가 잠시 그때를 회상하듯 눈을 감더니 낮은 목소리로 말한다.

"알고 보니 그곳 승원에서 수행하는 비구들은 오로지 고타마의 발자국이나 그림자만 따라다니는 사람들 같았습니다. 고타마가 한 말이 아니면 듣지를 않고, 물어도 대답하지 않습니다. 저는 이런저런 의문이 생겨 질문을 거듭 던지는데 비구들은 누구도 경전에 없는 말은 하지 않았습니다. 귀찮은 표정이고, 두 번 물으면 짜증을 냈습니다. 마치 햇빛을 피해 달밤에만 기어나오는 벌레들 같았습니다. 음지를 찾는 버섯이나 이끼처럼 보였습니다.

저는 여러 경전에 나오는 공(空)[007]이 궁금해 비구들에게 자주 그 뜻을 물었는데 누구도 답을 해주는 이가 없었습니다. 고타마가 없으면 법도 없단 말입니까, 이렇게 여쭈니 저더러 불경하다며 벌을 주었습니다. 그래 가지고서야 장로라는 큰 비구들조차 이빨 빠진 호랑이요, 남의 말이나 외워 지저귀는 앵무새지 어찌 수행자라 하겠습니까. 이런 까닭에 하도 따돌림을 받다보니 그곳에 오래 있지 못하고 여기저기 아무 데나 떠돌았는데, 가는 승원마다 다 같은 처지라 아무 데도 몸을

---

007   산스크리트어로 Śūnyatā. 비어 있다는 뜻이다. 고정된 형체나 형상이 없다는 뜻이기도 하다. 이 말에 대한 해석에서 대승불교가 나왔다. 공(空)은 무(無)하고는 완전히 다른 말이다.

붙이지 못했습니다. 그러던 중 발길이 여기까지 오게 된 것입니다."

"그런 너는 공(空)이 뭐라고 생각하느냐?"

"비어 있으나 있고, 있으나 없는 것인데, 공(空)을 제대로 보려면 이 생각이 반드시 중(中)의 경지에 들어야만 합니다. 저는 그것이 고타마 붓다께서 늘 힘주어 말씀하시던 아나파나 삼매[008]로 이뤄지는 경계라고 생각합니다."

"그러면 아나파나 삼매는 해보았느냐?"

"바이샬리나 부다가야 등 여러 곳의 나무숲에 자주 앉아 봤는데, 어딜 가나 비구들은 저더러 자꾸 경전만 외우라고만 시켰습니다. 의심은 일절 허용되지 않고 오직 외워 그대로 되뇌이게만 했습니다. 하도 닦달하여 겨우 삼장을 거칠게 외우기는 했으나 저는 아나파나를 하면서 죄다 의심하고 제 마음대로 따져보았습니다. 의심병 때문에 저는 어디에도 머물 수가 없었던 것입니다."

"그거야 뭐 붓다께서도 그랬으니 말할 것 없다. 붓다만큼 스승을 자주 바꾼 분도 드물걸? 붓다는 태자로 있을 때 모시던 모든 스승을 다 버리고, 그때 주로 모시던 박가바(Bhagava)도 버리고, 출가한 뒤 모

---

008    삼매는 산스크리트어 사마디(Samādhi)다. 고요 · 적멸(寂滅) · 적정(寂靜)의 상태로 주로 집중이라는 표현을 쓴다. 오해가 많은 단어인데, 실제로는 두뇌신경세포가 발화(發火 ; 신경세포가 활동하면 에너지를 소비하는데 이를 가리키는 말이다. 실제로 뇌를 많이 쓰면 두뇌온도가 올라간다)되지 않도록 아무 생각을 하지 않고 대기하는 상태를 가리킨다. '차렷'과 같은 두뇌상태로 영어 attention과 같다. 아나파나는 삼매에 들기 위해, 즉 두뇌신경세포의 불을 끄기 위해 숨이 들어오고 나가는 것을 관찰한다는 뜻이다. 원래 이 수행을 아나파나 사티라고 하는데, 사티(sati)는 집중이고, 이렇게 집중이 되면 삼매에 이르는 것이다.

신 알라라 칼라마(Alara Kalama)와 웃다카 라마풋다(Uddaka Ramaputta)마저 떠나버리고, 나중에는 자이나 교단의 파스류바(Parshva)마저 버렸다. 그런 끝에 자기 자신을 스승 삼아 깨달은 것이다. 붓다는, 그리고도 자기 자신마저 버렸다는 거 아니냐. 그러니 스승쯤이야 마음이 안맞으면, 의심이 커지면 얼마든지 바꿀 수 있지, 암만. 그건 그렇고 공이라면, 너는 어디까지 보았는가?"

"천신들의 장난질은 힐끗 엿볼 정도는 되었습니다. 때때로 웃음이 좀 나옵니다만, 어디 여쭐 곳이 있어야지요."

"흠흠흠. 내 눈 좀 똑바로 봐."

"보고 있습니다."

"감히 천신 운운하는 걸 보니 너도 맛이 좀 간 놈이군. 네가 정녕 붓다를 직접 뵙고 싶으냐?"

"붓다를 뵐 수만 있다면 이 목숨이라도 내놓겠습니다. 팔이라도 잘라 바치리까?"

"별일이네. 내가 곧 세상의 인연이 다해 그만 신경질이 나서 콱 죽어버릴까 생각하던 참이었거든. 붓다의 비밀장을 아무에게도 전하지 못해서 내일 죽을까, 모레 죽을까 차일피일 미루던 중이었거늘, 잘 하면 네가 나를 죽게 할 수도 있으렷다. 말 참 지겹게 안듣던 천신들이 이 소원만은 들어주려나 모르겠다. 하하하."

태이자는 기특하다는 듯이 공중을 향해 손가락을 튕기면서 아주 타나의 눈을 깊이 들여다보았다.

"어서 먹어라. 중생도 붓다도 먹는걸 근본으로 삼았다. 중생은 밥을 먹지만 붓다는 반야를 드셨단다. 너는 지금 밥을 먹어야 한다. 그래야 반야를 먹을 힘이 생기지."

아주타나는 발우에 손을 넣어 손가락으로 밥과 반찬을 뭉친 다음 입에 넣어 꼭꼭 씹었다.

태이자는 아주타나가 밥 먹는 걸 바라보며 또 미소를 지었다.

"이 물이 보약이다. 마차푸차레 설빙(雪氷)이 녹아내린 물이다. 갠지스강이 은하수에서 흘러내려오는 물이라지만 마차푸차레 설빙보다는 맛이 없더라구. 힌디들이 아무 데나 싸지르는 오줌 냄새도 싫고."

"저는 물맛도 오줌냄새도 공으로 볼 줄 모릅니다. 그 무엇도 아직은 제대로 볼 줄 아는 게 없고, 들을 줄 아는 게 없습니다. 저도 하늘눈(天眼)과 하늘귀(天耳)를 갖고 싶습니다."

"머리카락이 희고, 얼굴과 목에 주름이 지고, 다리 힘줄이 늘어진 이 늙은이에게 무슨 즐거움이 있으랴 싶겠지만, 너같이 젊은 아이들한테서 똑똑한 질문을 받을 때마다 짜릿한 쾌감을 느낄 수 있단다. 무엇에도 비할 수 없는 기쁨이지. 오늘 내가 모처럼 기쁘구나."

"저는 아름다운 여인들의 속살을 파고들면서 그것이 쾌락이고 희열인 줄 깜빡 속았습니다. 누구에게 속았는지도 모릅니다. 하지만 목마른 사람이 소금물을 켜듯이 탐하면 탐할수록 더욱 더 갈증이 났습니다. 아무리 아름다운 여인을 안고 몸부림쳐도 거기에는 막상 희열이 없었습니다. 허망했습니다. 청춘을 그렇게 낭비했습니다."

"난 여인의 속살이 어떻게 생겼는지, 살을 비벼 대면 어떤 느낌이 드는지 통 모른단다. 열한 살에 아버지 손에 이끌려 출가를 하였으니 내게는 아득하고도 먼 세상의 일이다. 마치 아수라나 축생[009]의 비명처럼 들리는구나. 생각할수록 하품 나네."

"저는 부유한 바라문 가문에 태어나 먹고 놀고 자고 입고, 무엇 하나 부족함 없이 자라고, 하고 싶은 것은 무엇이든 할 수 있었습니다. 청년이 되면서는 넘치는 욕정이 흐르는 대로 아름다운 여인을 보면 주저없이 탐하고, 그러다가 궁중 여인들까지 마음껏 경험했지만 늘 색욕에 목이 말랐습니다. 이리저리 살피니 아무래도 반야의 감로를 마시지 않고는 결코 가시지 않을 갈증 같았습니다."

"붓다는 태자로 태어나 너보다 더 풍족한 삶을 사셨다. 목이 마르다고 한 마디만 하면 시종들이 종종걸음으로 들어와 맑고 시원한 물을 바치고, 배가 고프다고 한 마디만 하면 온갖 과일과 고기와 밥이 즉시 준비되었다. 손만 뻗으면 향수를 뿌린 아름다운 여인들이 입술을 내밀고 옷깃을 풀어 봉긋한 젖가슴을 보여주고 때때로 치마를 걷어 올려 은밀한 곳까지 보여주었다. 생각해 보라. 왕이 될 태자인데 대체 무엇이 부족했겠느냐. 하지만 카필라성 안에서는 붓다를 만족시킬 만한 것이라곤 아무것도 없었다. 아름다운 꽃, 맛있는 요리, 미인들, 노래와 춤이 늘 기다리고 있었지만 그것들은 슬픔과 아픔과 죽음의 포장지들이었다. 꽃을 바라보니 시들고, 향수를 뿌리면 곧 사라지고, 벌과 나비는 날다가도 곧 떨어져 죽고, 푸른 잎으로 울창하던 숲도 가뭄

---

009 　고타마 싯다르타는 우주를 욕계(Kama-loka), 색계(Rupa-loka), 무색계(arupa-loka)로 나누었다. 인간은 이중에서 욕계(欲界) 즉 욕망 중심의 생명이 사는 공간을 말하는데, 가장 밑바닥에 지옥(Niraya), 축생(Tiracchana-yoni), 아귀(petti-visaya), 아수라(asura-nikaya), 인간(Manussa)이 산다고 말했다. 영어의 man은 manussa와 관련이 있다.

으로 시들었다. 용맹한 군사들도 창검에 쓰러지고, 아름다운 여인들은 태자의 아이를 낳으려고 다투어 달려들지만, 밤새도록 춤추다 지치면 침 흘리며 잠꼬대를 하다 늙어갔지."

"저는 고타마 태자께서 왜 카필라성을 뛰쳐나가셨는지 알 것 같습니다. 성 밖으로 나가면, 성에 갇혀서는 찾을 수 없는 영원한 것, 변하지 않는 진리가 숲이나 산에 있을 것이라 믿으셨겠지요. 그 신기루를 보셨겠지요. 아니나 다를까, 6년이나 코살라국, 마가다국 등 온 세상을 헤매 다녔지만 그런 건 찾지 못하셨지요. 고타마는 지쳐 핍팔라나무 아래 주저앉고, 저는 지금 이 토굴 앞에 이렇게 지친 몸으로 앉아 있습니다."

"어쭈? 아주타나, 네 말을 듣고 보니 고타마야 당연히 훌륭하고 너도 뭐 장한 편이구나. 나는 비구이던 아버지를 찾아가 재산 좀 물려달라고 청했다가 그만 그 즉시 출가를 당해서 너만큼도 심지가 굳지 못한 채 탁발 행렬의 끄트머리에 붙어 종종걸음으로 따라다녔단다. 어린 몸으로 어른 비구들을 따라다니느라 어찌나 종아리가 아프던지, 난 그 생각밖에 안 난다. 난 네가 한없이 부럽구나."

"저는 고타마처럼 반야를 깨달아 배가 불룩 솟아오르도록 실컷 먹고 마시고 싶습니다. 착각일지라도 좋습니다."

"반야가 무슨 맛인지 알기는 아느냐?"

"먹어보지는 못했지만 미루어 짐작할 수 있습니다. 붓다가 되신 고타마께서는 핍팔라나무 아래에서 마침내 반야를 깨우치자 거기 49일간 머물며 반야를 맛보다가 홀로 웃고, 홀로 중얼거리셨답니다. 춤추고, 노래하고 싶었던 것 같습니다. 얼마나 기쁘셨을까요. 이 세상에 없는 열락(悅樂)을 49일간 즐기신 것입니다. 꿀이라면 49일간 매일 먹을 수 있겠습니까, 맛있는 음식이라면 49일간 물리지 않게 먹을 수 있겠습니까, 아름다운 여인이라고 하여 49일간 지치지 않고 어루만질 수 있겠습니까. 저는 붓다께서 49일간 홀로 웃으며, 홀로 즐긴 그 반야를 맛보고 싶습니다."

태이자는 빙그레 웃으면서 고개를 끄덕였다.

"암만, 그래야지. 그래야 내가 마음 편히 죽을 수 있다니깐. 내 몸을 보라. 붓다께서 열반하실 때보다 내 나이가 더 많단다. 붓다께서야 마하카사파가 있고, 수부티가 있고, 숱한 아라한 제자들로 병풍을 치신 채 기쁘게 열반하셨으리라. 난 아직 먹다 남은 반야가 든 주머니를 물려 줄 제자가 없다보니 너무 쓸쓸하여 차마 죽지 못하고 있다. 이 맛있는 반야를 아무도 찾아 먹지 못한 채 이 토굴에 묻혀 사라질까봐 불안하거든. 내가 비록 지금 죽어도 괜찮고 오늘 죽어도 괜찮고 내일 죽어도 괜찮은 늙은 비구지만, 이러다 덜컥 숨을 놓아버리면 붓다의 진면목을 뵐 수 있는 제자가 이 사바라는 샴발라[010]에서 아주 사라지면 어쩌나, 그런 걱정이 내 발목을 잡고 있구나."

"그렇다면 제가 스님께서 편안하게 돌아가시도록 도와드리겠습니다. 그러니 저에게 주머니를 다 내주시고 반야의 바다로 편안하게 들어가 쉬십시오. 이 토굴도 물려 주시고요."

"아주타나여, 그 기상은 훌륭하다마는, 내 토굴에 들어가 문 닫고

---

010   샴발라(Shambhala). 시간과 공간이 겹치면서 만들어내는 가상의 공간. 사바의 뜻으로 쓰지만 실재하지 않는 가짜세상이란 뜻이다. 매트릭스(matrix)와 같은 개념이다.

앉아 있으면 난 세상 누구라도 부럽지 않단다. 토굴이 극락이자 내 무덤이야. 하지만 알아야 한다. 이 삼천대천세계 그 어디도 내 한 몸 숨길만한 곳은 한 뼘도 없다는 사실을. 그 어떤 곳에 숨어도 모조리 다 드러난다. 천신들은 언제라도 드나들고 어디라도 나타난다. 그렇게 바람이 숭숭 들어왔다 숭숭 나간다. 조수(潮水)가 밀려왔다가 밀려나가듯 천신들이 몰려다니니 이 천지간에 네 한 몸을 숨길 구멍이 한 군데라도 있을 것 같으냐? 왕의 궁궐에도, 장자의 대저택에도 자기 몸 하나 숨길 틈조차 없다."

"그래서 반야 속으로 들어가고자 합니다. 어미품을 파고드는 젖먹이처럼 간절히 반야를 구합니다."

"응? 사두, 사두로다. 좋구나, 좋아. 보아하니 네가 제대로 집을 지을 수 있겠구나. 그렇다면 나도 슬슬 보따리를 풀어볼까나? 나는 붓다의 제자 마하카사파, 사리풋타 존자로부터 내려온 비밀 법맥을 이은 숨은 제자로서 테라와다를 지키는 근본 종지(宗旨)를 몰래 갖고 있다. 문제는, 공(空)은 말 그대로 텅 비어 있다보니 이걸 줄 수도 받을 수도 없는 게 문제로구나. 그러니 너 스스로 캐내야만 한다. 어디 있는지도 모른다. 땅에 묻혀 있는지 하늘에 올라갔는지, 바다에 빠졌는지 도통 모른다.

붓다의 비밀장은 허공에 널려 있다지만 요즘의 테라와다 비구들은 아무도 보지 못하고 있더라. 히말라야에 앉아 세상을 내려다보니 반야의 불빛이 안보여 캄캄하더라마는. 비구들이 팔만대장경을 종알종알 재잘재잘 졸졸졸 아무리 외워봐야, 백년 천년 만년을 외워봐야 앵무새가 될 뿐이다. 붓다께서는 이를 한탄하셔서 따로 수부티에게 비밀장을 맡기셨다.”

“태이자 스님, 얼마나 힘든 수련을 해야 하기에 5백 아라한이 있는데도 그걸 따로 맡기셨습니까?”

“얼마나 어렵냐고? 하하하. 솔직히 말해줄까? 너무 쉬워서 너무 어렵단다, 하하하. 진짜로 귀한 것은 너무 흔하고, 진짜로 좋은 약은 울타리 밖에 널려 있고, 진짜 좋은 사람들은 내 어깨를 부딪으며 바람처럼 지나간다.”

“그럴 리가 있습니까.”

“나의 유혹에 끌려온 어리석은 비구들이 사실 이 토굴에 여러 번 찾아와 비밀장을 가져가려 했다. 하지만 가부좌를 틀고 호기 있게 주저앉은 놈조차 시간을 빼앗으면 공간에 묻히고, 공간을 빼앗으면 시간에 빠져 허우적거리더라. 기어이 미친놈이 되어 울며 떠나지. 어떤 놈은 파피야스[011]의 눈깔만 보여줘도 혼비백산하여 달아나더라. 진짜 미련한 놈은 내 토굴을 구석구석 뒤진 놈도 있다.”

“태이자 스님, 저는 겁먹지 않습니다. 죽음도 두렵지 않습니다.”

“아주타나여, 법맥을 전하기가 얼마나 어려운지 아느냐? 붓다께서

---

011　Māra pāpīyas. 한자로는 마라 파순(魔羅波旬)으로 적는다. 마라 혹은 파순으로 쓰기도 한다. 욕계(Kama-loka)에서 가장 높은 세상인 타화자재천(Paranimmitavasavatti)에 사는 천신으로, 욕계에서는 가장 뛰어난 능력을 갖고 있다. 인간을 늘 도우려는 도리천의 인드라신과 비교가 안 되는, 욕계에서 가장 높은 천신이다. 중국 철학자 맹가는 “하늘이 장차 어떤 사람에게 큰일을 맡기려 할 때는 반드시 먼저 그 마음을 괴롭히고, 그 몸을 지치게 하고, 그 육신을 굶주리게 하고 그 생활을 곤궁하게 해서 하는 일마다 뜻대로 되지 않게 한다”고 했는데, 이 하늘이 바로 파피야스다. 이곳 천신들 수명은 3만2천 살이다. 고타마 싯다르타의 수행 중 자주 나타나 시련을 주어가며 반야로 이끌었다. 하늘은 불인(不仁)이라는 것도, 이 파피야스 때문에 나온 말이다.

는 아라한이 5백 명이나 나오도록 막상 사촌 동생인 아난다가 탐진치
(貪瞋痴)의 감옥에서 탈출하지 못하자 열반에 드실 때까지 이 점을 매
우 괴로워하셨다. 쉬워서 어렵도다, 쉬워서 어렵구나, 그렇게 한탄하셨
지. 너, 언제라도 목숨을 바칠 수 있다고 했느냐?"

"예, 스님. 반야와 바꿀 수 있다면 언제든 어디서든 주저하지 않고
바치겠습니다. 어차피 제 목숨은 덤입니다. 몇 년 전에 이미 죽을 뻔하
였으니 미련 따위는 없습니다."

태이자는 머리를 쭉 내밀어 아주타나의 눈을 유심히 들여다보았다.
무슨 말을 하든 "말에는 관심 없다, 네 마음만 보겠다", 그런 의미다.

태이자는 아주타나의 홍채를 한참 동안 들여다보다가 시선을 거두
었다.

"네 눈에 자못 결기가 어려있는 걸 보니 죽다 살아난 건 틀림없구
나. 네 나이로 좀체 보기 드물 만큼 욕망이 가라앉아 있어. 항아리에
떠 놓은 지 오래 된 흙탕물처럼. 죽은 친구들 때문이냐?"

"태이자 스님, 시작은 그러나 제 마음이 반야로 뻗어나간 것은
단지 그 때문만은 아닙니다. 저는 왕이 사냥이나 국경 순시로 자리를
비우는 틈을 타서 친구들과 함께 몰래 궁에 들어가 왕녀들을 탐했습
니다. 그들과 몇 마디 대화조차 나누지 않고, 이름도 제대로 알지 못한
채 다짜고짜 그들의 육체만을 원했습니다. 이 여자를 끌어안고 뒹굴
다 보면 다른 여자가 눈에 들어오고, 그렇게 다른 여자를 탐하다 보면
금세 시들해져 또 다른 여자를 탐했습니다. 새로운 여자를 품을 때마
다 희열이 솟구쳤습니다. 그런데 그렇게 날마다 왕의 여자들을 바꿔
가며 품어도 갈증이 가시지 않았습니다. 아니, 오히려 갈증이 더 심해

져만 가고, 벌거벗은 여자들의 품에 더 깊이 파묻혀 있을 때쯤 두 친구가 그만 왕성을 지키던 호위병들에게 붙잡혀 목이 잘리고 말았습니다. 저는 겨우겨우 도망쳐 나와 정신없이 달아났지만, 어느 한 군데 이한 몸을 숨길 곳이 없었습니다. 가족들이 엮일까봐 집으로 갈 수도 없었습니다. 하는 수 없이 신분을 숨기기 위해 승원을 두드려 머리를 깎고 쥐새끼처럼 가사를 뒤집어 썼습니다. 그렇게 스스로 하찮은 존재가돼 버렸습니다. 너무나 초라하고, 부끄럽고, 참담하여 무너지고 부서진 몸으로는 경을 아무리 배우고 외워도 머리가 시원하지 않고 가슴만 답답해졌습니다. 승원을 뛰쳐나와 다른 승원을 찾아가고, 철마다해마다 수행처를 바꿨습니다. 그렇게 이리저리 떠돌던 중 마침내 히말라야에 미친 중이 하나 있는데 스스로 비밀장을 갖고 있으니 누구든와서 가져가라고 한다는 소문을 들었습니다. 다들 그 소문을 비웃었습니다. 늙고 미친 중이 망령이 나서 헛소리를 지껄인다고, 마치 가래침을 뱉듯이, 상한 음식을 토하듯이 말했습니다. 하지만 저는 소문을들자마자 눈앞이 환해지면서 한걸음에 달려왔습니다. 거지든 미치광이든 살인자든 제게 반야의 비밀장만 주신다면 그게 누구든 저는 따지지 않기로 했습니다.”

태이자는 마른 찻잎을 넣은 물병을 기울여 발우에 따랐다. 그러고는 숭늉 마시듯 후루룩 마셨다. 히말라야 하늘을 떠도는 큰 새가 길게울음을 놓는다.

“나도 네 소문은 얼핏 들었다. 중인도에서 왕녀를 임신시킨 청년들이 있다더니 그게 너였구나?”

“태이자 스님, 솔직히 좋았습니다. 사냥 나갔던 왕의 행차가 돌아온다는 소식을 듣고도 질펀한 놀음에 빠진 두 친구는 왕녀의 품에서 헤어나오지 못했습니다. 그때 누군가 왕이 돌아온다는 전갈을 저에게 주어 부리나케 성을 빠져 나오고, 그러고도 뒤를 쫓는 군사들의 추격을 피해 가느다란 목숨을 건졌습니다. 두 친구는 그날 그 즉시 목이 베어져 성문에 걸렸답니다. 저희에게 몸을 준 왕의 여자들 역시 그날로 목이 베어져 시궁창에 버려졌답니다. 임신한 왕녀들은 더 비참한 죽임을 당했다고 들었습니다. 저는 친구들이 죽을 때 이미 죽은 목숨입니다. 또 저와 더불어 살을 섞던 왕녀들이 주검이 되어 시궁창에 버려질 때 저는 두 번 죽은 목숨입니다. 저의 죄는 높이로는 하늘을 찌르고 깊이로는 땅 깊이 뿌리를 내렸습니다. 잔명(殘命)이 있다면, 그 잔명이 터럭만큼이라도 쓸모가 있다면 스님께 바치고자 합니다. 저를 때려서 가르칠 수 있다면 피가 터지도록 때려 주시고, 팔다리를 베어야 가르칠 수 있다면 주저하지 마시고 베어 주시고, 죽여야만 된다면 저 바위에 머리를 찧어서라도 죽겠습니다. 다만 죽기 전에는 반드시 반야의 맛을 보고자 합니다."

아주타나는 몸짓도 목소리도 호흡도 다 간절했다.

태이자는 아주타나의 눈빛에서 탐진치(貪瞋痴)가 파도치지는 않는다고 느꼈다. 흙먼지가 가라앉은 옹기 속 물처럼 맑기는 하다. 물론 바닥을 긁어대면 먼지가 다시 일어날지도 모른다.

"음. 오늘 햇빛이 참으로 싱그럽구나. 여러 말이 다 간절하고 아름답기는 하지만 넌 아라한이 될 수는 없어. 왜냐하면 너 때문에 죽은 왕녀들이 있잖으냐. 그 귀신들의 울부짖음이 삼천대천에 그치지 않을 것이다. 그 아이들에게 업의 씨앗을 뿌려 놓았으니 때가 되면 거기서 과보가 주렁주렁 열릴 거야. 그렇다고 아주 방법이 없는 건 아니다마는.”

태이자는 아주타나를 제자로 점찍은 듯하지만 더 들여다봐야 한다고 계산하는 듯했다.

웅덩이 물이 아무리 맑게 보여도 막대기로 휘저어 대면 바닥에 깔린 흙먼지가 뿌옇게 떠오른다. 얼마나 맑은 물인지 확인하려면 더 깊이 바닥까지 저어봐야 안다. 그래서 마라 파피야스가 따라다니며 끈질기게 휘저어대는 것이다. 아무리 저어도 물이 더러워지지 않아야 맑은 물이라고 할 수 있다. 태이자는 파피야스처럼 아주타나의 마음바닥을 닥닥 긁어볼 참이다.

“아주타나여, 목숨 바쳐서라도 깨달을 수 있다는 확신만 있다면 그럴 사람은 많을 거야. 목숨 내놓는다고 해서 꼭 깨닫는 건 아니지만 그 자세야 나무랄 건 아니지. 쓸데없는 소리는 더 하지 말란 뜻이야. 우리 비구들의 공부는 맹세만으로 이루어지지는 않거든. 시작의 시작도 끝의 끝도 오직 반야로써 이루어진단 말이야.”

“태이자 스님, 반야만 깨우쳐 주십시오. 죽음에 맞서듯 굳세게 공부하겠습니다. 반야를 막는 게 있다면 닦아주시고 부숴주시고 밟아주시고 끌러주시고 지워주십시오.”

“아주타나여, 아까부터 네 눈빛을 보니 건성은 아닌 것 같구나. 목숨은 반야를 깨우치기 위해 지녀야 하는 것이지 다른 데 필요한 게 아니다. 내게 남은 시간이 많지 않으니, 이미 급해진 마음에 하고 싶은 말 마음껏 해보련다. 그대, 내 제자가 되어 오직 내가 시키는 대로 100일만 죽도록 수행해 보겠느냐?”

“예, 태이자 스님. 지금부터 스승님으로 모시고 시키시는 대로 가리키시는 대로 정해 주시는 대로 뭐든지 하겠습니다."

"오, 100일간 물구나무 서 있으라면 정말 그러겠구나?"

"태이자 스님을 찾아올 때는, 무엇을 시키든 반야를 깨우칠 때까지 끝까지 하자, 하다 죽자, 그런 결심이고, 그 결심은 변함이 없습니다. 무엇이든 하겠습니다."

"그래, 아주타나여, 아나파나란 말은 들어보았다고 했지?"

"예, 스승님. 아나파나 들숨날숨은 알고 있습니다. 테라와다 스님들이라면 아침 저녁마다 합니다. 저도 나무 그늘에 자주 앉아 봤지만 마음이 불안하고, 이리저리 헤매느라 제대로 못했습니다."

"아주타나여, 네 마음이 겉으로 고요해 보이는 것은 너무 큰 충격으로 탐진치가 바닥으로 내려가 굳어버렸기 때문이다. 하지만 이 탐진치는 가라앉든 붙어 있든 남아 있으면 안 된다. 모조리 태워 없애야만 한다. 먼지 한 개로도 존재해서는 안 된다. 그러므로 아나파나를 하려거든 아침에만 하는 게 아니라 하루 종일토록 해야만 한다. 잠자는 시간 빼고, 그마저도 줄여가며 할 수 있느냐?"

"예, 스승님. 그렇게 하겠습니다. 할 수 있습니다."

"아주타나여, 만일 100일이 돼도 붓다의 비밀장을 캐내지 못하면 그때는 포기하겠느냐? 아니면 비밀장을 캐낼 때까지 앉아 죽도록 숨을 세겠느냐? 그리하여 숨세다 죽기라도 하겠느냐[012]."

"스승님, 어차피 죽을 각오를 하고 히말라야에 들어왔습니다. 반야를 못 캐내면 그냥 앉아서 죽겠습니다. 당장 죽어도 억울할 게 없는 몸

---

입니다. 정 안 되면 저 설산 마차푸차레로 들어가 얼어죽고자 합니다."

"그러하더냐? 그렇다면 탁발은 내가 해다 줄 테니 너는 온종일 앉아 죽도록 숨만 세거라."

"스승님 분부대로 하겠습니다."

"좋다. 네가 브라만을 다 공부하고, 삼장(三藏)까지 익혔다니 달리 배울 건 없다. 배운 게 있든 없든 반야는 상관하지 않거든. 오직 들숨 날숨만 바라보면서 날숨 때마다 하나에서 열까지 숫자를 붙이고, 열이 끝나면 다시 하나로 돌아가서 열까지, 또 하나로 돌아가 열까지 지치도록 날숨만 세어라. 그러다가 번뇌가 사라지고 머리가 시원해지거든 수(數)는 버리고 오직 들숨날숨하는 자기 자신만 바라보아라. 절대로 잘하려고 욕심을 부리면 안 된다. 욕심을 내면 마음만 앞서고 머리가 뜨거워지거든. 그 뿐이다."

"스승님, 그러기만 하면 죽은 친구들이 안보이고, 우리 때문에 죽은 왕녀들이 안보입니까? 정말 미치겠습니다."

"그렇다. 아나파나는 네 마음의 바닥까지 닥닥 긁어낼 것이다. 그렇게 일으킨 마음의 먼지가 있다면 다 태워 없애야 한다. 들숨으로 태워 날숨으로 뱉어내야 한다. 앉아서 날숨을 세다 보면 인간의 말로는 설명할 수 없는 일이 마구 생긴다. 무엇이 보여도, 무슨 소리가 들려도, 혹 누가 때리거나 밀거나 당기더라도, 네 머릿속에 불이 일어나도 히말라야 저 흰 눈을 머리에 쓴 채 억겁의 세월 동안 아나파나를 하고 있는 마차푸차레처럼 흔들리지 말라. 먼지가 다 타 사라질 때까지는 별도 꽃도 구름도 다 망상이니 그 무엇에도 마음 뺏기지 말라. 하물며 이미 썩어 없어진 친구들이며 여인들이겠느냐."

"스승님, 언제부터 하리까?"

"네가 뭔가 결심했다면 언제부터 하느냐, 언제부터 할까, 어떻게 할까 묻지 마라. 잊지 마라. 지금! 여기서! 이대로!"

"예?"

"아주타나여, 어제부터 아나파나를 하고 있지 않았는가? 그렇게 계속 하란 말이다. 내가 쳐놓은 이 야크가죽 천막은 마차푸차레가 뿜어내는 한밤의 냉기쯤은 충분히 막아준다. 이 늙은 비구가 토굴에 앉아 있으니 늑대든 원숭이든 산짐승은 내려오지 않을 것이다. 점심 한 끼 더 줄 테니 내일까지는 배고파 죽지도, 얼어 죽지도 않을 것이다. 계곡이 가까우니 눈 녹은 맑은 물을 언제든 마실 수 있다. 소변이 마려우면 저 밭으로 가고, 다리가 저리면 나무숲까지 걸어갔다 나와도 된다. 새나 나비를 따라 설산으로 들어가지는 말라. 그러면 길을 잃는다. 이뿐이다."

노승 태이자는 자리에서 일어나 성큼성큼 다가가 토굴 문을 열더니 또 안으로 사라진다. 그가 마치 세상에서 사라진 듯 고요하다. 눈마저 감으니 샴발라가 굳게 닫힌 듯하다.

아주타나는 그대로 가부좌를 틀고 앉아 태이자가 시키는 대로 아나파나를 하기 시작했다.

곧 모든 게 멈추었다. 시간도 공간도 멈춘 것만 같다. 눈을 감으니 시간이 가지 않고 공간이 움직이질 않는다.

시공이 움직이지 않도록 거미줄처럼 사방으로 뻗어나간 생각을 거두어들이고 부피를 줄이고 힘을 빼야 한다. 마치 바닷물이 들어왔다가 나가듯 힘찬 파도 같고 풀무질 같은 거친 숨소리도 점점이 떨어져 끝내 그 소리의 자국마저 지워야 한다.

하나 두울 세엣…

붉은 해가 하늘 높이 솟아 하얗게 빛나자 태이자가 토굴에서 나와 아주타나 어깨를 툭툭 쳐 삼매에서 깨우더니 공양물이 담긴 발우를 건넸다. 순간 시간과 공간의 그물이 가로세로 쳐지면서 큰 점에서 중간 점으로, 중간 점에서 작은 점으로 점차 세상이 또렷이 드러난다.

"물은 아무 때나 마셔도 됩니까?"

"네 마음대로 하라."

"다리가 저리면 주물러도 됩니까?"

"네 마음대로 하라."

"잠 잘 때 누워도 됩니까?"

"너는 지금 공(空)의 지평선으로 비집고 들어가야 하는 몸이다. 그곳 아카샤[013]로 들어가는 문은 너무나 좁아서 탐진치의 가루 하나라도 걸리면 못 들어간다. 그러니 시간도 공간도 갖지 말라. 무게도 힘도 갖지 말라. 존재도 생각도 갖지 말라. 네 손바닥에 내리쬐는 햇빛조차 무겁다고 느낄 때 너는 공(空)을 뚫고 들어가 아카샤에 이를 수 있다. 그래야 그 세상에서 반야를 훔쳐올 수 있다. 하지만 너에게는 아직 녹과

---

013    산스크리트어인 아카샤(Akhasha)는 우주식(宇宙識)이 모인 '시간이 흐르지 않는 절대 공간'이다. 고대 힌두교와 자이나교에서도 함께 쓰는 개념이다. 이 절대공간에는 시간이 존재하지 않으며 위 아래 등의 공간도 존재하지 않는다. 그래서 각설탕 한 개 크기의 아카샤에 수천 억 개의 태양이 들어 있기도 하다. 아카샤의 중력은 무한대다.

때와 이끼가 너무 많이 붙어 있다. 긁으면 긁을수록 먼지가 더 많이 일어난다. 그러니 한번 크게 불질러 모조리 태워 없애라. 건기(乾期)의 마른 초원을 태우는 사나운 불길처럼.”

“저의 영혼은 갈가리 찢어지고 산산이 부서져 갠지스강의 모래알처럼 가루가 되고 먼지가 되었습니다. 걸릴 것도 막힐 것도 없습니다.[014]”

“아주타나여, 고타마가 출가하던 날이 그러했다. 그 즈음 고타마의 모든 것이 갠지스강의 모래알처럼 부서지고 무너져내렸다. 카필라국의 숫도다나왕의 왕자가 부서지고, 머지않아 왕이 될 태자가 부서지고, 아름다운 여인 야수다라의 남편이 부서지고, 라훌라라는 핏덩이 아들의 아버지가 부서져 내렸다. 시간과 공간이 무너져 내렸다. 고타마의 머리에 끔찍한 공황(恐惶)이 일어났다. 마라 파피야스가 날뛰고 음산한 귀신의 울음소리가 들려왔다. 마라 파피야스는 차라리 죽어 다시 태어나라고 속삭였다. 알고 보니 카필라성은 악마의 소굴이요, 파피야스가 쳐놓은 거미줄이요, 인과응보의 도깨비집이었다. 고타마는 살고자 달아났다. 그것이 출가다. 오, 세상에서 가장 높은 천신 파피야스는 마침내 그를 출가시켰던 것이다.”

“태이자 스승님, 지난 3년간 귀신이 저의 벗이 되고, 마라 파피야스가 저의 길동무가 되었습니다. 부모, 고향, 친구, 정든 집, 내가 타던 말, 그 모든 것이 부서져 저는 모래사막에 던져진 풀 한 포기였습니다. 저도 살고자 고향을 떠나 인도 북부를 헤매며 돌아다녔습니다. 살고

자 여기까지 온 것입니다. 저는 지금도 꿈을 꾸는 것 같습니다."

"아주타나여, 사람들은 흔히 그런 곤경에 빠지면 자기만 유독 큰 죄를 지었거나 업장(業障)이 두터워 하늘의 벌을 받고 있다고 생각한다. 너도 그러하겠지. 하지만 네가 뭐길래 하늘이 너 따위를 따라다니며 꼬치꼬치 따져가며 벌을 주겠느냐. 하늘이 그렇게 한가한 줄 아느냐. 천신 파피야스가 무슨 시간이 남아돌아 하찮은 인간 따위를 따라다니겠느냐. 너는 지렁이가 불쌍하다 하여 온 밭을 헤집으며 구해내고, 혹은 폭풍으로 쓰러진 나무와 풀을 모조리 일으켜 세우느냐? 천신들이 볼 때 인간은 그저 코뿔소, 원숭이, 공작, 사슴 같은 흔하디 흔한 동물일 뿐이다. 이렇게 말하면 사람들은 아마도 나뭇가지에 목을 매거나 높은 벼랑에서 몸을 던지거나 깊은 강으로 뛰어들고 싶겠지. 자기 자신을 깔보고 비웃겠지. 반발심으로 코웃음을 칠 수도 있겠지. 하지만 고타마처럼 우울한 사람은 한두 명 정도가 아니라 갠지스강 모래알만큼 많다. 그런 사람들은 대개 무엇을 하던가. 그렇다. 방탕하거나, 용기라도 있으면 겨우 자살하는 것뿐이다. 기껏해야 미친 척 막행막식(莫行莫食)을 할 뿐이다. 하지만 고타마는 가출이 아니라 출가를 했다. 6년간 뼈를 깎고 살을 발라내는 듯한 고통 속으로 자기 자신을 밀어 넣었다. 마치 네가 상상해 본 적도 없는 시련이 들이닥쳐 여태 숨도 못쉬며 숨어 산 것처럼. 그러나 파피야스는 너를 괴롭힌 것이 아니라 사실은 자비(慈悲)한 것이다. 고타마 싯다르타를 그런 것처럼."

"스승님, 저의 3년을 어찌 고타마의 6년에 비하리까."

아주타나의 눈빛에 얼핏 물기가 비쳤다. 그런 아주타나를 태이자는 따뜻한 눈길로 어루만지면서 말했다.

"고타마는 좋은 스승을 찾지 못해 6년이나 세상을 헤매며 고행으로 자신을 사납게 다루었다. 스승 없이 홀로 반야를 깨달아야만 하는 독각(獨覺)이었다. 그래서 갠지스강 모래알처럼 산산이 부서진 자기 자신을 풀무질해 달구고 식히고 달구고 식혀 오온(五蘊)[015]을 뽑아버렸다. 그런 다음에야 핍팔라나무 그늘에 앉을 수 있었다. 하지만 너에게는 내가 있다. 내가 여기 반야로 가득 찬 주머니를 들고 네게 주려 애쓰는 중이다. 고타마는 기껏 농부가 베어다 준 풀무더기에 앉고 수자타가 주는 우유죽을 공양 받았을 뿐이지만, 너 아주타나는 지금 아늑한 야크가죽 천막에 앉아 있다. 마치 시자나 다름없이 때때로 탁발해다 주고, 꿀물을 타다 주는 이 늙은 중도 있다. 너는 고타마가 치른 6년 고행이 필요없다. 내 손으로 풀무질하여 너를 단련(鍛鍊)[016]하고 도야(陶冶)[017]하리라."

"어찌 감히 붓다를 뛰어넘으리까."

"아주타나여, 고타마는 마침내 사람 중에서 가장 위대한 무상사(無上師)가 되었지만, 붓다가 되기 전의 사카 고타마 싯다르타는 결코 가장 위대한 사람이 아니고, 그저 위대한 사람도 아니었다. 코살라국이나 마가다국 같은 큰 나라의 왕과 태자들이 저마다 뽐내고, 카필라성

---

015    탐진치(貪瞋痴)의 탐(貪)을 이루는 편도체(amigdala)의 욕구들. 즉 색온(色蘊 : 물질)·수온(受蘊 : 느낌)·상온(想蘊 : 생각)·행온(行蘊 : 의지)·식온(識蘊 : 마음).

016    단련(鍛鍊). 쇠를 불려 망치로 치면서(鍛) 단단하게 거듭 두드리다(鍊).

017    도야(陶冶). 질그릇을 굽고(陶) 쇠붙이를 녹이다(冶). 진흙을 불로 구우면 질그릇이 되고, 철광석을 불로 녹이면 좋은 쇠가 된다. 이런 뜻에서 사람도 불순물을 태워 없애고 뜨거운 불로 단련하듯 공부를 해야 한다는 뜻으로 쓴다.

은 그들의 눈치나 보며 더러 섬기고, 더러 엎드려가면서 겨우 버티는 작은 나라일 뿐이었다. 고타마는 32상 60종호가 있어 마땅히 붓다가 될 사람이었다고? 천만에, 그는 겁이 많고 눈물이 많고 마음이 여린 사람이었다. 전생으로부터 공덕을 많이 지어 이번에는 반드시 붓다가 될 위대한 보디사트바[018]였다고? 거짓말하지 말라. 고타마는 가장 아름다운 처녀를 부인으로 맞았으며, 그리고도 신분은 낮지만 더 아름다운 처녀 두 명이 후궁으로 있었다. 너는 왕의 여자들을 도둑질했지만 고타마는 아예 그런 여자들의 주인이었다. 백성을 후려 거둔 세금으로 잘 먹고, 좋은 옷 입고, 철마다 달마다 잔치를 즐겼다. 바라문들이 말하기를 고타마는 전륜성왕이 될 것이다, 아라한이 될 것이라고 예언했다고? 숫도다나왕에게 아첨하는 무리가 어찌 그들뿐이었으랴. 그러니 그런 말에는 귀기울이지 말라. 내가 똑똑히 말하건대 고타마는 아주 타나 너보다 나은 사람이었다고 말할 수 없다. 확실한 것은, 고타마가 찾아다닌 어떤 스승보다 내가 좀 낫다고 할 수는 있지. 하하하."

태이자가 큰소리로 웃었다. 그러자 아주타나는 손사래를 치면서 태이자를 말렸다.

"오, 스승이시여, 그런 말씀은 삼가해 주세요. 붓다는 저의 등불입니다. 저 하늘의 태양보다 더 밝게 빛나는 위대한 반야를 찾으신 분입니다."

---

018 　아주타나, 즉 나가르주나로부터 비롯된 마하야나(자칭 대승불교)에서 처음 만든 개념으로 '반야를 깨닫기 위해 수행하는 사람'이라는 뜻이다. 상좌부 불교인 테라와다에서 10대 제자를 비롯한 아라한을 중심으로 교단을 형성하는 것에 비해, 마하야나는 여러 보디사트바를 내세워 대중 속으로 깊이 파고들었다. 한자로는 보살이라고 음차한다.

"그렇다. 붓다는 모든 사람의 등불이다. 태양조차 고타마의 반야를 등불로 삼을만큼 위대한 분이시다. 나는 네가 해야 할 일을 말하고자 한다. 할 일은 하나 뿐이다. 네가 비록 갠지스강의 모래알처럼 부서진 먼지 같다고 했지만 그 먼지마저 태워 깨끗이 없애야 한다. 고타마는 그 먼지를 태우려 6년 고행을 하셨다. 어떻게 먼지를 태울 것인가. 고타마 옆에는 숫도다나왕이 보낸 다섯 호위군이 있었다. 그들은 태자를 지키기 위해 늘 주변을 둘러싸고 있었다. 태자가 수행할 때 그들은 동물이나 뱀이나 도적이나 강도가 가까이 다가오지 못하게 지키고, 태자가 잠잘 때 당번을 정해 숲을 지켰다. 그래서 고행의 시간이 6년으로 늘어난 것이다. 그들이 고타마를 대신해 장애를 치우고 대신해 길을 닦는 바람에 오히려 깨달음이 더 늦어진 것이다. 내가 지금 너를 대신해 탁발하고, 너를 대신해 야크가죽 천막을 치고, 너를 대신해 꿀물을 타다 주고 있으나 사실은 내가 너를 방해하는 것이다. 그 사실을 잘 알아야 한다. 네가 반야를 감로[019]처럼 마시고 싶다면 바늘구멍보다 작은 공(空)을 꿰뚫어야만 가능한데, 아상(我相)을 갖고서는 구멍 없는 구멍 공(空)을 뚫지 못하리라. 천년 만년 거기 쭈그려 앉아 아무리 몸부림쳐도 목석(木石)을 면하지 못할 것이다."

"저는 어쩌리까. 저 숲속의 나무 밑으로 기어들어가 홀로 탁발하며 홀로 수행해야만 합니까."

"아주타나야, 너는 내가 죽기 전에 반드시 반야를 깨달아야만 한

---

019    단 이슬로 번역되지만, 실은 몹시 목마른 이가 겨우 얻어 마시는 물을 가리킨다. 천하가 태평할 때에 하늘에서 내린다고 하는 단 이슬.

다. 네가 구멍 없는 구멍을 뚫어 공문(空門) 저쪽에 있는 반야의 젖줄을 무는 것은 너의 목표가 아니라, 실은 나의 목표다. 네가 깨달아야만 내가 죽을 수 있다. 난 하루라도 빨리 죽기 위해 좋은 근기(根機)[020]를 가진 제자가 나타나기를 여태 기다렸다. 내 말을 잘 들어라. 네 머릿속에 숨어 있는 그 아상(我相)을 쏙 빼내 버려야 한다. 그 아상은 어디 있는가? 나는 아주타나다, 궁녀들 속치마를 벗기고 속살을 파고들던 청년 아주타나는 어디 있는가."

"태이자 스승님, 생각하고 싶지도 않습니다."

"너의 왼쪽 귀를 만져봐라."

아주타나는 태이자가 시키는 대로 왼쪽 귀를 만져보았다.

"그 귀뿌리 안쪽에 감옥이 하나 있다. 그리고 오른쪽 귀뿌리 안쪽에 감옥이 한 개 더 있다. 왼쪽 감옥은 공간이 숨은 감옥이다. 너희 고향, 집, 궁궐, 거리, 산, 강, 코끼리, 가족이 거기 있다. 이 공간 감옥에는 시간이 없다. 시간이 없는 공간은 그림일 뿐이다. 그림자, 물거품, 꿈처럼 실체가 없다. 오른쪽 감옥은 시간이 숨은 감옥이다. 이 시간 감옥에는 공간이 없다. 공간이 없는 시간은 그냥 숫자나 기호에 불과하다. 역시 그림자, 물거품, 꿈처럼 실체가 없다. 하지만 이 실체가 없는 시간 감옥이 날줄이 되고, 공간 감옥이 씨줄이 되어 서로 만나 북질을 하면 베를 짜듯 사바세상 샴발라가 만들어진다. 이렇기 때문에 사람들

---

020　사람이 붓다의 가르침을 듣고, 읽고, 닦을 수 있는 능력. 《금강경》을 한 번 읽어 그 뜻을 알고, 《아함경》을 읽고 뜻을 새기고, 아나파나 삼매를 하면 선정(禪定)에 들 수 있는 능력이다. 하지만 대부분의 사람들은 《금강경》을 천 번 만 번 읽어도 무슨 말인지 모르고, 하루 종일 가부좌를 틀고 앉아도 졸음에 빠져 머리가 뒤죽박죽해진다.

은 그림자, 물거품, 꿈을 보고도 진짜인 줄 착각하여 미치는 것이다. 네가 파고들던 그 아름다운 미인들, 지금은 썩어서 흙이 되었다. 페와 (Phewa) 호숫가에 예쁘게 핀 꽃이라도 며칠만 지나면 시들어 누렇게 부서진다. 궁궐의 좋은 집도 시간의 화살을 맞으면 힘없이 무너져 한 줌 돌무더기로 남을 것이다. 우리 눈에 보이는 이 설산 기슭의 나무며 바위며 저 하늘의 태양마저 실은 씨줄이나 날줄 하나라도 빼면 우르르 무너지는 가짜란다. 무슨 말인지 알겠느냐?"

"스승님, 저는 지금 잘 알아듣고 있습니다. 지금 심장이 터질 만큼 기쁩니다."

"그렇다. 불쌍한 고타마에게는 이런 감로를 마시라고 권하는 스승이 없었다. 고타마의 스승은 박가바, 알라라 칼라마, 웃다카 라마풋타뿐이었다.

잘 들어라. 고타마가 핍팔라나무에 앉아 마지막으로 찾은 스승은 자기 자신이었다. 진짜 스승은 고타마 바로 당신이었다. 고타마 말고는 아무도 몰랐다. 어린 시절, 농경제(農耕祭)가 있던 날, 시종들이 밭둑에 휘장을 드리우고 아기방을 만들어 왕자의 요람을 들였다. 아기왕자가 잠들자 시종들은 요람을 놓아둔 채 축제를 구경하러 갔다. 그런 중에 잠을 자다 깨어난 아기왕자는 혼자 남은 것을 알고 이 두려움을 이기려고 자기 숨소리에 귀를 기울였다. 두려울수록 숨쉬는 소리 사이로 숨어들었다. 그러다가 가만가만 들숨날숨을 헤아렸다. 그날 고타마 왕자는 얼마 지나지 않아 요람에 누운 자리에서 축제장을 구경하고, 농경제를 다 둘러 보았다. 보이지 않는 것이 없고 들리지 않는 것이 없었다. 핍팔라나무 아래 앉아 어린 시절의 그 기억을 떠올린 고타마는 마침내 그때처럼 그 삼매에 들리라 결심하고 아기처럼 들숨날숨을 헤아린 것이다. 아상(我相)이 뭔지도 모르던 아기 왕자는 그 감옥을 거뜬히 벗어난 것이다. 그리하여 이 아기 태자는 아상이 떠난 자리에 무한한 자비심을 가득 채웠다. 비록 아상은 버렸지만, 그로써 모든 생명이 한 송이 꽃이라는 걸 깨달았기 때문이다. 고타마는 그 사실을 오래도록 잊고 있었다."

"태이자 스승님, 무슨 말씀이신지 저는 너무나 잘 이해하고 있습니다."

"아주타나여, 너도 그러하다. 너는 지난 몇 년간 죽음의 위기를 넘기면서 아상이 많이 부서졌다. 기둥 몇 개, 서까래 여남은 개. 아기 왕자만큼은 아니지만 앉아 삼매에 들만큼은 아상(我相)이 무너져 내렸다. 그러니 너는 불가마 안으로 들어가고 나는 밖에서 풀무질을 하자. 네가 갇혀 있는 그 감옥은 빗장이 벗겨지고 옥문이 열려 있다. 그렇건만 너는 당연히 옥사 안에만 있어야 하는 줄 알고 일어서지도 못하고, 걸어 나오지도 못할 뿐이다. 네 귀뿌리 안쪽에 숨어 있는 시간 감옥과 공간 감옥을 갈라쳐라. 씨줄과 날줄이 서로 만나지 못하게 막아서라. 틈이 벌어지기 시작하면 벼락이 치듯 지진이 나듯 너의 가짜세상, 가짜집이 무너질 것이다. 그러거든 무서워 마라. 귀신이 몰려들고 마라 파피야스가 들끓어도 놀라지 마라. 그 역시 상이다. 호랑이가 달려들고 야차가 물어뜯어도 흔들리지 마라. 그림자요, 물거품이요, 꿈이다. 네가 씨줄과 날줄이 서로 엮이지 못하도록 가르거나 자르거나 뽑아버리면 베틀이 덜컹덜컹 춤을 추리라. 두려움이 몰려들고 하늘이 무너지는 듯 요란할 것이다. 두려워 어쩔 줄 모르는 공황(恐惶)이 폭풍처럼 휘몰아칠 것이다. 씨줄을 끊어버리고 날줄을 잘라 버리니 베틀이 어쩔 줄 몰라 제멋대로 쿵쾅거리는 것이다. 그때 이 가짜세상 가짜감옥 가짜집이 무너져 내리고 반야 실상이 네 앞에 얼굴을 또렷이 내밀 것이다. 거기가 공(空)이다. 거기서부터는 네 눈으로 보아라. 다시 말한다. 공간이란 집, 아버지, 강, 나무, 꽃, 벌레 같은 것들이다. 그런 것이 보이더라도 거기에 절대로 시간을 갖다 붙이지 말라. 그러면 그것들은 너를 속이지 못한다. 또 어제며 그저께며 내일이며 모레가 느껴질 때 거기에 너의 공간을 붙이지 마라. 그러면 그 시간들은 너를 속이지 못한다."

태이자는 말을 하다 말고 눈을 부릅뜨며 허공을 바라보더니, 지팡이를 들어 휘휘 저으며 소리쳤다.

"썩 물러가라! 여긴 너희들이 기웃거릴 자리가 아니다!"

태이자는 큰일을 치른 듯 숨을 헉헉거렸다.

"아주타나, 너에게는 고타마를 지키던 다섯 호위군사가 없다. 대신 내가 있다. 내가 너를 지키고, 이 도량을 결계(結戒)할 것이다. 오늘부터 수행 중에 네가 할만한 모든 질문에 내가 한 마디로 대답하마. 네 마음대로 하라! 이것이 내 대답이다. 그러므로 무슨 질문이든 대답은 똑같다. 네 마음대로 하라. 다만 네가 무슨 생각을 하든 마음에 자국이 남거나 그림자가 남아서는 안 된다. 붙어서도 안 되고 남아서도 안 된다. 공간에 시간을 붙이지 말고 시간에 공간을 붙이지 말라. 혹시라도 번뇌와 잡념이 네 머리를 파고 들어와도 차갑되 얼지 말고 뜨겁되 끓지 않도록 굳게 중도(中道)를 지켜라. 무게가 없는 마음, 부피가 없는 마음, 얼지도 끓지도 않는 마음, 앞으로는 더 묻지 말라. 고타마는 스승이 없어 할 수 없이 자신을 스승으로 삼은, 철갑코뿔소의 외뿔처럼 혼자서 깨달은 독각(獨覺)이었음을 잊지 말라. 너는 지금 너무나 과분한 수행에 들어가는 것이다."

　태이자는 토굴로 돌아갔다. 그로부터는 그가 말을 건넬 일이 없고, 아주타나도 말을 할 일이 없어졌다. 태이자는 이미 존재하지 않는다. 마차푸차레도 사라졌다. 살랑거리는 나뭇잎을 잡고 있는 나뭇가지들, 지저귀는 새들, 느릿느릿 흘러가는 태양, 물소리가 그치지 않는 푸른 계곡, 야크가죽 천막, 물기를 많이 머금지 않은 마른 구름… 그의 머리에서 빠져나간다.

　시간이 흐르는 듯 멈춘다. 공간은 일어나다가 멈추었다.


　고타마 싯다르타는 핍팔라나무 아래에 결가부좌[021]로 앉은 지 하룻만에 반야의 정수를 깨달았다고 한다. 그로부터 49일간 그 깨달음을 가슴 떨리도록 되새김질하지만 막상 하룻밤만에 반야를 깨우친 것이다. 이후 49일은 고타마가 고타마를 들여다 본 시간이다.

　고타마는 아주타나가 아니다. 아주타나는 고타마가 아니다. 태이자는 아주타나가 아니다. 아주타나는 태이자가 아니다.

　하루 이틀 사흘 나흘…

　석 달이 지나도록 아주타나는 그 석 달을 느끼지 못했다. 어제도 잠시고, 열흘도 잠시고, 한 달도 역시 잠시다. 날짜를 헤아리지 않았다. 그 자리 그대로이니 공간 역시 조금도 움직이지 않았다.

---

021　인도인, 특히 고타마와 같은 아리안들은 다리가 긴 편이다. 다만 한국인은 다리가 짧은 편이라 두 다리를 X자로 꼬는 결가부좌를 하면 피가 잘 흐르지 못해 금세 저린다. 그래서 주로 반가부좌를 한다.

아나파나, 때때로 야크가죽 천막에서 일어나 가까운 나무 그늘로 가 소변을 보고, 더러 대변도 보고는 흙을 떠서 묻었다. 더러 손을 씻고, 몸을 씻고, 히말라야에서 흘러내려오는 찬물로 머리를 감아 정신을 차리기도 한다. 그때마다 잠깐 시간이 흐르고 잠깐 공간이 움직인다.

태이자는 아주타나가 간간이 다리를 풀고 일어나 쉴 때마다 토굴 밖으로 나와 그의 눈을 까보며 홍채를 살폈다. 그러고는 히말라야 기슭에서 따온 석청에 약초를 넣고 끓인 질그릇 물병을 야크 천막에 놓아 주곤 했다. 하루 두 번 공양도 태이자가 발우에 담아 내주었다.

아주타나는 오직 아나파나만 하면 된다. 온 삼천대천이 그를 위해 숨죽인다. 그를 위해 집중한다.

기다린다.
그대로다.
기다린다.
그대로다.
시간이 흐르지 않으니 마차푸차레도, 토굴도 수많은 조각으로 잘려질 뿐 조각은 서로 이어붙지 않는다.

기다리는 이는 태이자 비구라는 그림 한 장, 아주타나는 멈춰 있다. 태이자의 시간은 흐르지만 아주타나의 시간은 강물이 얼어붙은 듯 흐르지 않는다.

태이자 비구도 날짜를 헤아리지는 않았다. 태이자가 그만두랄 때까지 할 각오로 시작한 수행이지만 그마저도 던져버렸다.

그렇게 석 달이 지날 무렵, 개울가에서 도끼로 통나무를 쪼개던 태이자가 마침 가부좌를 풀고 일어나 나무 사이를 거닐던 아주타나에게 다가와 눈동자를 들여다보면서 물었다.

"아주타나, 너 혹시 저 북쪽 하늘에 꿈틀거리는 미르(은하수)라는 용(龍)을 보았느냐?"

"예, 미르와 미리내를 다 보았습니다."

"옳거니."

태이자는 서쪽 하늘에 박혀 있는 태양을 올려다보더니 쏟아지는 빛줄기를 만지작거리듯 손가락을 비비면서 물었다.

"이 빛을 만지면 무엇이 느껴지느냐?"

아주타나는 햇빛을 만지듯 손가락을 비벼 보았다.

"태이자 스승님, 시간에 날개가 붙어 파닥거리고 공간에 꼬리가 붙어 흔들립니다. 먼 곳으로부터 오랜 시간을 달려왔습니다. 그래서 햇빛에 묻은 시간과 공간을 떨궈 냈습니다."

"미래도 만져지던가?"

"과거와 현재와 미래가 조각처럼 만져집니다. 시간의 고리를 끊고 쪼개니 빛이 조각조각 부서집니다."

"미래가 이미 왔던가?"

"미래가 지나갔습니다. 과거가 오고 있습니다. 고리가 끊어지고 쪼개지니 순서가 따로 없습니다."

"그래?"

"좌표(座標)로 삼은 점조차 잃은 것 같습니다. 제가 어디에 있는지, 과거에 있는지 미래에 있는지 모르겠습니다. 이곳이 낯설고 스승님이

낯섭니다. 스승님은 정녕 이 사바에 계신 분입니까? 저 자신도 실감이
나지 않습니다. 스승님은 지금 어디 계십니까? 멀리서 저를 보고 계십
니까?"

"나는 여기에도 있고 마차푸차레에도 있고 아카샤에도 있다."

"태이자 스승님, 저는 여기가 어딘지 모르겠습니다. 여기와 저기가
어떻게 구분되는지 모르겠습니다. 너무 낯설어 사실은 두렵습니다. 스
승님은 여기와 저기, 그리고 그곳에 동시에 계시군요."

"아주타나여, 천막으로 돌아가 너를 더 깊이 들여다보라. 내가 그
대를 위해 수자타의 공양을 준비하리라."

아주타나는 야크천막으로 돌아가 다시 자리를 잡고 앉아 눈을 감
고 숨을 골랐다.

그 사이 태이자는 토굴로 들어가 화덕에 불을 지펴 물을 데운 다
음, 그 물에 석청을 타고, 볕에 말린 붉은 약초 가루를 넣었다. 젓가락
을 물병에 넣고 젓는다.

'내 시간이 별로 없구나. 사바에는 시간을 피할 공간이 아무 데도
없어라.'

태이자가 홀로 중얼거리며 멀리 포카라를 내려다본다.

사정이 급하다 보니 시간이 더 빠르게 흐른다.

태이자는 너무 늙어 건강이 좋지 않다. 심장이 더 뛸 힘이 많이 부
족하다. 아나파나에 열중하여 몸을 다스려 왔지만 이제는 더 고쳐 쓸
수가 없다. 사리풋타도, 목갈라나[022]도, 붓다도 더는 어쩔 수 없을 때

―
022    10대 제자의 한 사람인 Sāriputta와 maudgalyaayana.

열반과 툴쿠 중 열반을 선택하셨다. 태이자는 그 이치를 잘 안다. 열반할 것인가, 툴쿠로 더 머물 것인가.

태양이 서쪽 평원으로 빛을 뿌리며 가는 걸 보더니 태이자는 공양물을 챙겨 자리에서 일어났다.

천천히 문을 열고 나가 야크천막으로 갔다. 아주타나 앞에 발우와 물병을 내려놓았다.

"착! 착! 착!"

태이자가 손뼉을 쳐서 아주타나더러 삼매에서 어서 나오라고 신호했다.

아주타나가 눈을 뜬다. 열린 눈꺼풀 사이로 기울어 가는 햇빛이 들어온다. 그 빛 속에 태이자 비구도 들어 있다.

"따뜻한 꿀물이니 숨 쉬느라 고생한 목을 진정시켜라. 숨은 충분히 골라졌으니 피와 체액까지 맑아지면 더 편안할 것이다."

아주타나는 태이자가 건네는 병을 들어 발우에 따랐다. 걸쭉한 음료가 쏟아져 나온다.

아주타나가 음료를 몇 모금 마신 뒤 발우를 내려놓았다.

태이자가 속삭인다.

"아주타나, 나를 보라."

눈을 크게 뜨란 말이다.

아주타나는 태이자를 향해 얼굴을 들었다.

태이자는 아주타나의 눈을 뚫어져라 살폈다. 홍채가 무지개처럼 빛난다.

"음, 먼 곳을 다녀 왔구나. 본대로 들은 대로 일러라."

아주타나는 스승 태이자가 타준 석청물을 한 모금 더 마신 다음 천천히 그가 보고 온 것 또는 본 것을 설명했다.

"태이자 스승님, 이 남섬부주에서는 태양이 1년에 한 번 돕니다. 우리는 한 살이라고 합니다. 하늘에 올라 사바를 내려다보니 저 태양은 미리내를 한 바퀴 도는데 2억5천만 년이나 걸립니다. 태양 나이 한 살이 우리 인간의 나이 2억5천 살이 되는 것이니, 붓다께서 억겁(億劫)을 말씀하신 까닭을 겨우 알겠습니다. 어디선가는 억겁이 찰나이고, 또 어디선가는 찰나가 억겁입니다."

"다녀오는 데 얼마나 걸렸느냐?"

"예, 수억 겁이 걸렸습니다. 이곳 시간으로는… 모르겠습니다."

"음, 붓다께서 도리천 다녀온 듯한 거지. 우리 남섬부주는 어디 있더냐?"

"미리내에 올라가 둥근 수미산023이 높다랗게 서 있는 우리 소천세계를 보았습니다. 태양이 1000억 개나 있었습니다."

"눈이 너무 어지러워 돌아오다가 길을 잃을 뻔했겠구나. 엄청나게 큰 용이 산다는 미리내는 얼마나 큰 강이더냐? 그 물이 갠지스강으로 흘러내려 온다는 전설이 있는데 물론 갠지스강보다야 크겠지?"

---

023  삼천대천세계의 중심에 있는 산으로 도리천, 도솔천 같은 외계도 포함하는 개념이다. 초기불교에서는 은하를 상징하는 개념이지만 인도에서는 네팔의 마차푸차레를 수미산으로 보고, 티베트에서는 카일라스산을 수미산으로 여긴다. 티베트의 달라이라마 14세는 수미산을 인간세계에 있는 것으로 보지 않는다.

"태이자 스승님, 그렇고말고요. 이 끝의 끝에서 저 끝의 끝까지 까마득합니다."

"오, 가는 데 얼마나 걸리더냐?"

"빛은 상(相)이 있다 보니 아무리 빠르게 달린다 해도 어쨌든 시간을 뚫지 못합니다. 저는 상이 없으니 시간이 공간에 걸리거나, 공간이 시간에 걸리지 않습니다. 공(空)하기 때문입니다. 시즉공(時卽空)이요 공즉시(空卽時)이니 저의 시간은 걸리는 데가 없고, 저의 공간 역시 걸리는 데가 없습니다. 오늘이 그날이고 그날이 오늘이며, 여기가 거기고 거기가 여깁니다. 그런즉 저는 미리내까지 가는 시간을 재려 해도 잴수가 없습니다. 사바 시간으로는 더더욱 모르겠습니다."

"아주타나, 네가 저 마차푸차레봉조차 상이라는 걸 본 모양이로구나. 그래, 수미산의 뿌리는 보았느냐?"

"예. 그런 것 같습니다."

"혹시 수미산의 뇌(腦)도 보았느냐?"

"예, 스님께서 말씀하시는 수미산의 뇌가 곧 소천세계의 뇌(腦)를 말씀하시는 것이라면 저는 아마 아카샤를 본 것이겠지요?"

"본대로 일러라."

"수미산의 뿌리 쪽을 바라보니 별과 행성을 무수히 낳는 자궁이 있었습니다. 안을 들여다보려 했으나 제 눈에는 보이지 않았습니다. 무게는 대략 저 하늘에 떠 있는 별들을 뭉쳐 놓은 듯 크나 막상 산 하나 크기만큼 아주 작습니다."

"옳구나, 그러면 혹시 죽은 네 친구들은 보지 못하였느냐?"

"보기는 보았습니다. 두려워 차마 말을 걸지 못했습니다."

태이자는 아주타나의 눈빛을 유심히 들여다보았다.

눈빛을 보면 방금 뇌가 뿜어내는 빛이 어떤 것인지 알 수 있다.

"붓다는 뵙지 못했구나?"

"예, 아직 뵙지 못했습니다. 너무나 많은 시간의 조각, 공간의 조각이 먼지처럼 쌓여 있습니다. 갠지스강에서 모래알 찾기입니다."

"저 마차푸차레 봉우리에서 흘러내려온 맑은 빙수를 마시고 그 물로 세수한 다음 다시 아나파나를 하라. 내가 5백 년 전과 같은 수자타의 우유죽을 끓여줄 테니, 내일 아침 새벽별이 뜨기 전까지 붓다께서 둥게스와리에서 나와, 우르벨라 숲을 지나 니란자나 강변의 핍팔라나무 그늘로 가시는 걸음을 따라가 보아라. 그리하여 붓다께서 깨닫는 장면을 잘 지켜본 다음에 내게 이르거라."

아주타나는 태이자의 발끝에 머리를 대었다가 일어나 개울까지 걸어갔다.

'하늘과 땅이 오늘따라 매우 고요하구나.'

아주타나는 개울물에 손을 씻고 발을 담갔다. 머리에 찬물을 끼얹자 서늘한 기운이 머릿속까지 파고드는 것 같다. 찬물로 관자놀이를 몇 번이고 적시면서 손가락으로 문질렀다.

야크가죽 텐트로 돌아오자 태이자가 토굴 문을 열고 나왔다. 그의 손에 우유죽이 들려 있다.

"이걸 먹고, 석청물은 목마를 때마다 한 모금씩 마시면서 삼매에 들어라. 내일 아침까지는 삼매에 들어가 있어야 하니 소변보지 말고 기다리라고, 너 자신에게 이르거라. 집중이 필요하다."

"잘 알겠습니다."

태이자는 느릿느릿 걸어서 도로 토굴로 들어갔다. 문이 닫히자 아주타나도 눈을 감았다.

아주타나는 야크가죽 텐트에 앉아 가부좌를 단단히 튼 다음 마차푸차레봉을 향해 큰 숨을 몇 번 토해냈다.

하나 두울 세엣… 천천히 수를 열까지 헤아려나갔다.

해가 지면서 마차푸차레봉에서 불어오는 찬바람이 코끝을 스친다. 텐트에서 야크똥 냄새가 난다. 찬바람이 밤새도록 흘러올 테니 뇌가 긴장하지 않도록 호흡량을 더 늘려 체온을 올려야 한다.

마침내 수(數)를 놓았다. 이제부터는 들숨과 날숨만 바라보며 뇌의 온도가 더 떨어지기를 기다린다.

머리가 식자 죽은 친구들이 보인다. 웃고 떠들고 걷는다. 기억 속의 그 모습 그대로다. 바람에 날리듯 수많은 기억 조각이 눈발처럼, 꽃잎처럼 떨어진다.

그는 폭풍을 불어 기억의 먼지를 지워버렸다. 그의 손길이 닿았던 어여쁜 궁녀의 얼굴이며, 그가 만지던 붉은 속살도 보인다. 여전히 아름답다. 웃는 입이 한없이 사랑스럽다. 지워버린다. 살아난다. 지우고 또 지운다.

야크 냄새는 나지 않는다. 편도체가 제압되었다. 오늘따라 산짐승이 우는 소리가 안 들린다. 날짐승이 숨은 밤, 들짐승도 고요하다. 청각세포도 잠이 든 듯하다. 자꾸만 떠오르는 꿈을 헤치고 나아가 고요한 바다를 바라보았다. 질량도 없고 에너지도 없고 시간도 없는 바다.

'아, 나는 왜 시공(時空)을 늘 복잡하게 바라보았을까. 시간만, 공간만 따로따로 보지 못했을까. 공(空)에서는 과거도 없고 현재도 없고 미래도 없는 줄 알았더라면 궁중에 들어가 노느라 청춘을 날려버리지는 않았을 것이다.'

시간이 아직 깃들지 않은 공(空), 공(空)이 공간을 말하는 것 같지만 막상 그 공간이 아니다. 공(空)에 공간이 없으니 그 짝인 시간도 없다. 그러니 공은 공간도 시간도 아니다.

공(空)이 색(色)으로 나퉈야 비로소 공간이 생긴다. 공간이 생기면 그 즉시 시간이 생긴다. 그러면 과거 미래 현재가 생긴다.

빛과 어둠은 자웅(雌雄)이다. 본디 자(雌)는 암컷, 웅(雄)은 수컷이다. 암컷과 수컷은 서로 다른 개체. 그러나 빛과 어둠은 서로 다른 개체가 아니다. 상대적이다. 빛이 있을 뿐이다. 이 빛이 없어진 것을 어둠이라고 하는 것뿐이지, 어둠이란 존재가 따로 있는 게 아니다. 어둠은 원래 없는 것이지만 암컷은 있다. 어둠은 빛이 없다는 뜻이지 어둠이라는 다른 존재가 있는 게 아니다.

따라서 공(空)은, 시간은 없고 공간도 없는 특이점으로 존재한다. 아무것도 없는 것이 아니라 아직 아무것도 시작되지 않은 것이다. 이 특이점이라는 것도 위치만 있지 질량도 없고 에너지도 없다. 중력이 너무 강해 좌표의 X축과 Y축마저 0이 될 때까지 빨아들인다.

이튿날 아침, 아주타나가 눈을 뜨고 일어나 모링가나무 아래에 소변을 보는 사이 태이자가 석청물이 든 그릇을 들고 토굴에서 나왔다.

그러고는 아무 말 없이 아주타나에게 내밀었다.

아주타나는 태이자가 건네는 물그릇을 받아 꿀꺽꿀꺽 마셨다. 따뜻한 꿀물이다.

"찬물로 머리를 씻은 다음 토굴로 들어오너라."

태이자는 빈 물그릇을 챙겨들고 먼저 토굴로 들어가 버렸다.

아주타나는 개울로 나가 찬물에 손을 넣었다. 손끝을 타고 찬 기운이 서늘하게 올라온다. 시원하다. 마차푸차레봉에 높이 쌓인 만년설이 녹은 물이다 보니 언제나 차다. 마치 에너지 덩어리를 만지는 듯 물이 살아 있다.

세수를 하고, 귀를 씻고, 또 관자놀이는 찬물로 오래도록 비볐다.

마차푸차레봉에서 흘러내리는 물은, 은하수에서 흘러내린다는 갠지스강보다 훨씬 깨끗하고 시원하고, 맛이 달다.

토굴로 돌아가 황토를 바른 나무기둥을 두드리니 태이자가 문을 열어 맞이한다.

안으로 들어가니 발우와 가사, 질을 구운 그릇 몇 가지, 태이자만큼이나 오래 묵은 듯 반질반질한 나무그릇 등 간단한 살림살이가 눈에 띈다. 벽난로에 아직 빨갛게 불이 붙은 나무가 타고 있다.

"앉아라."

아주타나는 태이자의 발끝에 머리를 갖다 대면서 세 번 이마를 찧는 절을 올렸다.

태이자는 아주타나의 눈동자를 들여다보면서 물었다.

"아주타나, 너는 내게 아주 소중한 인연이다. 네가, 내가 원하는 걸정말 볼 수 있다면 나는 아마도 편안하게 세상을 떠날 수 있을 테니말이다."

"태이자 스승님, 두렵습니다."

"그래서 묻는다. 고타마가 출가하기 전에 무엇을 하고 있는지 들여다 봐라."

아주타나는 눈을 감고 눈동자를 이리저리 굴렸다. 그러다가 천천히 옛일을 말하기 시작했다.

"늦은 밤, 싯다르타 태자가 마부 찬타카를 불러 태자의 말 칸타카를 찾아 안장을 올려달라고 말합니다. 그러고는 태자비 야수다라의 처소로 갑니다. 야수다라는 잠이 들고, 갓 태어난 아기 라훌라는 마침 눈을 뜨고 있다가 싯다르타를 알아보고 웃습니다. 태자께서 무릎을 꿇고 요람 속 아기를 바라봅니다. 눈물을 흘립니다. 이 아기에게 닥쳐올 생로병사를 들여다보면서 고통스러운 듯 눈을 감습니다. 그래도 눈물이 그치지 않습니다. '아빠가 언제고 널 데리러 다시 오마, 너를 생로병사에서 반드시 구해주마, 이 힘든 세상에 너를 방치하지 않으마', 그렇게 약속합니다. 이번에는 태자비 야수다라를 바라봅니다. 역시 눈물을 흘립니다. 그러다가 물러나옵니다. 첫 아내 코피카, 그리고 들어온 지 얼마 되지 않은 세 번째 아내가 잠들어 있을 전각 쪽을 바라봅니다. 한숨을 길게 내쉽니다. 태자궁을 나서니 마부가 말을 끌고 와 기다리고 있습니다. 태자가 말에 오릅니다. 가자, 그렇게 마부에게 말씀하십니다."

태이자는 고개를 끄덕이면서 아주타나에게 말했다.

"태자가 출가한 이치를 알아야 한다. 욕망을 가진 사람이라면 마땅히 태자의 지위를 즐길 것이다. 또 언젠가 국왕이 되어 누릴 권세를 상상할 것이다. 왕실 부고에는 돈과 보석과 재물이 가득 쌓여 있다. 무엇이든지 차지할 수 있고, 어떤 미인이라도 품을 수 있다. 말마다 힘이 붙어 천둥이 되고 벼락이 될 것이다. 그걸 통쾌하게 즐길 사람도 있지만, 태자는 백성들이 굶주리고, 늙고, 병들어 고통받는 것을 먼저 보셨다. 그런 백성들을 구하지 못한 채 맛있는 음식을 먹고, 군사를 부리며 호령한들 그게 무슨 보람이 있겠느냐며 슬퍼하셨다. 스물아홉 살 청년의 피 끓는 성욕조차 그 자비심을 이기지 못했다. 태자의 깊은 자비심은 백성에 대한 안타까움을 넘어 생로병사를 뿌리째 뽑아낼 방법이 무엇인가에 이르렀다. 그래서 그 방법을 찾고자 출가를 결심한 것이다. 이 당시 출가란 무엇인가. 일부 브라만이나 자이나 수행자들이 있어 그들을 찾아가 수행하자는 것이다."

"태이자 스승님, 저는 감당할 수 없는 죄를 짓고 떠돌다가 살아남기 위해 이 가사를 입었습니다. 붓다 같은 원력이 제게는 없었습니다. 공덕은 없고 죄만 많은 저를, 스승님은 왜 이렇게 사랑해주십니까."

"아주타나여, 까닭이 있겠지. 지금은 그대와 고타마의 생각이 함께 흘러야 한다. 고타마는 여러 생 동안 그대와 같은 말 못할 고통을 뼈저리게 겪으셨다. 하여, 중생의 아픔을 뼛속 깊이 느끼시는 분이었다. 꽃이나 식물, 곤충, 벌레의 아픔에도 공감하는 분이었다. 아주 먼 옛날, 매에 쫓기던 비둘기가 수행자 품으로 숨어들었다. 이 수행자가 비둘기를 품에 숨기자 곧 매가 찾아와 비둘기를 내놓으라고 요구했다. '수행자께서는 목숨을 잃을까봐 걱정되어 비둘기를 숨겨 주시지만 그 비둘기를 먹지 않으면 내가 죽습니다. 저를 죽이시겠습니까, 비둘기를 죽이시겠습니까?' 하며 따졌다. 수행자는 하는 수 없이 자기의 몸을 뜯어먹으라고 하였다. 또 다른 옛날에 한 숲에 앵무새가 살았다. 어느 날 숲에 큰불이 나서 곤충과 동물, 나무가 불에 타 죽게 생겼다. 앵무새는 급히 연못으로 날아가 몸을 적신 다음 불이 난 곳으로 날아가 물방울을 떨어뜨렸다. 그걸 보고 천신이 말하기를 '물 몇 방울로는 이 숲의 불을 끌 수 없다'고 하자 앵무새는 '죽을 때까지 불을 꺼서 숲 속의 식물과 동물, 곤충을 살려보겠습니다. 안 되면 다시 태어나서라도 불을 끄겠습니다'고 말하며 불을 끄러 연못으로 날아갔다. 아주타나여, 중생의 아픔을 네가 느끼느냐? 슬픔이 강물처럼 흐르는 사바를 진정 느껴보았느냐."

"태이자 스승님, 저는 처음에는 중생의 아픔을 잊고 살았습니다. 몰랐습니다. 제가 죽을 지경이 되어 도망 다니다 보니 그제야 그게 눈에 보였습니다. 아픈 사람, 배고픈 사람, 병을 앓는 사람, 매질이나 죽임을 당하는 사람, 목마른 사람, 가족이 죽어 슬픈 사람, 가지가지 사연으로 우는 사람들을 보면서 그들의 슬픔을 공감하는 힘을 갖게 되었습니다. 그래서 자비하는 마음이 얼마나 중요한지, 자비하는 사람만이 중생의 아픔과 슬픔을 느낄 수 있다는 걸 알았습니다."

"훌륭하도다, 아주타나여. 그렇다면 핏덩이 자식을 남겨 두고, 가여운 아내들을 두고 궁을 나서는 태자의 그 마음을 알겠구나. 훗날 카필라성에 돌아온 붓다께서 어린 아들 라훌라를 숲으로 데려간 그 마음을 이해할 수 있겠지? 사랑하는 아내 야수다라와 두 번째 세 번째 부인, 자기를 길러준 이모를 설득하여 숲으로 데려가 비구니로 만든 그 마음을 이해할 수 있겠지? 붓다는 맛있는 음식이나 남녀의 사랑, 왕이나 재상의 권력 같은 것이 얼마나 무상한지 잘 아시고, 생로병사를 완전히 끊고 윤회의 사슬에서 영원히 벗어나는 기쁨을 그들에게도 나눠 주고 싶었던 것이다. 이런 마음을 모르면 태자의 출가 정신을 이해하지 못한다. 태자는 자기 고통을 피하려고 출가한 게 아니라 중생의 고통을 끊는 법을 찾기 위해 출가했던 것이다. 나도 너도 출가 승려지만 태자의 출가 동기는 이처럼 크고 넓고 깊은 것이었다.

아주타나여, 이번에는 출가 뒤 마부를 성으로 돌려보내고 여기저기 수행처를 찾아다니던 태자가 알라라 칼라마를 만나는 곳으로 가보라. 박가바가 있고, 웃다카 라마풋타가 있으니 백 살이 넘은 선인을 찾아라.”

아주타나는 가만히 눈을 감고, 두 손을 잡아 앞으로 늘어뜨렸다.

오래지 않아 그가 입을 열었다.

“3백 명이나 되는 제자와 함께 바라문 알라라 칼라마가 숲에 앉아 있습니다. 그 앞에 태자가 있습니다.”

아주타나는 알라라 칼라마를 만나는 태자를 설명했다.

“알라라 칼라마는 지금 나이가… 120살이나 됩니다. 그는 선정으로 제자들을 이끄는 스승입니다. 말합니다. ‘태자의 지위를 버리고 출가수행자가 되다니, 온몸을 묶은 밧줄을 끊고 우리를 뛰쳐나온 코끼리 같은 고타마여. 나는 늙어 선정에 들기도 힘이 드는구나. 네가 내 제자들을 가르치면서 이 교단을 이끌라. 우리 모두 마하반야바라밀[024]의 배를 타고 고통의 바다를 건너자꾸나. 아제아제 바라아제 바라승

024  마하반야바라밀(摩訶般若波羅蜜), 즉 ‘마하 프라즈나 파라미타(maha-prajna-paramita)’다.

아제 모디 사바하[025].' 하지만 태자는 묻습니다. '어떻게 해야 윤회의 씨앗이자 수레바퀴인 카르마(業)를 끊을 수 있습니까? 눈을 감는 선정만으로는, 고통을 단지 외면하는 고요만으로는 카르마가 지워지지도 끊어지지도 않습니다. 스승님, 제가 카르마를 완전히 끊고 부숴 생로병사를 여의는 지혜를 완성시킨 다음 스승님께 다시 돌아오겠습니다' 그러고는 바이샬리를 떠납니다."

"아마 마가다국 네란자나강 동쪽 마을 우르벨라 숲을 지나 둥게스와리로 갈 것이다. 태자는 그곳에서 자이나교도들이 모여 고행 요가를 수행한다는 소문을 듣고 찾아간 것이다. 잘 봐라. 거기에 자이나 지도자 마하비라가 있을 것이다. 여기서도 윤회의 수레바퀴를 끊으려는 수행을 한다. 몇 명이나 되는가?"

"예, 1천5백 명이 넘는 것 같습니다."

"이들은 8정도[026]처럼 세 가지를 수행하니 올바른 지식, 올바른 관점, 올바른 행동을 하자고 말한다. 카르마를 없애기 위해 극단적인 아힘사[027]를 하고, 극단적인 소식(小食), 극단적인 단식(斷食), 극단적인 인내 훈련을 한다. 태자는 자이나의 가르침이 마음에 들어 이후 6년간 이곳에 머문다. 하지만 태자는 소식, 단식, 요가, 그리고 일부러 극심한

---

025　gate gate pāragate pārasaṁgate bodhi svāhā.

026　정견(正見 : 바르게 보기), 정사유(正思惟 : 바르게 생각하기), 정어(正語 : 바르게 말하기), 정업(正業 : 바르게 행동하기), 정명(正命 : 바르게 생활하기), 정정진(正精進 : 바르게 정진하기), 정념(正念 : 바르게 깨어 있기), 정정(正定 : 바르게 삼매에 들기).

027　ahimsa, 곧 불살생(不殺生). 물도 천에 걸러 마신다. 혹시 모를 미생물을 먹을까 걱정해서다. 그래서 옷을 입지 않는다.

고통을 견디는 수련만으로는 깨달음을 이루기 어렵다며 그곳을 떠나기로 결심한다.

아주타나여, 우리 붓다의 가르침은 리샤바가 창시한 자이나교에 힘입은 바가 크다. 당시 숲에서 홀로 수행하던 마하비라는, 나중 일이기는 하지만 태자께서 둥게스와리를 내려온 뒤에도 무려 12년간 고행 요가를 더 했다. 그리하여 붓다가 되었다고들 말했다. 붓다도 그 소문을 듣고 그를 찾아가 서로 깨달은 반야를 나눠보았지만, 결국 마하비라는 앉은 채로 단식하다 굶어죽었다. 그의 제자들은 이를 가리켜 열반이라고들 말한다. 자이나교는 이런 식으로 23명이나 되는 지도자 자이나(jina)들이 모두 다 열반을 위해 굶어죽었다. 그러다 보니 자이나 교도들조차 마하비라가 깨달은 반야가 무엇인지 그 실체를 알지 못한다. 마하비라는 스스로 윤회의 카르마를 끊는 반야를 깨달아 붓다가 되었다고 주장했지만 홀로 열반해버리는 바람에 막상 누구도 설법을 듣지 못했다. 반야를 깨우친 뒤 홀로 단식 끝에 열반해버리는 전통은 태자의 마음에 들지 않았다. 태자는 개인의 고통 때문에 출가하신 분이 아니다. 중생의 고통을 끊어내 평화와 행복을 주기 위해 출가하신 분이다. 그러니 만일 반야를 깨우쳐 바가바트가 되든 붓다가 되든 그런 반야는 중생구제를 위해 쓰여져야 하는 것이다. 이 점이 태자께서 자이나를 떠나온 가장 큰 이유다. 이제 네가 들여다 보아라. 태자께서 더 이상의 극단적인 고통은 잘못된 것이라고 생각하실 것이다. 지친 몸으로 요가를 하다가 죽는 것은 결코 영광일 수 없는 것이다."

"태이자 스승님, 지금 태자의 몸은 이루 말할 수가 없이 깡마르고,

두 팔은 마른 오이처럼 가늘고, 힘줄이 툭툭 튀어나와 있습니다. 숨소리가 거칠어 숨쉬는 게 마치 풀무질하는 풀무나 풍구 같습니다. 걸음걸이도 아기처럼 아장아장, 근육이 없이 뼈가 걷는 것 같습니다."

"오, 태자님은 그런 극심한 고통을 무려 6년간이나 하며 오직 반야를 깨우치려 죽음을 무릅쓰셨구나. 하지만 태자는 중생을 위해서는, 고행하다 죽을 수는 없다고 정신을 번쩍 차린 거야. 자이나교도들 중에는 굶어죽는 사람도 자주 생겼으니까."

"태자도 이렇게 지내다가는 몇 달 못가 죽을 것만 같습니다."

"그래, 태자께서 둥게스와리를 내려왔느냐?"

고통스럽게 요가 수행을 하면서 머물던 땅 둥게스와리, 돌이 많아 땅이 메마르고 나무와 풀조차 드문 거친 땅이다. 천 명이 넘는 수행자가 있어도 워낙 소식 단식을 위주로 수행하기 때문에 강모래 마을인 우르벨라 등 사람이 많이 살지 않는 이 척박한 땅에서도 견디는 것이다. 더구나 우르벨라 마을 근처의 거친 땅은 주로 천민들이 사는 것이고, 그런만큼 왕사성 사람들이 시체를 버리는 시타바나숲[028]도 가까운 곳에 있다.

"붓다께서는 시타바나숲을 지나면서 시신을 감싼 옷을 벗겨 입고 있습니다. 다섯 도반도 저마다 시신의 옷을 걸치고 있습니다. 지금은 강촌인 우르벨라 숲을 지나고 있습니다. 근처 숲에는 수행자들이 아주 많습니다. 그들에게서 빠져나와 따로 움직입니다."

"몇 명이지?"

---

028    Sitavana. 시다림(尸陀林)으로 번역한다.

"예, 도반 다섯 분과 한참 말씀을 나누시더니 함께 숲을 나오셨습니다. 앞장선 이가 싯다르타 태자 같고, 그 뒤에 나이가 많은 분이 있고, 더 뒤로는 태자보다 젊은 분들입니다. 태자가 말합니다. 나는 둥게스와리를 떠나 가야로 갈 것이다. 가야에서 아무도 가지 못한 길을 가겠다고."

"강 건너가 바로 가야거든. 음, 우르벨라 마을은 가로지르는가?"

"아닙니다. 마을 아랫길로 돌아내려가 마른 강을 천천히 건넙니다. 워낙 마른 몸이라 모래밭을 빨리 걸을 수가 없습니다."

"왜 강이 말랐지?"

"건기(乾期)라서 물길이 끊긴 곳이 많습니다."

"음, 핍팔라나무는 보이는가?"

"가야 땅에 이르니 여러 그루가 강둑에서 자라고 있습니다. 고타마 싯다르타는 반얀나무 아래에 앉아 쉬더니 곧 자리를 바꾸어 잎이 더 무성하고 그늘이 넉넉한 핍팔라나무 한 그루를 골라 자리를 옮깁니다."

"다섯 도반은?"

"아직은 고타마 옆에 서 있습니다마는 표정이 어째 다들 심드렁합니다. 누군가 알라라 칼라마와 수행하던 바이샬리로 가자고 말합니다. 누군지… 이름은 모르겠습니다. 나이가 가장 많고, 고타마 싯다르타보다도 훨씬 나이가 많군요."

"그분이 콘단냐(Kondanna)다. 그래서 고타마는 뭐라고 대답하시느냐?"

"자이나[029]가 말하는 고행이라면 끝의 끝까지 다 해보았다. 하지만 나는 더 이상 고행을 하지 않을 것이다. 나는 마하비라가 아니라 고타마 싯다르타다, 이렇게 말씀하십니다."

"다른 도반들은?"

"아사지(Assaji), 마하나마(Mahanama), 밧디야(Bhaddiya), 바파(Vappa), 하늘을 바라보거나 마른 강바닥을 바라보며 고타마의 시선을 피합니다. 눈을 감거나 뒤돌아서거나 고개를 젓기도 합니다. 아, 수자타 아가씨가 우르벨라 마을에서 곧장 강을 건너 이리로 오고 있습니다. 손에 우유병이 들려 있습니다. 수자타는 고타마에게 절을 올린 다음 우유죽을 공양합니다. 꿀과 쌀이 들어갔군요. 다른 비구들에게도 올리려 하지만 그들은 손사래를 치며 받지 않습니다. 늙은 콘단냐는 특히 거칠게 손을 젓습니다. 고타마는 우유죽을 받아 오른손으로 떠먹고 있습니다. 다른 비구들이 우유죽을 먹는 고타마를 한심한 듯 바라보고 있습니다. 모두들 표정이 침통합니다."

"콘단냐가 뭐라고 하지 않느냐?"

"이러는군요. '오, 태자님, 6년간 고통을 참으며 해낸 요가 수행이 물거품이 되었습니다.' 싯다르타는 더 이상 고행을 할 필요가 없기 때문에 산을 내려온 것이라고 대답하십니다. 콘단냐가, '마하비라는 10년째 고행중입니다. 그 사람이 참는데 왜 태자는 못참고 이 가야 땅으

---

029   고타마 싯다르타가 출가 뒤 알라라 칼라마와 웃다카 라마풋타를 거쳐 만난 종파다. 개창
      조는 리샤바, 중흥조는 마하비라로 싯다르타와 동시대 인물인데, 붓다가 된 다음 스스로
      굶어죽었다. 자이나교에서 깨달은 사람을 붓다라고 하다가 나중에 불교에 밀려 자이나
      (jina ; 승리자)로 말을 바꾸었다.

로 내려오셨습니까. 이 늙은이는, 태자께서 태어날 때부터 쭉 지켜봐 왔습니다. 태자 님이 가셔야 할 길은 이 길이 아닙니다. 혹시 바이샬리로 돌아가 알라라 칼라마와 웃다카 라마풋타를 찾아간다면 우리도 함께 따라가겠습니다. 오, 아라한이 되실 태자시여. 부디 제가 죽기 전에 아라한이 돼 주십시오. 제발이지 이 길은 아닌 것 같습니다.' 싯다르타가 다시 대답합니다. '걱정은 고맙지만, 저는 그럴 수 없습니다. 저는 여기 가야 땅에서 끝을 보겠습니다.' 콘단냐가 실망하여 말합니다. '태자 님, 차라리 궁으로 돌아가시지요. 저는 너무 늙어서 태자 님께서 아라한이 되기를 기다릴 시간이 없습니다.'라고."

"고타마는?"

"이렇게 말씀하십니다. '콘단냐시여, 저는 가야 땅에 머물며 알라라 칼라마가 가르쳐준 선정을 다시 해볼 참입니다. 제가 놓친 게 있는 것 같습니다. 깨닫기 전에는 결코 일어나지 않을 것입니다. 기대를 맞추지 못해 죄송하나 저는 지금 여기서 끝장을 보기로 결심했습니다.'"

"콘단냐는 뭐라 하느냐?"

"'태자 마마, 6년간 고행을 해도 우리는 아무것도 깨우친 바가 없습니다. 다리 꼰 채 쭈그려 앉아 숨쉬는 것만으로 깨우칠 수 있다면 이 인도 땅 곳곳의 수많은 수행자들이 다 깨우쳤을 것입니다. 아니, 저 우르벨라산 크고 작은 바위들까지 다 깨우쳐 죄다 입이 터졌을 것입니다. 솔직히 말해 저도 자이나들의 극단적인 고행은 싫습니다만, 그렇다고 아무도 없는 이 가야 땅에서 나 홀로 선정(禪定)만 든다고 갑자기 해탈하는 것도 아닙니다. 태자시여, 생로병사는 누구도 어쩔 수 없는 것, 차라리 다 그만두시고 궁으로 돌아가서 백성들을 위한 선정(善政)

을 펴서 전륜성왕이 되는 게 낫지 않겠습니까? 굶주린 백성들에게 먹을거리를 물려주고, 아픈 백성들에게 약을 주는 게 낫지 않겠습니까.' 이렇게 콘단냐가 말합니다. 저쪽에서 누가 오는군요?"

"음, 꼴을 베러 나온 농부겠지? 염소 치는 농부일 거야."

"그렇군요. 그가 꼴을 베어 한 아름 가슴에 안아 들고 고타마 일행을 향해 다가갑니다. 가부좌하고 앉은 고타마를 보더니 곧 엎드려 절을 올립니다. 깡마른 고타마가 그에게 말을 거는군요. '내가 이 자리에서 선정에 들고자 합니다. 혹시 지금 베어 들고 있는 마른 풀을 제게 보시해 주시겠습니까?' 그러니까 농부가 기꺼이 풀을 들어 핍팔라나무 아래에 두루 깔아줍니다. 그 사이 자리에서 일어난 고타마가 마른 풀을 만져보고는 '편안하군요. 풀끝이 자이나의 스바스티카[030] 모양 같네요. 고맙소. 그대는 큰 공덕을 지었습니다.' 하며 농부를 찬탄합니다. 수자타가 공양 그릇을 챙기며 '수행자시여, 제가 아침마다 우유죽을 공양으로 올려도 되겠습니까?' 하고 묻습니다. 고타마가 고맙다고 말씀하십니다.

늙은 콘단냐가 기가 막히다는 듯이 하늘을 우러르며 한숨을 쉽니다. 다섯 수행자 중 가장 나이 많은 콘단냐가 슬픈 표정을 지으니, 네 수행자도 몹시 불편한 표정들입니다. 고행 요가를 더 하면 곧 반야를 깨달을 텐데 중간에 그만둔 것이 몹시 속상한 듯합니다. 늙은 콘단냐가 슬픔에 겨워 홀로 흐느낍니다.

---

030    卍. 이 스바스티카(Svastika)는 자이나의 상징이었다. 나중에 불교에서 썼다. 원래 태극문양으로 나타냈으며, 태양의 길 황도(黃道)를 가리킨다.

수자타와 농부가 길을 떠나자 콘단냐가 고타마에게 말합니다. '태자 님, 우리는 바이샬리로 올라가겠습니다. 거기 머물면서 일단 알라라 칼라마와 웃다카 라마풋타를 따르겠습니다. 반 년이 지나도록 태자님 소식이 안 들리면 저희만이라도 궁으로 돌아가 국왕 전하께 보고를 올리겠습니다. 국왕 전하께는 정기 보고를 올려야만 하니, 바이샬리에 닿는대로 〈고타마 싯다르타 태자는 출가하여 6년간 고행하였으나, 마침내 깨우치지도 못한 상태에서 그만 계율을 어기고 우유죽을 먹었다〉고 숫도다나왕에게 편지를 보내야 할 것입니다. 혹시라도 후회가 되신다면 저희가 궁으로 돌아가기 전까지 바이샬리로 오십시오. 우리 다섯 명이 태자 님을 모시고 카필라성으로 돌아가겠습니다.' 콘단냐는 마치 선언하듯 말합니다."

"고타마가 뭐라고 말씀하시느냐?"

"이렇게 말씀하십니다. '나에게는 두 가지 길이 있습니다. 하나는 이 가야에서 생로병사의 모든 이치를 깨우쳐 지혜를 완성하는 것이고, 또 하나는 이대로 앉아 가야 땅에 죽어 독수리의 먹이가 되는 것입니다. 제가 반야를 깨우친다면 여러분을 찾아갈 것이지만 죽는다면 찾아가지 못할 것입니다. 제가 여러분들을 찾지 않거든 그대들도 나를 찾지 마십시오. 평생 제가 깨닫기만 기다려주신 콘단냐께는 뭐라 용서를 청할 말이 없습니다. 6년이나 고행하고도 아라한이 되지 못한 제 잘못입니다. 그렇게 부왕께 전하고 도반들께서는 궁으로 돌아가 원래의 브라만 신분을 되찾기 바랍니다.' 그렇게 말씀하고 나니 콘단냐 등 다섯 도반은 말없이 힘없이 돌아섭니다. '우리는 바이샬리에서 스승을 찾아 선정을 더 해보고, 그리고도 태자께서 석 달이 지나도록 소식이 없으면 궁으로 돌아가겠습니다. 저희는 왕명을 받들어야 할 몸으로서 수행을 포기하신 태자님을 더 이상 지켜드릴 수가 없습니다. 제발이지 석 달 안에 뜻을 이뤄주십시오.' 최후 통첩입니다."

"그들은 갔느냐?"

"갔습니다. 바이샬리를 향하여."

"고타마는 무얼 하시느냐?"

"매우 침통한 얼굴입니다. 하지만 곧 자리에서 일어나 네란자나강으로 나갑니다. 건기라서 물이 많지 않으므로 그나마 물이 괴어 있는 웅덩이를 찾습니다. 하류 쪽에 깊은 웅덩이가 몇 개 있습니다. 거기서 목욕을 하십니다. 그러고는 낡은 가사를 벗어 물에 헹군 뒤 큰 나뭇가지에 너는군요. 가사가 마르는 동안 느릿느릿 흐르는 건기의 강물을 가만히 바라보십니다. 바람이 불자 물빛이 반짝거리는군요. 공간이 잠시 멈춘 듯하지만 시간이 흐르는 게 보입니다. 시간이 흐르면 공간도 변합니다.

고타마가… 괴로운 표정으로 어린 시절을 상상합니다. 회한이 넘치는 듯합니다. 묵은 기억 속에서 카필라성을 끌어내 반추하고 있습니다. 병자들을 둘러보던 날, 가난한 거지들을 만나던 날, 늙어 죽어가는 사람을 보던 날 등을 헤아립니다."

"아주타나여, 그러고도 태자께서 무슨 생각을 하시는지 네가 읽을 수 있느냐?"

"예, 태이자 스승님. 지금은, 태자께서 시종들과 함께 농경제에 나오셨군요. 큰 행사입니다. 국왕께서 나와 직접 소를 몰며 쟁기를 가십니다. 그 사이 시종들은 고타마 태자를 잠부나무 그늘로 안고 가서 아기방을 짓고, 비단 휘장을 쳐서 아늑한 공간을 만드는군요. 고타마 태자가 졸려 눈을 깜박거리자 시종들이 태자를 요람에 눕니다. 쌔근쌔근 잠을 잡니다. 시종들은 농경제가 한창인 행사장을 바라보다가 하나둘 그리 뛰어갑니다. 구경거리가 볼만 합니다.

혼자 남은 고타마 태자가 한잠을 주무신 뒤 눈을 뜨는군요. 오른쪽 왼쪽을 둘러봐도 비단 천막 말고는 아무것도 안 보입니다. 밖에 창을 든 군사가 지키고 있지만 고타마는 밖이 보이지 않습니다. 조금 놀라는 듯하다가 자기 숨소리에 귀를 기울입니다. 그게 신기한가 봅니다. 몸을 굴려 가만히 일어나 앉더니 눈을 감습니다. 고요히 숨을 쉬는군요. 들숨날숨이 아주 고릅니다. 흔들리지 않습니다. 움직임도 없습니다. 아, 스승님께서 전에 말씀해 주신 그대로입니다.

한참이 지나 시종들이 돌아옵니다. 태자가 앉아 숨쉬는 걸 보고 시종들이 모두 깜짝 놀랍니다. 잠에서 깨어나 요람에 앉아 있으면서 휘장 밖으로 나오지 않은 것입니다. 울지도 않고요. 태자는 지금도 앉은자리에서 숨을 쉬고 있습니다.

시종이 다가가 '태자님, 태자님!' 하면서 낮은 목소리로 놀라지 않게 부릅니다. 고타마 태자가 고사리 같은 손을 들어 시종을 진정시킵니다. 그러고는 계속 숨을 쉽니다."

"오, 아주타나. 바로 보았구나. 그게 바로 어린아이면 누구나 할 수 있다는 선정 아나파나란다. 어른이 하는 선정과 완전히 다르지. 배가 불룩불룩 단전으로 숨을 쉬고, 그 숨을 바라보고 느끼기만 하는 것이 아나파나다. 아하, 고타마 태자께서 핍팔라나무 아래에서 아나파나를 하신 거구나. 왜 자이나교도들에게서 배운 요가를 하지 않고 아나파나를 했나 모두들 의심했지. 알라라 칼라마가 가르쳐준 선정하고도 또 다르고, 그래 아기 시절의 기억이 아나파나를 부른 거야."

"그렇습니다, 태이자 스승님. 고타마께서는 그때 그 시절 기억을 회상 중이십니다. 잠부나무 아래 홀로 방치되었을 때 우연히 본성이 튀어나와 아나파나를 했는데, 지금 그 기억을 더듬으며 빙그레 웃고 계십니다. 아기 때 하던 아나파나가 얼마나 큰 기쁨을 주었는지 이제 또렷이 생각이 납니다. 알라라 칼라마가 가르쳐준 선정에서는 꽉 막혔던 무엇인가가 툭 터진 듯합니다. 시종들이 다가오지 못하게 손으로 저으면서 태자는 한참 동안 아나파나 사티에 잠겨 있었습니다. 얼굴이 아주 편안해 보입니다."

"아나파나의 뿌리가 여러 생으로 이어진 것이로구나."

"고타마께서 버려진 옷을 기워 만든 마른 천을 걸어 몸에 걸치고는 다시 풀이 푹신하게 깔려 있는 핍팔라나무 아래로 갑니다. 고행 때는 옷을 입지 않고 살았는데 탁발하러 다닐 때 버려진 옷가지를 기워 만든 것입니다. 머리카락도 많이 자랐지만 자이나 수행자처럼 손으로 잡아 뽑지는 않았습니다. 둥게스와리에 있을 때는 머리카락도 모조리 뽑았지만 지금은 그냥 둡니다."

"그래, 우리는 머리카락이 자라면 칼로 민다. 자이나는 아직도 뽑고 있지. 철저한 무소유라서 수행자가 칼을 갖고 있어서는 안 되니까."

"고타마는, 농경제 때 처음으로 들숨날숨을 쉬던 잠부나무 그늘처럼 시원하다고 느낍니다. 풀더미를 깔고 앉습니다. 두 다리를 모읍니다. 심호흡을 몇 차례 하면서 들숨날숨을 가다듬습니다. 그러고는 오직 숨을 쉴 뿐입니다. 자세로 보면 바이샬리에서 하던 선정과 비슷하고, 자이나에서 하던 요가 기본 자세와 비슷합니다. 다만 고타마는 숨만 바라보고 숨만 셉니다."

"아주타나여, 그게 바이샬리와 둥게스와리를 떠나온 까닭이다. 그 작은 차이가 큰 차이를 만들어낸 것이란다. 거기서 새벽까지 더듬어 볼 수 있는가?"

"예, 태이자 스승님. 시간을 더 빨리 돌려보겠습니다. 몸을 움직이는군요. 샛별이 동쪽하늘에 반짝이는데 고타마는 자리에서 일어나 강변을 걷습니다. 발걸음이 가볍군요. 사뿐사뿐, 좋은 일이 있는 것 같습니다. 혼자 중얼거리십니다."

"아주타나, 밤 사이에 무슨 일이 있었던 거지? 오라, 지혜를 완성시킨 모양이지? 이 삼천대천을 지배하는 근본법인 반야를 깨우치신 거야. 뭘 깨우쳤나 자세히 좀 살펴보렴."

"스승님, 무슨 말씀이신지 저는 알아듣지 못하겠습니다. 고타마 태자께서는 혼자 말하다 벙글거리다, 또 혼자 말하다 벙글거리십니다. 그러다가 자리로 돌아가 앉습니다. 얼굴에 미소가 떠나지 않습니다. 그래 그래, 그렇게 말씀하시는 듯 혼자 고개를 끄덕이십니다.

시간이 흘러 해가 하늘 높이 오르자 수자타가 공양을 가져 옵니다. 고타마는 수자타를 축복합니다. 수자타가 묻습니다. 수행자시여, 수행을 마치신 듯 얼굴이 평화롭습니다. 고타마가 대답합니다. 나는 마침내 보고자 하던 것을 보았다. 지난 밤, 나는 여러 사람들과 하나가 되어 완전한 지혜인 반야의 실체를 볼 수 있었다. 그대는 이 공덕으로 평화와 행복을 얻으리라. 수자타가 기뻐하면서 공양구를 챙겨 물러가자 이번에는 염소를 기르는 농부도 다가와 인사를 드립니다. 부드러운 풀을 더 베어다 바닥에 넓게 깔아줍니다. 그대여, 나는 그대가 베어준 풀을 깔고 앉아 아무나 하기 어려운 큰일을 해냈다. 평화롭고 행복하라. 농부는 합장하며 물러갑니다. 승리자인 아라한, 마친 자[031]인 바가바트가 되신 고타마는 이로부터 49일간 법열(法悅)을 즐기십니다. 아, 상인이 두 명 오는군요."

"미얀마 상인들일걸?"

"아라한, 바가바트, 붓다가 되신 고타마께서 라자야타나나무 아래로 자리를 옮겨 아나파나를 하시는데, 먼 동쪽 미얀마에서 찾아온 타풋사와 발리카라는 형제 상인 두 명이 다가와 보리죽과 꿀을 공양하고 찬탄합니다. 저희들은 염소지기로부터 아라한이자 붓다가 세상에 나셨다는 말을 듣고 네란자나강을 건너왔습니다. 붓다는 '내가 줄 것 없는 수행자지만 마침 머리카락이 길어 줄 것이 있다'고 말씀하시면서 머리를 훑으시더니 몇 가닥이 손가락에 잡히자 이 머리카락을 두 상인에게 건네줍니다."

"그 머리카락이 저 멀리 동쪽 나라의 쉐다곤탑에 모셔져 있다고 들었다. 발리카라는 상인은 장사하러 갔다가 돌아오는 길에 출가하여 비구가 되었다지. 아주타나여, 그러면 붓다께서는 바이샬리로 떠난 다섯 비구들을 찾아나서실 것이다. 원래 알라라 칼라마 스승을 찾아가 반야를 깨달았다는 소식을 전하고 싶었는데, 그때 붓다는 스승이 돌

---

031    수행을 마친 사람이라는 뜻. 아라한 또는 바가바트의 뜻이다. 붙여쓰는 '마친자'라는 단어는 저자의 처녀작 《아드반(사막을 건너는 사람은 별을 사랑해야 한다)》(문장사, 1982)에 처음 나온다. 그러나 여기서는 붓다나 아라한이 아니라, 욕망과 무명을 끊기는 했으나 완전한 해탈에 이르지는 않은 수다원(須陀洹, Sotapanna) 수준을 가리킨 것이었다.

아가셨다는 걸 알고 포기하셨다. 또 둥게스와리로 돌아가 고행자들에게 이 소식을 전하고 싶지만 일단 자신을 호위하던 다섯 동료를 먼저 만나는 것이 좋겠다고 생각하셨다."

"그렇습니다, 스승님. 지금 바이샬리로 떠난 다섯 비구를 찾는 듯합니다. 이때 다섯 비구는 바이샬리에서 알라라 칼라마와 웃다카 라마풋타 두 분이 다 죽은 걸 알고는 더 북쪽에 있는 사르나트까지 가 있었지요."

"아주타나여, 내 사정이 급하니 다른 걸 묻겠다. 이번에는 사리풋타와 목갈라나 등 몇몇 제자만 데리고 아무도 몰래 밀담을 나누는 때를 어서 찾아봐라. 붓다가 여든이 되기 한 해 전, 그러니까 라자그리하에서 가까운 바이바라산의 칠엽굴을 찾아보아라."

아주타나는 잠자코 앉아 이리저리 생각을 하는 듯했다. 라자그리하, 죽림정사[032], 독수리산은 모두 눈에 익은 곳이다. 네란자나강, 우르벨라 마을, 둥게스와리 숲도 마찬가지다.

아주타나는 마치 도서관에서 책을 찾듯이, 책에서 차례를 따라 훑듯이, 잠든 뒤 눈동자가 이리저리 움직이는 것처럼 생각하는 그대로 그의 눈꺼풀에 드러난다. 어떤 때는 손바닥으로 눈꺼풀을 문지르기도 한다.

고타마 싯다르타가 나이 마흔 살에 이르러 온 하늘을 뒤져 얼굴 한번 본 적이 없는 어머니 마하마야 왕비를 찾아내는 것과 같으리라.

아주타나가 눈을 질끈 거리는 듯하더니 눈가에 설핏 미소가 오른다.

032  venuvana vihra.

뭔가 찾은 듯하다. 눈동자가 더 움직이지 않는다.

"수부티 존자가… 보입니다. 아난다가 수부티를 부릅니다."

"칠엽굴이냐?"

"예, 바이바라산은 맞습니다만… 굴은 여러 개가 뚫려 있는데, 굴마다 비구들이 들어가 앉아 아나파나를 하고 있습니다. 그중 한 굴에 고타마 싯다르타와 사리풋타, 목갈라나 존자가 보이고, 그 앞에 마하카사파, 라훌라, 수부티, 아난다가 있습니다. 여기가 맞습니까?"

"그렇다면 제대로 찾았다. 지금 붓다께서 금강경을 비밀리에 설하실 것이다. 정신 똑바로 차리고 들어보아라. 금강경은 단 한 번 칠엽굴에서 몇몇 제자들에게만 설하실 것이니 매우 주의 깊게 살펴야 한다."

아주타나는 가느다란 숨을 들이쉬면서 눈앞에 펼쳐진 바이바라산 칠엽굴[033] 광경에 집중했다. 동쪽에서 서쪽으로 흰 구름이 몇 점 흐르고, 바람이 불 때마다 핍팔라나뭇잎이 살랑거린다.

---

033　핍팔라나무(Pippala) 굴이란 뜻이다. 한 나뭇가지에서 잎 7개가 난다 하여 칠엽수라고 하는데, 굴 근처에 이 나무가 많았다고 한다. 마하카사파가 이 핍팔라나무 아래서 태어나고, 고타마 싯다르타는 이 나무 아래서 아나파나를 하여 아라한이 되었다.

02

—

수부티여, 금강경을 이야기하자

"붓다께서 부르신다고? 내가 뵙고 온 지 얼마 되지 않는데? 아난다 비구께서 왕사성 그 먼 곳에서 이곳 사위성까지 걸어오셨단 말씀 아닙니까? 이 뙤약볕에?"

수부티는 이때 큰아버지인 수닷타 장자가 보시한 기원정사에 머물던 중이었다.

"그야 저도 모르는 일입니다. 다만 수부티 존자께 긴히 하실 말씀이 있으신가 봅니다. 사위성 스라바스티까지 오느라 한참 걸렸습니다."

왕사성 라자그리하에 있는 죽림정사에 다녀온 지 얼마 되지 않는데, '이 달 보름달이 뜨는 날 안으로 바이바라산 칠엽굴로 오라'는 아난다의 전갈이 느닷없다는 생각이 들었다.

"나를 불러 긴히 하실 말씀이라면? 글쎄, 당신 형 데바닷타의 못된 짓도 평정이 되고, 또 비구들을 괴롭히던 아사세왕[034]도 붓다께 귀의하여 오히려 그의 아버지 빔비사라 대왕보다 더 신심 깊게 불법을 지키고 있고. 음, 무슨 영문인지 모르겠군. 혹시 얼마 전 왕사성에 들어가셨던 목갈라나 존자가 브라만들에게 폭행당해 부상이 심하시다던데 그 문제인가?"

"그건 저도 잘 모르겠습니다. 목갈라나 존자는 죽림정사로 급히 모셔와 치료를 해오는 중이고, 그 보름날에 존자께서도 바이바라산에 오르신다 하니 부상이 그리 심한 것 같지는 않습니다."

"목갈라나 존자님은 왜 바라문들에게 맞으셨대?"

---

034  죽림정사가 있는 왕사성 라자그리하. 이곳의 마가다 국왕 빔비사라왕은 붓다를 섬겼다. 그런데 붓다의 사촌 동생이자 아난다의 형 데바닷타가 태자 아자타삿투를 꾀어 부왕 빔비사라왕을 죽이고 왕위에 오르게 하니 그가 아사세다.

"바라문들이 '이 세상은 브라흐마신이 창조하고, 시바신이 파괴하는데 너희 늙은 스승 고타마는 어째서 우리 신을 인정하지 않느냐?'고 따졌답니다. 목갈라나 존자는 '신이 없다는 게 아니라 붓다께서는 그 신보다 더 높은 지혜의 완성자이자 완성된 지혜인 반야를 깨우치신 분이란 뜻이오.' 하고 대답하셨다지요. 그러자 바라문들이 '뭐라고? 고타마가 우리 브라흐마, 비슈뉴, 시바신보다 더 높다고?' 하면서 폭행이 일어났답니다."

"저런, 저런."

"목갈라나 존자는 그 브라만들과 풀지 못한 카르마(業) 한 가닥이 있어 잠자코 맞기만 하셨다는데, 존자님이 여든이 넘으신 몸이잖습니까. 그러니 그걸 견디지 못하고 몸져 누우신 거지요."

"업[035]을 볼 줄 알아도 문제군. 어차피 문병(問病)도 해야 되니 어서 가야지."

"수부티 존자님, 이번에는 보름날 밤 법회처럼 널리 사람을 부르는 게 아니라 조용히 몇 명만 부르시는 걸 보니 예삿일은 아닌 듯합니다. 그런즉 가서 뵙고 붓다의 말씀을 직접 들어보십시오. 그러니까 이 달 보름달이 뜨는 날, 아침 공양이 끝나면 바이바라산에 올라가 아나파

---

035　karma의 번역어다. 힌두교에서 먼저 나온 개념으로 '그림자가 형체에 따라다니듯이 업은 서 있는 자의 곁에 서 있고 가는 자의 뒤를 따라가며, 행위하는 자에게 작용을 미친다'고 설명한다. 불교와 자이나교에서도 이를 따른다. 고타마 싯다르타는 초기 경전 증지부(增支部, An gutt ar a Nikaya)에서 "비구들이여, 나는 의도적인 행위를 업이라고 말한다. 의도하고서 업을 짓나니 몸과 말과 뜻으로서"라고 했다. 이후 직업, 사업, 업무 등에 이 글자가 들어간다. 여기서 업을 본다는 것은, 그 사람의 마음이 지난간 그림자를 봄으로써 그 행위의 결과인 '다가올 미래'까지 볼 수 있다는 뜻이다.

나를 하자고 하신다니까 그 전에 무슨 귀띔이 있으실 겁니다. 또 수부티 존자만 부르시는 게 아니고, 목갈라나 존자, 사리풋타 존자, 마하카사파 존자, 라훌라 존자까지 부르고 있으십니다."

"그래? 무슨 부름이시길래 대중을 모으지 않고 몇 사람만 따로 부른단 말인가?"

"예. 법회는 아니고 붓다의 연세가 많으시니 아마도 교단에 남기는 무슨 유훈을 전하실 모양인가 봅니다. 일반 비구들도 굴이나 굴 밖 핍팔라나무 그늘에 앉아 모두 아나파나를 하라고 하시는 것으로 보아, 글쎄요, 짐작이 잘 안 되네요. 저야 뭐 말씀을 전하기만 할 뿐이잖습니까."

"그건 그렇지만서도요."

붓다[036]의 시자 아난다가 멀리 전법 나온 수부티를 데려간다는 것은 여간 큰 일이 아니란 뜻이다. 지금까지 붓다는 한 번도 수부티를 따로 부른 적이 없다. 게다가 붓다의 분신과도 같은 아난다를 일부러 보냈다는 사실도 놀랍다.

지겨운 우기(雨期)가 끝나 이제 날씨는 선선한 건기(乾期)로 접어든다. 죽림정사로 가는 길은 어느 때보다도 공기가 상큼하다. 대나무잎이 서로 부딪히는 소리도 시원하다. 마가다국 빔비사라왕이 출가하는 고타마를 보고 마가다국 총사령관을 맡으라고 회유한 적이 있는데, 나

---

036    시자(侍者). 붓다가 늙어 움직임이 굼뜨자 그 무렵부터 그의 수발을 들던 고타마 싯다르타의 사촌 동생. 고타마가 반야를 깨닫던 날 태어났다 하여 기쁨이란 뜻의 아난다가 되었다. 이후 늙은 스님을 모시는 젊은 스님도 시자라고 하게 되었다.

중에 아라한이 됐다는 소식을 듣고 대나무숲에 절[037]을 지어 보시한 것이다.

수부티가 자주 머무는 기원정사는 그의 큰아버지인 수닷타 장자가 큰 재산을 들여 땅을 사고 건물을 지어 붓다에게 바친 절이다. 그때 수닷타 장자는 수부티의 아버지와 수부티를 붓다에게 귀의시켰다. 그런 만큼 기원정사는 수부티하고는 인연이 깊은 절이다.

큰아버지 수닷타 장자가 조카인 수부티를 불러 "너도 붓다의 가르침을 믿어라" 하고 권할 때에도, 수부티는 오히려 큰아버지가 사이비에 빠졌다고 소리지르면서 붓다를 거들떠보지 않았다.

'우리 집안은 바라문인데, 거지처럼 이 거리 저 거리 떠도는 사람이 알면 무엇을 알고, 재주를 가진들 어디 쓸 데가 있습니까. 차라리 카필라국 태자라면 알아둘 가치나 있다지만 거지나 다름없는 수행자가 우리 바라문하고 무슨 상관입니까.'

그런 수부티가 이제 붓다의 큰 제자가 되어 '공(空)은 수부티가 제일'이라는 소문까지 나 있다.

옛날 생각에 이르자 수부티도 웃음이 나왔다.

"왜 웃으십니까?"

아난다가 혼자 빙글거리는 수부티를 보고 물었다.

"그저 옛날 생각을 잠시 했을 뿐이네. 붓다에 대한 소문을 수닷타 큰아버지로부터 처음 들을 때 난 어찌나 오만한지 도무지 인정을 안 했거든. 나도 나를 믿어서는 안 되는 거라는 걸 그때 처음 깨달았지.

037    Vihara. 주로 정사(精舍)로 번역하는데, 수행자의 수행 도량을 가리킨다.

하하하. 자네도 가끔 카필라성 시절이 생각나겠지?"

"그럼요. 데바닷타 형님이 붓다를 괴롭힐 때는 왕족으로 살던 시절을 얼마나 그리워했는지 모릅니다. 어려서는 라훌라 조카든 난다 형이든 다 친하게 지냈거든요. 라훌라 조카는 저보다 나이가 훨씬 더 많지만요."

붓다, 아난다, 데바닷타, 아누루다, 난다는 모두 사촌 형제들이다.

그나저나 붓다가 급히 수부티를 찾는 이유가 무엇일까. 발걸음을 바꿀 때마다 그 생각이 일어난다.

아난다도 그 사실이 궁금했다. 그동안 법회가 열린 적만 해도 수십 차례고, 그때마다 각지에 흩어져 있는 절에 이 사실을 알려 제자들을 불러모은 적이야 자주 있었다. 그런데 다른 사람은 다 그렇다 치더라도 기원정사까지 자신을 직접 보내 수부티를 꼭 데려오라고 한 것은 전에 없던 일이다.

공(空) 해탈을 이룬 수부티는 교단에서도 붓다만큼이나 큰 존경을 받는 제자다. 교단의 중심인물 중 한 명이라고 누구나 인정하는 바다. 아난다 자신이 시자임에도 불구하고 아직 아라한과에 이르지 못한 것에 비하면 수부티는 오래전에 아라한이 되어 붓다의 큰 사랑을 받고 있다.

다만 수부티는 어느 정도 짐작이 가는지 걸음걸이가 그리 무겁지 않았다.

'공이라.'

수부티는 허허로이 웃었다.

막상 공을 알고 나니 쓴웃음이 나올 때가 많다.

'이번에 여쭈리라, 공의 그 깊은 맛을 보고도 정녕 우리는 무엇을 더 공부해야 하는지를… 붓다는 '너는 이제 아라한이니 앞으로는 반야의 등불을 높이 들라'고 하셨지. 그런데 등불 말고 내게 하실 말씀이 따로 있다, 그게 뭘까. 공을 공하실 건가?'

이때 붓다의 사촌 동생 아난다는 아직도 붓다의 그 깊은 속을 알아차리지 못했다. 붓다보다 서른다섯 살이나 어린 만큼 아난다는 늘 어린 동생 취급을 받는 게 싫다.

두 사람이 오랜 길을 걸어온 끝에 죽림정사에 막 들어설 때였다.

"수부티여, 먼길 오느라 고생이 많구나."

다라수나무 그늘에 앉아 아나파나를 하고 있던 붓다가 수부티를 발견하고는 깔고 있던 니사단에서 일어서는 게 아닌가.

붓다는 죽림정사 입구까지 나와서 오래도록 아나파나를 하고 있다가 수부티를 맞이한 것이다.

수부티는 붓다에게 예를 올리고 그 옆에 니사단을 펴서 깔고 앉았다.

그러고 보면 붓다는 전에도 그런 적이 있다. 지금의 마하카사파가 비구가 되려고 붓다를 처음 찾아왔을 때였다. 그때에도 붓다는 초조한 마음으로 길에 나와 마하카사파가 오기를 기다리다가, 오랜 걸음에 지친 마하카사파를 맞이하며 그의 손을 잡고 직접 절까지 데려온 적이 있다.

"수부티, 오늘은 여기서 자넬 기다렸어. 아난다가 꼭 데리고 올 줄 알았지."

"바가바트[038]시여! 이렇게까지 친히 나오시다니…"

수부티가 황송하여 두 손으로 합장하자 붓다는 껄껄 웃으면서 수부티의 손을 다정하게 어루만졌다.

"아니다. 내가 그대한테 부탁할 게 있어서 그러는 거지."

부탁?

세상사 천하사 훤히 꿰고 있는 붓다가, 공(空) 이전을 마음대로 오가는 붓다가 수부티에게 부탁을 한다?

한번 보거나 듣기만 해도 결코 잊지 않는 아난다가 생각해도, 붓다는 아직 누구한테 부탁한다는 말을 해 본 적이 없다. 죽림정사를 보시한 빔비사라왕에게도 그런 말을 한 적이 없다. 늘 이러이러하다고 있는 그대로 진실을 말씀하실 뿐 붓다는 주장하거나 요구하지 않았다. 그런데 붓다는 분명 수부티에게 부탁한다는 말을 한 것이다.

"수부티여. 그럼 저기 나무 그늘로 가서 이야기 좀 하자."

붓다는 좀 더 한적한 곳을 찾아 숲을 둘러보더니, 커다란 니그로다나무 아래로 수부티를 잡아끌었다. 아난다는 둘이서 이야기를 나누라는 듯 죽림정사로 먼저 들어갔다.

나무 그늘에 앉자, 붓다는 천천히 수부티를 부른 뜻을 말했다.

"내가 보리수 그늘에서 깨지지 않고 나뉘지 않고 부서지지 않는 반야를 깨우친 지 몇 년이 되었는지 아는가?"

"예, 40년이 훨씬 넘었습니다."

---

038　붓다를 부를 때 쓰는 호칭이다. 한자로는 세존(世尊)인데 모든 한역(漢譯) 경전에서 붓다를 직접 호칭할 때 가장 많이 쓴다.

"그렇다. 내가 40년 전에 반야를 깨우쳤다는 말은, 머지않아 내 나이 여든 살이 될 거라는 뜻이구나. 사리풋타 존자와 목갈라나 존자는 이미 여든을 넘기셨다. 우리 세 사람의 몸은 이제 낡을대로 낡아 죽을 때가 멀지 않았다."

수부티는 그제야 붓다가 많이 늙었다는 것을 새삼 깨달았다. 얼굴에는 잔주름이 가득 차고, 귓볼 밑에는 서너 점 저승꽃이 피어 있다. 게다가 몇 해 전에 아사세왕의 군대와 맞선 이후로 더욱 노쇠한 듯하다. 또 사카족의 멸망을 어쩔 수 없이 지켜보며 큰 아픔을 겪은 적도 있다. 요즘은 이도 튼튼하지 못해 딱딱한 음식을 씹기가 어렵다.

수부티의 손을 잡아당기는 붓다의 손등을 들여다보니 주름이 깊고 힘줄이 도드라지고 살갗이 마르고 저승꽃이 피어 육신으로는 영락없는 노인네다.

아무리 깨달음을 이루어 숱한 사람들의 존경을 받고 있다지만, 붓다 역시 몸을 가진 한 인간이다. 인간의 눈, 인간의 손, 인간의 발을 갖고 있다. 그에게 찾아든 나이가 쌓이고 쌓여 여든이 된다면 이를 감당하기 어렵기는 다른 노인들과 다를 바가 없다.[039]

수부티는 갑자기 나이를 따지는 붓다를 걱정스럽게 올려다보았다.

붓다의 맨발을 보니 거북등처럼 갈라졌다.

웃을 때마다 이마의 주름이 더 깊게 잡힌다.

"바가바트시여, 무슨 말씀이신지…?"

"세속에서도 죽을 때가 되면 자식들한테 재산을 물려주지 않느냐?"

039    당시 평균 수명은 대략 40세쯤이다. 현대의 여든 살이 아니다.

"바가바트께서 어찌 세속의 풍습을 따르시겠습니까? 법신(法身)은 변하지 않잖습니까? 반야에 본디 생사가 없는데 바가바트에게 어찌 죽음이 있으리까."

"법신이야 어찌 변하겠느냐. 하지만 중생의 마음이 변하기 때문에 하는 말이다. 죽는 이 몸에 올라탄 나야 죽음 따위를 벗어나 아무 걱정이 없지만, 막상 내가 죽고나면 나를 눈으로 직접 보지 못하는 중생이며, 미래의 중생이 또다시 미혹될까 걱정이 된다. 잘난 척하더니 저 늙은이도 죽는 거 봐라, 자기가 무슨 수로 안죽느냐, 이러면서 승가040를 조롱할 것이다. 데바닷타의 일을 겪어 보지 않았느냐."

"바가바트시여. 제 생각이 미처 거기까지는 미치지 못했습니다."

"내 제자들이야 '붓다께서 열반에 드셨다'고 말하고 그 뜻을 잘 알겠지만 세상 사람들이야 고타마도 늙어 죽더라, 이렇게 말할 것이다. 붓다라더니 다를 게 하나 없네, 병 드니 아프고 늙으니 죽을 뿐이네, 입 벌리고 눈 뜬 저 시체 좀 봐, 이럴 것이다. 특히 외도들은 손뼉치며 좋아할 것이다.

그런즉 어찌 중생의 눈이 온전할 것인가. 나는 거짓이 진실을 덮는 세상이 되지 않도록 큰 불을 밝히고자 먼 길을 걸어왔다. 핍팔라나무 아래서 반야를 깨우친 다음에도, 이 진실의 횃불이 결코 꺼져서는 안 된다는 생각으로 가야에서 사르나트까지 맨발로 길을 갔다. 사바의 이 넓은 세상에 법등(法燈) 하나는 꺼뜨리지 않고 늘 켜두어야만 하는

---

040 saṃgha. 한자로 번역할 때 중(衆)이라고 하고, 소리번역은 승가(僧伽)로 했다. 중(衆)의 기준은, 한자로는 3명(众)이고, 불교에서는 4명이다. 즉 아무리 적어도 4명 이상이 공동체로 살아야 중(衆)이다.

것이다. 그래야만 인연 있는 중생들이 그 불빛을 따라 반야를 볼 것 아니냐."

"그 법등이란 곧 공(空)으로 밝히는 불빛이겠지요. 그 법등으로 삼천대천세계를 환하게 비추시렵니까?"

"역시 수부티로다. 그래서 내일 바이바라산 칠엽굴에서 작은 법등 하나를 켜고자 한다. 마침 안거도 끝나는 날이고, 아사세나 데바닷타의 일도 잘 마무리되고, 두루두루 좋은데 다만 목갈라나 존자가 아프고, 사리풋타 존자마저 노쇠하여 내 마음이 몹시 아프다. 두 존자가 열반에 들 수 있게 허락해 달라고 거듭 청하니 나로서도 어쩔 수가 없구나. 두 존자는 나와 함께 40년간 교단을 이끌어오신 분들이니 열반에 들지 말고 세상에 남아 메시아[041]가 오실 때까지 기다려 그가 붓다가 되는 걸 보고나서 열반하라고 부탁하고 싶지만, 그건 나의 지나친 욕심이다. 그들도 윤회에서 벗어나 이제는 반야로 돌아갈 자격이 있다. 그래서 그동안 말하고 싶어도 하지 못한 채 숨겨둔 마지막 법등을 켜려 한다."

"어떻게 켜시렵니까? 정말 공(空)으로 법등을 삼으시겠습니까?"

"그렇다. 그대가 훔쳐간 바로 그 공(空)이다. 다만 법등을 더 환하게 밝혀 공상(空相)의 신비한 경지를 온 세상에 또렷하게, 있는 그대로 보여주고자 한다."

"바가바트시여, 공을 대중에게 말씀하신다구요? 대중이 과연 믿

---

041  팔리어 Metteyya로 메시아로 읽힌다. 산스크리트어로 Maitreya. 붓다 당시 도솔천(Tusita)에 살고 있다고 하였는데, 수명 3,000살이 끝나면 인간 세상으로 태어나 붓다가 된다고 한다. 지금은 그때로부터 2,600년이 지났으니 그 말대로라면 메시아가 와야 한다.

을까요? 아라한들도 다 깨우치지 못한 것을요?"

"그렇다. 그동안 아함부를 12년간이나 설하고, 또 방등부는 8년간이나 했다. 그리고 반야부는 지금까지 20년을 설했다. 이제 그 마무리를 할 때가 되었다. 내일 설하고자 하는 내용은 너무 크고 너무 무겁고 너무 깊은 내용이다. 그러므로 아무나 듣게 할 수가 없다. 비록 아라한이라도 다 들어 이해할 수 없는 부분이 있다. 그러니 함부로 말할 수 없어 여태 입을 다물어온 것이지만, 사리풋타와 목갈라나가 열반에 들겠다고 저리 성화니 그분들이 가시기 전에 내가 한번은 얘기를 해야 할 것 같구나."

"도리천 설법인 마하파탄경도 사리풋타 존자에게 되풀이 설해주지 않으셨습니까. 마땅히 두 존자에게는 그렇게 해드려야 한다고 생각합니다."

"아무렴. 두 존자에게 마지막으로 드릴 수 있는 선물이 이제는 그것밖에 없구나."

"그렇군요. 하지만 공상(空相)을 함부로 보이면 허무주의에 빠져 가사를 벗어던지고 발우를 내던질 비구가 한둘이 아닐 것입니다. 이런 단멸론(斷滅論)042에 빠지면 당장 계(戒)를 버려 마음이 흩어지고 수행은

---

042    단멸론(斷滅論, ucchedavādā). 인간을 포함한 모든 존재는 반드시 소멸하여 없어진다는 주장이다. 현대 물리학자들 중에서도 인간은 죽으면 아주 없어진다는 단멸론을 주장하는 사람들이 많다. 이런 오해는 무아(無我), 즉 자아가 없다는 금강경 사상 때문에 나타났는데, 막상 붓다는 윤회환생을 강조했다. 즉 자아, 무아는 글자 그대로 단순한 말이 아니다. 붓다는 "존재한다는 주장도 하나의 극단이요, 존재하지 않는다는 주장도 하나의 극단이다. 붓다는 이 두 가지 극단에 다가가지 않고 그 가운데에서 가르침을 드러낸다."고 말했다.

게을러질 것입니다. 걱정입니다. 비구들조차 공을 이해할 수 없을 텐데, 혹시라도 공상(空相)의 껍데기와 그림자만 보게 된다면 어리석은 사람들은 바가바트의 가르침을 버리고, 계를 조롱하면서 비웃을지도 모릅니다. 도로 귀신을 섬기며 욕망의 쳇바퀴만 죽도록 굴릴 것입니다. 비구들마저 계정혜(戒定慧)를 벗어던진 채 불나방처럼 욕망을 찾아다닐 것입니다."

붓다는 고개를 끄덕이며 수부티의 눈을 뚫어져라 바라보았다.

걱정말라는 뜻이다.

"나는 반야를 바닥까지 훑고, 끝까지 뚫고, 먼지가 되도록 쪼개어 그 실체를 똑똑히 바라본 젊은 시절, 맨처음 콘단냐, 아사지, 마하나마, 밧디야, 바파 다섯 비구를 모아 놓고, 내가 깨달은 반야 실상을 초조하고 두려운 마음으로 설명한 적이 있다. 그들은, 우르벨라 고행림에서 6년간 함께 고행한 도반이지만 지독한 고행요가에 지친 내가 악마 파피야스의 꾐에 넘어가 수행을 포기하고 안락에 빠졌다며 나를 비난했다. 그렇게 나를 버리고, 내가 처음 만난 알라라 칼라마 문하로 들어가 자기들끼리 수행하겠다고 먼 사르나트로 떠나가버린 도반들이니, 난들 그들의 귀를 열기가 쉬웠겠느냐. 파피야스의 괴롭힘이 사실은 더 큰 자비인 줄 그들이 알기나 했겠느냐?

그들이 과연 나를 이해하고, 내 말을 알아들을 수 있을까. 내 말을 들으려고나 할까. 그렇게 의심하며 사르나트에 이르는 모랫길을 밟아나갔지. 내가 그들을 사르나트에서 만나 반야에 대해 말하고자 할 때 콘단냐는 돌아누워 있었고, 누군 콧구멍을 쑤시고, 누군 먼 하늘을 바라보고, 누군 헛기침을 해댔다. 그래도 나는 그들을 향해 한 방울

한 방울 감로를 흘려주었다. 그들이 내 말에 귀를 기울이기까지 무려 보름이나 걸렸다. 그때처럼 내 마음이 다시 울렁거린다.

이번 설법은 곧 열반에 들 목갈라나 존자와 사리풋타 존자를 위한 것이다. 두 분은 몸이 쇠락해 몹시 힘겨워하신다. 두 분이 비록 아라한이 되었지만 그래도 그들은 천상에 다시 태어나 더 수행해야만 완전한 해탈 열반에 이를 수 있다. 그래서 내 마음이 급하다.

이번에는 나 혼자 설하는 것보다 너하고 공(空)을 닦고, 벗기고, 문지르고, 까면서 말을 주고받고자 한다. 그러면 두 분이 알기 쉽고, 이해하기 쉬울 것이다. 다행히 네가 공에 이미 발을 들여놓아 탐진치(貪瞋痴)에서 진작 해탈했으니 함께 이야기하기가 좋을 것이다."

"내일 켜실 법등을 뭐라고 이름하실 것입니까?"

"쉽게 말하면 벼락경이라고나 할까. 벼락이 내리치면 부서지지 않는 게 없잖으냐. 반야는 형제도 없고 소리도 없고 냄새도 없지만 부수지 못하는 게 없고, 깨지 못하는 게 없고, 태워 없애지 못하는 게 없다. 나는 무명(無明)을 일으키는 주범 탐진치(貪瞋痴)를 때려부수고 깨고 태우는 벼락 같은 금강반야를 주고자 한다. 그러니 금강경[043]이라고 해도 좋고, 금강반야경이라고 불러도 좋고, 벼락처럼 무명을 때려부수는 벼락경이라고 해도 좋고, 공경(空經)이라고 해도 좋다.

나는 그대와 더불어 무엇이든지 끊을 수 있고, 무엇이든지 벨 수 있고, 무엇이든지 부술 수 있고, 무엇이든지 자를 수 있고, 무엇이든지

---

043    산스크리트어로는 Vajracchedikā Prajñāpāramitā Sūtra, 한자로는 《능단금강반야
       바라밀경(能斷金剛般若波羅密經)》이다.

이길 수 있는 반야지혜의 핵심인 공(空)을 말하고자 한다. 그러므로 미혹과 번뇌와 집착 또한 그렇게 끊어버릴 수 있다. 반야라 함은 내가 이미 20년간 설했으니 지혜의 완성이자 삼천대천을 꿰뚫는 슬기를 뜻하는 말임을 너도 알 것이다. 벼락이나 금강저(金剛杵) 같은 뜻이다. 그러므로 금강경은 '어떤 미혹, 번뇌, 집착도 능히 끊을 수 있는 지혜의 경지를 가리키는 길'이라는 뜻이다."

"그렇다면 내일 켜실 등불의 심지는 탐진치군요. 그 불꽃은 계정혜(戒定慧)일 거구요."

"수부티여, 바로 보았다. 우리는 탐진치를 모조리 태워 계정혜라는 불을 환히 밝혀야 한다. 그것이 바로 법등이요, 반야등이다."

"바가바트시여, 왜 굳이 바이바라산 칠엽굴에서 법등을 밝혀야 하는 것입니까?"

"아자타삿투나 데바닷타처럼 조금만 배고프고, 조금만 지치고, 조금만 기분 나빠도 달콤한 유혹에 넘어가는 중생이 너무 많기 때문이다. 평생 나를 믿고 보시해준 빔비사라왕조차 데바닷타의 꾐에 넘어간 태자 손에 죽었다. 나의 종족인 사카족마저 전쟁에 패해 뿔뿔이 흩어졌다. 붓다가 이렇게 몸으로, 색(色)으로 존재하는 지금의 이 세상에서도 이런 일이 속절없이 일어난다. 신통제일이라는 목갈라나 존자마저 독사 같은 바라문들에게 폭행당해 부상이 깊다. 그는 피할 수 있는데도 피하지 않고 '브라흐마나 비슈뉴나 시바신도 반야를 벗어나지 못한다'고 설하다 그들의 분노를 샀다. 내가 이곳 죽림정사에 있는데도 가까운 왕사성에서 그런 폭행 사건이 일어나는데, 나마저 죽으면 외도는 더욱 극성해질 것이다. 목갈라나 존자와 사리풋타 존자, 그리고 내가 모두 떠나버리면 가까스로 켠 법등(法燈)이 또다시 꺼지지 않을까 걱정스럽다. 법등이 한 번 꺼지면 인류는 또 수억 겁을 어둠 속에서 욕망과 공포와 무명에 시달릴 것이다. 지금이야 5백 아라한이 있고, 1천 2백 비구가 있다지만 백 년, 이백 년, 천 년, 이천 년이 흐르면 누가 붓다를 증명할 것이며, 누가 지혜의 완성인 반야를 바로 가리킬 수가 있으랴. 훗날 아나파나를 할 비구가 과연 남아 있을까? 아마도 가짜들이 나타나 괴상한 난법(亂法) 불법(不法) 파계(破戒) 묘계(妙戒)를 내걸며 나와 반야를 모독할 것이다. 그런 난법 불법의 세상에서 정법을 수호하려 나서는 이가 있다면 다른 무기로는 다 소용이 없고 오직 벼락이나 금강저 같은 무기를 써야만 법등을 꺼뜨리지 않을 수 있을 것이다. 무슨 거짓이든, 무슨 겁박이든 오직 이 경으로 물리칠 수 있기 때문이다. 이 경으로 이기지 못할 적은 진실로 아무것도 없으리라. 천신 귀신들조차 반야 앞에서는 고분고분 말을 들을 것이다. 그리하여 반야를 구하고, 반야를 깨달으려는 사람은 마땅히 칼과 화살을 버리고 이 경을 굳게 잡아야만 한다.”

붓다는 입술을 꾹 다물면서 수부티의 어깨를 두드렸다.

그리고 내일 있을 금강경 비밀법회를 어떻게 이끌지 수부티에게 차근차근 줄거리를 말하고, 차례와 순서를 추렸다.


마차푸차레봉에 비친 햇살이 부서져 하얗게 빛난다.

태이자가 잠시 꿀물이 든 병을 들어 잔에 따랐다. 그러고는 아주타나에게 건네고, 빈 잔에 더 따라 이번에는 그가 마셨다.

“칠엽굴에 일곱 분이 모였다. 붓다, 금강경을 이야기할 수부티, 사리풋타 존자와 목갈라나 존자, 마하카사파 존자, 아난다 존자, 라훌라 존자다. 붓다께서 일곱 존자만 따로 불러 설하시는 뜻이 있다. 수부티는 공(空)을 가장 바르게 본 존자시니 당연하고, 사리풋타 존자와 목갈라나 존자가 왜 계신지 말해주마. 이 무렵 목갈라나 존자는 왕사성에 들어갔다가 바라문들에게 폭행을 당해 몸이 많이 상하셨다. 안그래도 늙으신 분인데 이 사건 이후 편안하게 걷지 못하셨다. 또 동무처럼 수십 년간 수행을 함께 해온 사리풋타 존자도 늙으셔서 두 분은 그만 열반에 들어야겠다며 붓다께 이제는 죽게 해달라고 요청한 상태다. 그러니 두 분의 열반을 허락하는 자리이기도 하고, 그래서 이승의 마지막 설법을 하시자는 뜻도 있다. 이 두 분이 돌아가시면 늙은 붓다를 대신해 비구 승가를 이끌어갈 마하카사파 존자가 할 일이 많아진다. 그러니 마하카사파 존자가 참석해야만 한다. 라훌라 존자는 붓다의 아들이기도 하지만 사리풋타의 제자이기도 하고, 붓다로부터 메시아가 세상에 태어나 빨리 반야를 깨우칠 수 있도록 도우라는 특별한 부촉을 받고 있었다. 아난다의 조카인 라훌라는, 아난다보다 나이가 많아 이때는 쉰 살이 훨씬 넘었다. 아난다 존자는 사촌형이신 싯다르타가 아라한이 되던 날 태어났으니 아직은 이 가운데 가장 젊은 마흔네 살이다. 시자이니 당연히 옆에 있어야 한다. 이 중에 아라한에 이르지 못한 분은 아난다밖에 없지만, 아난다가 시자를 맡으며 붓다로부터 받아낸 약속으로 '어떤 법회든 아난다를 꼭 참석시킨다'는 조건이 있다. 심지어 '아난다가 없을 때 다른 사람이나 다른 곳에서 설법한 게 있으면 나중에라도 아난다에게 꼭 다시 들려준다'는 약속까지 맺었다. 그러니 당연히 참석해야 한다. 듣다 보면 언젠가는 터질 것이라고 붓다도 믿고 아난다도 믿는다.

자, 모일 분은 다 모이셨다. 사리풋타, 목갈라나, 마하카사파, 수부티, 라훌라, 아난다 등 참석자들이 다 모였다. 아주타나, 너는 이분들이 어떤 인연으로 이 자리에 모였는지 한번 살펴보기 바란다. 이분들이 붓다에게 모여든 인(因)과 연(緣)을 살펴보면 금강경을 왜 이들에게 설하는지 짐작할 수 있을 것이다.”

태이자는 아주타나에게 생각할 시간을 주는 듯 슬며시 눈을 감고는 호흡을 골랐다. 날숨이 느리지도 빠르지도, 들숨이 크지도 적지도 않다.

아주타나도 눈을 감았다. 호흡을 헤아리며 다시 시간 여행에 나섰다. 달리고 달려 그들이 붓다를 중심으로 몰려들던 공간을 휘어잡고 시간을 끌어당겼다.

# 03

제
타
바
나 정사
$_{0}$
$_{4}$
$_{4}$

중인도에서 마가다국(Magadha)과 함께 가장 부강한 나라로 손꼽히던 코살라국. 수부티가 태어날 무렵의 국왕은 파사나디다.

어려서 북인도의 타크샤쉴라국(taksasila)⁰⁴⁵으로 들어가 공부할 만큼 학문의 깊이가 남다른 파사나디는 왕위에 오른 뒤로 오랜 평화시대를 지켜왔다.

사위성 스라바스티는 코살라국의 수도로 그 어느 도시보다 번창했다. 살기 좋은 나라인만큼 인구가 매우 많다. 그런만큼 전인도에서 모여드는 훌륭한 인재도 많아 파사나디는 이들의 도움을 받아 나라를 훌륭하게 다스렸다. 사위성 인재 중 한 명이 바라문인 수닷타 장자인데 그가 바로 수부티의 큰아버지다.

크샤트리아 계급인 파사나디왕은 브라만인 수닷타 장자보다 아래 계급이다. 하지만 이때는 왕권이 신권(神權)을 막 앞질러 나가던 시기다.

인도에는 예로부터 사성제도(四姓制度)라는 신분제도가 뿌리 깊게 전해져 온다. 사제(司祭)들을 브라만이라 부르고, 무사계급은 크샤트리아, 농민이나 상인 등은 바이샤, 천민 노예는 수드라로 사람 취급조차 받지 못한다. 당시 세상의 어떤 문명에서도 결국 무사계급이 사제계급을 넘어서는 중이었는데 청동기 문명이 시작된 인도도 마찬가지였다.

인도인들은, 인간의 계급은 태어날 때 정해지는 것이고, 환생을 통

---

044      Jetavana-Vihara. 제타바나는 코살라국 기타 태자 소유의 숲이었다. 이에 수부티의 큰아버지인 수닷타 장자가 이를 사들여 수행자의 공간을 가리키는 Vihara로 꾸몄다. 한자로는 정사(精舍)로 새긴다. 한편 이 정사를 보시한 수닷타는 가난하고 외로운 사람에게 보시를 많이 하는 사람이란 뜻이다.

045      taksasila. 한자로는 덕차시라국(呾叉始羅國)으로 표기.

하지 않고는 계급을 뛰어넘을 수 없다고 믿는다. 그러니 계급을 넘어 결혼하는 일도 없다.

브라만인 수닷타 장자는 왕의 신하라기보다는 형식적으로는 자문역이다. 그는 상당한 재력가로, 사위성 스라바스티의 절반이 그의 땅이라는 둥, 고래등 같은 집에 금은보화가 곳간마다 가득하다는 둥 재산에 대한 갖가지 소문이 무성하였다. 소문대로인지는 아무도 모르지만 엄청난 부자인 것만은 틀림없다.

수닷타 장자가 백성들의 존경을 받는 까닭은 파사나디왕의 자문으로 나라를 잘 이끄는 데에도 있지만, 다른 이유가 또 있다. 그는 가난한 사람을 보면 그냥 지나치지 않았다. 그러다 보니 헐벗고 굶주리고 외로운 사람들이 시도 때도 없이 수닷타 장자의 집으로 몰려들지만 빈손으로 돌아서는 사람은 아무도 없었다. 지치지 않고 끊이지 않는 자비, 그래서 그를 진정한 장자라고들 불렀다. 목숨보다 더 급한 일은 없으니 배고파 찾아오는 사람은 무조건 보시하라는 게 수닷타의 철칙이었다. 그래서 그의 이름도 수닷타. 더구나 그는 한편으로 조로아스터교 즉 불을 섬기는 종교에 깊은 관심을 갖고 있었다. 조로아스터교를 믿던 우르벨라 카사파 3형제가 대부분 붓다에게 귀의한 이후 그도 이에 대한 소문을 들어 알고 있었다.

이런 수닷타 장자에게 작은 기쁨이 있었으니 바로 조카 수부티다. 조카 수부티는 태어날 때부터 신비스럽고 기이한 형상을 보이더니 자랄수록 집안 어른들을 기쁘게 하였다. 어린 수부티는 총명하기 이를 데 없었다.

그는 말을 하기 시작한 서너 살 때부터 스스로 책을 찾아 읽었다.

마치 공부하던 중에 환생한 학자 같다고들 했다.

열대여섯 살이 되어야 스승을 모셔 놓고 배우는 브라만 경전을, 그는 어려서부터 척척 외워대고, 그 의미를 알기나 하듯이 책장을 한 장 한 장 넘겨가며 유심히 들여다보곤 하였다.

그런 조카가 대견하다는 듯이 수닷타 장자는 재미삼아 책을 읽어주곤 했는데, 놀랍게도 수부티는 토씨 하나 빼지 않고 그대로 따라 읽었다. 웬만하면 한 번 읽은 책을 통째로 외워버렸다. 두 번 읽을 것도 없었다.

수닷타 장자는 동생 수마나의 아들인 수부티를 어찌나 좋아하던지 스승을 구해주고, 좋다는 책은 두루 구해 보여주었다. 수부티는 손에 잡히는 책마다 순식간에 읽어치웠다.

보다 못한 수닷타 장자는 《베다》《브라흐마나》《우파니샤드》 등의 브라만 경전을 두루 섭렵한 사위성 제일의 스승을 초청하였는데, 수부티는 며칠만에 브라만의 계조(戒條)를 술술 외워댔다.

또한 한 해만에 글씨, 그림, 산수, 4베다론, 수기법, 웅변술, 무기 쓰는 법, 대주술법, 천타론, 가지가지 문장, 5행의 성수(星宿), 음양의 도수 등 브라만교의 교리와 철학을 두루 꿰었다.

"이런 아이는 생전 처음입니다. 저는 더 이상 가르칠 수 없습니다."

사위성 제일의 바라문 학자는 혀를 내두르며 수부티를 떠나갔다. 수닷타 장자 뿐만 아니라 그의 동생인 수마나 장자도 아들인 수부티를 어쩌지 못했다. 집안에서는 가문의 영광을 가져올 아이가 태어났다고들 자랑이 대단했다. 더구나 수부티의 어머니가 세상을 떠나면서 똑똑한 조카를 바라보던 수닷타 장자의 눈길은 더 간절해졌다.

수닷타 장자는 사위성 뿐 아니라 다른 나라에서도 각 학문의 최고 실력자들을 찾아 모셨다. 그때마다 수부티는 천문, 지리, 길흉, 지진, 음악, 가무 등 배울 수 있는 것은 무엇이든지 다 익혔다. 마지막으로 가무(歌舞)를 가르치는 선생이 떠나자 수부티가 아버지 수마나와 큰아버지 수닷타 장자에게 호소하였다.

"그동안 여러 스승으로부터 이 세상에 존재하는 학문이란 학문은 모두 다 배웠습니다. 이제 스승님도 전부 떠났습니다. 더 이상 모실 스승이 없지만 배움에 대한 목마름은 도무지 가시지 않습니다."

아버지 수마나는 그런 아들을 나무랐다.

"배워서 아는 것이 이 세상의 전부는 아니란다. 이 세상에는 우리 코살라 말고도 수많은 나라가 있지만, 학문이란 이름을 갖지 않은 진리도 많단다. 그런 것은 인생을 살아가면서 차차 깨우치게 되는 것들이란다. 형님, 대체 이 녀석을 어떻게 가르쳐야 할까요?"

"수부티여, 이 큰아버지는 네게 좋은 거라면 뭐든 구해주고 싶고, 네게 좋은 거라면 뭐든 가르치고 싶다. 하지만 나나 네 아버지는 더 이상 가르쳐 줄 게 없구나."

수닷타 장자는 어린 가슴에 허전함을 느끼는 수부티가 안타까웠다.

"큰아버지, 인생, 진리 그런 것 또한 덧없을 뿐입니다. 학문이라면, 혹시 하늘 아래 저만큼 지혜로운 사람이 또 있겠습니까? 제가 느끼는 이 허전함, 텅 빈 듯한 느낌… 아무래도 세상의 지식으로는 이 빈 자리를 채울 수 없을 듯합니다."

수닷타는 이런 조카를 걱정만 할 뿐이었다.

"내가 요즘 관심을 갖고 있는데, 불을 신성하게 여기는 조로아스터를 너도 배워보기 바란다. 네가 공부할 만한 게 더 있는지 찾아보마."

이런 중에 수닷타 장자는 파사나디왕의 청으로 이웃나라인 마가
다국을 방문하게 되었다. 마가다국은 갠지스강 남쪽에 위치한 부강한
나라로 빔비사라(Bimbisara)왕이 다스리고 있었다.

수닷타 장자의 수레 행렬이 마가다국의 수도인 왕사성 라자그리하
로 들어가려던 참이었다.

'따앙, 따앙, 따앙, 따앙…'

요란한 망치질 소리가 멀리서 들려왔다.

수닷타 장자가 고개를 돌려보니, 왕사성에서 멀지 않은 산기슭에
사람들이 까만 점처럼 다닥다닥 매달려 있었다.

'무얼 하는 거지?'

수닷타 장자는 고개를 갸우뚱하며 다시 한번 산꼭대기를 쳐다보
았다.

왕사성으로 들어가 빔비사라왕을 만난 수닷타 장자는 인사를 나
눈 후 조금 전에 들은 망치질 소리를 물었다.

"예, 그 산은 독수리산 그리드라쿠타[046]라고 합니다. 독수리가 많이
살아 그렇게 불리는데 우리 마가다국 최고의 영산이지요."

"산기슭에 사람들이 많이 모여 있던데 무얼 하고 있는 것입니까?
망치 소리 같기도 하고…"

---

046    Griddhakuta parvata. 독수리산이란 뜻이다. 한자로 영취산(靈鷲山)으로 번역한다.

"허허허, 들으셨군요. 실은 독수리산에 돌계단을 만들고 있는 중이지요."

"돌계단이라 하면?"

"돌산이라 오르내리기 쉽도록 돌을 쪼고 다듬어 계단을 놓는 것입니다."

"그런 대공사를 하시는 이유가 뭐지요?"

수닷타 장자의 호기심 어린 눈빛을 보고 빔비사라왕은 사람 좋은 웃음을 흘렸다.

"절대 진리, 완전한 진리인 반야를 깨우치신 붓다께서 지금 우리 왕사성 라자그리하의 대나무숲에 머물고 계십니다. 그분을 위해 토목공사를 하는 중이랍니다. 독수리산은 예부터 많은 선인들이 기도를 올린 성스러운 땅이지요. 붓다와 그분을 따르는 여러 제자들이 독수리산을 좀 더 쉽게 오르내리며 수행할 수 있도록 하려는 것입니다."

"절대 진리, 완전한 진리인 반야를 깨우치신 붓다라구요?"

"예. 저 북쪽 설산 아래 카필라국에서 오신 태자십니다. 우리 마가다국 땅인 가야에서 수행정진하시다가 마침내 붓다가 되셨지요."

수닷타 장자는 빔비사라왕의 말이 미심쩍기만 하였다.

"혹시 오래전부터 기다리던 전설의 전륜성왕(轉輪聖王) 아닙니까?"

"전륜성왕은 온 천하를 통일하고 태평성대를 이루어 이 땅에 평화와 행복을 가져올 분이지요. 하지만 붓다는 전륜성왕이 아닙니다."

"그렇다면?"

수닷타 장자는 빔비사라왕의 말이 갈수록 기이하게만 여겨졌다.

사실 빔비사라왕은 붓다를 알기 전 우르벨라 카사파를 먼저 알았다. 우르벨라 카사파 3형제와 그 무리가 카필라국 태자인 고타마 싯다르타에게 귀의했다는 말을 듣고 그제야 고타마를 따른 것이다.

"내가 고타마 싯다르타, 즉 오늘의 붓다와 우르벨라 카사파를 만났을 때, 우르벨라 카사파는 제가 이미 알고 있는 매우 나이가 많은 노인이고, 고타마 싯다르타는 한창 젊은 청년이었습니다. 브라만께서는, 늙은 노인이 어린아이를 가리켜 '이 사람이 내 할아버지'라고 하면 믿어지겠습니까. 세상에, 우르벨라 카사파가 고타마를 가리켜 '나의 스승님이십니다' 하면서 내게 알려줄 때 저는 정말 깜짝 놀랐습니다. 저는 젊은 청년 고타마에게 예를 올리고 그 자리에서 설법을 들었습니다. 그날부터 저는 붓다를 따르게 되었습니다."

우르벨라 카사파라면 조로아스터교에서 가장 높은 어른이다. 그도 우르벨라 카사파를 만난 적이 있다. 그런 그가 손자뻘인 붓다의 제자가 되어 있다니.

"붓다는 절대 진리인 반야를 깨우치신 분입니다. 전륜성왕은 훌륭한 왕이기는 하나 반야를 깨우친 붓다가 되지는 못하지요. 전륜성왕은 단지 영광스런 모습만 취할 뿐입니다. 붓다는 카필라국 태자지만 다 버리고 출가하신 분입니다. 뭐, 카필라국으로 돌아간다면야 전륜성왕이 되고도 남으시겠지만 지금은 가난한 사람들이 사는 마을과 거리에서 탁발로 살아가며 제자들을 가르치고 계십니다. 왜냐하면 몇십 년 세상을 다스리는 왕이 되기보다는 수천 년, 수만 년 동안 지혜를 밝힐 등불이 되실 테니까요."

"대왕이시여, 제 눈으로 보지 않아서 뭐라 말씀드리기는 어렵지만, 요즘 도를 이룬 성자라고 자처하는 이가 어디 한둘이라야지요. 우리 코살라에도 거지떼처럼 몰려다니며 사람들을 속이는 무리가 한둘이 아닙니다. 하는 짓 보면 시정잡배만도 못하여, 도박에 계집질하면서 보시 도둑질이나 하고, 떼 지어 몰려다니며 귀신 팔아 사람들을 유혹한다고나 할까요?"

수닷타 장자의 말이 사실이긴 하다.

오랜 세월 인도의 정통 종교로 내려온 브라만교도 여러 파로 나뉘어 있다. 새로운 도를 찾는 출가가 유행하던 요 몇 년 사이에 사이비 종교가 비 온 뒤 마구 일어나는 죽순처럼 퍼지고 있다. 따르는 이가 고작 수십, 수백 명에 불과해도 그 광기(狂氣)로 많은 사람들이 현혹되기 일쑤다. 수닷타 장자가 의심하는 것도 바로 이런 것이다. 조로아스터교를 이끄는 우르벨라 카사파가 붓다의 제자가 돼 있다는 말도 의심이 간다.

"저는 붓다의 깊이를 잴 수가 없습니다. 장자께서도 언젠가 직접 만나뵐 수 있을 겁니다. 그때 가서 다시 말씀 나눕지요."

수닷타 장자의 마음을 읽은 빔비사라왕이 얼른 화제를 돌렸다.


이튿날 빔비사라왕의 융숭한 대접을 받은 수닷타 장자는 일을 다 마치고 코살라국으로 돌아가려고 수레를 북서쪽으로 몰아갔다. 북쪽으로 난 감다키강을 따라가면 카필라성이 나오고, 북서쪽으로 갠지스강을 따라 올라가면 코살라국의 사위성이 나온다.

저 멀리 독수리산에서는 여전히 돌계단을 두드리는 인부들의 망치 소리가 울려퍼졌다.

'도대체 설산 히말라야에서 왔다는 붓다가 어떤 청년이길래 현명

하기로 유명한 빔비사라왕을 현혹시켰을까?'

수닷타 장자는 멀리 우뚝 솟은 독수리산을 바라보며 생각에 잠겼다.

장자의 수레가 갠지스강의 하얀 모래밭을 지나고 있을 무렵이었다. 수닷타 장자는 붓다 이야기를 들려주면서 자기만의 비밀이라는 듯 환한 미소를 짓던 빔비사라왕을 머릿속에 그리고 있었다.

뜨거운 태양이 갠지스강의 잘디 잔 모래밭에 내리쬐었다. 그 때문에 모래밭이 온통 보석처럼 빛났다. 눈이 부신 수닷타 장자는 눈을 가느다랗게 떴다.

'아니?'

반짝거리는 모래밭 아래 황금빛 태양이 송두리째 내려온 듯 커다란 빛덩어리가 수레 행렬을 향해 다가오고 있었다.

"오늘따라 왜 이렇게 눈이 부신담?"

가까이 온 빛의 형체를 바라보니 막상 허름한 옷을 걸친 한 청년 수행자였다. 그의 몸이 빛을 뿜는 듯했다.

수행자는 수레가 지나가도록 갓길에 비켜섰다. 그의 뒤로는 역시 낡은 조각천을 꿰매 두른 몇몇 수행자들이 뒤따르고 있었다.

그중에 수닷타 장자도 잘 아는 우르벨라 카사파가 뒤따르고 있었다.

"아니, 카사파 수행자여! 짜라투스투라[047]를 섬기지 않고 어찌하여 젊은 청년을 뒤따르고 계십니까?"

"오, 수닷타 장자시여. 나는 아후라 마즈다를 버리고 붓다를 섬깁니

---

047    조로아스터교 창시자. 자라수슈트라(Zarathustra). 짜라투스투라로도 읽는다. 기원전
       1,000~1,400년 전 사람으로 천사장을 만나 '너는 예언자'라는 말을 듣고 조로아스터(그
       리스 식 발음)교 즉 불을 섬기는 종교를 만들었다.

다. 이 늙은이가 이제야 큰 빛을 만났습니다. 나는 이제 윤회의 씨앗을 뽑아내고 반야를 만났습니다. 브라만께서도 붓다에 귀의하십시오."

늙은 우르벨라 카사파는 수닷타에게 기쁜 낯으로 따뜻하게 말해 주고는, 대열을 따라 뒤뚱뒤뚱 걸어갔다.

수닷타는 얼른 고개를 돌려 맨앞에 선 청년 수행자를 다시 바라보았다. 맨발인 그의 발바닥은 나뭇조각처럼 판판하고, 발등은 두툼하며 발꿈치가 둥글다. 또한 누더기 사이로 언뜻 보이는 장딴지는 군살이 붙어 있지 않은 날렵한 사슴 다리 같다. 늘어뜨린 두 팔은 무릎을 향해 길게 내려와 있고, 그렇게 긴 두 팔을 합친 것만큼 키가 훌쩍 크다. 그럼에도 굽은 데 없이 곧고 단정하다. 살이 마른 가운데도 사자와 같은 기상이 느껴진다. 두 어깨와 정수리가 모두 둥글고 판판하며 두텁다.

수행자가 수닷타 장자의 수레를 지나는 순간, 그는 잠깐 수닷타 장자에게 눈길을 주며 그윽한 미소를 지었다.

수닷타 장자는 무어라 말할 수 없는 환희와 전율을 느꼈다.

'이 이가 혹시 붓다? 빔비사라왕이 말하던 절대진리 반야를 깨우쳤다는 그분? 전륜성왕의 형상을 지녔다는… 오호라.'

수닷타 장자는 그제야 붓다를 알아보았다. 외도 무리라고는 볼 수 없는 맑은 기운이 확실히 느껴졌다.

장자는 가슴에 불이 일어나는 것 같은 충격을 받았다. 그 자리를 떠나지 못한 채 한참 서 있던 그는 결국 수레를 돌려 저 멀리 가버린 붓다 일행의 뒤를 따랐다.

수닷타 장자는 곧 니구루나무와 대나무가 무성한 죽림원(竹林園)에 이르렀다.

붓다와 수행자들은 활엽수가 무성한 오솔길을 지나 커다란 절로 들어갔다. 죽림정사[048]다.

붓다가 마가다국 땅인 네란자나강에서 반야를 깨우친 뒤 처음에는 바라나시(Varanasi)로 올라가 녹야원[049]에 이르렀다. 거기서 다섯 수행자들에게 초전법륜을 한 뒤 도로 마가다국으로 돌아왔다. 그때 고타마 싯다르타 태자가 마침내 반야를 깨우쳤다는 소식을 들은 빔비사라왕이 카란다(kalanda) 장자와 함께 귀의하더니, 마침내 카란다 장자가 갖고 있던 대나무동산에 절을 지어 보시하니, 곧 죽림정사다. 이로써 최초의 절이 된 죽림정사는 붓다가 자주, 오래 머물며 설법을 하는 절이 되었다.

붓다가 자리를 잡고 앉자 제자들이 차례로 다가와 예를 올렸다. 그런 다음 설법을 시작했다.

수닷타 장자는 대법당 문 뒤에 서서 붓다의 설법에 귀를 기울였다.

"비구들이여, 출가한 사람은 무거운 마음 두 가지를 버려야 몸이 가뿐해지니 무엇이 그 두 가지인가. 첫째가 욕심을 버리는 것입니다. 마음이 일어나는 대로 따라 행동하는 것은 곧 어리석은 중생이나 따르는 길이니, 수행자는 이것을 버리고 오직 옳고 바른 지혜의 길을 찾

---

048   베누바나 비하르(Venuvana-vihra). 즉 죽림정사(竹林精舍)다. 마가다국의 장자인 카란다(kalanda)가 빔비사라왕과 함께 보시하여 지은 최초의 절로, 대나무숲이 우거져 있다.

049   미가다야(migadaya). 사슴 공원. 사르나트(Sarnath).

아내 철갑코뿔소의 외뿔처럼 힘차게 가야만 합니다. 둘째는 자기 자신이든 남이든 괴롭히거나 기회를 빼앗지 말아야 합니다. 나 자신을 자비하지 못하고, 남도 자비하지 못하면, 결국 내가 남에게 이익이 되지 못하고, 남도 나에게 이익을 주지 못하니 폭력, 욕설, 독점, 착취, 강탈은 반드시 버려야만 하는 독입니다."

붓다는 이렇게 말한 뒤 사람들이 이 법문을 외울 수 있도록 게송(偈頌)으로 다시 읊어 주었다. 글로 적지 않고 암송(暗誦)하는 시대이다 보니 운율을 맞춘 게송으로 전하는 게 이 당시 풍습이다.

> 나도 남도 괴롭히지 말고
> 모든 욕심의 뿌리를 뽑아 버려라.
> 만약 이 두 가지 법을 버리면
> 곧 달디 단 진리의 열매를 얻으리라.

붓다는 낭랑한 목소리로 욕망이 부르는 괴로움과 생로병사로부터 생기는 두려움을 떠나 해탈에 이르는 길을 설법하였다. 육신이 얼마나 무상한 존재인가, 욕심이 얼마나 허망한 감정인가, 두려움이란 얼마나 하찮은 감정인지 가슴이 뭉클하도록 호소했다. 어떤 때는 바람을 가르며 나는 화살처럼 날카롭게, 어떤 때는 푸른 초원을 달리는 봄바람처럼 부드러운 음성이 흘러나왔다.

이 세상은 브라흐마신이 주재하는 것이며, 따라서 인간은 단지 신이 정해준 운명을 따르는 것이 참다운 삶이라는 전통 베다 철학과는 전혀 다르다. 붓다는 모든 문제를 자기 자신에서 찾아내라고 거듭 말했다. 브라만의 여러 신들조차 반야 아래 존재하니 비구는 천신이든 귀신이든 받들지 말라는 주장까지 했다.

"반야는 높은 곳에서도 가장 높은 곳에 있는 완전한 지혜이니 지혜 앞에 무릎 꿇고, 지혜를 순종하되 출가 비구는 어떤 신에게도 절하지 말고, 신을 섬기지 말라. 스스로 반야가 되어 천신과 귀신의 절을 받고 외도의 절을 받아라. 브라흐마도 비슈뉴도 시바도 생로병사하는 존재일 뿐이다."

대법당 안은 붓다의 맑은 음성만이 조용히 울려퍼질 뿐이다. 문 뒤에서 붓다의 설법을 듣던 수닷타 장자의 눈에서 자신도 모르게 눈물이 흘러내렸다. 자신이 얼마나 어리석고 미련하며 갖은 욕망과 생로병사의 공포에 사로잡혀 있는 중생인지를 깨달았기 때문이다. 그리고 그런 모든 것으로부터 해탈할 수 있는 길을 붓다로부터 들었기 때문이다.

설법이 끝나자 그동안 브라만의 신을 섬겨온 사람들이 불법에 귀의하겠다고 나섰다. 붓다는 기꺼이 그들에게 삼귀의를 내렸다.

붓다에게 온전히 귀의하겠다는 붓당 사라낭 갓차미[050], 반야에 온전히 의탁하겠다는 담망 사라낭 갓차미, 출가 비구를 온전히 따르겠다는 상강 사라낭 갓차미이다.

저녁 무렵이 되어서야 사람들이 물러가기 시작하였다.

제자들도 하나둘씩 각자의 처소로 내려갔다.

---

050    삼귀의(三歸依). Buddham saranam gacchami(歸依佛), Dhammam saranam gacchami(歸依法), Sangham saranam gacchami(歸依僧).

법당 밖 니그로다나무 아래서 이런 광경을 끝까지 지켜보던 수닷타 장자가 마지막으로 대법당을 나오는 한 비구를 조심스럽게 불렀다.

"어디서 오셨습니까?"

이 비구가 친절하게 물었다.

"전 이웃나라 코살라국에서 온 바라문 수닷타라고 합니다. 오늘 처음 붓다의 말씀을 들었습니다. 지금 전 이 세상에 다시 태어난 듯 기쁩니다. 새 생명을 얻은 듯합니다."

비구는 빙그레 옅은 웃음을 지었다.

"그렇습니다. 붓다의 말씀은 갖가지 욕망과 늙고 병들고 죽는 괴로움에 시달리는 우리 중생을 구해주시지요. 전 목갈라나(Maudgalyayana)라는 수행자입니다."

수닷타 장자는 합장하는 목갈라나에게 얼른 고개 숙여 예를 올렸다.

"이토록 귀한 말씀을 들으니 고향 사람들이 생각나는군요. 전 코살라국에서 온 브라만입니다. 조로아스터교에도 관심이 많은데, 제가 감히 말씀드리기 어렵습니다만, 부디 붓다께서 저희 코살라국을 방문하시어 불쌍한 중생들을 위해 단 이슬 같은 설법을 들려주셨으면 합니다."

"수닷타 장자님, 그러지 마시고 붓다께 직접 말씀드리시지요. 붓다께서는 그 누구의 질문이라도 다 받으십니다. 붓다에게는 누구나 다 깨닫지 못한 중생이니까요."

목갈라나는 수닷타 장자에게 용기를 북돋아 주었다.

이때만 해도 반야를 깨우친 지 얼마 되지 않고, 승가도 많지 않은 때라서 청년 붓다를 직접 만나기가 그리 어렵지 않았다.

"저를 따라오시지요."

수닷타 장자는 목갈라나를 따라 붓다에게 나아갔다.

장자의 염려와는 달리 붓다는 수닷타 장자의 청을 기쁘게 승락하였다.

그 자리에는 수닷타 장자가 잘 아는 우르벨라 카사파도 있었다. 붓다에게 예배를 하고 난 뒤 우르벨라 카사파에게도 역시 예를 올렸다.

"바가바트시여, 수닷타 장자는 사위성 스라바스티에서 집 없는 사람, 외로운 사람, 가난한 사람을 돕는 바라문인데, 제가 짜라투스트라의 배화교[051]를 섬길 때 저를 따른 분이기도 합니다."

"오, 수닷타 장자여, 어서 오시오. 브라만으로서, 배화교 신자로서 가난한 사람들을 도왔다면 내 말을 알아듣기가 더 쉬울 것입니다.

나는 가야에서 반야를 깨우친 뒤 사르나트의 녹야원으로 가서 나를 버리고 떠난 다섯 비구를 만나 처음으로 법을 설했습니다. 그뒤 61명을 제자로 삼았습니다. 그러자마자 우르벨라 마을 근처에 있는 숲으로 가서 우르벨라 카사파 3형제를 만났습니다. 자이나교와 배화교가 어떤 수행을 하는지 제가 잘 알기 때문에 일단 배화교도들부터 반야를 전하기 위해 나이가 가장 많으신 우르벨라 카사파를 만났습니다.

우르벨라 카사파는 평생 수행을 하여 대단한 경지에 이르렀지만 배화교도답게 윤회의 씨앗[052]을 불로써 태우려고만 하고, 그 씨앗을 버릴 생각은 하지 못하고 있었습니다. 저는 윤회하는 그 영혼이라는 것조차 상(相)일 뿐 실제로 있는 것은 아니라고 말씀드렸습니다.

---

051    조로아스터교에서 불을 섬기기 때문에 중국에서는 한자로 배화교(拜火敎)라고 번역했다. 조로아스터는 그리스식 발음이다.

그때 우리는 여러 가지로 서로 저울질하며 다퉜습니다. 그때 저는 우르벨라 마을로 내려가 그 동네 주민 5명을 데려와 사슴을 말이라고 대답해주면 돈을 주겠다고 미리 약속한 다음, 사슴 한 마리를 데려다 놓고 그 마을 사람들에게 물었습니다.

이 짐승은 무엇입니까?

한 사람이 말했지요. 말입니다. 우르벨라 카사파는 그 비구가 잘못 말하는 걸 보고 빙그레 웃었지요.

두 번째 사람이 말했지요. 말입니다. 카사파는 이마를 찡그렸습니다.

세 번째 사람이 말했지요. 말입니다. 카사파는 이상하다는 표정을 지었습니다.

네 번째 사람이 말했지요. 말입니다. 카사파는 뭔가 이상하다는 표정을 지으며 제자들을 둘러보았습니다.

다섯 번째 사람이 말했지요. 말입니다. 카사파는 고개를 저었습니다.

그래서 나는 그 자리에 서 있던 한 비구를 불러 물었습니다. 미리 짜지 않은 배화교 비구지요. 그런데 그 사람은 '아무래도 말인 것 같습니다.' 하며 말끝을 흐렸습니다.

사람들과 비구들을 다 물린 뒤 내가 우르벨라 카사파에게 물었습니다. 이 짐승은 무엇입니까? 그러자 카사파는 '말은 아닌 것 같다'고

---

052  윤회의 씨앗에는 두 가지가 있다. 하나는 생물학적인 육체의 씨앗으로 곧 유전자(DNA)다. 이 유전자는 부계의 Y유전자와 모계의 X유전자로 자손에게 영원히 이어진다. 유전자 세포를 생식세포라고 하는데 변하지 않으며 대대로 이어지는 불멸의 세포로 알려져 있다. 다른 하나는, 뇌에 저장된 기억으로 이 기억은 공간기억과 연대기기억으로 짜여져 있다. 이 기억이 바로 불교에서 말하는 윤회의 씨앗이다. 생식유전자에 의한 대대손손 전해지는 것은 윤회에 포함되지 않는다.

말했습니다.

　그래서 내가 물었습니다. 말이 아니라 사슴 아닙니까? 그러자 카사파는 사슴이 맞을 거라고 대답했습니다. 확신하는 답은 아니지만 그래도 사슴이라고 말한 거지요.

　인간의 마음은 이와같이 거짓을 봅니다. 욕망이 일어나면 엉뚱한 꿈을 꾸고, 헛것을 봅니다. 다른 사람들이 사슴을 말이라고 하면 진짜 말처럼 보일 수도 있습니다. 살기 위해, 두려움 때문에 태연하게 거짓말을 할 수 있습니다. 이 세상은 거짓으로 가득 차 있습니다. 저는 생로병사가 끊임없이 이어지는 두려움, 불안을 끊고 싶어 출가했습니다. 마침내 인간을 만들고, 축생(동물)을 만들고, 아수라를 만들고, 심지어 인드라 같은 천신을 만들고, 또 브라흐마와 비슈뉴와 시바까지 만든 그 근본인 공(空)을 알아냈습니다.

　하지만 중생들은 여전히 색(色)에 속습니다. 브라만은 브라만으로 살고, 크샤트리아는 크샤트리아로 살고, 바이샤는 바이샤로 살고, 수드라는 수드라로 삽니다.

　제가 붓다가 되어 왕사성 라자그리하에 나가자 사람들은 저를 공으로 보지 않고 색으로 보았습니다. 즉 카필라에서 온 태자라고 불렀습니다. 지금도 저를 가리켜 '태자님'이라고 부르는 사람들이 많습니다. 아마 마가다의 빔비사라왕도 어쩌면 제가 카필라의 태자이기 때문에 관심 갖고 제 설법에 귀를 기울였을지도 모릅니다.

　사람들은 이렇게 상을 버리지 못합니다. 우르벨라 카사파여, 그 상을 버리지 않고는 윤회의 씨앗을 깨부술 수가 없습니다. 저와 함께 윤회 없는 세상인 반야의 바다로 들어가지 않겠습니까, 하자 늙으신 우르벨라 카사파는 마침내 제 손을 잡으셨습니다.

저는 막 출가한 저에게 선정(禪定)을 가르쳐준 알라라 칼라마, 그리고 웃다카 라마풋타 두 스승에게 반야를 전하지 못한 걸 몹시 슬퍼했습니다. 우르벨라 카사파께서도 알라라 칼라마 스승과 나이가 비슷하여 저는 스승을 섬기듯 카사파를 모시고자 했습니다. 그리하여 지금 우르벨라 카사파 3형제의 무리가 다 승가로 들어왔습니다."

나이가 너무 많아 잘 걷지 못하는 우르벨라 카사파와 그 형제들, 그 무리는 그때부터 죽림정사에 와 수행 중이었다. 늙은 수행자들이 청년 붓다를 둘러싸고 앉아 설법을 듣는 광경은 신선한 충격이었다. 이날 붓다의 설법을 들은 수닷타 장자는 이제부터 붓다를 섬기기로 작정했다.

그뒤 붓다의 설법을 들은 뒤 사위성 스라바스티로 돌아온 수닷타 장자는 수행하기 좋은 조용하고 시원하며 물 맑은 땅을 찾아나섰다.

붓다가 설법하고 그 제자들과 토론하거나 함께 편히 쉴 수 있는 절을 지어야 한다. 죽림원과 죽림정사를 본 수닷타 장자는 그보다 더 크고 더 훌륭한 절을 지어 붓다에게 보시하고 싶었다.

"큰아버지, 왕사성에 다녀오셨다는데 일은 잘 되셨는지요?"

사위성 가까이에 있는 조용한 숲에서 홀로 공부를 하고 있던 수부티가 오랜만에 수닷타를 만나러 찾아왔다. 그도 붓다 소문을 듣고 있었다.

"수부티구나, 그렇지 않아도 너를 만나 할 이야기가 있다. 왕사성에서 반야를 깨우치신 붓다를 뵈었다. 내가 모시던 우르벨라 카사파도 그 청년을 섬기더라. 아무래도 붓다는 네 공부 갈증을 시원하게 적셔 줄 분인 것 같다."

"붓다요? 아직 청년이라고 하던데요?"

깨달은 이 붓다, 마친 이 바가바트, 그럴수록 의심스럽다.

"난 그분의 설법을 이 귀로 직접 들었단다. 나이가 아주 많으신 노인인 우르벨라 카사파가 그 젊은 붓다의 설법에 머리를 조아리며 듣고 계셨다. 나도 귀를 기울였다. 이 세상 그 누구도 이야기한 적이 없는 법, 우리 중생을 생로병사의 괴로움에서 구하는 시원하고 맑은 법음(法音)이었다. 지혜의 완성이 무엇인지 느껴지더구나."

수부티는 들뜬 듯한 수닷타를 물끄러미 올려다보았다. 말 몇 마디로는 수닷타 장자의 감동이 수부티에게 전해질 리가 없다. 더구나 청년에 불과하다잖은가.

"큰아버지, 이 삼천대천에 있는 법 가운데 제가 모르는 건 거의 없을 것입니다. 그러나 만일 큰아버지가 뵈었다는 그 붓다란 청년이 새로운 법을 이야기했다면, 그분 또한 제 스승이 될지는 모르지요. 하지만 제 마음 속의 혼란을 다 잠재우기는 어려울 겁니다. 왜냐하면 브라흐마나 비슈누나 시바신도 제 갈증을 달래주지 못하거든요. 신들의 신이 있다면 모를까요."

"수부티, 잘 들어라. 그분은 너의 스승일 뿐 아니라 삼천대천(三千大千)의 스승이며 진리 그 자체이시다. 붓다는 브라만 신들보다 더 높은 데서 그 답을 구하셨다. 천신들마저 움직이는 이 삼천대천의 근본인 반야지혜를 깨우치셨단다. 네가 말하는 신들의 신보다 더 위에 계신 분이라고 말할 수 있다."

"삼천대천의 스승이라구요? 하여튼 우리 큰아버지 말씀이시니 그리 알겠습니다. 직접 뵙고 말씀을 들어보면 저도 알 수 있겠지요."

물론 수부티는 수닷타 장자의 말을 다 믿지는 않았다. 다만 신보다 더 높은 차원에서 답을 구했다는 말에는 큰 호기심을 느꼈다. 지금까지 그 누구도 신을 끌어내리고 그 위에서 답을 찾은 이는 아무도 없었다.

'어떤 외도(外道)를 만났기에 이렇게 흥분하시는 걸까? 광기가 대단한 외도인가? 아무리 그렇기로 현자이신 큰아버지께서…'

수부티는 다른 때와 달리 몹시 상기된 듯한 큰아버지를 얼른 이해하지 못했다. 평소 사리가 분명하고, 어떤 일에서든 분별력이 뛰어나기 때문에 외도(外道)의 설득 따위에 쉽게 넘어갈 브라만이 아니다. 그런 큰아버지가 흥분을 해도 이만저만 흥분한 것이 아니니, 실로 놀라울 따름이다. 그렇다고 큰아버지와 마주 앉아 논쟁을 벌일 수는 없다. 보아하니 감동만 넘칠 뿐 법을 다 들어 꿰지는 못하고 있는 듯하다.

수부티는 자리를 털고 일어나 공부 중인 숲으로 돌아갔다. 요즘에는 자이나교와 배화교 책을 구해 읽는 중[053]이다.

수닷타 장자는 자신의 학문에 파묻혀 다른 세계를 받아들일 준비가 돼 있지 않은 조카 수부티가 안타까웠다. 그가 제대로 설명을 하지 못하는 점도 있지만 수부티의 자만심이 더 자랄까봐 걱정이다.

'붓다의 설법을 직접 듣고 나면 수부티도 제 생각이 잘못되었음을

---

053   당시 문자가 있고, 낱장으로 필사해 묶은 책이 있었다. 하지만 불교는 당시에 문자를 사용하지 않고 오직 팔리어로만 말하고, 듣고, 외웠다. 경을 문자로 남긴 것은 제1차 결집 다음이다.

깨닫겠지.'

수닷타 장자는 이렇게 생각하며 좋은 절터를 찾는 데 더 힘을 쏟았다.

그러던 어느 날, 좋은 땅이 있다는 연락이 왔다.

"장자께서 꼭 마음에 드실 땅이 나타났습니다."

땅은 사위성 스라바스티 남쪽에 있었다.

가서 보니 과연 말 그대로였다. 지금까지 성 주변을 수십 차례 둘러보았지만 이만한 땅은 없었다. 부채꼴의 다라수잎이 우거진 푸른 녹원이 널따란 평지를 병풍처럼 둘러싸고 있었다.

"마음에 드는구나."

수닷타 장자는 그 땅의 임자가 누구인지 알아보라고 일렀다.

곧 그 땅의 주인이 밝혀졌다.

"기타 태자의 땅이랍니다."

"그래? 하필 태자의 땅이라니."

수닷타 장자는 그길로 왕궁으로 들어가 기타 태자를 찾아갔다. 브라만은 태자를 어렵지 않게 만날 수 있다.

"장자께서 어쩐 일이십니까?"

수닷타 장자가 상기된 얼굴로 들어서자 기타 태자는 정중히 예를 올리면서도 어리둥절하였다.

"태자님께 드릴 말씀이 있어서 왔습니다. 성밖 남쪽에 태자의 녹원이 있는 줄 압니다."

"그렇습니다. 어릴 적부터 거기로 나가 베다를 공부하기도 하고, 무술을 닦기도 하였지요. 지금도 열흘에 한 번씩은 가 봅니다만… 그

숲은 왜요?"

"제가 그 땅이 꼭 필요해서 그러니 저에게 파셨으면 합니다."

"그래요? 거기는 우리 왕실 대대로 내려오는 태자들의 수행처입니다. 장자께서 어디에 필요하신지는 모르지만… 땅을 내어드리기는 아주 어렵겠습니다. 부왕 허락도 있어야 하고요."

"전 그 땅을 태자님의 수행은 물론 사위성, 아니 우리 코살라국 백성들이면 누구나 공부할 수 있는 좋은 수행처로 만들 생각입니다."

"수행처로 쓰신다구요?"

"얼마 전 국왕의 청으로 마가다국 왕사성 라자그리하를 방문했습니다. 그곳에서 저는 반야를 깨우친 지 얼마 되지 않은 청년 붓다를 뵈었습니다. 실로 삼천대천과 이 사바와 인간의 이치를 통달한 분이십니다. 붓다를 우리나라로 모셔 설법을 청하기 위해 절을 지으려고 합니다. 바로 태자의 그 녹원에 말입니다."

수닷타 장자의 말에 기타 태자는 깜짝 놀랐다.

"장자께서는 브라만 중의 브라만이십니다. 우리 코살라국 지도자 가운데 가장 존경받는 브라만이 어째 그런 말씀을 함부로 하십니까. 붓다라니 대체 누굽니까? 그이도 브라만이랍니까? 그를 따르는 이가 과연 몇이랍니까? 그가 우리를 어디로 어떻게 이끈답니까? 우리 브라만의 신들이 멀쩡히 계신데 한 인간이 감히 어디까지 안단 말입니까? 신들의 노여움이나 사지 않을까 두렵습니다."

따져 묻는 기타 태자의 질문에 수닷타 장자는 제대로 답을 해줄 수가 없었다. 사실 수닷타 장자 자신도 아직은 붓다가 깨달았다는 그 반야의 실상을 깊이 알지는 못한다. 다만 그는 틀림없는 붓다일 것이라는 확신만 갖고 있을 뿐이다.

그날은 그렇게 왕궁을 떠나 집으로 돌아왔다. 그렇다고 절을 지으려는 생각이나, 붓다를 초청해 설법을 더 듣고 싶은 마음이 사라진 것은 아니었다. 오히려 더욱 간절해져만 갔다. 조카 수부티가 느끼는 갈증을 실은 수닷타도 평생 느끼고 있었다. 브라만 신들에게 빌고 빌어도, 자이나교와 배화교의 가르침을 아무리 들어도 속 시원한 답은 구할 수가 없었다.

수닷타 장자는 그 뒤에도 몇 차례 더 기타 태자를 찾아가 숲을 팔라고 부탁했다. 기타 태자 또한 그때마다 시큰둥했다. 브라만 사상은 그만큼 뿌리가 깊다. 게다가 기타 태자는 수닷타 장자가 외도에 빠져 엉뚱한 짓을 벌이는 것으로 여겨 매우 못마땅하게 여겼다.

지켜보던 조카 수부티도 언짢게 여겼다.

"이 나라 최고의 브라만이신 큰아버지께서 그깟 나이 어린 태자에게 모욕을 당하시다니 대체 무슨 까닭이십니까? 붓다가 브라흐마, 비슈뉴, 시바보다 더 훌륭합니까?"

답답하기는 수닷타 장자도 마찬가지다. 하지만 기타 태자에게조차 붓다가 누군지 제대로 설명하지 못하면서 어떻게 이 세상에서 자신이 가장 뛰어난 브라만이라고 자부하는 조카 수부티에게 반야를 알릴 수 있을 것인가.

"태자의 숲을 황금으로 뒤덮었다지?"

"세상에, 그만한 금이면 그 땅을 백 번도 살 수 있다는데…"

"수닷타 장자는 정말 엄청난 부자야. 황금으로 땅을 덮다니 말일세."

기타 태자가 땅을 팔지 않겠다고 버티자 수닷타 장자는 엄청난 재산을 처분해 숲길을 따라 황금을 깔았다. 수닷타 장자가 이렇게 나오자 기타 태자도 어쩔 수 없었다.

수닷타 장자는 여전히 국왕인 파사나디왕보다 백성들에게 더 존경받는 인물이다. 크샤트리아 계급인 태자가 코살라에서 제일 가는 브라만인 수닷타 장자의 요구를 더 이상 모른 척할 수는 없었다.

태자는 고심 끝에 수닷타 장자를 찾아갔다.

"장자께서 그 땅을 그토록 원하신다니 저로서도 어쩔 수 없군요. 단 한 가지는 지켜주셔야 하겠습니다."

"감사합니다, 기타 태자님. 붓다께서도 태자의 이 같은 마음을 크게 기뻐하실 것입니다."

"장자께서 큰 절을 짓는다고 하길래 말씀드리는 것인데, 그 녹원을 이루고 있는 다라수숲만큼은 다치지 않고 그대로 보존해주기 바랍니다. 장자께서도 아시다시피 그 숲이야말로 우리 사위성의 자랑이 아닙니까?"

이렇게 해서 수닷타 장자는 기타 태자의 녹원에 절을 짓게 되었다.

절터가 마련되자 왕사성 죽림정사에 머물던 붓다의 제자 두 사람이 먼저 사위성으로 올라왔다.

수닷타 장자가 죽림정사에서 만난 목갈라나와 또 한 사람, 사리풋타[054]다. 두 사람은 절을 짓는 기초를 설명하기 위해서 들어온 것이다. 사리풋타는 사실상 붓다 교단을 관리하는 가장 높은 수행자다. 더불

054  팔리어로 Sāriputta.

어 붓다의 친아들인 라훌라의 스승이기도 하다.

목갈라나와 사리풋타는 마가다국 왕사성의 브라만 출신으로 일찍이 붓다의 제자가 되어 반야에 대한 깨달음이 무척 깊은 비구들이다. 수닷타 장자와 목갈라나, 사리풋타는 하루라도 빨리 붓다를 모실 수 있도록 부지런히 절터를 닦기 시작했다.

수닷타 장자가 기타 태자의 녹원에 절을 짓는다는 소문은 사위성은 물론 코살라국 변방까지 널리 퍼져나갔다. 사람들이 호기심을 갖고 녹원으로 몰려들었다.

그 가운데는 수닷타 장자를 정신이상자로 몰아대는 브라만들도 있었다. 수닷타 장자가 낯선 외도를 위해 어린 태자에게 수모를 겪으며 절을 짓고 있다는 것은 브라만들에게는 여간 큰 충격이 아니었다. 사성 계급 카스트를 무시하고 질서를 깬다는 것쯤은 문제도 아니다. 말이 그렇지 브라만 신들조차 복종하는 반야라는 것이 무엇인지 그들은 도무지 이해하지 못했다. 세상을 만든 게 신인데 반야가 대체 뭐길래 신보다 더 위에 있을 수 있느냐는 것이다.

"당신네들이 모시고 있다는 고타마라는 애송이는 브라만의 신들이 삼천대천을 어떻게 짓고 부순다고 설명하오?"

인부들에게 법당의 크기를 설명하던 사리풋타에게 한 브라만이 다가와 거만한 표정으로 물었다. 그리고 첫 질문부터 삼천대천을 들먹이는 것은 시바니 비슈뉴니 하는 어마어마한 힌두의 세계를 어찌 듣도 보도 못한 외도 무리가 알겠느냐는 교만이 배어 있었다.

브라만 출신으로 이미 붓다의 제자가 된 사리풋타와 목갈라나가 그들의 질문에 허둥거릴 리가 없었다. 붓다가 깨달은 반야가 브라만교를 이기지 못한다면 인도 땅에서는 결코 뿌리를 내릴 수 없다.

더구나 붓다보다 나이가 많은 사리풋타와 목갈라나는 일찍이 친구 사이로, 각기 제자 250여 명씩 데리고 독자 교단을 이끈 경험이 있는 사람들이다.

사리풋타가 먼저 나섰다.

"정말로 붓다의 말씀을 듣고 싶다면 그런 태도부터 버려야 할 것입니다."

바라문 출신인 사리풋타가 담담한 표정으로 이렇게 대꾸하였다.

"뭐라구요? 당신도 왕사성 출신 브라만이라던데, 브라흐마를 모시는 브라만이 겨우 크샤트리아 출신인 고타마의 제자가 되었다는 게 말이 되는 소리요? 위대한 신을 섬기는 우리가 어찌 크샤트리아를 섬긴단 말입니까?"

그는 인도의 뿌리깊은 사성 계급부터 거들먹거렸다.

"우리는 인간 고타마를 섬기는 게 아니라 고타마가 깨달은 반야를 섬기는 겁니다. 우리 고타마 붓다가 깨달은 반야 앞에는 계급이 존재하지 않습니다. 신이든 귀신이든 천신이든, 브라만이든 크샤트리아든 바이샤든 수드라든 다 마찬가지 생로병사를 갖고 끝없이 윤회하는 존재입니다. 너도 나도, 우리 모두가 생로병사의 고통을 받는 가엾은 중생일 뿐이지요."

사리풋타의 말에 그 브라만은 더욱 흥분하였다.

"뭐, 뭐라고요? 브라만 신들도 중생이나 다름없다고요? 브라흐마 신이, 비슈뉴 신이 생로병사를 겪는다고요?"

"신들도 자기들끼리 싸우고 아이를 낳고 죽기도 하잖습니까? 인간 세상과 하나도 다르지 않다고 하잖습니까?"

"아니 그러면 저기 보이는 수드라나 이 사바의 정신세계를 주도하는 우리 브라만이 똑같은 사람이라는 말이요?"

수드라는 천민계급으로 당시 사람 취급도 받지 못했다. 사람은 나면서부터 계급이 정해져 있고, 그것은 그 사람의 업에 따라 천신들이 정한 이치라서 계급이 다른 사람들이 서로 대화를 나누는 것 자체가 무의미한 일이다. 그저 소나 돼지 같은 생구(生口)[055]일 뿐이다. 차라리 짐승을 거둘지언정 수드라 계급과는 결혼조차 할 수 없다.

이 브라만은 지지 않고 교리 논쟁을 걸어왔다.

사리풋타는 짐짓 말을 접었다. 더 싸워봐야 언쟁이 그칠 수가 없다.

"이 절을 다 지으면 붓다께서 이곳에 오실 겁니다. 그때 붓다의 말씀을 직접 들어보시는 것이 좋을 듯합니다."

사리풋타는, 편견으로 가득 찬 브라만들과 논쟁을 벌일 필요가 없다고 생각했다. 브라만들은 사리풋타의 등 뒤에다 브라만 신들의 저주를 가득 퍼부어대더니 하는 수 없이 발길을 돌렸다.

며칠 후 또 브라만 한 명이 사리풋타와 목갈라나를 찾아왔다. 그는 미리 논쟁을 준비한 듯 침착하게 질문을 걸었다.

"당신네들도 아시다시피 이 세상 모든 것은 우리 브라만 신들께서 창조하시거나 부수는 것이오. 당신들이 믿는다는 그 고타마인지 붓다

---

055   원래 말이나 소처럼 집안에 두고 기르는 가축을 가리키는 말인데, 인간 노비도 생구로 간주되었다. 당시 인도에서 천민들을 사람으로 보지 않는 것은, 마치 조선시대에도 노비를 가축처럼 여겨 생구라고 부르던 수준과 같은 것이다.

인지 바가바트인지는 이런 사실을 부인한다지요?"

"우리가 모시는 거룩하신 스승 붓다께서는 신이 아니오. 그렇기 때문에 무엇을 창조하거나 멸하지 않습니다."

붓다가 신이 아니라는 사리풋타의 말에 이 브라만은 희희낙락한 표정이 되었다.

"이제야 올바로 말하는구려. 신이 아니니 당연히 창조하지도 못하고 부수지도 못하겠지요. 그저 사람일 뿐인 자를 어찌 브라만 신처럼 받들고 공경한다는 말이요? 사람이면 그냥 사람이지?"

"브라만이든 크샤트리아든 바이샤든 수드라든 사람이면 사람이지 왜 차별합니까?"

"뭐요? 브라만과 수드라가 같은 사람이라고요? 난 평생 그런 말은 처음 들어봅니다."

"우리 붓다께서는 여러분이 이 세상에서 듣지 못하던 말씀을 많이 들려주실 겁니다. 우리 붓다는 신이 아니라 절대불변의 진리인 반야를 깨달은 분이시랍니다. 그분은 이 세상과 저 세상과 별과 달과 강과 바람에 완전히 통하신 분입니다. 그분이 곧 진리에 통했으니 우리는 붓다께서 통한 그 진리를 믿고 따르는 것이오. 결코 그분의 형상이나 명성을 보고 무작정 따르는 것이 아닙니다."

목갈라나가 짐짓 힘을 주어 대답하였다.

"무슨 궤변이요? 그 애송이가 신이 아니라면 우리처럼 생로병사를 겪을 터, 그런 그가 인간들에게 무슨 도움이 되겠소? 병이 든다고 고쳐줄 것이며, 배고프다고 밥을 주나요? 칼로 찌르면 안죽는답디까?"

"붓다께서는 인간의 형상을 하고 있기 때문에 공양도 드시고, 물도 마시고, 소변도 보십니다. 당연히 생로병사를 겪습니다. 다만 그 생로병사의 고통을 받지 않으실 뿐입니다. 그분은 삼천대천의 법을 깨달으셨기 때문에 모든 질서 위에 홀로 고요하게 계십니다. 모든 것을 초월하신 분입니다. 당신은 이 삼천대천을 브라만 신이 창조하였다 하셨지요? 하지만 이 삼천대천은 신이 창조한 것도, 저절로 그렇게 된 것도, 우연히 이루어진 것도 아니오. 브라흐마조차 알에서 태어났다잖습니까? 알 이전에는 어디 있었습니까. 다 반야의 인연법에 의해서 만들어진 것이라오."

"인연법이라구요?"

목갈라나의 설명에 그 브라만은 말도 되지 않는 황당한 소리라는 표정으로 입술을 떨었다.

"그렇소. 모든 생명은 지수화풍식(地水火風識)의 5대가 인연으로 모여 생명체를 만들었다가, 그 인연이 흩어지면 다시 5대로 돌아간다오. 브라흐마가 창조하는 게 아니라 인연이 있으면 생기는 것이고, 시바가 파괴하는 게 아니라 인연이 다하면 흩어지는 것입니다. 그렇기 때문에 이 천지간에 있는 것은 신이든 수드라든 축생이든 인연이 있으면 생기고, 인연이 다하면 사라질 뿐, 그 때문에 나고 죽는 것처럼 보일 뿐이오. 붓다께서는 이러한 이치를 깨달은 분이시라오."

브라만은 고개를 갸우뚱하였다. 생전 처음 들어보는 소리다.

"당신들의 스승은 분명 몸을 이루고 있는 사람일 터, 지금은 청년이라지만 앞으로 아프기도 하고 늙기도 할 것 아니오?"

"물론입니다. 하지만 붓다야말로 우리 인도 사람들이 오랫동안 기다려온 전륜성왕의 형상을 지닌 지도자십니다. 하지만 상상의 전륜성왕

비슷한 몸으로 오셨다 하나 그조차 겉모습일 뿐, 그분의 참모습은 아닙니다. 육체란 땅, 물, 불, 바람으로 이루어진 것입니다. 따라서 살, 뼈, 가죽, 털, 때 같은 것은 죽어서 땅으로 돌아가고, 눈물, 콧물, 침, 오줌, 피, 정액 따위는 물로 돌아가며, 더운 기운은 불로, 움직이는 것은 바람으로 돌아갑니다. 실상이 이러하니 어찌 육체가 허망하지 않겠습니까? 하지만 붓다께서 깨우친 반야는 나고 늙고 병들고 죽지 않습니다. 반야는 자유자재하여 때와 장소에 구애됨이 없으니 가히 거룩할 따름입니다. 그러니 어찌 그런 분이 생로병사에 매여 있다 말하겠습니까?"

사리풋타의 친절한 설명에 그 브라만은 몇 마디 더 물어보더니 마침내 발길을 돌렸다.

그 이후에도 몇몇이 더 찾아와 논쟁을 벌이기도 하였으나 단지 논쟁을 벌이는 것일 뿐, 우려할 만한 방해나 해코지는 없었다.

처음에는 무심히 지나치던 사람들도 절이 완성되어감에 따라 점차 제모습을 갖추어 가는 절을 구경하러 오곤 하였다.


한 철이 다 지난 다음에야 절이 완공되었다.

절의 이름은 기원정사(祇園精舍)[056], 기타 태자의 숲에 수닷타 장자가 지은 절이라는 뜻이다.

기원정사에는 대법당, 비구들이 거처할 승방, 많은 서적을 보관할 수 있는 서고, 신도들이 쉬는 큰 방 등 다양한 시설이 들어섰다.

---

056    Jetavana-Vihara. 고타마 싯다르타는 평생 치른 45안거 중 사위성에서 25안거를 보냈고 그 중 19안거를 이 기원정사에서 보내셨다. 코살라국에 있다.

기원정사가 낙성되자 붓다는 제자들을 이끌고 사위성 스라바스티로 들어왔다. 수닷타 장자는 가장 좋은 수레에 붓다를 모시고 사위성 남쪽 기원정사로 향하였다.

"바가바트시여, 이곳은 사위성에서 가깝지도 멀지도 않으며 길이 평탄하여 오고가는 데에도 피로치 않아 수행자들이 쉬이 찾을 수 있습니다. 또한 모기와 등에, 독사나 빈대가 적습니다. 낮에도 인적이 드물어 조용하고, 수행자들이 마음과 몸을 닦을 만한 수행처라고 생각합니다. 바가바트께서 기원정사에 머물며 수행하고 제자를 가르쳐 주신다면 더없는 영광이겠습니다. 부디 허락하소서."

붓다에게 예를 올린 수닷타 장자는 기원정사를 보시로써 받아달라고 청하였다.

"고맙소, 수닷타 장자여. 그대의 보시를 받으리다. 이곳으로부터 반야의 불빛이 크게 일어날 것입니다."

붓다는 이렇게 말하고 수닷타 장자를 위하여 축원을 하였다.

수닷타는 붓다의 발에 머리를 대고 꿇어 엎드려 축원을 받았다. 외도를 끌어들인다는 비난을 무릅쓰고, 그가 믿는 스승을 직접 모실 수 있다는 기쁨은 이루 말할 수 없었다. 이 공덕만으로도 수닷타 장자는 평생 수드라 같은 하층민들을 부려 재물을 모아온 지난 날의 무거운 짐에서 조금이나마 벗어날 수 있었다.

이렇게 하여 수닷타 장자가 지어 보시한 기원정사는 붓다가 깨우친 완전한 지혜인 반야를 널리 알리는, 매우 중요한 절이 되었다. 마가다의 죽림정사도 크지만 인도 최강의 코살라국 수도 사위성에 있는 기원정사는 위치만으로도 그 명성이 대단했다. 실제로도 붓다는 이곳 기원정사에서 가장 많은 하안거를 지냈다.

더구나 수닷타 장자가 이끄는대로 개원법회에 참석한 조카 수부티는 법회가 끝나자 붓다를 스승으로 삼아 출가하겠다고 선언하기에 이른다. 엄청난 두뇌를 가진 수부티가 출가함으로써 승가는 더욱 번창했다. 그런만큼 수부티처럼 당시 이 기원정사로 모여든 수행자들은 그 의미가 매우 크다.

이 무렵 승가를 꾸린 수행자로는 먼저, 사리풋타와 목갈라나 존자를 들 수 있다. 두 사람은 붓다가 이끄는 교단의 두 기둥이다.

두 사람은 바라문 출신이지만 산자야(Sanjaya)라는 수행자를 따르던 외도[057]였다. 산자야는 200명의 제자를 이끌고 마가다국 왕사성 즉 라자그리하 교외에서 수행하고 있었다. 산자야의 청정 수행법을 배우던 콜리타(Kolita)와 우파팃사(Upatissa)란 중간 우두머리가 있었는데, 이 두 사람이 나중에 붓다로부터 계를 받은 뒤 이름을 사리풋타와 목갈라나로 바꾼다.

어려서부터 친구 사이인 두 사람은 산자야를 따르기 전 굳게 맺은 약속이 하나 있었다.

"우리 둘 중 누구든 불사(不死)의 경지에 도달하면 다른 한 사람에게 반드시 알려 주어야 한다."

그러던 중 붓다의 녹야원 초전법륜 때 그 자리에서 법문을 들은 다섯 비구 중 한 명인 앗사지가 녹야원이 있는 사르나트를 떠나 마가다국 라자그리하로 걸식하러 들어오고, 이때 그곳에서 수행 중이던 사리풋타가 걸식 중인 앗사지를 본 것이다. 앗사지는 나아가고 물러서고, 앞을 보고 뒤를 보고, 굽히고 펴는 것이 의젓하고, 시선은 늘 땅바닥을 향했다.

사리풋타는 탁발하는 앗사지의 자세에서 뭔가 꽉 찬 자신감이 있다고 느꼈다.

"세상에 아라한이 실제로 있다면 저 비구야말로 그런 분일 것이다. 저 비구에게 가서 물어봐야겠다. 누구에게 출가하였으며, 누구를 스승으로 모시고 있으며, 어떤 법을 따르고 있는가를."

당시 인도에는 아라한이 되면 모든 업을 여의고 자유로워진다는

—

057   외도란 고타마 시대에 나타난 사승가 집단을 가리키는 말이다. 중국의 제자백가(諸子百家) 시대와 비슷한 뜻인데, 이 당시 인도에는 크게는 62가지, 더 자세하게는 360종의 사승가들이 존재했다.
자이나교 교주 마하비라(mahavira)와 그 무리. 고타마가 한때 몸담은 교단이지만 고타마는 극단적인 고행을 거부했다. 마하비라는 12년 고행 뒤 붓다가 되었다고 주장했다. 그 다음이 사리풋타와 목갈라나가 따르던 산자야 벨라티풋타(sanjaya Belatthiputta)다. 산자야는 사리풋타와 목갈라나가 무리 200여 명을 이끌고 고타마 교단으로 귀의하여 흡수되고, 혼자 남은 산자야는 충격을 받고 죽었다고 한다. 그 다음이, 인간은 이번 생 딱한 번만 태어나고 완전히 없어지는 것이므로, 열심히 즐기며 살자는 아지타 케사캄발린(ajita kesakambalin)이 있다. 인간은 지수화풍(地水火風) 4대로 생겼다가 이 4대가 없어지면 역시 없어진다는 단멸론(斷滅論)을 주장했다. 그 다음 막갈리 코살라(makkhali gosala)는, 인간은 840만 겁을 윤회하며, 그러면 저절로 해탈한다고 주장했다. 나중에 자이나교에 흡수되었다. 또 파쿠다 캇차야나(pakudha kaccyana)는 인간이 7개 요소로 구성되어 불생불멸(不生不滅)을 주장하고, 설사 칼로 베어도 살인이 아니라 7개 요소 사이를 칼이 지나가는 것뿐이라는 극단적인 궤변을 늘어놓기도 했다. 또 푸라나 카삿파(purana kassapa)는 선악은 없으며, 인간이 정한 계율은 아무리 어겨도 아무 상관이 없고, 보시 공덕을 쌓아도 아무 소용없다고 주장했다. 심지어 업도 없고 인과응보도 없이 세상은 오직 단순한 우연으로 일어났다 사라진다고 주장했다.

전설 같은 개념이 있었다. 마치 중국의 도가에서 진인(眞人)이 되면 모든 것을 깨우치고 하늘에 오른다는 전설과 같은 것이 인도의 아라한이다. 그런데 어느 날 라자그리하에 고타마 싯다르타라는 아라한이 나타나 다섯 제자들을 가르쳐 그들까지 아라한으로 만들었다는 소문이 퍼졌다.

소문을 듣고 설마 하며 의심하던 사리풋타가 마침내 고타마의 다섯 제자 중 한 명인 앗사지를 우연히 만나 자기도 모르게 그 뒤를 따른 것이다.

앗사지는 라자그리하에서 걸식을 마친 뒤 음식을 가지고 왕사성 죽림정사로 돌아갔다.

사리풋타는 마침내 공양을 하는 앗사지를 찾아가 먼저 안부를 묻고 한쪽에 서서 질문을 던졌다.

"벗이여, 흔들림 없는 당신의 걸음걸이, 빛나는 맑은 눈빛, 대체 당신은 누구입니까? 스승은 누구시며, 어떤 법을 따르고 있습니까?"

앗사지는 공양을 하면서도 사리풋타의 질문에 천천히 대답했다.

"벗이여, 카필라성의 태자로서 왕이 될 지위를 내던지고 출가한 사문 사카 고타마 싯다르타가 있습니다. 그분은 6년 수행 끝에 아라한이 되고, 붓다가 되었습니다. 나는 붓다의 첫 제자 중 한 명이며, 지금은 그분을 단 한 명의 스승으로 모시고 있습니다."

"그 붓다는 무슨 말씀을 하십니까?"

"벗이여, 저는 어리고 출가한 지 얼마 되지 않아 교법과 율법에 대해서는 배움이 짧습니다. 저는 붓다의 가르침을 자세히 가르쳐 줄 수는 없고 다만 간략한 줄기만 말할 수 있을 뿐입니다."

앗사지는 비록 어리기는 하지만 고타마 싯다르타를 따라 처음부터 수행을 같이 한 수행자다. 원래 고타마 싯다르타가 태어나던 해 콘단냐 등 브라만 여덟 명이 모여 싯다르타가 장차 아라한이 되고, 가장 거룩한 붓다가 될 것이라고 예언했다. 하지만 싯다르타가 29살 이전까지 출가를 하지 않는 바람에 일곱 명은 차례로 나이가 들어 죽고, 콘단냐만 남아 있었다.

그뒤 싯다르타가 마침내 출가를 결행하자 콘단냐는 숫도다나왕의 허락을 받아 동시 출가를 결심하고, 전에 싯다르타 탄생 때 함께 출가를 예언한 바라문들의 자식들을 찾아가 함께 출가할 것을 권했다. 일곱 명의 브라만 아들 중 네 명이 동의하여 이들과 함께 싯다르타를 따라 둥게스와리 시절부터 수행 겸 경호를 시작했다. 앗사지는 그중에서 가장 나이가 어린 수행자다.

사리풋타의 청에 앗사지 비구는 붓다의 간단한 말씀을 전했다.

"사람이 생기든, 동식물이 생기든 모든 발생은 귀신이 있어, 천신이 있어 만들어지는 것이 아니라… 오로지 원인이 있어 일어납니다. 붓다께서는 그 원인이 뭔지를 자세히 설하셨습니다. 모든 소멸도 또한 이와 같다고 위대한 붓다께서 말씀하셨습니다. 말하자면 이 세상은 신이 이끄는 것도, 귀신이 이끄는 것도 아니고 오직 반야[058]로써 일어나고 반야로써 사라지는 것입니다."

앗사지는 최대한 붓다의 법문을 기억하여 사리풋타에게 많이 들려주었다.

"그러면 우리 브라만이 믿는 비슈뉴, 시바, 브라흐마 같은 천신들은 없는 것입니까?"

"이 넓은 세상에, 삼천대천에 어떤 신들이 사는지, 어떤 천신이 다스리는지 다 알 수가 없습니다. 다만 그런 신들도 반야 안에 있다는 뜻입니다. 우리 붓다께서는 천신들을 넘어 더 큰 반야라는 큰 진리를 바라보고 있습니다. 천신들조차도 반야를 따라야 합니다."

"천신도 반야를 따라야 한다? 신 위에 있는 그 반야는 대체 무엇일까요?"

"그건 붓다께 직접 여쭤 보십시오. 붓다도 그 답을 찾는데 6년이나 걸리셨습니다."

사리풋타는 앗사지의 법문을 듣자마자 깜짝 놀라 친구이자 도반인 목갈라나를 찾아갔다.

사리풋타에게서 붓다 이야기를 들은 목갈라나 역시 깜짝 놀라 함께 붓다를 스승으로 모시자고 마음을 합쳤다. 이 당시 인도인들은 신이 이 세상을 지배한다고 생각했는데 붓다는 반야가 있어 일어나고, 반야가 있어 사라진다고 말한 것이다. 당시로서는 대단히 놀라운 주장이다.

사리풋타와 목갈라나는 그들의 스승인 산자야를 찾아가 붓다에

---

058 　중력(gravity), 상대성원리도 반야의 한 모습이다. 한참 뒤의 중국에서도 귀신이 세상을 지배하고, 인간세상에 깊이 끼어드는 바람에 그 귀신들의 뜻을 알기 위해 역점(易占)을 치고, 귀신들에게 제사를 올리는 게 일상생활이었다. 또 아랍에서도 모두 신이 있어 세상을 창조하고 지배한다고 믿던 시절이다. 그런 세상에서 붓다는 신이 아니라 반야가 세상을 지배한다고 말한 셈이다. 21세기나 돼서야 스티븐 호킹이 "신은 없다. 중력(gravity)이 있을 뿐"이라고 말할 수 있었다. 중력이 곧 우주의 천수천안(千手千眼)이지만 당시에는 아는 사람이 없었다. 한편 붓다는 주로 소립자 개념에서 반야를 이해하고, 원자, 분자, 그리고 우주 단위까지 사유의 세계를 넓혀갔다.

게 귀의하겠다고 알렸다.

"저희들은 고타마 붓다 곁으로 갑니다. 그를 스승으로 삼고 싶습니다."

"붓다가 뭐라더냐?"

"절대불변의 진리, 완전한 지혜인 반야를 깨우쳐야 생로병사의 근심을 끌 수 있다고 말했답니다. 붓다는 반야를 안답니다. 어서 그분의 법문을 듣고 싶습니다. 그는 신이 세상을 만든 것이 아니라 반야가 세상을 만들었다고 말한답니다. 그 반야가 뭔지 정말 궁금합니다."

"안 된다. 가지 마라. 위대하신 브라흐마, 비슈누, 시바신이 우리와 함께 계시다. 우리에게도 반야와 같은 다르마(法, 법칙)가 있다."

"브라흐마는 다르마 위에 있습니까, 아래에 있습니까?"

"그야 신이 맨꼭대기에 계시지. 요망한 주장에 흔들리지 말고 우리 셋이 함께 이 무리를 보살피도록 하자."

그때 산자야를 따르는 제자가 2백 명이나 넘었다.

"스승님, 신이 맨 위에 있다면 왜 신 중에 좋은 신이 있고, 나쁜 신이 있으며, 왜 죽고 왜 태어나며 서로 다툽니까? 그렇다면 당연히 다르마가 신보다 더 높은 맨위에 있어야 합니다. 그게 반야가 아니겠습니까."

산자야는 대답을 하지 못했다.

우물쭈물하는 스승을 보고 사리풋타는 이제는 떠날 때가 되었다고 판단했다.

"우리 두 사람은 붓다에게 귀의하러 갑니다. 그분만이 우리의 스승입니다."

사리풋타와 목갈라나가 결심하자 산자야를 따르던 수행자 2백 명도 뒤따라나섰다.

산자야는 혼자 남았다. 그는 화병이 나서 피를 토하다가 죽었다.

한편 죽림정사에서 사리풋타와 목갈라나가 도반 2백 명을 이끌고 오는 것을 본 붓다는 콘단냐, 앗사지 등 제자들을 돌아보며 이렇게 말했다.

"비구들이여, 저기 무리를 이끌고 오는 두 명의 수행자는 가장 뛰어나고 현명한 한 쌍의 제자가 될 것이다."

사리풋타와 목갈라나는 붓다가 있는 곳에 이르러 그의 발에 자신들의 머리를 갖다대는 예를 갖추고 말씀드렸다.

"바가바트시여, 저희들은 계를 받고자 합니다."

"어서 오라, 비구들이여."

이로써 콜리타(Kolita)와 우파팃사(Upatissa)라는 이름을 가진 두 사람은 목갈라나(Moggalana)와 사리풋타(Sariputta)가 되었다.

51명이던 승가가 갑자기 늘어나자 5비구를 이끌던 콘단냐는 나이가 너무 많아 사리풋타에게 승가의 일을 맡기고 물러나 수행에만 몰두하다 곧 열반했다. 우르벨라 카사파도 워낙 늦은 나이에 귀의해 머지않아 세상을 떠났다. 이로부터 사리풋타와 목갈라나가 붓다의 좌우에 서게 되었다.

그런 중에 고국 카필라에서 사신이 와 붓다더러 꼭 한 번 들러달라는 국왕의 청을 보내왔다. 바로 아버지 숫도다나왕이 보낸 것이다.

이제 붓다 교단을 더욱 빛나게 할 큰 제자를 만날 차례다. 물론 훨씬 뒤의 일이다. 그래도 이 이야기는 줄이거나 물릴 수가 없다. 앞에서 수닷타 장자가 기원정사를 보시하며 조카 수부티까지 등장한 내용은 자세히 살펴보았다.

당시 마가다국의 수도 왕사성 즉 라자그리하에서 멀지 않은 마하티라(Mahātittha)의 바라문으로, 국왕보다 재산이 많다는 니그로다 장자가 살았다. 그에겐 자식이 없었다. 수부티의 큰아버지인 수닷타 장자만큼이나 큰 부자다.

장자는 저택 부근에 있는 핍팔라나무 아래에서 바라문 신들에게 빌고, 가까스로 아들 하나를 얻었다. 그가 마하카사파인데, 어릴 때 이름은 핍팔라나무에 기도하여 태어난 아이라는 뜻의 핍팔리(Pippali)다.

핍팔리는 어릴 때부터 자비심이 많아 보시를 즐겨했다.

부모는 늦은 나이에 얻은 아들인만큼 핍팔리가 스무 살이 되던 해 결혼을 준비했다. 늙은 부모는 어서 손자를 얻고 싶었다.

무슨 일인지 핍팔리는 순금으로 예쁜 여인상을 만든 다음 "이처럼 아름다운 여인이 나타나면 결혼하겠지만 그렇지 않으면 저는 그냥 수행에만 전념하겠습니다." 하고 청했다. 그런데 바이샬리에 실제로 그렇게 아름다운 신부감이 마침 있었다. 핍팔리의 부모는 서둘러 결혼을 진행했다.

일이 이렇게 돌아가자 핍팔리는 할 수 없이 바들러라는 16세의 소녀와 결혼했다.

이때 신부인 바들러 역시 수행을 위해 출가하고 싶다는 꿈을 갖고 있었다.[059] 두 사람은 언제고 때가 되면 함께 출가하자고 약속을 하고, 그로부터 12년이 지나도록 부부로 살았다.

핍팔리가 서른두 살이 되던 해, 부모가 잇따라 사망했다. 두 사람은 그러자마자 가산을 처분하여 이웃에 보시한 다음 붓다가 있다는 죽림정사를 향해 나아갔다.

그때 붓다는 두 사람이 오는 길목에 앉아 그들을 기다렸다. 길에서 붓다를 만난 마하카사파는 두 말 없이 그의 제자가 되기로 결심했다.

붓다는 마하카사파 부부를 위해 특별한 단독 설법을 해주었다. 이로써 핍팔리는 붓다 교단으로 들어와 마하카사파가 되고, 부인 바들러는 마침 붓다의 이모 등을 위해 만든 대림정사[060]의 비구니 교단에 들어갈 수 있었다. 이렇게 하여 마하카사파는 고타마의 제자가 되고, 사리풋타와 목갈라나를 도와 승가를 이끌며, 나중에는 고타마의 뒤를 잇는다.

한편, 6년 전, 아들 싯다르타가 몰래 출가를 해버린 뒤 숫도다나왕은 브라만 콘단냐 등 다섯 명을 뽑아 갑자기 사라진 태자를 찾아와 달라고 부탁했다.

콘단냐는, 싯다르타가 태어날 때 관상을 보며 미래를 예측한 브라

---

059  당시 인도에서는 브라만 계급의 권위가 차츰 무너지고, 이에 따라 출가수행이 유행처럼 번지던 때였다. 신라 때 화랑이 되어 산천을 돌아다니며 도를 닦던 것과 같다. 중국에서도 노자, 공자 이후 제자백가들이 나타나 산 좋고 물 맑은 곳에 모여 공부하기를 즐겼다. 귀곡자 왕후(王詡)의 경우 소진, 장의, 손빈, 방연을 가르친 종횡가(縱橫家)로 유명하다.

060  바이샬리에 있는 비구니 사찰로, 쿠타가라살라 비하라(Kutagarsala Vihara).

만 8명 중 한 명이다. 다른 사람들은 싯다르타가 전륜성왕이 될 것이라고 덕담했지만 콘단냐는 출가수행자가 될 거라고 내다본 적이 있다.

과연 싯다르타가 출가를 해버리자 숫도다나는 그때까지 살아 있던 콘단냐를 불러 태자를 뒤따라가 카필라로 데려오거나, 설득이 안 되면 곁에서 아라한이 되도록 지켜달라고 청했다.

"브라만이여, 태자를 찾거든 데려올 수 있으면 데려오고, 만일 수행을 고집하거든 호위도 하고, 수발도 들고, 무엇을 하며 무슨 말을 하는지 때때로 사람을 보내 내게 알려주시오. 아라한이 될 수 있다면 그럴 수 있도록 부디 잘 지켜주시오."

이에 콘단냐는 어린 싯다르타가 전륜성왕이 될 거라고 예측했던 브라만의 자식 네 명을 불러 함께 수행자를 찾으러 가자고 설득했다. 그런만큼 콘단냐는 나이가 많다.

그렇게 길을 떠난 다섯 명의 호위대는 마가다국 사위성인 스라바스티에서 싯다르타를 찾아냈다. 그때 싯다르타는 우르벨라 마을 뒤편 고행림에서 자이나교 수행자들과 함께 고행을 하는 중이었다. 콘단냐는 싯다르타를 찾아가, 숫도다나왕의 명령을 받들어 태자와 함께 수행할 것이라고 알리고 그들도 고행에 들어갔다. 그들은 브라만으로서 수행을 하는 것이고, 싯다르타는 근본적인 의문과 고통을 해결하기 위해 수행을 했지만 이런 차이가 처음에는 그다지 중요하지 않았다.

그렇게 6년이 허무하게 지나고, 늙은 콘단냐는 싯다르타가 고행을 포기하는 순간, 출가수행자로서 더 기대할 것이 없다고 보고 다른 스승을 찾거나 카필라성으로 돌아가기로 했다.

아들 싯다르타의 소식을 드문드문 인편으로 들어오던 슛도다나는, 6년이 지난 어느 날, 그의 아들 싯다르타가 마침내 삼천대천에 두루 통하는, 브라만의 신들까지 아우르는 절대불변의 진리인 반야를 깨우쳤다는 풍문을 들었다. 녹야원인 사르나트에서 콘단냐 등 다섯 비구에게 처음으로 설법한 뒤의 일이다.

슛도다나는 너무나 기쁜 나머지 "우리 아들이 반야를 깨우친 4월 보름, 기쁘고 상서로운 날이구나. 4월 보름에 태어난 아이에게는 아난다라는 이름을 붙여라." 하고 널리 알리라 했다. 아난다는 기쁨이라는 뜻이다.

그때 마침 슛도다나왕의 동생이 아들을 낳았는데 날짜를 짚어보니 딱 그날이었다. 이 아이 이름은 저절로 아난다가 되었다. 그러니 손자 라훌라보다 여섯 살이나 어리다.

나중에 붓다는 고국인 카필라성으로 찾아와 일단 교외의 니그로다 동산에 승가를 머물게 했다.

붓다는 아침이면 카필라성으로 들어가 아버지 슛도다나왕과 왕족을 위해 설법하고, 공양을 받은 다음 오후에는 궁성 밖 니그로다 동산으로 물러나와 아나파나 수행에 전념했다.

그런 중에 7살이 된 사촌 동생인 아난다도 붓다를 만나게 되었다.

"오, 네가 아난다로구나. 내가 붓다가 된 날 네가 태어났다지? 넌 아주 특별한 인연으로 태어났으니 마땅히 이 형을 따라 숲으로 가야만 한다."

아난다는 뭐가 뭔지도 모르고 니그로다 동산에 머물렀다. 사미라는 개념조차 없을 때니 이상한 일도 아니다. 아난다는 붓다의 사촌동생이면서 또 데바닷타의 동생이기도 한데, 마침 그 데바닷타도 수행자가 되겠다고 나섰다.

아직은 라훌라의 출가가 거론되지 않을 때라 아난다와 데바닷타의 출가에는 아무 문제가 없었다. 아난다는 친형 데바닷타, 사촌형 아누루다, 밧디아, 바구, 우파난다 등과 함께 출가의 길에 오른다. 머뭇거리던 수드라 출신의 왕실 이발사 우팔리도 숫도다나왕의 허락을 받아 출가수행자가 되기로 했다.

이처럼 여러 왕족과 왕실 사람들이 출가를 결심하자 붓다는 카필라 방문을 마치는 날 정식으로 이들을 받아들였다.

이 중에서 사촌형 아누루다가 붓다에게 청했다.

"바가바트시여, 우리 자존심 많은 태양의 후예 사카족 출가자들은 승가에 들어가 다른 계급의 수행자들과 화합하지 못할 수도 있습니다. 바가바트는 수행자가 되려면 자존심의 깃발을 꺾어야만 한다고 여러 번 말씀하셨습니다. 그래서 한 가지 청을 올립니다. 저희와 함께 출가하기로 한 이발사 우팔리는 오랫동안 우리 왕족의 시중을 든 하인입니다. 그러니 우팔리를 먼저 비구로 만들어 저희 사카족의 자존심을 꺾어주십시오."

붓다는 아누루다를 비롯한 왕족 출가자들을 칭찬했다.

사리풋타는 아누루다의 청에 따라 맨먼저 이발사 우팔리의 머리를 깎고 가사를 입혔다.

우팔리가 비구가 되자 붓다는 왕족들더러 우팔리에게 절을 올리라고 하였다. 그러자면 우팔리의 발에 이마를 대야만 한다.

카스트 계급이 엄격하던 당시로서는 상상하지 못한 일, 있을 수 없는 일이다. 스스로 원한 일이라고는 하나 실제로 그렇게 하기는 쉽지 않다.

하지만 그들은 기꺼이 우팔리에게 절했다. 이렇게 하여 붓다는 반야 앞에서는 모든 생명이 높고 낮음이 없다는 사실을 분명히 알려주고, 그들의 뇌에 깊게 패인 계급에 대한 자존심을 긁어내 버렸다. 그뒤로 비구는 출가 순서대로 형이 되고 아우가 되어 사형, 사제로 불리게 되었다. 손자가 출가하면 할아버지라도 출가자에게 예배를 올려야만 한다.

붓다는 왕실 출가자들을 모아 특별한 법문을 내렸다.

"반야는 바다와 같다. 바다는 수많은 강물을 거부하지 않고 큰물, 작은물, 심지어 빗방울, 똥물, 오줌물까지 받아들인다. 우리 승가도 신분을 가리지 않고 받아들인다. 올바른 법과 율이 있을 뿐이다. 계를 받는 순서에 따라 예를 갖추는 것이지, 신분과 지위의 높고 낮음은 없다. 진실하고 성스러운 법과 율을 따르되 절대 교만하지 말라. 교만이 반야의 등불을 꺼뜨리고, 교만이 반야를 가려 아무것도 보이지 않게 한다."

아난다는 아직 나이가 너무 어려 왕족들과 함께 본격 수행을 하지 못하고, 주로 승가에 머물며 어른 비구들의 시중을 들고, 어린만큼 붓다 곁에서 이야기를 듣는 공부에 열중했다.

아난다는 늘 붓다를 따라다니다 보니, 저절로 가장 가까이서 붓다가 무슨 말을 하는지, 무슨 수행을 하는지 듣고 볼 수 있었다.

한편 붓다가 사카성을 방문한 중에 이복동생 난다의 결혼식이 있었다. 기왕이면 붓다의 축복을 받을 수 있도록 날짜를 잡은 것이다.

난다는 붓다의 이복동생이다. 아버지 숫도다나왕과 어머니 마하마야의 동생인 마하파자파티 사이에 태어난 왕자로, 외아들 싯다르타가 출가한 뒤 유일한 왕위 계승자가 된 것이다. 그러므로 이날, 더불어 태자 책봉식까지 치를 참이었다.

결혼식이 있던 날, 붓다는 동생 난다에게 자신의 발우를 맡겼다. 그러고는 이런저런 행사를 치르다 붓다가 먼저 성밖 니그로다 동산으로 발길을 돌렸다.

난다는 형이 준 발우를 들고 있었기 때문에 어쩔 수 없이 발우를 들고 오라는 말인 줄 알고 비구들을 따라 니그로다 동산까지 갔다.

새 신랑이자, 고타마 싯다르타 대신 태자가 돼야 할 동생 난다가 형이 맡긴 발우를 든 채 니그로다 동산으로 향하자, 누군가 이 소식을 신부인 자나빠다 깔리야니에게 전했다.

"부인, 붓다께서 이 나라의 국왕이 되실 왕자를 데려가는 것 같습니다. 새 신랑을 빼앗아 출가를 시키려는 게 아닌가요?"

"설마, 새 신랑을 출가시키려고요?"

자나빠다 깔리야니는 의심을 떨치지 못하고 재빨리 말을 타고 니그로다 동산으로 달렸다. 마침내 붓다 일행을 뒤따르던 왕자 난다를 만났다.

"왕자님, 어딜 가십니까? 궁으로 돌아오세요."

신부가 난다를 향해 소리쳤다.

"오, 부인?"

그제야 난다는 신부의 얼굴을 보고는 자신이 카필라성의 왕자이고, 국왕 후계자이며 오늘 결혼한 새 신랑이라는 사실을 떠올렸다.

"오, 부인. 이게 우리 형님 발우인데 아무래도 내 손으로 갖다 드려야 할 것 같아서 승가를 뒤따르는 겁니다. 그러지 말고 궁에 가서 기다리시오. 내가 형님께 발우만 전해드린 다음 돌아갈 테니 곧 궁에서 봅시다."

"아, 그렇군요. 그럼 어서 돌아오세요."

자나빠다 깔리야니는 안심하고 말머리를 돌려 카필라성으로 돌아갔다.

신부가 돌아간 뒤 난다는 붓다의 수행처인 니그로다 동산까지 가서 마침내 형을 만났다.

"형님, 형님 발우를 제가 가져왔습니다."

"저런, 우리 아우 난다가 여기까지 따라왔구나. 너는 본디 나를 대신하여 카필라성의 왕이 되어야 하는데, 막상 왕이 되면 이웃나라와 전쟁을 해야 하고, 고통 받는 백성들을 돌보느라 힘겨운 나날을 보내야만 할 것이다. 너, 형처럼 수행자가 되어 온갖 시름과 고통에서 벗어나고 싶지 않으냐? 이런 삶이 진짜 삶이란다."

"바가바트 형님, 저는 형님이 끝끝내 안 돌아오시면 대신 태자가 돼야 하고, 그러니 출가는 좀…"

"아우야, 너는 장차 아버지를 이어 왕이 될 것이다. 진심으로 백성을 위해 일을 하고 싶으냐?"

"그러믄요. 가난한 백성들을 배불리 먹이고, 아픈 백성에게는 약을 주고, 힘든 백성은 쉴 수 있게 하겠습니다."

"태어나면 늙고, 늙으면 병이 들어 결국 죽는 게 사람이거늘 네가 백성들이 늙는 걸 막을 수 있느냐?"

"없습니다."

"백성들이 시시때때로 여러 병에 걸려 고통스러워할 텐데 네가 그 병을 다 고쳐 줄 수 있느냐?"

"어렵습니다."

"네가 우리 백성들을 죽지 않게 할 수 있느냐?"

"그, 그건 못합니다."

"아우야, 이 형이 다시 한번 똑똑하게 말한다. 네가 백성들이 병에 들지 않게 하고, 늙는 것을 물리치고, 죽지 않게 할 수 있다면 지금 돌아가 태자가 되고 왕이 되어라. 배고픈 백성을 배불리 먹일 수 있고, 집 없는 백성에게 좋은 집을 지어줄 수 있다면 어서 돌아가 태자가 되고 왕이 되어라. 하지만 이 형이 암만 생각해도 불가능한 일이구나. 그래서 나는 그 답을 찾기 위해 출가를 했고, 마침내 그 답을 찾아냈다. 보아라, 나는 왕이 아니고 우리 수행자들은 재상이나 장군이 아니지만 얼마나 행복하고 평화로우냐. 네가 정녕 백성들이 잘 살기를 원한다면 먼저 내게서 그 법부터 배워라. 그런 다음에 왕이 돼도 괜찮지 않을까?"

"저, 얼마나 배우면 될까요? 한 일이 년 정도 배우면 될까요?"

"물론 네가 수행하기에 달렸다. 형은 6년만에 붓다가 되었지만 너는 나보다 똑똑하니 더 빨리 될 수도 있을 것이다. 더구나 이 형이 직접 가르쳐 줄 수 있으니 더 쉽겠지?"

"그 사이에 우리 아버지가 돌아가시지는 않겠지요, 형님?"

"아무렴. 아버지는 아주 건강하시다. 우리 함께 어서 수행을 하여 늙은 아버지를 돌보자꾸나."

"그럼 형님의 법을 배운 뒤에 성으로 돌아가겠습니다."

"오호라, 우리 아우가 출가를 하고 싶구나. 사리풋타, 내 아우 난다를 출가시켜 주시오."

난다는 얼떨결에 그만 머리를 깎고 수행자가 되어 가사를 입고 말았다.


숫도다나왕은 상상조차 하지 못한 사건이다. 아들 싯다르타를 잔치에 불렀다가 그만 태자가 돼야 할, 하나 남은 왕자인 난다마저 출가시키고 말았다.

그래도 숫도다나는 아들이 자랑스럽고, 그래서 거기까지는 이해했다. 난다가 공부를 더 한 뒤 카필라성으로 돌아오면 훌륭한 국왕이 될 수도 있다고 은근히 믿은 것이다. 아직은 출가수행자란 개념이 또렷하지 않을 때라 숫도다나왕은 난다의 출가가 그리 큰 문제는 아니라고 여겼다. 그런데 숫도다나의 시름은 거기서 끝나지 않았다.

카필라성 교외에 머물던 붓다는 이미 아난다, 아난다의 형 데바닷타, 다른 사촌인 아나율, 발제리 등을 차례로 출가시켰다. 심지어 아버지 숫도다나왕의 이발사인 우팔리까지 출가했다. 마지막에는 왕이 될 난다까지 출가시켰다. 그러도록 숫도다나왕은 아들인 붓다가 하는대로 꾹 참고 지켜보기만 했다. "공부, 그래 왕자들에게 공부를 시키는 거지." 이러면서 마음을 다독거렸다. 혹시 무슨 일이 있더라도 의젓한 손자 라홀라가 있기 때문이다.

　한편 부인 야수다라는 남편인 붓다가 천여 명이나 되는 많은 제자를 이끌고 위엄 있게 행진하는 걸 보고는 아들 라훌라를 불러 귓속말을 전했다.

　"왕손(王孫), 태자이신 아버지께 가서 재산을 상속해 달라고 말씀드려 봐요. 난다 왕자까지 출가했다니 왕손이 이 나라 국왕이 돼야 하잖아요?"

　아무것도 모르는 라훌라는 아버지 붓다가 카필라성에 다시 들른 날, 쪼르르 달려가 품에 안기며 어머니 야수다라가 시킨대로 말했다.

　"아버지, 저는 왕손입니다. 관정식을 하고 나면 언젠가는 제가 이 나라 왕이 될 거랍니다. 왕이 되려면 신하들을 거느리고 용맹한 군사를 길러야 하니 재산이 많이 필요하답니다. 아버지, 다시 먼 나라 숲으로 돌아가실 거라면 제게 아버지 재산을 다 물려주고 가세요. 아버지의 것은 모두 아들의 것이 된다고들 합니다. 그러니 허락해 주십시오."

　붓다는 기쁜 낯으로 웃었다.

　"아버지 것은 아들 것이라고?"

　"예, 사람들이 그렇게 말합니다."

　"엄마가 그러겠지?"

　"예. 엄마가 아버지 재산을 다 받아오라고 시켰어요."

　"오, 내 아들 라훌라여, 정말로 아버지 재산을 다 물려받고 싶으냐? 남김없이 다 줄까?"

　"네! 다 주세요!"

　"알았다. 내가 가진 걸 다 너에게 주겠다. 너는 내 상속자가 되어야 한다."

"우와! 저는 아버지의 상속자입니다!"

무슨 뜻인지도 모르고 라훌라는 손뼉치며 좋아라 소리쳤다.

붓다는 대뜸 사리풋타를 시켜 아들 라훌라의 머리를 깎도록 했다. 그러고는 사촌 동생인 아난다와 달리 사리풋타의 제자로 삼아 언제나 곁에 두며 가르치게 하였다.

뒤늦게 이 사실을 안 숫도다나가 펄쩍 뛰었다. 그러잖아도 싯다르타 대신 왕이 되기로 예정된 왕자 난다까지 출가하여 놀라던 중인데 왕손인 라훌라마저 출가시키면 나라를 이을 직계 왕손이 없게 되는 것이다.

슬픔에 빠진 숫도다나는 니그로다 숲으로 달려가 아들인 붓다에게 항의했다.

"태자야, 다 좋다. 너를 존중한다. 너를 믿는다. 아버지인 나도 네가 깨달은 반야에 완전히 귀의한다. 하지만 나라를 물려받을 태자 하나는 있어야 하는 것 아니냐? 하나밖에 없는 네 동생 난다를 데려갈 때는 그럴 수 있다 쳤다. 그런데 정말이지 딱 하나밖에 없는 왕손 라훌라까지 니그로다 동산으로 이렇게 데려와 버리면 내가 죽은 뒤 누가 카필라의 국왕이 된단 말이냐?"

"아직 사촌 마하나마가 있잖습니까. 라훌라는 아직 어리니 아비인 제가 데리고 있겠습니다. 아무래도 가르칠 게 많고, 나이가 어리잖습니까?"

마하나마의 동생 아누루다마저 이미 출가한 상태다. 사촌 동생 중에도 겨우 마하나마 하나 남았다. 물론 서자들은 더 있지만, 아직은 계급 시대다.

"그럼… 라훌라를 꼭 출가시키지는 않는 거지?"

붓다는 "어린이는 부모의 허락 없이 출가할 수 없다."는 계를 만들어 아들 라훌라를 승가에 데리고 있기는 하되, 진짜 출가수행자로 만들지는 않았다. 아버지 숫도다나왕을 안심시키기 위해서였다.

하지만 붓다 자신이 부모이니 라훌라는 어차피 출가한 셈이라서, 전생담 자타카를 이야기해주면서 조금씩 숫도다나왕의 근심을 달래주었다.

붓다는 그러고도 아버지 숫도다나왕을 위해 여러 번에 걸쳐 많은 법문을 들려주었다. 어떡하든 아버지를 깨우치겠다는 열망으로 정성을 다해 가르쳤다.

숫도다나는 아들 붓다가 가르쳐주는 대로 수행을 하고, 마음을 닦아 훗날 아라한이 된 다음에 열반에 든다.

붓다의 특징은 아버지, 이모, 아들, 아내, 동생들을 모조리 출가시키거나 아라한과에 이를 때까지 정성들여 가르쳤다는 사실이다. 심지어 얼굴을 보지 못한 생모 마하마야 부인의 후생(後生)[061]을 찾아 도리천까지 올라가 설법을 할 정도로 가까운 인연들을 모두 발심하게 하고, 아라한과에 이를 때까지 세심하게 가르쳤다.

한편 라훌라는 사리풋타의 제자로 들어가 있어서 아버지인 붓다를 자주 볼 수는 없지만, 그래도 라훌라가 수행을 게을리하고 말썽을

---

061    후생(後生) : 환생체. 티베트 등에서 죽은 뒤 다시 태어난 사람을 가리키는 툴쿠(tulku)
       다. 자신의 전생을 75%이상 기억할 수 있어야 된다. 티베트·부탄 등에서는 위원회의
       환생 승인을 받아야만 툴쿠로 인정된다.

일으킨다는 말이 들리면 당장 불러다 야단치기도 했다.

비구들에게 거짓말을 하다가 붓다 귀에 들려 혼쭐이 나기도 하고, 사리풋타와 함께 탁발 나갔다가 아이들에게 얻어맞고 돌아오기도 했다.

어느 날은 잘 데가 없어 화장실에 들어가 이슬을 피하다가 붓다 눈에 띄어 겨우 잠 잘 수 있는 방을 얻기도 했다. 아들인 라훌라마저 승가에서는 철저히 평등했다.

그렇지만 라훌라가 아나파나를 게을리할 때는 직접 손을 이끌어 숲으로 데려가 마주 앉혀 놓고 함께 숨을 세기도 했다. 나중의 일이지만 붓다는 라훌라를 개인지도하여 마침내 아라한으로 만들어냈다.

한편, 라훌라보다 여섯 살이나 어린 아난다는 워낙 잘 생기고 총명해서 종종 탁발길에 소녀들이 따라다니는 사고가 나곤 했는데, 그럴 때마다 붓다는 색(色)의 무상함에 대해 특별설법을 하여 아난다의 마음이 욕망에 끌려가지 않도록 다독였다. 아난의 색이 드러날수록 아라한이 되는 길은 까마득했다.

04
—

혹시 제게 설하지 않은 경이 있습니까?

아주타나는 칠엽굴에 모인 사람들이 어떻게 붓다와 인연을 맺었는지 차례로 살피고는 눈을 떴다.

태이자는 잠자코 아주타나가 입을 열기를 기다렸다.

아주타나가 칠엽굴에 모이는 존자들의 얼굴을 살피는 중이라고 여겨 기다려주는 것이다.

이윽고 아주타나가 당시 광경을 설명하기 시작했다.

"세 분이 함께 바이바라산 언덕길을 따라 차례로 올라오고 계십니다. 아난다도 있군요. 몸이 몹시 불편한 목갈라나 존자를 등에 업고 계십니다. 하지만 아난다는 굴 밖에 서 있고, 또 라훌라 존자, 사리풋타 존자, 수부티 존자도 밖에 앉아 아나파나를 합니다. 늙으신 붓다, 붓다보다 더 늙은 목갈라나 존자와 사리풋타 존자 세 분이 칠엽굴에 앉아 계십니다. 바닥에는 빨간 천조각인 니사단을 깔고, 세 분 다 눈을 감고 아나파나를 합니다."

"그러면 붓다가 말씀하시는 굴 안쪽으로 더 들어가봐. 굴이 아주 깊은 편이야."

"목갈라나 존자를 모시고 난 아난다가 밖에 나갔다가 물병을 찾아들고 칠엽굴로 들어가는군요. 붓다와 사리풋타 존자와 목갈라나 존자 세 분이 다 눈을 뜨십니다. 붓다가 말씀하십니다."

"말씀하시는 대로 일러라."

아주타나는 눈을 감은 채 보이는 대로 설명해나갔다.

"목갈라나 존자가 많이 아프십니다. 크게 다쳤습니다. 그래서 아난다의 부축을 받았군요. 목갈라나 존자가 말씀하십니다. 바가바트여, 피곤하니 어서 저를 죽게 하소서. 사리풋타도 그렇게 말합니다. 제 평생의 벗 목갈라나가 가야 한다면 저도 떠나고자 하니 우리 모두 죽게 하소서. 붓다가 눈을 감은 채 묵묵히 앉아 대답하지 않습니다."

태이자는 잠시 차를 한 잔 마시고 나서 아주타나에게 묻는다.

면면 옛날 이야기지만 지금 막 일어나는 사건만 같다.

"목갈라나 존자는 왕사성 라자그리하에 들어갔다가 그곳 바라문들에게 집단 폭행을 당하셨거든. 나도 그곳에 가보았는데, 늙으신 목갈라나 존자는 젊은 바라문들에게 속절없이 얻어맞기만 하셨더라. 신통력을 가지신 분이니 마음만 먹으면 얼마든지 물리칠 수 있는데 저항조차 하지 않으면서 때리면 때리는 대로 차면 차는 대로 맞기만 하셨다. 나이가 많으시니 이제 모든 카르마를 불태워 버리고 홀로 열반에 드시려고 일부러 저러시는구나 싶었다.

다른 비구들이 목갈라나 존자를 구해 죽림정사로 돌아와 치료를 했지만 부상이 심하시다. 그래서 열반에 들고 싶다고 붓다에게 간청을 하는 것이다. 사리풋타 존자도 전법교화에 평생을 바쳤으니 이제는 어릴 적부터 친구인 목갈라나와 더불어 열반적정의 세계로 돌아가고 싶다고 하시는 것이다. 두 분 모두 붓다보다 나이 많으신 분들이라 굉장히 노쇠하셨다."

"지금 그렇게들 말씀하고 계십니다. 바가바트시여, 메시아[062]가 머지않아 올 텐데 이 세상에 한 겁만 더 머물러 계셔달라고 말씀하십니다마는, 그게 어렵다는 걸 더 잘 아십니다. 사리풋타 존자가 말합니다. 바가바트께서도 머지않아 열반에 드시겠다고 선언하셨잖습니까. 바가바트가 머무시는 세상이라면 그곳이 지옥이라도 우리는 함께 머물고 싶지만, 바가바트께서 열반하신다면 저희도 그만 열반하여 무색계로 들어가 마지막 수행을 하고 싶습니다. 지금 목갈라나의 상처가 너무 깊고, 저 또한 너무 늙었습니다. 생로병사의 윤회에 묶여 있는 이 몸에서 어서 벗어날 수 있도록 허락하여 주소서. 붓다가 말합니다. 내가 이세상에 머물고 싶지 않은 게 아니다. 이 세상에 이 몸을 빌려타는 것이나 열반에 드나 마찬가지이므로 굳이 열반에 들려는 것이다. 아라한이 5백 명이나 되니 굳이 내가 세상에 더 머물 이유가 없다. 나는 가지도 않고 오지도 않으며 있지도 않고 없지도 않을 것이니, 있다면 있는 것이요, 없다면 없는 존재로서 삼천대천세계에 두루 머물 것이다. 목갈라나 존자와 사리풋타 존자가 눈물을 글썽거립니다."

"붓다도 중생의 몸을 입고 있으니 죽기는 죽는 것이라. 두 분께서 뭐라시느냐?"

"몸이 몹시 불편하신 목갈라나 존자가 힘겹게 말씀하십니다. 저희도 그렇습니다. 사리풋타 존자도 말합니다. 저도 그러합니다. 붓다가 아난다를 부릅니다. 마하카사파와 수부티, 라훌라도 굴로 들어오라고 시킵니다. 다 모였군요. 나머지 비구들은 칠엽굴 삽타파르니 굽타 밖에 앉아 각자 아나파나를 하고 있습니다. 칠엽굴은 굴이 아주 많아서 아나파나를 하기에 아주 좋습니다. 저마다 굴에 들어가거나 혹은 나

---

062  팔리어로 Metteyya. 메시아로 읽힌다. 산스크리트어로 Maitreya. 현재 도솔천(Tusita)에 살고 있으며, 이곳 수명 3,000살이 끝나면 인간 세상으로 태어나 붓다가 된다고 한다. 한자로는 미륵(彌勒)이다. 도솔천의 수명 3,000살은 상대적인 것으로 지구 시간을 가리키는 건 아니다. 말하자면 도리천의 하루는 인간세상 100년이라고 한다. 이런 식으로 따지면 도솔천 3,000살이란, 도솔천 하루가 인간세상의 400년이므로 그쪽 시간으로는 그리 긴 시간이 아니다.

무 그늘에 앉아 아나파나를 합니다."

"그래, 사두 사두 사두로다. 이 부분이 중요하다. 칠엽굴 밖으로는 5백 아라한과 1천2백 비구들이 모두 삼매에 들어가 있는 지금 이 시점이 중요하니, 아주타나 너는 어서 보이는 대로 말해 보라."

아주타나는 바이바라산 칠엽굴에 모인 사람들의 말과 행동을 찬찬히 그려나갔다.

건기를 맞은 바이바라산 칠엽굴은 선선한 공기가 감돌았다.

이 산에는 핍팔라나무가 많아 나무 그늘이 넓고, 그늘에만 앉으면 한낮에도 시원하다. 마하카사파가 살던 집이 이 근처에 있고, 일대 땅은 마하카사파의 소유였다. 칠엽굴이 있는 바이바라산은, 나중에 이곳에 모여 경전 결집을 하는 등 마하카사파가 즐겨 수행하는 곳이다. 산이 낮고 동굴이 언제나 선선하여 부상 중인 목갈라나 존자까지 오를만한 언덕이다.

아난다가 두 손을 모은 채 서 있자 붓다가 돌아보며 말했다.

"우리를 따라 바이바라산에 올라온 비구들은 저마다 핍팔라나무 그늘을 찾아가 아나파나를 하라고 일러라. 나는 이곳에서 하리라. 아난다, 너는 비구들을 삼매로 이끈 다음 이곳으로 돌아와 앉아라. 오늘 사리풋타와 목갈라나 두 존자에게 드릴 말씀이 있다. 독수리산 그리드하쿠타로 가고 싶었지만 네가 목갈라나 존자를 업고 가기 어려워 이리 모셨다."

"예, 바가바트시여, 아라한들과 비구들은 저마다 핍팔라나무 그늘을 찾아 앉아서 수행을 하고 있나이다."

"그래도 둘러보고 오라. 아주 중요한 날이니 더 깊이 삼매에 들라고 특별히 일러라. 그래야만 목갈라나 존자와 사리풋타 존자를 잘 모실 수가 있다. 오늘은 두 분을 위한 날이다."

아난다는 합장을 하면서 칠엽굴 밖으로 나갔다.

아난다가 바이바라산 기슭을 두루 살펴본 뒤 칠엽굴로 돌아가자 붓다, 그리고 여러 존자들은 이미 삼매에 들어 있었다.

아난다는 살그머니 굴밖을 향해 앉은 다음 호흡을 골랐다. 맑고 싱싱한 공기가 코끝을 스친다. 하나, 두울, 세엣…

시간이 얼마나 흘렀을까, 붓다가 잔 기침을 하더니 아난다를 불렀다.

"아난다는 이리 가까이 와서 내 말을 잘 듣고 기억하라."

부름을 받은 아난다는 붓다가 있는 굴 안쪽으로 가까이 다가가 니사단을 깔고 앉았다.

"나는 아마… 내년쯤 열반에 들어야 할 것 같다. 몇 년 사이 나의 이모이신 마하파자파티께서 열반하시고, 라홀라를 낳아준 야수다라도 열반하였다. 인연으로 만들어진 것은 그 인연이 끝나면 형상이 풀어져 사라지느니, 우리는 지금 목갈라나 존자와 사리풋타 존자의 인연이 언제 어떻게 끝나는지 살피고자 한다.

지난 달에 목갈라나 존자와 사리풋타 존자가 내게 청할 일이 있다며 찾아왔다. 목갈라나는 왕사성 라자그리하에 들어갔다가 사나운 바라문들과 격렬한 토론을 하다가 그만 몸을 다치셨다. 나보다 나이가 많으신데, 그런데도 반야의 등불을 밝히러 나가셨다가 그만 몸을 상하신 것이다. 몸이 괴로우시다보니 그만 열반에 드시겠다고 청하니 나로선 괴롭기 짝이 없다. 내가 먼저 열반에 들고, 그 다음에 목갈라나와 사리풋타 두 분이 더 세상에 머물다가 열반에 드시면 좋으련만 두 분께서 부득이 먼저 가셔야만 하겠다고 보채시니 난들 어쩔 수가 없다. 하여 기원정사에 나가 있던 수부티까지 불러 오늘 이 자리를 마련하였다. 나의 벗 사리풋타 존자와 목갈라나 존자를 위한 자리이고, 마하카사파 존자와 수부티 존자와 라훌라 존자를 위한 자리이기도 하다. 원래 빈드루 발라타사 존자와 바드라 존자도 불렀는데 너무 멀리 나가 있어 그런지 아직 도착하지 못했다. 목갈라나 존자의 부상이 심하고, 카르마가 다 녹아 곧 열반에 들어야 하므로 더 지체할 수가 없다. 그런즉 마하카사파와 라훌라는 잘 들어라. 너희 둘은 빈드루 발라타사 존자, 바드라 존자와 더불어 넷이서는 결코 열반에 들지 말라. 메시아가 올 때까지 이 세상에 머물다가 그를 가르쳐 그가 완전한 지혜인 반야를 깨우쳐 세상을 밝히거든 비로소 열반에 들라. 이것이 나의 유언이다.”

아난다가 고개를 갸웃거리며 여쭈었다.

“바가바트시여, 메시아가 오려면 오랜 세월을 기다려야 하는데 우리 네 명의 존자들께서는 무슨 수로 죽지 않고 기다립니까?”

“아난다여, 네 눈에는 보이지 않고 네 귀에는 들리지 않으니 지금은 묻지 말라. 네 명의 존자는 아라한이니, 툴쿠[063]를 갈아타며 얼마든

063  Tulku. 환생체. 전에 세상에 났던 사람으로 환생하여 새로 받은 몸을 가리키는 말이다. 혹은 인연이 다한 몸을 빌려 쓸 때에도 이 몸을 툴쿠라고 부른다.

지 이 세상에 머물 수 있느니라. 네가 그 이치를 알면 깜짝 놀랄 것이니 더 묻지는 말라. 마하카사파와 라훌라는 잘 알고 있으니 무슨 말인지 더 설명해주지 않아도 괜찮단다."

아난다는 머쓱하여 고개를 숙였다. 라훌라 조카까지 아라한이 되어 존자로 대우받는 걸 보면 부럽기도 하고, 속상하기도 하다. 가만히 보니 이 자리에서 반야를 깨닫지 못한 사람은 자기 뿐이다.

이런 고귀한 자리에 아난다가 앉아 있는 것은 붓다와 맺은 오래전 약속 때문이다. 붓다가 늙어 그의 시자가 되기로 할 때 아난다가 내건 조건이 있다. 그중에 가장 중요한 건, '언제든지 붓다에게 질문할 수 있는 권리, 아난다가 없을 때 다른 사람에게 설법한 내용을 반드시 다시 들려주기'였다. 그러니 아라한만이 모여 나누는 작은 법담이라도 아난다만은 언제나 붓다 옆에서 처음부터 끝까지 설법을 들을 수 있는 특권을 갖고 있다.

"먼저 오늘 이 칠엽굴 설법이 끝나면 목갈라나 존자와 사리풋타 존자의 제자들은 두 분이 편안하게 열반에 드실 수 있도록 준비하라. 목갈라나 존자는 왕사성 라자그리하에서 멀지 않은 콜리타 출신이니 거기서 열반에 들 것이요, 사리풋타 존자는 콜리타 마을에서 멀지 않은 우파팃사에서 났으니 역시 거기로 가서 열반에 들어야 할 것이다."

목갈라나와 사리풋타는 가만히 합장을 올려 붓다의 말씀을 증명했다. 죽어도 좋다는 허락을 받은 셈이다.

마하카사파와 라훌라, 아난다는 오늘 처음 듣는 말이 너무 많아 자주 깜짝깜짝 놀라곤 했다.

목갈라나 존자가 왕사성 라자그리하에 들어갔다가 바라문들한테서 폭행을 당해 부상을 입었다는 소식은 벌써 들었지만, 그렇다고 열반에 들겠다고 요청해 놓은 줄은 알지 못했다. 신통제일이신 목갈라나가 열반하리라고는 아무도 믿지 않았다. 또 사리풋타 존자까지 목갈라나 존자의 열반을 말리다가 도저히 안 되니 동무가 함께 열반하자고 말을 맞춘 모양이다. 더 놀라운 것은, 내년이면 여든 살이 되는 붓다까지 열반에 들리라는 각오를 내비친 점이다. 이 큰 교단에 커다란 변화가 폭풍우처럼 일어나고 있다.

이때 라훌라 존자가 가만히 손을 들고 붓다를 향해 낮은 목소리로 질문을 올렸다.

"저의 아버지이신 바가바트시여, 오늘 이 자리가 저의 스승이신 사리풋타 존자와 목갈라나 존자 두 분께서 열반을 허락받는 모임이라는 사실에 마음이 천근 만근 무겁습니다. 감히 여쭙겠습니다. 바가바트께서는 마하카사파 존자와 빈드루 발라타사 존자, 바드라 존자, 그리고 저에게는 열반을 하지 말고 메시아가 반야를 완전히 깨우칠 때까지 세상에 남아 그를 가르치고 지키라고 말씀하셨습니다. 그렇다면 아버지 바가바트께서도 열반하지 않고 이 세상에 더 머무시겠습니까?"

붓다는 잠시 눈을 감았다.

아난다도, 다른 존자들도 다 같이 귀를 세우고 붓다의 대답을 기다렸다.

큰 질문이다.

그러나 답이… 없다.

붓다는 무슨 생각을 하고 있는지 어떤 움직임도 보이지 않는다.

라훌라가 다시 말했다.

"바가바트시여, 사리풋타 존자와 목갈라나 존자를 이별하는 것도 마음 아픈 일인데 아버지께서도 혹 뒤따라 열반하실 작정 아닙니까?

오, 나의 아버지 바가바트시여, 저는 철 모르는 어린 시절에 아버지 손에 이끌려 승가에 들어온 뒤로 아버지 속을 많이 썩였습니다. 또 지금도 아난다 당숙이 아라한에 이르지 못하는 일로 노심초사하시는 걸 잘 알고 있습니다. 모든 것을 마친 바가바트시며 더없이 높은 반야를 다 통하신 붓다라도 세속의 일로 가슴이 아픕니까? 그렇다면 열반하지 마시고 저희와 함께 세상에 머물러 주십시오."

그제야 붓다가 눈을 뜨고 라훌라를 향해 대답했다.

"라훌라여, 그런 말 하지 말라. 내가 내 동생 난다와 그리고 내 아들 라훌라와 사촌형제들을 이끌고 궁에서 숲으로 나올 때 내 아버지 숫도다나왕이 슬프게 우시던 일을 지금도 생생하게 기억한다. 부왕께서는 난다와 사촌 동생들을 데리고 나올 때까지는 꾹 참고 계시다가 어린 라훌라 너마저 데려온 뒤에는 몹시 상심하셔서 매우 슬피 우셨단다. 숫도다나왕은 출가 이후 내게 처음으로 서운하다며 아프게 말씀하셨다.

나는 비록 바가바트로 불리고, 붓다로 불리는 '사람이 아닌 사람 붓다'지만, 내가 그럼 사람이지 사람을 벗어난 기계나 수레나 인형은 아니다. 하여, 슬프다. 동생 난다를 잡아 이끌 때도 슬프고, 겨우 걸어 다니던 아난다를 데려올 때도 슬프고, 이모 어머니와 내 아내를 출가시킬 때도 슬펐다. 출가가 비록 반야를 깨우쳐 생로병사를 비롯한 모든 아픔과 시련과 고통을 이기는 가장 뛰어나고 행복한 길이라지만,

막상 먹을거리를 줄이고 잠을 줄이고 거친 풀더미에서 쪼그린 채 자야 하는 비구로 사는 걸 볼 때는 내 마음도 아프다. 라훌라 네가 잘 데가 없어 화장실에 쪼그려 앉아 잤다는 말을 듣고는 나도 가슴이 저려 숨쉬기가 힘들었다. 반야에 통했다고 하여 인간으로서 가진 나의 모든 감각이 죽어버린 건 아니다. 무상함을 알고 원리를 알아 속지 않을 뿐이지 오히려 더 민감하다. 슬픔이란 감정, 그것은 허망할 뿐이라는 사실을 알기 때문에 내가 감정을 드러내지 않는 것뿐이다. 내게는 슬프지 않으면서 더 슬픈 마음이 있어 찰나에 생기기도 하고 찰나에 사라지기도 한다."

"바가바트시여, 우리 사카족이 죽고 흩어질 때는 왜 가만히 계셨습니까. 신통력으로 코살라의 비두다바왕의 악행을 막을 수도 있지 않았습니까? 목갈라나 존자께서 신통력으로 코살라 군대를 물리치겠다고 하셔도 아버지 바가바트께서 못하게 말리셨잖습니까."

"라훌라여, 할 수 있는 일이 있고, 해서는 안 되는 일이 있고, 할 수 없는 일도 있으니 인연법은 다만 바라보기만 할 뿐 그 흙탕물에 뛰어들어서는 안 된단다. 생명이란 누구나 뺏을 수는 있지만 누구에게도 그것을 줄 방법은 없다. 모든 생물은 제 목숨을 지키려 애쓴다. 생명이란 놀랍고, 소중하고, 즐겁다. 비록 하찮아 보이는 벌레나 곤충이라도. 그러니 세상과 더불어 싸우지 않아야 한다. 세상이 싸우려 들어도 싸우지 않아야 한다. 우리는 이 세상의 그 누구와도 싸우지 않아야 한다."

"바가바트시여, 그때 죽고 흩어진 우리 사카족이 남았다 해도 지금은 멀리 흩어져 지금은 우리 출가 비구들 말고는 동족을 찾을 수 없고, 우리는 자식을 두지 않는 비구이니 세월이 흐르면 사카족은 이 세상에서 영원히 사라질 것입니다. 비통하지 않습니까?"

"그렇다. 비통하다. 그러나 비통하기 때문에 비통하지 않다. 로히니 강을 사이에 두고 북쪽에는 우리 태양족(Sūryavaṁśa)이, 남쪽에는 달족(Candravaṁśa)이 번영했다. 태양족 중에서도 우리 종족 사카족은 자존심이 매우 강하고, 긍지에 넘쳤다. 다른 종족은 거부하고 오직 우리 태양족 내에서만 결혼했다. 내 어머니 마하마야 왕비는 콜리족이지만 우리 태양족의 씨족이다. 라홀라의 어머니 야수다라도 콜리족이자 내 외삼촌의 딸이다. 이처럼 모든 왕족이 다 태양족 안에서만 결혼하였다.

내가 반야를 깨우치기 전 우르벨라 숲에서 고행할 때 악업의 씨앗은 뿌려졌다. 코살라국 파세나디왕이 우리 카필라국에 결혼동맹을 제의하였다. 아버지 숫도다나왕은 태양족이 아닌 코살라국과 통혼할 수 없다며, 내 사촌 동생인 마하나마가 시녀 사이에 난 딸 바사바캇티야를 공주라고 속여 시집보냈다. 그뒤 바사바캇티야는 파세나디왕 사이에 비두다바 왕자를 낳았다.

그 무렵 아버지 숫도다나왕께서 내게 사람을 보내 고국에 다녀가라는 연락이 왔다. 내가 우리 승가를 이끌고 카필라국으로 가던 무렵이다. 아버지 숫도다나왕은 나를 위해 여러 전각을 새로 짓고, 우리 승가를 맺을 채비를 다 해놓았다. 그때 여덟 살이 된 비두다바가 외가인 카필라성에 놀러갔다. 비극은 오래 전에 씨앗으로 뿌려졌지만 그때 불이 붙었다. 슬프고도 슬픈 일이라."

붓다는 담담하게 그때 일을 설명했다.

어린 비두다바가, 붓다가 이끄는 승가를 위해 지어진 아름다운 전
각 사이를 뛰어다니며 놀 때, 환영 준비를 하느라 곳곳에서 일하던 일
꾼들이 코살라 왕자인 비두다바를 가리켜 '천한 시종의 자식'이라고
속삭였다. 코살라에는 기타 태자가 있기 때문에 비두다바는 그저 어
린 왕자일 뿐이라 일꾼들이 편하게 여겨 함부로 말한 것이다. 예로부
터 어린 왕자, 어린 호랑이 새끼는 비록 어리고 귀여워도 조심하라는
말이 있는데 이들은 그 교훈을 잊었다.

일꾼들이 하는 말을 듣고 깜짝 놀란 비두다바는 나중에 코살라로
돌아가 어머니를 다그쳐 이를 확인하고, 아버지 파세나디왕에게도 이
사실을 알렸다.

화가 난 파세나디왕은 자신을 속인 사카족을 전멸시키겠다고 전쟁
을 일으켰다. 그러고는 비두다바를 왕자가 아닌 서민으로 신분을 강등
시키고, 왕비 역시 내쳤다. 비두다바는 이를 악물어 어떡하든 코살라
를 치고, 나중에는 사카족을 기어이 다 죽여 없애리라 다짐했다.

이때 코살라국에는 나중에 왕이 될 기타 태자가 있었다. 바로 수
부티의 아버지 수닷타 장자에게 기원정사가 있는 숲을 판 태자다. 태
자가 있으니 비두다바를 왕자에서 서민으로 끌어내려도 아무 문제가
되지 않았다.

붓다는 파세나디왕이 군대를 이끌고 카필라로 쳐들어가는 길목에
서서 기다렸다. 그러자 파세나디왕은 예의상 군대를 멈추어 쉬게 하
고, 붓다에게 나아가 사카족과 전쟁을 하지 않을 수 없는 사정을 자세
하게 설명하였다. 붓다는 대왕에게 대신 사죄했다. 대왕은 붓다의 청
이기도 하니 이 사과를 받아 군대를 물렸다.

그런 지 얼마 되지 않아 궁중에서는 대장 반둘라가 역모로 붙잡혀 처형되는 사건이 일어났다. 파세나디왕은 미안한 마음에 반둘라의 조카 카라야나를 불러 대장으로 삼았다.

어느 날 파세나디왕이 기원정사에 들렀다. 파세나디왕은 예법에 따라 검을 끄르고, 왕명을 전달하는 부신(符信)도 꺼내어 대장인 카라야나에게 맡기고 붓다를 만나 가르침을 받았다.

그때 카라야나는 왕의 칼과 부신을 들고 사위성 스라바스티로 달려가 자신의 군대를 향해 '국왕께서 비두다바 왕자를 국왕으로 삼으라고 하셨다'고 거짓말하고 반란을 일으켰다. 숙부 반둘라가 억울하게 죽었다고 생각하던 카라야나 대장은 호시탐탐 기회를 노리던 비두다바의 꾐에 넘어가 반역을 일으킨 것이다.

뒤늦게 반역 소식을 전해들은 파세나디왕은 군대를 빌리기 위해 마가다국으로 달려갔다. 마가다국왕 아자타삿투는 바로 파세나디왕의 사위라서 도움을 청해 보려는 것이었다.

이때 사위성 스라바스티에 머물던 기타 태자는 벌써 이복동생인 비두다바의 칼에 죽임을 당한 뒤였다.

파세나디왕은 왕사성 라자그리하에 이르러 사위를 만났지만 군대는 얻지 못했다. 마가다국왕 아자타삿투 역시 아버지 빔비사라왕을 죽이고 막 왕이 되어 겨우 민심을 추스르는 중이었기 때문에 코살라국에 군사를 빌려줄 여력이 없었다. 파세나디왕은 크게 실망하여 돌아오던 중 갠지스강 가에서 군사를 모으려 애쓰다가 그만 횟병으로 죽고 말았다.

그때부터 붓다는 코살라국의 왕이 된 비두다바의 군대를 세 번이나 막았지만 그들은 끝내 카필라성으로 진군하였다. 마지막에는 '묶은 건 언젠가는 풀리고, 막은 건 언젠가는 뚫리느니, 한 번 맺힌 업보는 나도 어쩔 수 없다'며 비두다바를 더 막지 않았다.

숫도다나왕의 뒤를 이어 국왕이 된 붓다의 사촌 동생 마하나마는 전쟁으로는 코살라군을 이길 수 없자, 어쩔 수 없이 외손자인 비두다바에게 맨몸으로 달려가 사죄를 청했다. 비두다바의 어머니는 마하나마가 시녀 사이에 낳은 딸이다. 그러니 비두다바는 외손자다. 그렇더라도 비두다바는 지금 코살라국 국왕이다.

"대왕이시여, 잘못은 제가 하였으니 저를 벌하소서. 부디 이 외할아버지가 지은 죄를 씻을 기회를 주소서."

"나를 모욕한 사카족을 다 죽일 참입니다. 외할아버지와 숫도다나왕은 악업의 씨앗을 뿌리셨습니다."

"대왕이시여, 그러시다면 내가 이 연못에 들어가 숨을 참고 있을 테니 다시 나올 때까지만이라도 우리 사카족이 도망칠 수 있도록 자비를 허락해 주시렵니까. 못난 외할아버지라지만 부디 간곡히 청하니 허락해 주시기 바랍니다."

마하나마는 그까짓 짧은 시간 정도는 괜찮다며 그러라고 허락했다.

"다만 도로 나오실 때는 곧바로 진격 명령을 내려 카필라성을 부수겠습니다."

"고맙습니다. 제가 물밖으로 나올 때까지만 그 명령을 늦춰 주십시오."

카필라국왕 마하나마가 연못으로 들어간 사이 사카족들은 사방으로 달아나기 시작했다. 코살라국왕 비두다바는 누구라도 도망치게 내버려두라고 명령했다. 어차피 외할아버지인 마하나마가 숨을 참지 못하고 물밖으로 머리를 내미는대로 뒤따라가 잡아죽이면 되기 때문이다.

'흥, 도망쳐 보라지. 숨을 참은들 얼마나 참겠어?'

그런데 카필라성의 백성들이 줄줄이 도망치도록 연못에 들어간 마하나마왕은 물밖으로 나오지 않았다.

비두다바는 아무리 기다려도 카필라국왕인 외할아버지가 물밖으로 나오지 않자 군사들을 연못으로 들여보내 사정을 알아보게 했다.

"도망가지 않았는지 샅샅이 뒤져라!"

곧 군사들이 마하나마의 시신을 건져 올렸다. 마하나마왕은 연못의 나무뿌리에 자신의 머리채를 꽁꽁 동여맨 채 죽어 있었다. 그렇게 죽을지언정 절대로 물밖으로 나오지 않은 것이다. 이렇게 하여 사카족 일부나마 달아날 수 있었다.

코살라국왕 비두다바는 외할아버지의 희생에도 그동안 쌓인 분노를 다 삭이지 못하고 기어이 카필라성을 부숴버렸다. 붓다가 나고 자란 카필라성은 그렇게 무너져내렸다. 언제나 활기차던 고타마의 종족 사카족은 뿔뿔이 흩어지거나 죽어 카필라성 주변에는 아무도 남지 않았다.

카필라성이 흔적도 없이 사라진 뒤 붓다는 무상설법을 하기 위해 카필라성 밖에 있던 니그로다 동산으로 승가를 이끌고 갔다. 그리고 폐허가 된 카필라 성지를 돌아다보며 비구들에게 무상설법을 했다.

그런 뒤 자기 목숨을 던져 얼마간의 사카족이라도 구해낸 동생 마하나마가 죽은 연못을 살펴보았다.

"라홀라여, 너는 나에게 이렇게 물을 것이다. 아라한이 되고, 바가바트가 되고, 붓다가 되었으면서 어째 자기 종족 하나 지키지 못했느냐고? 그렇게 묻고 싶지?"

"그렇습니다, 바가바트시여."

"라홀라여, 잘 들어라. 깨달았다고 해서 모든 업이 저절로 다 사라지는 것은 아니다. 늙은 나이에 내 나라가, 내 종족이 몰살된 흔적을 나는 이 눈으로 똑똑히 보았다. 막지 못했다. 왜 그러한가. 나에게도 아직 지워지지 않은 업이 있었던 것이다.

먼먼 옛날, 기근이 들어 사람들이 풀뿌리와 나무껍질로 겨우 목숨을 이어나가던 시절이었다. 굶주린 사람들은 이 연못에 고기들이 많이 사는 것을 보고 그물을 쳐서 잡아다가 불에 구워먹었다. 그때 한 어린아이가 이 광경을 지켜보았다. 이 아이는 물고기를 잡으라고 시키지도 않고, 자기 손으로 잡지도 않고, 죽이지도 않고, 그 고기를 먹지도 않았다. 다만 물고기가 파닥거리며 죽어가는 것을 보고 빙그레 웃었다.

그때 이 연못의 물고기를 잡아먹은 사람들은 오늘의 사카족이요, 물고기는 코살라국왕 비두다바와 대장 카라야나, 그리고 그 군대였다. 나는… 물고기들이 파닥이며 죽는 것을 보고 무심히 웃던 그 어린아이였다. 그 업보로 나는 내 종족이 몰살되는 것을 안타까이 지켜볼 수밖에 없었다."

"바가바트시여, 그다지도 비참한 일이 왜 우리 종족에게 일어났습니까. 붓다가 되어도 자기 종족 하나 못지키는 것입니까?"

"라홀라여, 그러하다. 몸을 받고 사바에 온 이상 그 누구도 인연법에서 예외가 될 수 없다. 인연법이 없다면, 있어도 어긋나기라도 한다면 세상의 인연이 다하여 삼천대천마저 무너진다. 그러니 붓다라도 인연법을 벗어나 존재할 수 없다. 하물며 천신이며 귀신이랴. 천신이나 귀신이나 인간이나 가지가지 중생은 인연법 아래에 있으나 깨달은 이 붓다, 마친 자 바가바트와 아라한의 생각만은 그 자체로서 반야라. 다만 그 몸은 인연법대로 흐르는구나."

"바가바트시여, 만일 코살라의 비두다바왕이 원한을 품지 않는다면 굳이 코살라족을 죽이지 않을 수도 있잖습니까?"

"라훌라여, 그 질문이 참으로 좋구나. 비두다바는 중생이고, 중생은 인연의 법칙에서 티끌 하나만큼도 어긋나지 않으니 부싯돌을 당기면 불이 튀고, 둑을 트면 물이 쏟아져 내리고, 나뭇가지를 칼로 치면 그 가지가 베어지는 것과 똑같은 이치이니 이 세상에 불이 튀지 않는 부싯돌이 없고, 둑으로 막지 않는데 저절로 멈추는 물이 없으며, 칼로 베어 잘라지지 않는 나뭇가지가 없다. 인연법이란 인과응보의 기계처럼 빈틈없으니 탐진치(貪瞋痴)에 속지 말라고 내가 말하고 또 말하는 것이다. 탐진치가 구를 때마다 업보가 쌓이고 얽히고 녹이 슬고 때가 낀다."

"바가바트시여, 아라한이 되면 탐진치가 지은 가짜집에서 벗어나 반야의 맑고 깨끗한 경지에 이르니, 그때에도 인과응보의 법칙이 어김없이 따르리까?"

"라훌라여, 그 질문이 참으로 훌륭하구나. 만일 아라한이 눈을 감고 아나파나를 하고 있는데, 지나가던 도적이 그의 따귀를 때리고 엉덩이를 걷어차고 욕을 했다고 치자. 그리고 아라한은 그가 누군지 알아보기 위해 눈을 뜨지도 않고, 얼굴 한번 찌푸리지 않은 채 삼매에 빠졌다고 치자. 아라한이 돌이나 나무처럼 아무 반응을 하지 않자 지친 도적은 그대로 지나갔다 치자. 인과응보의 법칙은 어떻게 작용할까. 아라한의 뇌에는 탐진치로 지은 가짜집이 있던 흔적만 있을 뿐 이미 기둥이 뽑히고 서까래를 다 걷어내 그 자리에는 집터만 남아 있다. 도적은 이 '집 없는 집'에 아무것도 짓지 못하고 떠났다. 아라한에게는 인과응보할 것이 아무것도 있지 않다. 다만 도적의 뇌에 있는 탐진치의 집에는 아무 이유없이 한 수행자의 따귀를 때리고 엉덩이를 걷어차고 욕을 한 증거가 고스란히 남아 그 집에 깊이 새겨진다. 이 업보를 뇌가 읽고 저 멀리 아카샤로 전하니 그의 업보는 이 삼천대천이 무너지지 않는 한, 그가 삼천대천을 벗어나지 않는 한 결코 지워지지 않는다. 한번 지은 업을 다 지우려면 이 삼천대천을 때려부숴야만 할 것이니, 그럴 수는 없다. 그러니 누구도 속일 수 없다."

"바가바트시여, 만일 아라한이 전생에 그 도적에게 끼친 어떤 업보가 있어 따귀를 맞고 엉덩이를 채이고 욕을 먹었다면, 그 다음의 인과응보는 어찌 되는 것입니까?"

"라훌라여, 그 질문이 참으로 좋구나. 아라한이라도 지난 업보 중에서 풀리지 않은 것이 있다면 마저 풀어야만 한다. 다시 말하지만 아라한도 바가바트도 붓다도 인연법 안에 있는 것이지 바깥에 있는 것이 아니다. 아까 말한 아라한은 과거에 맺은 업보를 풀었다. 다만 도적은 과거에 맺은 업보를 푼 것이기는 하나 동시에 새로운 업보를 맺은 것이다. 그는 인연법에 묶여 언젠가는 이름을 알지 못하고 얼굴을 모르는 다른 사람으로부터 반드시 그 과보를 받으리라. 그가 만일 이 인연법에서 벗어나려면 잠자코 앉아 그 인과응보가 풀릴 때까지 참으면 된다. 참고 견디는 것이 사바의 수행법이다. 존자들이여, 이 이치를 알면 지옥에 떨어져도 지옥이 아니며, 축생도에 빠져도 축생이 아니며, 사바에 살아도 중생이 아니다. 그 자리가 백척간두나 낭떠러지라도 그대로 앉아 아나파나를 하면 그가 귀신이어도 깨달을 수 있고, 그가 아수라여도 깨달을 수 있고, 그가 짐승이어도 깨달을 수 있다. 나는 전생에 찌르레기인 적도 있고, 사슴인 적도 있었으나 그때마다 내게 맺힌 인과응보를 풀기 위해 끝없이 노력했다. 그 인연공덕으로 이 생에 반야를 깨우칠 귀한 인연을 얻은 것이다. 그러니 꾸준히 노력하라. 아무리 공부하고 싶어도 공부 공덕이 없으면 책이 있어도 뜻이 보이지 않으며, 법설(法說)이 천지를 흔들어도 결코 한 마디도 듣지 못하리라."

"바가바트시여, 그러면 과거의 인과응보로 우리 사카족을 살육한 코살라국왕 비두다바와 대장 카라야나는 어찌 되는 것입니까?"

"라훌라여, 사카족과 서로 맺은 악업은 이번 보복으로 모두 풀렸다. 다만 새로운 악연이 또 맺혔다. 내 사촌 동생이자 카필라국왕인 마하나마왕은, 사카족은 태양의 후예라는 교만심으로 저지른 자기 잘못을 뉘우치며 백성을 한 명이라도 더 살리기 위해 목숨을 던졌으니, 그는 다음 생에 고귀한 사람으로 태어나 반야에 다가갈 수 있는 큰 공덕을 지었다. 다만 코살라국 병사들에게 죽거나 코끼리에 밟혀 죽거나 화살에 맞아 죽어가면서 코살라국왕을 저주하고 원망한 사람들은 언젠가는 코살라국과 또 한번 인과응보의 전쟁을 치러야만 할 것이다. 왜 그러한가. 사카족이 많이 죽은 것은, 나의 아버지 숫도다나왕이 가짜 공주를 시집보낼 때 그 사실을 알고도 침묵한 이들이기 때문이다. 진실을 알면서도 속이고 감추고 덮은 사람에게 인과응보의 법칙은 결코 비켜가지 않는다. 또한 이 살육을 이끈 코살라국왕 비두다바와 대장 카라야나는 사건 당시에 내가 이미 말했듯이 전생의 너무 큰 인연이 다해 곧 지옥도에 빠질 것이라고 말했다."

"바가바트시여, 그렇습니다. 비두다바왕과 카라야나 대장은 갑작스런 폭우에 쓸려가 모두 죽었습니다."

"그렇다. 라훌라여, 우리는 태양의 후예라는 교만심 때문에 고향을 잃고, 고국을 잃은 종족이다. 나는 카필라국에서 태어났으니 폐허가 된 카필라국 옛터로 가서 평생 써온 내 몸을 돌려줄 것이다. 아난다여, 잊지 말라.

여러 존자들도 잊지 마시오. 악을 행하는 것도 자신이요, 더럽히는 것도 자신이며, 악을 범하지 않는 것도 자신이요, 정화시키는 것도 자신입니다. 청정과 더러움은 오로지 자신에게 달렸습니다. 아무도 남이 나를 청정하게 해줄 수 없습니다. 부모라도, 자식이라도, 내 종족이라도."

라훌라는 아버지 붓다가 머지않아 카필라 땅으로 돌아가 그곳에서 열반할 것이라고 선언하자 비통한 마음에 입을 꼭 다물었다. 이 당시 인도, 중국 등에서는 죽음을 느끼면 고향으로 돌아가 마지막 숨을 놓는 풍습이 있었다.

목갈라나가 생사를 다투고, 사리풋타까지 죽을 수 있도록 허락해달라고 청하는 마당에 붓다마저 자신의 죽음이 멀지 않았다고 예언하자 칠엽굴에는 깊은 침묵이 감돌았다.

목갈라나 존자가 붓다를 향해 앉은 자세로 삼배를 올린 다음 입을 열었다.

"바가바트시여, 업으로 굴린 이 몸이 뼈가 낡고 힘줄이 늘어져 전법을 더 다니기가 어렵다는 걸 이번에 깨달았습니다. 몸을 바꾸면 얼마든지 먼 땅에라도 가서 전법교화를 하겠지만 저는 이제 이 세상에 머물지 않고 열반적정(涅槃寂靜)한 반야의 바다로 스며들고자 합니다. 저의 카르마는 이제 한 점도 남지 않았으니 이 세상으로 끌려올 카르마는 존재하지 않습니다.

사실 바가바트께서도 세상에 더 머물지 않고, 머지않아 열반에 드시겠다고 말씀하시니 이 제자 또한 열반에 들고 싶다는 생각을 하던 중 바라문들의 폭행을 당하게 되어 그저 때리는 대로 맞아 한 점 업식까지 다 녹여버렸나이다. 저를 때린 바라문들께 감사하다고 말했습니다. 그랬더니 덤으로 때리더군요. 제가 젊은 날 바라문으로서 지은 죄를 다 씻은 듯 시원합니다. 또한 바가바트께서 저의 죽음을 허락해주시니 감사하고 감사합니다."

이번에는 사리풋타 존자가 앉은 채 삼배를 올린 다음 입을 열었다.

"바가바트시여, 저도 개구쟁이 시절부터 벗인 목갈라나의 열반을 말려보았으나 그러하지 못하고, 우리 교단을 이끌 마하카사파 존자가 이렇게 젊고 훌륭한 아라한으로 우뚝 서 있으니 이때야 말로 마음 놓고 열반에 들 수 있는 최적의 시기라는 목갈라나의 말이 맞는지라 굳이 더 말하지 못했습니다. 그런 마당에야 늙고 지친 이 몸으로 제자들을 가르치기도 버겁고, 그렇다고 몸을 바꿔가면서 굳이 세상에 머무느니, 저 굴밖에 바위처럼 앉아 있는 우리 5백 아라한들이 이렇게 충실하니 가벼운 마음으로 열반에 드는 것도 좋으리라고 결심한 것입니다. 제 무리 중에도 바가바트의 아드님인 라훌라 존자가 이미 뛰어나고, 바가바트의 내 사촌 동생인 시바리 존자도 전법교화에 뛰어난 능력을 보이고 있으니 달리 아쉬움은 없나이다. 바가바트시여, 우리 두 사람이 이제 죽도록 허락해 주시니 저희는 크나 큰 선물을 받았습니다. 그런데 또 특별히 이별하는 모임까지 베풀어 주시니 몸둘 바를 모르겠습니다."

붓다는 입가에 가느다란 미소를 지어가며 고개를 끄덕이더니 아난다를 바라보며 말했다.

"내가 오늘 이 자리를 마련한 것은 사실은 내가 열반한 뒤를 말하고자 함이라."

이때 사리풋타 존자가 합장을 하고 붓다의 발등에 머리를 찧으며 예를 올렸다. 뭔가 꼭 하고 싶은 말이 있다는 뜻이다.

"사리풋타 존자여, 하실 말씀이 있으면 미루지 말고 지금 하십시오."

사리풋타는 천천히 붓다를 바라보며 물었다.

"혹시 저희에게 미처 말하지 못하고 빠뜨린 법문이 있을까 궁금하여 여쭙니다. 저는 바가바트께서 도리천에서 하신 천상 법문인 마하파탄경까지 들었지만 부끄러움을 무릅쓰고 여쭙니다. 목갈라나와 제게 혹 먼지만한 업이라도 남아 반야의 바다로 흘러가지 못하고 혹 천상이나 혹 사바에 잠시잠깐이라도 왔다가야 하는지 가려주십시오."

붓다는 입가에 살짝 미소를 물었다. 아라한도 반야 그 자체가 되어 윤회든 환생이든 다시는 사바로 돌아오지 않지만, 그렇다고 붓다의 경지에 이르러 삼천대천까지 다 꿰뚫어 보는 건 아니다. 붓다도 보리수나무 아래에서 깨달을 때는 욕망의 탐진치(貪瞋痴)에서 벗어난 아라한이었지만, 그뒤 아라한으로는 결코 이르지 못하는 절대반야에 이른 점이 다르다. 절대시간, 절대공간을 휘어잡는 능력은 오직 붓다밖에 갖고 있지 못하다. 그래서 붓다는 찰나 속에서 수억 겁이란 긴 시간을 보기도 하고, 수억 겁이란 긴 시간조차 찰나로 줄일 수 있다.

도리천의 하루가 사바의 100년이 된다는 걸 알고 체험한 사람은 붓다뿐이다. 그때 설한 마하파탄경은, 붓다 41세 때 도리천에 올라가 설법한 경이다. 어머니 마하부인이 도리천의 천인(天人) 남성인 딴똑띠다로 태어났다는 걸 알고, 도리천으로 올라가 두 시간 동안 법문을 한 내용인데, 당시 붓다의 육신은 이곳 바이바라 칠엽굴에서 사리풋타와 더불어 하안거 중이었다. 붓다는 이때 하안거 내내 깊은 선정에 들어 공양조차 하지 않았는데, 사리풋타가 붓다의 육신을 지켰다.

붓다는 도리천 설법이 끝난 뒤 도리천 천신들의 도움을 받아 상카시아라는 땅으로 내려와 이후 지상에 둔 육신으로 돌아왔다. 상카시아 땅은 바로 도리천과 사바를 오가는 신들의 통로[064]였다.

이때 붓다는 도리천 설법 내용을 사리풋타에게 설했다. 도리천 두 시간 설법이 이곳에서는 석 달이나 되어 마하파탄경을 설한 두 시간은 인간 시간으로는 3개월인 것이다.

이때 일을 들어 사리풋타는 혹시 설하지 않은 경이 있느냐고 물은 것이다. 도리천 설법을 마치고 돌아와 마하파탄경을 들려줄 때 "도리천 선인들은 지혜가 있어 법문을 다 알아들을 수 있어 길게 말했지만 사바에서는 아라한이라도 알아듣지 못하는 내용이 있어 줄여서 말해

---

064    이 통로를 뜻하는 것이 웜홀(wormhole)이다. 웜홀은 우주 공간에서 블랙홀(black hole)과 화이트홀(white hole)을 연결하는 통로를 의미한다. 우주의 시간과 공간 사이에 난 구멍에 비유할 수 있다. 웜홀에 관한 이론은 독일 태생 물리학자 아인슈타인의 상대성이론을 바탕으로 하고 있다. 상카시아는 카필라 스라바스티의 서쪽에 있는 땅이다.

준다"고 말했다. 그렇듯이 혹시라도 미처 말하지 않은 경이 있는지 물은 것이다.

붓다는 질문한 사리풋타 말고 시자인 아난다를 향해 말했다.

"아난다여, 나는 네가 '저한테 해주지 않은 법문이 있느냐'고 다그칠 때마다 나 홀로 주먹 쥔 손은 갖고 있지 않다고 여러 번 말했다. 나는 알아야 할 바를 알고, 닦아야 할 바를 닦고, 버려야 할 것을 버렸다. 그래서 나는 바가바트요, 붓다가 되었다. 그럴 때마다 너는 무슨 생각을 했느냐?"

"바가바트시여, 저는 바가바트께서 저를 속이지 않는다고 믿습니다. 저에게 말씀하지 않고, 다른 제자들에게도 숨겨 놓고 가르치지 않는 비밀스런 법은 따로 없다고 믿습니다."

"그렇다. 세상 사람들은 나를 '마친 자' 바가바트라고 부른다. 아난다여, 너는 어려서 출가한 이후 내가 하는 말을 다 들었다. 팔만대장경을 너는 다 외운다. 나는 너에게 단 한 마디도 숨긴 것이 없다. 그런데 너는 왜 아라한이 되지 못하였느냐?"

"예?"

바가바트는 웃으면서 아난다를 위해 더 설명했다.

"나는 아무것도 숨기지 않았는데 너는 어째서 아라한이 되지 못했느냐고 물었다. 내가, 라훌라는 내 자식이라서 몰래 불러들여 귓속말로 반야를 속삭였겠느냐? 사리풋타는 내 벗이니 너 혼자만 알아라, 이러면서 몰래 비밀한 반야를 주고받았을까?"

"바가바트시여, 저는 놀랍고 혼란스럽습니다."

"잘 들어라, 아난다여. 내가 반야를 깨우치기 전, 사람들은 반야가 스스로 숨어 모습을 드러내지 않기 때문에 깨우치지 못했을까?"

"아닙니다."

"그렇다. 반야는 아무것도 숨기지 않는다. 따라서 나 역시 아무것도 숨긴 적이 없다. 저 굴밖 언덕을 내다보라. 저 멀리 펼쳐진 들판을 보라. 저기 보이는 하늘과 구름을 보라. 숨김이 있느냐?"

"없습니다."

"그렇다, 아난다여. 반야는 아무것도 숨기지 않고 어떡하든 가르치려 애를 쓴다. 나는 반야가 하는 소리를 듣는 귀를 열고, 반야를 보는 눈을 열었을 뿐이다."

"그, 그렇습니다, 바가바트시여. 제가 아직 미련하여 반야를 깨우치지 못했을 뿐입니다."

"다시 말한다, 아난다여. 너는 '제가 아직 반야를 깨우치지 못했습니다'라고 말했지만 실제로는 무엇을 깨우치지 못했는지 그 대상인 반야를 모른다. 반야를 알아야만 그 대상이 뭔지 말을 할 수 있기 때문이다. 그러므로 너는 네가 모르는 게 뭔지 모른다.

지금 이 시간에도 우리들의 인연이 모닥불처럼 잦아들고 있으니 사리풋타 존자의 질문에도 함께 말한다. 나는 무수히 말하고, 하늘도 말하고, 바람도 말하고, 대나무와 니그로다나무와 핍팔라나무와 갠지스강까지 졸졸거리며 쉬임없이 반야를 말했지만 여러분이 아직 듣지 못한 목소리가 있을지는 모른다. 왜냐하면 여러분이 알아듣는 것은, 내가 하는 말의 극히 일부분이기 때문이다. 내가 아무리 말해도 너희가 들어 깨우치지 못하면 내 말은 그저 지나가는 바람이요, 방금 떨어진 꽃잎이요, 개울로 흘러드는 빗방울 같으리라. 같은 말을 해도 누구는 한 마디로 깨우치고, 누군 하루 가르침으로 알아듣고, 누군 일년 가르침으로 알고, 누군 평생 말해주어도 알아듣지 못한다. 내 고모의 아들인 사촌 동생 시바리는 내가 아무 말도 해주지 않았는데 다만 머리를 깎다가 반야를 알아들어 스스로 아라한이 되고, 마하카사파 존자는 내가 말해주지 않았지만 연꽃 한 송이를 받아들다가 반야를 알아보고 홀로 아라한이 되었다. 우리 승가가 다 시바리나 마하카사파 같은 비구들만 있다면 나는 평생 말하지 않는 묵언수행을 하며 살아도 아무 문제가 없고, 지금 이 자리에서 열반해도 아쉬울 게 없다. 그런가 하면 라훌라를 위해서는 입이 아프도록 야단치고 이리저리 나무그늘로 끌고다니며 열심히 가르쳤다. 아난다여, 만일 네가 말하기를 '붓다는 반야의 극히 일부분만 설하셨다. 나는 아직도 더 많이 듣고 싶다'는 생각을 할 수 있을 것이다. 내가 다 말하지 않은 게 많을 것이라는 네 의심도 맞고, 혹시 설하지 않은 법이 있느냐고 묻는 사리풋타의 질문도 맞다."

아난다는 넙죽 엎드려 붓다에게 절을 올렸다. 눈가가 벌써 촉촉하다. 부끄럽다. 사리풋타도 합장하면서 머리를 숙였다. 역시 부끄럽다.

"지금 저 밖에는 출라판타카 존자가 있다. 그는 원래 죽림정사와 기원정사에서 마당이나 쓸던 비구였다. 내가 법을 설할 때 그는 감히 앞엣자리로 오지 못하고, 저 뒤에서 들릴락말락하는 내 목소리에 귀를 기울였지만, 앞에 앉은 여러 비구들이 혹은 웃고 혹은 사두사두사두 외치고 혹은 박수를 쳐도 막상 그는 무슨 말인지 한 마디도 알아듣지 못했다. 그래서 그는 어느 날 탁발나가는 내 길을 막고 엎드려 울면서 이렇게 말했다. 바가바트시여, 머리 나쁜 저는 아라한이 될 수 없나 이까. 그래서 내가 말했다. 너도 깨달을 수 있다. 다만 네 눈이 아직은 뜨이질 않고 네 귀가 아직은 열리지 않았으니 그때까지 내가 시키는대로 할 수 있느냐. 그가 기뻐하면서 간절히 원하길래 내가 이렇게 말했다. 지금처럼 열심히 마당을 쓸어라. 다만 빗질을 할 때마다 하나, 둘, 셋, 이렇게 헤아려라. 열까지 헤아린 다음 다시 하나, 둘, 셋, 헤아려라. 이러다 보면 어느 날 갑자기 귀가 터져 내 말이 들리고 눈이 터져 내 뜻이 보일 것이다. 그때 내게 알려라. 너는 반드시 아라한이 되리라. 아난다여, 출라판타카가 아라한이 되었는가?"

"바가바트시여, 출라판타카는 위없는 진리인 반야를 깨우쳐 누구나 그가 아라한이라고 알고 있습니다."

"그렇다, 아난다여. 한 번 보면 반드시 기억하고, 한 번 들으면 반드시 외우는 내 아우 아난다여, 들으라. 머리가 너무 나빠 짧은 게송조차 외우지 못하던 출라판타카는 아라한이 되고, 머리가 너무 좋아 10년 전 어느 마을에서 누가 보시한 어떤 곡식으로 지은 밥으로 공양을 했는지, 그 사람의 얼굴까지 똑똑히 기억하는 아난다여, 너는 어째서 아라한이 되지 못했을까?"

"바가바트시여, 부끄럽습니다."

"아난다여, 누가 수천 수만 수의 시를 외운다고 하자. 그러면 그 사람은 위대한 시인인가?"

"아닙니다."

"아난다여, 어떤 장자가 금은보화를 뿌려 수천 수만 벌의 옷을 모았다고 하자. 그러면 그 사람은 아름답고 좋은 옷을 만들 수 있을까?"

"아닙니다."

"그렇다. 네가 비록 내가 평생 말한 그 모든 경을 줄줄줄 외운다지만 너는 막상 단 한 편의 경도 말하지 못한다."

"부끄럽습니다."

"잘 들어라, 아난다여. 너의 머릿속에는 커다란 집이 한 채 있다. 그림자로 지은 집, 메아리로 지은 집이다. 너는 그 집을 다 부수지 못했다. 그 집을 때려부수고 밖으로 나와야만 그림자가 아닌 빛을 보고, 메아리가 아닌 진짜 소리를 들을 수 있을 것이다. 너는 내가 말한 경을 다 외운다지만 아직은 빛과 그림자를 구분하지 못하고, 메아리와 소리를 구분하지 못한다."

"바가바트시여, 아프고 쓰린 마음 잊지 않고 정진하겠습니다."

"아난다여, 너를 야단치기 위해 하는 말은 아니다. 오늘 나는 목갈라나 존자와 사리풋타 존자를 이별하는 특별한 법문을 하고자 한다.

전에는 '내 맘 알지요?' 하며 이 마음이 그 마음이고, 그 마음이 이 마음[065]이란 식으로 막연히 전했다면 지금은 '나는 사리풋타 존자님을 언제나 사랑하고 존경했습니다. 목갈라나 존자 당신을 만난 이래 언제나 사랑하고 존경했습니다.' 하면서 내 마음을 더 자세히 표현하려고 한다.

이유가 있다. 나는 이 하늘, 이 땅에서 가장 높은 자, 완전히 마친 자 바가바트, 그리고 반야를 깨달은 자, 반야를 본 자 붓다가 되었다.

---

065    이심전심(以心傳心). 마음과 마음으로 서로 뜻이 통하다. 승려 도언(道彦)의 저작 《전등록》에 나오는 말로 원래는 불교의 법통을 계승할 때에 쓰였다.

내 위에는 오직 반야밖에 없으니, 반야가 곧 바가바트요 붓다이니 브라마 신도, 외도들의 신도, 천신도 야차도 다 내 안에 있다. 하늘 위 하늘 아래 나 홀로 존귀하니 그래서 붓다다.

그렇건만 목갈라나 존자는 며칠 전 라자그리하에서 성난 바라문들에게 매를 맞았다. 그 바라문들은 왜 목갈라나 존자를 때렸을까. 바로 그들이 섬기는 신 비슈누가 이 삼천대천을 창조하고, 그러면 시바가 별을 부수고 산을 무너뜨려가며 파괴를 하는 법인데 왜 목갈라나 저 미친 놈은 인연이 있으면 저절로 만들어지며 인연이 다하면 저절로 사라진다고 말하느냐, 이렇게 화를 낸 것이다. 그들은 진실이 두려워 그림자와 메아리로 지은 거짓의 집에 숨으려 한 것이다. 그 집이 바로 브라흐마, 비슈누, 시바로 지은 가짜집이다. 그 집이 부서질까봐 아깝고 두려운 것이다.

거짓의 집에 갇혀 있는 그들은 비슈누가 아니면 저 해와 달은 어찌 생기며, 신이 아니면 누가 아들을 점지해 줄 것이며, 신이 아니면 누가 수명과 축복을 내려줄 것인가, 귀신이 아니면 누가 외로운 영혼들을 데려갈 것인가, 귀신이 없으면 누가 제사를 받고 우리에게 비를 내려주며 풍년이 들게 하며 복(福)을 줄 것인가, 이렇게 걱정하는 것이다.

나는 지금까지 신이나 천신이나 귀신의 도움 없이 오직 반야로써 우리 교단을 이끌고 5백 명의 아라한을 가르쳐왔다. 오직 반야의 등불만으로 세상을 밝혀왔다. 반야만이 무명 무지라는 어둠을 내쫓는 불빛이 되어 왔다.

그러나 이 사바는 넓고 넓어 내가 든 반야의 등불은 멀리 가면 갈수록 흐려지고 가늘어져 오래도록 밝힐 수가 없다. 5백 명의 아라한이 반야의 불을 밝힌다 해도 지금 당장은 눈앞이 보이지만 갈수록 아라한이 줄어들 것이며, 반야의 불빛은 갈수록 흐려질 것이다. 이 사바의 작은 귀퉁이만 비추고 있을 뿐이다.

먼 훗날, 백 년이 지나고 오백 년이 지나고 천 년이 지나면 반야의 불빛도 흐려지고 혹은 가짜집을 크게 짓고 사는 다른 외도들이 달려와 꺼뜨릴지도 모른다. 사람들은 끝내 반야를 믿지 못하고 귀신을 찾을 것이며, 애타게 신을 부르짖으며 금전과 복을 달라, 수명을 달라, 아들을 달라 애원할 것이다. 어쩌면 돌이나 나무로 붓다를 깎아 놓고 절하며 돈을 더 벌게 해달라, 죽지 않게 해달라, 아프지 않게 해달라고 손이 닳도록 빌지도 모른다. 나의 형상(形像) 옆에, 나는 알지도 못하는 귀신들을 잔뜩 늘어놓고 귀신을 위한 가짜 경을 우렁차게 암송할 것이다. 내가 알지도 못하는 여러 귀신을 줄줄이 불러가며 밥을 올리고 과일을 바치고 돈을 뿌릴 것이다.

사리풋타와 목갈라나 존자가 가고, 수부티 존자가 가고, 내가 간 뒤 등불을 켤 심지를 적셔줄 반야가 말라버리면 어쩌나, 나는 지금 그 생각을 하고 있다. 마치 네란자나강에서 붓다가 되어 인연법과 팔정도 등의 반야를 깨우친 뒤 홀로 유유자적할 것인가 고민하다가 반야의 등불을 밝혀 이 세상을 불국토로 만들자, 그런 염원으로 나는 마침내 나를 버리고 떠난 도반들을 찾아 사르나트로 갔던 것이다. 그리하여 나는 마침내 반야의 등불 5백 개를 밝혀냈다."

"바가바트시여, 전에도 없고 앞으로도 없는 드문 일입니다. 사두사두사두."

사리풋타와 목갈라나가 합장하면서 동시에 말했다.

"만일 우리가 다 가고난 뒤 등불이 하나둘 꺼져간다면 반야는 그 어둠의 세상에서 얼마나 길고 긴 시간 동안 묻혀 있어야 할까? 내가 몇 겁을 말하고, 길고 긴 시간을 말할 때마다 사람들은 농담이겠지, 비유겠지 말하지만 사실이 그러하다. 또 나 같은 바보가 나와 뼈를 깎는 고통을 겪고 갈빗대가 튀어나오도록 깡마른 몸으로 고생하여 겨우 반야를 찾아낼 것인가. 그래서 나는 오늘 그 이야기를 하려고 여기 모인 것이다."

"사두사두사두!"

일제히 붓다를 찬탄했다.

"아난다여, 오늘 이 바이바라산 칠엽굴에 내가 여러 존자들을 불러모은 것은 목갈라나와 사리풋타 두 존자를 위한 마지막 설법을 하기 위해서다. 나의 오랜 벗들을 이별하는 자리니 어찌 특별한 경을 설하지 않을 수 있으랴. 나는 오늘 꺼지지 않는 등불 하나를 사바에 밝히고자 한다. 내가 가보지 못한 먼 땅까지 밝혀주는 큰 등불을."

아난다가 또 나섰다.

"바가바트시여, 기왕이면 편안한 자리가 있는 죽림정사나 기원정사에서 하셔도 될 모임을 굳이 몸이 불편한 목갈라나 존자를 등에 업어 모셔가며 이 바이바라산 칠엽굴까지 오셔야만 하는 까닭이 따로 있으신지요?"

"아난다여, 그렇게 말하지 말라. 과거 현재 미래에 이 칠엽굴보다 더 중요한 법석이 없으니 이곳으로부터 나의 말이 물결 치고 파도 쳐서 멀리멀리 삼천대천세계로 나아가리라. 나는 이곳에서 깊은 선정에 들어가 도리천에 올라갈 수 있었다. 사리풋타, 목갈라나 두 존자는 혹시 이곳에서 결집이 이뤄지는 걸 보셨습니까?"

목갈라나와 사리풋타는 웃으면서 고개를 끄덕였다.

결집이 이뤄지다니? 그건 미래의 일이다. 나중에 마하카사파가 장로들을 다 모아 이곳 칠엽굴에서 붓다의 설법을 모아 경으로 지을 것이다. 붓다는 지금 그 미래를 말하고 있다.

아라한인 마하카사파와 수부티와 라홀라도 잠자코 앉아 고개만 살짝 끄덕였다. 특히 마하카사파는 붓다가 자신에게 무슨 말을 하고 있는지 훤히 알아들었다. 오직 아라한과를 얻지 못한 아난다만이 그 이치를 알지 못한 채 고개를 갸웃거리며 또 물었다.

"바가바트시여, 그러면 5백 아라한과 1천2백 비구들도 다 들을 수 있도록 독수리산 정상으로 올라가 말씀하실 일이지 왜 이 칠엽굴 구석에 단지 여섯 명만 부르셨습니까?"

다른 때 같으면 웃어넘길 붓다지만, 오늘은 아난다의 의문에 친절하게 설명을 해주었다. 오늘이라는 이 시간은, 목갈라나와 사리풋타를 이별하는 귀한 때이니 비록 어린 아난다의 질문이라도 더 자세히 말해주고 싶다.

"너도 알다시피 목갈라나 존자와 사리풋타 존자는 지금 당장 열반에 든다 해도 한 올 걸림이 없는 분들이시다. 또한 마하카사파도 그러하고, 사리풋타도 그러하고, 라홀라도 그러하다. 하지만 너는 내 동생이라는 상을 아직도 버리지 못하고, 심지어 게으름을 물리치지 못해 올바른 아라한이 되지 못했다. 나는 한때 왕족이었노라, 나만큼 기억력이 좋은 사람을 본 적이 없다, 나는 한때 얼굴이 너무 잘 생겨 아가

씨들이 다투어 따르더라, 나는 붓다와 혈통이 같은 사카족이다, 이런 상을 다 버리지 못했다. 게다가 너는, 붓다는 우리 형이다, 이러면서 좀 우쭐거리기도 했다. 라훌라도 그런 허상을 지어 수행을 게을리한 적이 있다. 사람들은 저 이가 바로 붓다의 친아들이다, 카필라성의 왕손이다, 이러면서 다투어 몰려가 공양물을 바치고, 찬탄을 하다 보니 어린 라훌라가 우쭐하여 공부를 제대로 하지 못해 내가 세속의 아비로서 속상한 적이 많았다. 하지만 더 각오를 새기고, 사리풋타 존자께서 엄히 회초리를 쳐서 기어이 아라한과를 얻었다. 아난다여, 너는 내가 네 형이라는 상을 어서 지우고, 라훌라가 조카라는 상을 어서 지워야 할 것이다. 그러지 않고는 아라한과를 얻지 못한 채 그 툴쿠를 벗고난 뒤 어리둥절할지도 모른다. 그렇다면야 어느 세상에 이보다 더 좋은 인연을 만나 깨우칠 수 있겠느냐. 한번 잘못된 툴쿠를 뒤집어 쓰면 그때는 업보에 끌려다니느라 뜻대로 공부할 수도, 정진할 수도 없다. 지금 이 생이 천년 만년에 단 한 번 오는 금싸라기 같은 기회라는 사실을 똑바로 알아야 한단다.

　아난다여, 여기 존자들을 둘러보라. 모두가 다 오른쪽 어깨를 드러내었는데 너만 양쪽 다 가사로 감싸지 않았느냐. 네가 잘 생긴 거야 나도 인정한다만 그렇다고 뭇 여인들의 유혹을 다 물리치지 못하여, 물 한 모금 얻어마시다 만난 저 프라크리티(Prakriti)라는 여인 앞에서 무너진 적이 있잖으냐. 지금은 흙이 되어 뼈다귀로만 남은 그 여인을 붙잡고 버티는 너를 떼어 놓느라 내가 얼마나 애를 먹었는지 잘 알지 않느냐? 오죽하면 여자도 아닌 네 몸을 가사로 다 가리라고 시켰겠느냐."

　그 대목에 이르자 몸이 불편해서 등을 구부정하게 수그리고 있던 목갈라나 존자와 늙은 사리풋타 존자까지 껄껄 웃었다.

아난다는 부끄러워 고개를 숙였다.

"물론 너는 그 잘 생긴 얼굴로 여러 선남선녀들에게 설법을 할 때 그들이 즐겨 들어주니 그 또한 공덕이요, 내가 여기저기서 설법한 내용을 외워 비구들에게 전해주니 또 다른 공덕이라. 아무리 늦어도 아난다는 이번 생애에 반드시 아라한과를 얻을 것이고, 오래오래 우리 교단을 지키리라."

"사두사두사두!"

사리풋타와 목갈라나, 마하카사파, 라훌라, 수부티가 찬탄하였다. 아난다도 이번 생에는 아라한이 되리라는 붓다의 수기[066]에 겨우 한숨을 돌렸다.

"지금 나는 마하카사파와 라훌라와 빈두로 발라타사, 바드라 네 존자가 있어 이제 마음 놓고 열반에 들고자 결심을 하고, 목갈라나 존자와 사리풋타 존자의 죽음마저 허락한 것이다. 기억력은 세상 누구보다 뛰어나 내가 경을 설할 때마다 몇 번 기침했는지, 물을 몇 모금이나 마셨는지, 무슨 새와 곤충이 날아왔는지, 수인(手印)을 어떻게 지었는지 놓치는 것 하나 없이 깡그리 잘도 외우는 네가 아직도 아라한이 되지 못한 것은 실로 불가사의라. 하지만 서둘지 말라. 너는 내가 열반에 든 뒤 마하카사파 존자를 나를 보듯 열심히 보좌하라. 다시 말하니, 그러다 보면 기어이 아라한과를 얻으리라."

아난다는 부끄러움에 금세 얼굴이 붉어졌다.

066    예언. 授記. 산스크리트어 바아카라나(vyakarana).

붓다는 본디 아들인 라훌라를 매우 엄하게 가르치고, 친가 외가에서 출가한 족친(族親)들은 더 열심히 수행하라고 다그치곤 했다. 사촌인 데바닷타 때문에 곤욕을 치른 것도 친족에 대한 배려 때문에 굳이 알면서도 당한 일이다.

"아난다여, 너는 내가 열반에 들더라도 마하카사파 존자에게 지도를 청해가며 더 열심히 아나파나를 하여 그 이치에 통하기 바란다. 오늘은 내가 누구에게도 말할 수 없는 경을 목갈라나 존자와 사리풋타 존자 두 분을 위하여 설하고자 한다. 두 분은 오늘 이 경을 듣지 못하면 어쩌면 열반에 잘 들지 못할 수도 있을 것 같아 내가 큰 마음으로 마련한 것이다. 잘 죽으시라고, 한 가닥 의심 없이 잘 가시라고 이 경을 올리는 것이라.

이 경은 본디 아라한만이 들을 수 있다. 하지만 아라한을 가려 특별법회를 하면 소문이 나고, 아마도 교단에 갈등이 생길 것이다. 그래서 꼭 필요한 사람만 칠엽굴로 부른 것이다. 목갈라나 존자와 사리풋타 존자는 마땅히 이 경을 들어야 할 주인공이니 더 말할 것 없고, 마하카사파는 우리 셋이 열반한 뒤 교단을 이끌어야 할 아라한이므로 마땅히 들어두는 것이 좋다고 생각하여 불렀다. 라훌라는 아무것도 모르는 어린 것을 내가 부왕의 울부짖음을 뿌리치면서 기어이 데리고 나와 억지로 머리 깎인 미안한 마음에 이 아비의 유산을 물려주는 셈 치고 불렀으니, 인간으로서 차마 떨치지 않는 한 가닥 정이라. 수부티는 어떤 아라한보다 공상(空相)을 뚜렷하게 보았으니 오늘 나와 더불어 우리 둘이 아는 공상을 서로 비교해 볼 것이다. 늙은 나를 불편하지 않게 돌봐준 내 동생 아난다여, 너는 비록 아라한은 되지 못했으나 기억력이 워낙 뛰어나니 마하카사파가 이끌어갈 교단을 위해 잘 암기해 두라는 뜻으로 불렀다. 목갈라나 존자와 사리풋타 존자가 열반에 들고, 또 내가 열반에 들고나면 이 교단의 어른은 마하카사파가 될 것이다. 그런즉 아난다는 마하카사파를 위해 잘 기억하고, 너 자신은 소처럼 언제든 어디서든 새기고 또 새김질하여 언젠가는 아라한이 되도록 힘써라. 이 생에 공부를 마치지 못하면 윤회의 수레바퀴가 어디까지 굴러갈지 아무도 장담할 수 없으리니 마음과 힘을 다해 떨쳐 일어나라."

붓다가 머리말을 마치자 마하카사파, 사리풋타, 라훌라, 아난다는 앉은 채로 조용히 삼배를 올렸다. 그러는 사이 붓다는 목갈라나 존자와 사리풋타 존자의 손을 꼭 잡았다.

05
―

라훌라여, 나를 원망하지 말라

아주타나는 꿀물이 담긴 질그릇 잔을 들어 입술을 축였다.

태이자 비구가 그 사이 질문을 던졌다.

"붓다께서 칠엽굴에 앉아 계시다면, 입고 계신 가사 색깔은 무엇인지 알겠느냐?"

"분소의는… 아니나 황금가사도 아닙니다. 라홀라가 입고 있는 붉은 가사와 다르지 않습니다. 발우도 옆에 내려놓고 있습니다. 굴에는 모두 일곱 명이 계십니다."

"아니다. 한 명 더 있다. 그게 누군지 알겠느냐?"

아주타나는 눈을 굴리며 칠엽굴을 더 둘러보았다.

"제 눈에는 보이지 않습니다. 하나 두울 세엣… 일곱이 맞습니다."

태이자는 빙그레 웃었다.

"너 아주타나까지 여덟 명이다."

"예? 제가 그 자리에 있다구요?"

"그렇다. 너도 거기 있잖은가. 붓다께서는 이미 너를 느끼고 계시다. 붓다가 앞에 앉아 계시니 너는 그렇게 멀뚱거리지 말고 마땅히 예배를 드려야 하느니라."

"예, 미처 못했나이다."

아주타나는 깜짝 놀라서 눈을 감고 잠시 숨을 골랐다. 그러고는 붓다의 발에 이마를 대고 삼배를 올렸다.


이윽고 삼매에서 나온 아주타나는 다시 눈을 떴다.

"너를 알아보시더냐?"

"저를 바라보시는지 보지 않으시는지, 솔직히 잘 알지 못했습니다."

"뭐라시더냐?"

"무엇이든지 베고 자를 수 있는 완전한 지혜 반야를 자세히 말씀해 주시겠답니다."

"그래, 그게 바로 금강경이다. 칠엽굴에서 붓다의 말씀을 듣는 분들이, 너 말고 일곱 분 뿐이더냐?"

"그렇습니다. 붓다께서 비구들과 함께 아나파나를 한 뒤 마침내 경을 설하십니다."

"음, 네가 아직 모르지만 비밀이 한 가지 있다. 지금 바이바라산 여기저기 앉아 아나파나를 하는 5백 아라한과 1천2백 비구들이 일제히 삼매를 이루니 그것이 곧 결계(結界)라. 그분들이 삼매로 한 몸이 되니 붓다는 이 삼천대천 어디든 이르지 못할 곳이 없을만큼 강렬한 힘을 얻고 계시다. 그 기운이 소천세계에 두루 통하고 있구나. 그럼 나도 들어보자."

태이자도 아주타나와 함께 눈을 감고 삼매에 들었다.


"하늘에 태양이 몇 개 있소, 사리풋타 존자?"

"바가바트께서 천억 개가 있다고 말씀하시지 않았습니까? 실제로 그렇습니다. 하늘은 반야의 등불처럼 빛납니다. 그런데 소천세계로 들어가니 거기에는 막상 그곳을 둘러싸고 있는 소천세계보다 더 큰 세상이 있었습니다."

"목갈라나 존자여, 혹시 거길 들어가 보셨습니까?"

"예, 저도 몇 번 들락거렸습니다. 거기서 어머니의 자취를 찾아 지옥 세상에 떨어진 제 어머니의 툴쿠를 찾았습니다. 어머니의 툴쿠는 차마 볼 수 없을만큼 힘들고 어렵고 불쌍했습니다.”

"소천세계에 들어가셨을 때 혹시 제가 열반한 걸 보셨습니까?”

"예, 바가바트시여, 바가바트께서 열반하시는 걸… 실은 보았습니다. 살라나무 사이에 모로 누워 아난다를 불러 물 한 모금을 가져오라고 말씀하시더니 그 물을 미처 다 드시지 못한 채 열반에 드셨습니다.”

마하카사파와 라훌라와 아난다는 깜짝 놀랐다.

붓다는 빙그레 웃었다.

"사리풋타와 목갈라나는 이미 나와 같은 경지에 이르셨습니다. 사리풋타, 혹시 제가 살나무(무우수) 그늘에서 태어나는 것도 보셨습니까?”

"마하마야 부인께서 살나무 가지를 잡고 힘을 주시니 마침내 바가바트께서 태어나셨습니다. 울음소리가 아주 힘찼습니다.”

"마하카사파 존자, 그리고 라훌라는 잘 들어라. 과거 현재 미래는 반드시 과거 현재 미래 순서로 나타나는 것은 아니다. 과거 뒤에 미래가 있을 수 있고, 미래 뒤에 과거가 있을 수 있으며, 현재 뒤에 과거가 있을 수 있고, 미래 뒤에 현재가 있을 수 있다. 나는 지금 그 말을 하고 있는 것이다.”

"아버지, 무슨 말씀이신지 잘 모르겠습니다. 제가 아라한이 되었다 하나 욕구와 본능을 잘 억누르고, 조절하고, 지혜롭게 이끄는 재주 말고는 아직 가진 게 없습니다. 그저 그림자와 메아리로 새 집을 짓지 않고, 그리하여 거짓의 서까래가 되고 기둥이 될 새 업을 짓지 않고 줄기차게 닦는 것으로 만족하는 중입니다.”

"내 아들 라훌라여, 내가 이 몸을 갖고 있는 한 나는 너의 아비이고, 너는 나의 아들이지만, 내가 열반하고 나면 너는 너요 나는 나요,

너는 네가 아니요, 나는 내가 아니게 된다. 나는 뒤뚱뒤뚱 걸어다니던 어린 너를 강제로 출가시켜 버렸다. 아비를 원망하기도 했으리라. 하지만 너는 이 생에 지은 업식(業識)이 따로 없어 매우 빠르게 아라한이 될 수 있었다. 들어보아라, 네가 아비를 따라오지 않았으면 왕손으로서 카필라의 국왕이 되었을 것이다. 한번 국왕이 되어 그 업식을 씻으려면 억겁의 시간이 필요하단다. 세속의 내 아버지 슛도다나 왕께서 마지막에는 아라한이 되어 열반하셨는데, 내가 여러 왕족을 끌고나오는 바람에 국왕의 지위는 사촌인 마하나마에게 이어졌다. 이미 벌어진 일이니 너도 잘 알겠지만, 마하나마는 코살라국이 요청한 국혼(國婚)을 속여 공주 대신 시녀 사이에 난 딸을 보냈다가 그만 전쟁이 벌어져 우리 사카족이 비참하게 죽거나 이리저리 흩어지고 말았다.

이런 세상에서 아들인 너를 반야선에 태워 더 넓고 깊은 세계를 보라는 뜻으로 궁에서 데리고 나온 이 아비를… 원망하지 말라. 그런 때문에 너하고 마주칠 때마다 죽을 각오로 아나파나를 하라고 그렇게 일렀잖느냐. 네가 벌써 나이 쉰 살이 넘었는데도 나는 네가 게으를까 흔들릴까 지칠까 걱정이 된다. 아라한이 됐어도 네가 걱정이 된다. 전생의 기억과 업보가 새겨진 뇌를 그대로 갖고 있는 한 아라한도 죽어 열반하기 전에는 어쩔 수 없단다.

너는 아무것도 모르는 어린 시절, 이 아비를 처음 보고 재산을 상속해달라고 청했단다. 네 어미가 시킨 것이지만 너의 그 작은 혓바닥으로 그렇게 말을 지어 소리를 울릴 때 이 아비 마음은 찢어지도록 아팠단다. 아비의 재산이란 오직 반야 뿐이니 나는 너에게 그 반야를 물려주기 위해 그날 그 즉시 너를 사리풋타의 제자로 삼아 승가에 집어

넣은 것이다.

사바의 눈으로 보면, 너는 나의 몸에서 나의 인연으로 태어난 자식이지만, 나는 너에게 왕국을 물려주지 않을 것이고, 재물을 물려주지 않을 것이다. 카필라성은 이미 코살라국에게 무너져 100만 명이나 되던 백성은 뿔뿔이 흩어지고 지금은 사람이 살지 않는 폐허가 돼버렸다. 그러니 지금 변심을 한다 한들 네가 돌아갈 자리는 없다. 내가 물려줄 재물이란 가사와 발우 한 벌밖에 없으니 이 또한 네가 탐낼 물건은 아니다. 네 어머니도 비구니로서 수행하다 죽었으니 이승이든 저승이든 이제 만나기 어렵고, 만날 필요도 없다.

하지만 나는 너의 아비로서 유산을 물려주기로 한 그 약속을 지키고자 쉬임없이 가르쳐왔다. 오늘은 내가 가진 모든 것을 다 너에게 물려주고자 한다.

왕국을 물려주고, 백만금 천만금의 재산을 물려주는 것보다, 이 삼천대천세계를 갖은 보배로 가득 채워 네게 선물하는 것보다 더 크고 더 넓고 더 밝은 것을 주고자 부른 것이다.

동생 아난다여, 너를 부른 것도 마찬가지다. 네가 더 부지런히 수행하라는 뜻으로, 네가 듣기에는 무섭기도 놀랍기도 한 이 경을 굳이 듣게 하려는 것이다. 내가 비록 붓다라고 하지만 이 몸 툴쿠에 앉아 있는 한 나는 라홀라의 아버지이며, 아난다의 형이라. 또한 목갈라나 존자와 사리풋타 존자의 살가운 아우가 된다. 우리 세 아라한이 떠난 뒤, 여기 이 자리에서 오롯이 반야를 볼 수 있는 사람은 마하카사파와 수부티, 라홀라 뿐이다. 그래서 마하카사파와 수부티와 라홀라가 중요하다. 우리 세 늙은이야 앞서거니 뒤서거니 열반에 들면 그만이고, 오늘 이 경을 굳이 설하지 않아도 우리 셋은 어차피 반야로 한 몸이 될 것이고, 이미 다 비슷하게 보고 들은 내용이라. 두 존자가 열반에 드시면 우리 교단은 힘이 쭉 빠진 듯 허전할 것이다. 게다가 나마저 열반에 들면 마하카사파 혼자서 이 큰 교단을 이끌어가기가 쉽지 않을 것이다. 아직도 세상에는 신을 부르짖으며 스스로 복을 구하고, 남을 위해 복을 빌어주는 외도들이 수없이 많다. 무지를 숭상하고 거짓을 따르는 사람들이 개미처럼 벌처럼 많다. 그런즉 잘 듣고 아나파나 공부에 분발하라는 뜻으로 이 경을 설하는 것이니 허투루 듣지 말고, 옆으로 새지도 말고, 의심하지도 말라. 급한 일이 있으면 금강경을 들여다보고, 바쁜 일이 있으면 금강경을 들여다보고, 위험한 일이 있으면 금강경을 들여다보고, 무서운 일이 있으면 금강경을 들여다보고, 욕심이 솟구치면 금강경을 들여다보고, 슬프거나 우울해도 금강경을 들여다보라. 우리 세 사람이 열반에 들고나면 수부티가 마하카사파의 금강경이 되어야 한다. 다들 알아듣겠느냐?"

"예, 아버지."

"예, 형님."

"예, 바가바트시여."

이제 금강경이 시작될 차례다.

물론 이미 시작하고, 이미 끝난 것이다. 그러니 시작한다.


"아난다여, 샘을 길어온 물병을 이리 다오. 목을 축인 다음 시작하리라. 모두들 차례로 물을 마시자. 수부티도 물을 마시기 바란다. 아마도 그대가 말을 가장 많이 해야 할 것이다."

아난다는 미리 준비한 물병을 두 손으로 이마까지 들어올린 다음 붓다에게 바쳤다. 또 다른 물병을 사리풋타와 목갈라나 두 존자에게 각각 올렸다.

붓다는 물병을 들어 시원하게 한 모금 마셨다. 그러고는 물병을 마하카사파에게 전하고, 사리풋타가 마신 물병은 그의 제자인 라훌라에게 건네주고, 목갈라나 존자가 마신 물병은 수부티에게 건넸다.

"내가 마흔 살이 되던 해에 어머니 마하마야 부인을 그리워하는 마음이 사무쳐 이 세상의 고향인 그 소천세계로 들어가서 모든 것을 일일이 들춰보았다. 나중에는 소천세계를 1,000승[067]한 중천세계에도 들어가 보고, 중천세계를 1,000승한 대천세계에도 들어가 보았다. 그러면서 나를 낳으신 뒤 산독으로 이레만에 돌아가신 어머니 마하마야 부인을 찾아본 것이다. 어머니는 놀랍게도 소천에도 계시고, 중천에도 계시고, 대천에도 계셨다. 하지만 그 어머니는 언제나 젊은 마하마야 왕비셨다. 어머니의 여러 전생을 두루 뵈었으나, 나는 그래서는 안 되겠다 싶어 어머니의 툴쿠를 찾아보았다. 그랬더니 여기서 한참 먼 도리천의 한 세상에 남성으로 태어나 살고 계시더라. 그래서 내가 도리천에 살고 계신 어머니의 툴쿠를 뵙고, 직접 설법을 드렸으니 그것이 바로 마하파탄경이다. 그때 이 사바로 내려와 사리풋타 존자에게 내가 설한 내용을 설명해주었다. 내가 한 시간 설한 동안에 이 사바에서는 한 달이 더 지나 버렸다. 내가 도리천에서 겨우 두 시간 설법을 했는데

—
067     乘. 곱하기. 10의 3승은 10을 세 번 곱한 것이다. 10 × 10 × 10.

이곳에서는 석 달이나 흘러버렸다. 사리불 존자, 기억 나시오?"

"기억이 나다마다요. 그때 저는 바가바트의 툴쿠를 모시고 이 칠엽굴에 숨어 있었지요. 아무도 들어오지 못하게 결계를 친 채 우리 둘이서만 이 굴에 있었습니다. 바가바트께서는 두 시간 동안 도리천에 가셨다지만 저는 석 달이나 바가바트의 툴쿠를 지키고 있어야 했습니다. 그때 바가바트께서는 숨소리조차 들리지 않을만큼 깊은 선정에 들어 계셨습니다."

"사리풋타여, 바로 그러하다. 내가 지금 목갈라나 존자와 사리풋타 존자의 열반을 허락하여 마지막으로 설하는 이 경은, 우리가 만난 이 사바의 인연으로 주고받는 것이니 실상 여러분은 이미 소천에 그대로 가 있다. 여기서야 죽든 살든 이미 소천에 가 있는 것이니, 나는 지금이라도 그곳에 가서 갓 태어난 라홀라를 볼 수 있고, 내가 고행을 한다고 우르벨라 숲에 머무는 동안 라홀라가 어떻게 자라며 개구쟁이 짓을 했는지 들여다볼 수도 있다. 내가 지금 여러분 툴쿠들하고 굳이 이 경을 이야기하는 것은, 이 세상은 그림자나 메아리나 물거품 같은 상(相)에 지나지 않을 뿐 진짜가 아닌 가짜라는 사실을 알려주고 싶어서다. 그러지 않으면 목숨을 내던져 반야를 구할 사람이 없고, 헛된 욕망에 이끌려 지옥으로 떨어지려 할 것이기 때문이다."

"아버지, 몸이 떨립니다. 감당하기 어렵습니다."

라홀라 존자가 어깨를 흔들면서 짐짓 두려운 표정을 지었다.

"지금 다 알아들으려 하지 말라. 마하카사파와 수부티가 잘 알아듣고 깊이 이해하고 있으니 라홀라와 아난다는 두 존자를 스승으로 모시면서 언제고 이 이치를 꿰뚫어야만 하느니라. 들어라, 다시 말한

다. 그대들의 눈에 보이고 귀에 들리고 손에 만져지는 이 세상은… 가
짜다.”

“아! 아버지! 저는 더 듣지 못하겠습니다. 나가렵니다.”

라훌라가 비명처럼 소리를 질렀다.

“형님, 저도 도저히 감당하기 어렵습니다. 라훌라 존자를 따라 굴
밖으로 나가고 싶습니다. 흰 구름을 바라보고 빛나는 태양을 느끼고
싶습니다. 바람을 느끼고 흙을 만지고 싶습니다.”

“라훌라여, 너는 내 아들이지만 가짜세상 가짜집에서 낳은 내 아
들이라. 아난다, 너도 마찬가지다. 진실로 너희는 이 세상에 없다! 두
번 말해도 없고 세 번 말해도 너희는 이 세상에 없다. 너희라는 존재
는… 놀라지 마라, 그 어디에도 없다!”

“아버지!”

“형님!”

라훌라와 아난다가 놀라는 그 순간 다른 존자들은 모두 침묵했다.

“라훌라여, 아난다여. 너희라는 상이 있을 뿐이다. 너희가 이 경을
듣거나 안듣거나 보거나 안보거나 진실은 변하지 않는다. 우리는 이
칠엽굴에 있으나 실은 이곳에 있지 않으며, 우리는 저 삼천대천세계에
실처럼 연결되어 그곳에 뿌리를 두고 있으니 그 업식에 따라 일어난
아지랑이요, 그림자요, 거품이요, 부싯돌이 튕겨내는 불꽃이라.

하늘도 가짜요, 땅도 가짜요, 바람도 가짜요, 물도 가짜다. 이 바이
바라산도 가짜요, 이 칠엽굴도 가짜요, 더불어 너도 너도 너도 나도 다
가짜다, 지금 이 칠엽굴에 우리만 있는 줄 아느냐? 아난다가 비구들더
러 바이바라산 나무 그늘로 가 아나파나를 하라고 일러 놓았으니 아

무도 안들어온 줄 아느냐? 벌써 보는 눈이 있으니, 너 아주타나여! 차분히 듣기 바란다."

이번에는 마하카사파조차 깜짝 놀랐다. 사리풋타와 목갈라나는 그저 묵묵히 고개만 끄덕였다.

라훌라와 아난다는 숫제 입을 다물지 못했다.

아난다여 아직 아라한이 안 돼서 너무 먼 이야기라 황당할 뿐이라고 느끼지만, 새내기 아라한이라서 더 잘 알아듣는 라훌라는 이제 비명을 지를 기운마저 없다.

"너희가 듣는 것은 나의 마지막 경이라. 공부 안한 사람이 들으면 놀라 미칠 수도 있으니 흘려들어도 좋고, 헛소리로 여겨도 좋다. 너희는 깨우치든 깨우치지 못하든 오늘 이 경을 부디 비밀장으로 감춰두거라. 내가 여태 말하지 않은 것처럼 너희도 깊은 곳의 깊은 곳에 숨겨두고, 처음의 처음도, 끝의 끝도 말하지 말라. 이 경은 불립문자(不立文字)니 결코 말이나 문자로 설하거나 적지 말라. 아나파나를 미친 듯이 하면 누구나 이 경을 볼 수 있지만, 그런 사람은 아주 아주 아주 드물 것이다. 그러니 이 변하지 않고, 찢어지지 않고, 갈라지지 않고, 깨지지 않고, 부서지지 않는 금강의 반야는 절대로 가르치지 말 것이며, 적어두지 말라. 가르칠 수도 없고, 배울 수도 없는 것이 금강경이라. 제자가 스스로 눈을 떠 제 눈으로 보고, 스스로 제 입을 열어 말할 때까지는 누구도 아는 척하지 말라. 아나파나를 하여 깊은 삼매에 이른 사람이라면 100일이면 스스로 금강경을 볼 수 있으니 그러거들랑 묻고 따진 다음 인가하라. 나의 비밀 법맥은 이렇게 이어야 한다. 금강경은, 나도 누구에게서 배운 것이 아니라 내가 직접 은하수인 미르(용)를 타고 소천 중천 대천에 올라가 보고 온 것이다. 어떻소? 사리풋타, 목갈라나 두 존자도 그러지 않았습니까?"

사리풋타 존자가 말했다.

"그렇습니다. 저는 금강경을 본 지 두 해밖에 되지 않았습니다."

"저 역시 몇 년 전에야 겨우 금강경을 설하시는 바가바트를 소천에서 얼핏 뵈었나이다."

곧 열반에 들기로 한 목갈라나가 그렇게 말하면서 지긋이 눈꺼풀을 내렸다. 라훌라는 더 놀라지도 않는다. 아난다는 그저 말을 따라 외우기 바쁘다.

오늘 처음 설하는 이 금강경을 목갈라나 존자가 몇 년 전 직접 보았다니, 대체 이 말을 어떻게 이해하란 말인가. 아난다는 그저 잘 외워두기나 하자고 결심했다.

붓다는 사리풋타를 바라보면서 금강경을 설하라고 시켰다. 수부티가 아닌 사리풋타에게 말머리를 잡으라고 시킨 것이다.

"사리풋타가 먼저 보신대로 말씀해 보시오. 사리풋타 존자가 하시는 마지막 경이기도 하지 않소?"

사리풋타 존자는 합장을 하여 예를 표한 뒤 금강경을 설했다.

"예, 저는 삼매에 들어 과거 현재 미래를 두루 훑어보았습니다. 바가바트께서 말씀하신 겁과 찰나를 보고, 삼천대천세계와 찰나에 성주괴공(成住壞空)하는 인연의 이치를 두루 살펴 보았습니다. 찰나에 태어나 살다가 죽는데도 물질은 그대로 있었습니다."

붓다가 웃으면서 "사두! 사두! 사두!"라고 말씀하셨다.

"목갈라나 존자도 말씀해보시오. 무엇을 보셨는지?"

"바가바트시여, 저는 공(空)을 직접 보았습니다. 거기에는 삼천대천의 시작과 끝이 어깨동무하듯 천칭저울처럼 함께 있고, 과거 현재 미래가 춤을 추고 있었습니다. 춤이라면 춤이고, 생명이라면 생명이고, 호흡이라면 호흡이지요. 삼천대천이 그렇게 춤추고 숨쉬고 태어나고 사라지고 태어나고 사라지고 있었습니다."

"목갈라나 존자여, 사람도 그러하지요. 이 땅 사바가 숨을 쉬고, 태양이 숨을 쉬고, 소천 중천 대천이 다 숨을 쉽니다. 사리풋타 존자여, 그러면 그 공상(空相)이 어땠는지 본 대로 일러보오."

"예, 생겨나지도 않고 사라지지도 않습니다. 더럽지도 않고 깨끗하지도 않습니다. 늘지도 않고 줄지도 않습니다. 공(空)에서 나오면 색(色)이고, 색(色)이 물러가면 공(空)입니다. 그래서 색즉시공(色卽是空)이고 공즉시색(空卽是色)입니다. 또한 색불이공(色不異空)이고 공불이색(空不異色)입니다. 또한 공공즉공(空空卽空)이요, 색색즉색(色色卽色)이며 색색즉공(色色卽空)이며, 공공즉색(空空卽色)입니다."

"그렇습니다. 내 말이 사리풋타 말이요, 내 말이 목갈라나 말이요, 사리풋타 말이 내 말이요, 목갈라나 말이 내 말이라. 두 분은 나와 같은 경지에 이르렀습니다."

이때 라훌라가 붓다에게 말했다.

"아버지 바가바트시여, 놀랍고도 무서운 말씀에 심장이 미치도록 뜁니다. 스승이신 사리풋타 존자와 목갈라나 존자께서야 이미 들여다보신 경지이니 이슬처럼 시원하고, 꿀처럼 달콤할 수 있겠지만 저에게는 천둥처럼 귀가 찢어질 듯 두렵고 번개처럼 눈이 멀어버릴 듯 어지러운 말씀이십니다. 기왕이시면 저 밖에서 아나파나를 하는 5백 아라한에게도 이 경을 말씀해주신다면 얼마나 좋겠습니까. 그러지 않으시는 까닭을 잘 모르겠습니다. 자비를 베풀어 주소서."

붓다는 라훌라의 물음에 한 번 더 칠엽굴 법회를 하게 된 이유를 설명했다.

"라훌라는 들어라. 네가 여섯 살이 되던 해, 나는 부다가야 보리수 아래에서 아나파나를 한 뒤 홀연히 이와 같은 금강반야를 보고 나서 이렇게 생각했다. 난 가르치고 싶지 않다. 가르칠 수도 없다. 가르쳐도 안 되므로 가르치기 싫고, 그래서 가르칠 수도 없다. 그러나 가르쳐야만 한다. 난 사실 지금까지 천이백 명이나 되는 우리 비구들에게 반야를 제대로 가르치지 못했다. 내가 보고, 사리풋타가 보고, 목갈라나가 본 이 경지는 비유하건대 밭갈이하는 소나 나뭇가지에 앉아 있는 원숭이나 들판을 가로지르는 사자, 코뿔소의 눈에는 그저 우기에 번쩍 내리치는 번갯불이요, 귀에는 하늘이 찢어지는 듯한 천둥소리라. 나도 보리수 아래에서 이 경을 볼 때는 너무나 놀라 감히 누구에게 이 말을 하랴 싶어 혼자서만 담고 있으려 한 적이 있다.

내가 만일 지금 5백 아라한이나 1천2백 비구를 모아 큰 목소리로 금강경을 설한다면 아마도 그들은 너무 놀라 가사를 벗어던지고 발우를 내던진 채 아무 데로나 마구 달아날지도 모른다. 그래서 이 칠엽굴에는 여러분만 불러 비밀히 이르는 것이다. 그러니 중생에게는 들어도 들리지 않고, 보여도 보이지 않는 것이 금강경이다."

붓다는 구겨진 니사단을 가만히 펼치면서 수부티를 바라보았다.

이제 수부티가 나설 차례다.

06
—
미천한 수드라도 반야를 깨달을 수 있나요?

싱그러운 바람 한 줄기가 숲 계곡에서 흘러나온다.

"참, 아까 목갈라나 존자와 사리풋타 존자가 열반하겠다고 하니 붓다께서는 뭐라고 하시더냐?"

태이자가 아주타나에게 물었다.

금강경 법회를 거꾸로 돌아가 대답하라는 것이다.

"아까 아난다가 5백 아라한과 1천2백 비구들에게 바이바라산 곳곳에 흩어져 아나파나 삼매에 들어가라고 전하러 굴 밖으로 나갔을 때, 사리풋타 존자가 '바가바트여, 이제는 저의 죽음을 허락하소서' 하고 청하셨습니다. 목갈라나 존자의 부상이 심해 열반하려면 며칠 내로 어서 하는 것이 좋다는 의견이셨습니다. 남은 인연이 따로 없으니 열반에 걸림이 있는 카르마는 하나도 없이 잘 풀렸다고 하셨습니다."

"그렇구나. 그때는 이미 사리풋타 존자나 목갈라나 존자의 세수(歲數)가 80세가 훌쩍 넘으신 때다. 붓다께서 뭐라시더냐?"

"붓다께서 사리풋타에게 '한 겁은 더 머물며 법을 펴라'고 하시자 사리풋타 존자는 '바가바트께서 먼저 한 겁 머무신다고 약속하신다면 저희들 또한 열반하지 않고 사바에 더 머물겠습니다.' 하시니 붓다께서는 '중생의 수명이 짧아 붓다의 수명도 짧다. 나는 열반에 들 것이다.'고 말씀하셨습니다. 그러자 사리풋타 존자는 '그러한 까닭에 저희들도 고향으로 돌아가 열반에 들고 싶습니다. 몸이 너무 낡아 이대로는 더 견디기 어렵고, 그렇다고 다른 툴쿠로 갈아입기에는 업식(業識)이 부족합니다.' 하고 대답하셨습니다."

"아주타나, 너는 '중생의 수명이 짧아 붓다의 수명도 짧다'는 붓다의 말씀이 무슨 뜻인지 알렷다?"

"예, 사바의 중생은 죄를 너무 빨리 쌓기 때문에 그 무거운 짐을 지고서는 오래 살기가 어렵습니다. 천인(天人)은 돼야 3,000살까지 살 수 있는 경지에 이르는 걸 알았습니다. 또한 붓다에게는 수명이라는 것이 없다는 것도 알았습니다. 목갈라나 존자가 부상을 당하여 몸이 매우 불편하고, 사리풋타 존자도 매우 늙어서 그 몸으로 전법을 다니기 어려운 상황입니다. 그렇다고 새 툴쿠를 갖기에는 아라한으로서 남은 업식이 없어 새 인연을 지어갈 수 없으니 부득이 열반하는 게 좋다고 건의한 것입니다. 열반하고 나면 소천 중천 대천의 여러 붓다들이 반야의 등불을 더 크게 밝힐 것입니다."

태이자는 빙그레 웃었다.

"그럼, 보이는 대로 계속 얘기를 해 보거라."

그는 아주타나가 하는 말마다 기뻐하였다.

어김이 없다, 틀림이 없다는 표정이다.

붓다는 오늘 점심[068] 공양을 하기 전, 그러니까 아침에 다른 날과 마찬가지로 먹을 음식을 얻으러 거리로 나섰다. 마가다국의 수도인 라자그리하가 아닌 시골 마을로 향했다.

수부티도 역시 붓다를 따라나섰다. 한 동네로만 몰리지 않기 위해 비구들은 '두 사람이 함께 가지 말라'는 가르침에 따라 이 마을 저 마

---

068   붓다 시대에는 사시(巳時) 즉 오전 11시 30분경에 하루 한 번만 먹었다. 오늘날 모든 사찰에서 오전 11시 30분에 마지를 올린다. 마지는 maghī(摩舐 : 약초의 일종으로 神丹의 영약)에서 온 말이다. 양반의 밥은 진지, 상놈의 밥은 입시, 임금의 밥은 수라, 귀신의 밥은 메, 붓다의 밥은 마지다.

을로 뿔뿔이 흩어졌다. 음식을 얻을 때마다 붓다의 가르침을 전해야 하기 때문이다.

붓다와 수부티, 그리고 아난다가 한 조가 되어 가까운 마을로 들어갔다. 부상을 입은 목갈라나 존자와 늙은 사리풋타 존자는 죽림정사에 머물며 제자들이 대신 탁발을 해다 공양을 올리기로 했다.

마을 사람들은 손수 탁발하는 붓다를 보러 몰려들었다.

붓다는 사람들에게 일일이 미소를 보내면서 모두 일곱 집의 문을 차례로 두드렸다. 수부티도 역시 따로 일곱 집을 두드려 밥을 얻었다. 발우가 다 차자 붓다와 수부티는 거리로 나와 앉아 잠시 지친 다리를 쉬었다.

이따금 영문도 모르는 마차가 먼지를 일으키며 붓다가 앉아 있는 황톳길을 쏜살같이 지나갔다. 붓다가 탁발하는 거리를 그처럼 흙먼지를 날리며 달릴 수 있는 사람이라면 왕사성의 장자로서 권세 있는 브라만이 틀림없다.

흙먼지가 발우에 옮겨 앉아도 붓다는 미소를 거두지 않고 오른손으로 밥을 집어 천천히 씹어 삼켰다. 아직 공양 시각이 되지 않았지만, 붓다는 자신을 보러 몰려든 구경꾼들을 위해 일부러 탁발해온 음식을 맛있게 먹어 보였다.

구경꾼들은 붓다와 수부티가 사람들이 웅성거리는 길거리에 앉아 밥을 먹는 게 신기한지 빙 둘러서서 바라보았다. 마가다국이든 코살라국이든 멀고 가까운 곳의 모든 국왕들이 칭송하고, 아버지를 굶겨죽인 그 무섭고 사나운 아자타삿투, 지금의 마가다국 아사세왕마저 귀의시킨 붓다가 길거리에 쪼그려 앉아 밥을 먹는 모습은 사람들 눈에 참으로 기이하게 비쳤다.

어린아이들은 아예 붓다한테 가까이 다가가, 마치 동네의 늙은 할아버지나 거지를 보듯이 낄낄거리며 올려보았다.

"너희들 아침은 먹었느냐?"

"먹었어요."

대여섯 살은 됨직한 꼬마가 활짝 웃으면서 대답했다.

"할아버지가 진짜 붓다야?"

"붓다? 그럼 바가바트는 누구야?"

"그게 그 말이야. 둥게스와리에도 붓다가 났는데 굶어죽었다고 하던데?"

아이들이 저마다 재잘거린다. 붓다는 빙그레 웃으면서 아이들에게 말했다.

"그래그래. 내가 사람들이 말하는 바가바트이고, 또 붓다라고도 불리는 할아버지란다."

"그런데 왜 좋은 집에서 맛있는 밥을 안 먹고 거지처럼 길에 앉아서 먹어? 나 같으면 그런 밥은 더러워서 안 먹겠다."

붓다는 밥을 집어먹던 오른손으로 꼬마의 머리를 쓰다듬으면서 빙그레 미소를 지었다.

"아가야. 내가 먹으면 곧 좋은 밥이 된단다. 이 밥이 얼마나 귀한 밥인지 보겠느냐? 왕이 먹는 진수성찬보다 더 맛있단다. 왕의 음식은 하인들이 억지로 차려주는 것이지만 이 음식은 일곱 집을 돌아가며 집주인들의 자비심과 보리심을 모아 온 정말 귀한 음식이란다. 이걸 먹으면 하루 종일 배가 안고파."

"에이, 그게 뭐가 좋은 밥이야? 먼지도 앉고 쌀도 얼마 없이 잡곡만 가득한데? 강황 가루도 많이 안뿌렸잖아?"

"얘야, 이 밥에는 중생의 뜨거운 소망이 담겨 있단다. 한번 볼래?"

붓다는 꼬마의 손을 잡고 천천히 일어났다.

구경꾼은 벌써 수백 명으로 늘어났다.

붓다는 구경꾼들을 향해 말했다.

"선남자 선여인이여, 누가 이 밥을 먹어보겠소?"

어른들 수십 명이 다투어 앞으로 나와 합장한 채 무릎을 꿇었다.

"보았니? 일곱 집의 정성이 담긴 이 밥은 이렇게 귀하고 좋은 음식이다. 밥이란, 배고픈 사람이 먹으면 곧 보약이 되는 것이다. 아무리 먹기 어려운 음식이라도 맛있게 먹으면 이렇게 구경하는 사람들도 먹고 싶어지는 법이다. 너도 한 입 먹어 보겠느냐?"

"응."

꼬마는 갑자기 몰려든 어른들 때문에 잠시 놀라다가, 붓다가 발우를 건네자 작은 손을 내밀어 밥을 한 줌 뭉쳐 입에 넣었다.

"맛있니?"

"응."

"너도 나중에 이 할아버지처럼 반야를 깨우치고 싶지?"

"반야가 뭔데? 맛있어요?"

수부티가 말했다.

"추위도 안춥고, 배고파도 안고프고, 아파도 안아프고, 슬퍼도 안슬프고, 힘들어도 안힘든 것! 아무리 무서운 귀신이라도 물리치고, 아무리 힘들어도 기운이 솟는 것!"

붓다의 말에 아이가 댓구를 붙였다.

"밥을 먹지 않아도 배부르고, 물을 마시지 않아도 시원한 것처럼?"

옆에서 지켜보던 아난다도 덧붙였다.

"돈이 없어도, 벼슬이 없어도, 집이 없어도, 먹을거리가 없어도 마음이 고요하고 넉넉한 것!"

다른 아이가 또 댓구를 붙였다.

"호랑이를 만나도 안무섭고, 뱀을 보아도 안무서운 것?"

붓다는 기쁜 마음으로 아이들의 머리를 쓰다듬어 주었다.

"오냐, 그렇고 말고. 얘야, 이 발우를 들고 여기 몰려든 분들한테 한 줌씩 나누어 주거라. 그런 다음에 빈 발우는 내게 돌려다오. 발우가 있어야 붓다도 밥을 얻어먹을 수 있단다. 나도 안먹으면 죽어. 하하하."

"응."

꼬마가 발우를 들고 구경꾼들한테 다가가자 사람들은 너도나도 붓다가 먹던 밥을 먹겠다고 무릎을 꿇은 채 오른손을 쳐들었다. 꼬마는 신이 나서 발우를 들고 구경꾼 사이를 이리저리 뛰어다녔다. 발우는 금세 비었다.

꼬마가 빈 발우를 들고 오자 붓다는 그것을 받아들고, 다시 한번 꼬마의 머리를 쓰다듬었다.

"네 공덕이 참으로 크다. 부모에게 말씀드려 어서 출가하거라."

"나는 아직 어린데?"

"몇 살이니?"

"일곱 살."

"여기 아난다 스님은 너와 같은 일곱 살에 출가했단다. 부모의 허락을 받거든 언제든지 죽림정사로 오너라. 출가는 이 세상에서 가장 성스러운 일이란다."

아이는 기분이 좋아져서 물러갔다.

지켜보던 사촌 동생 아난다가 그의 발우를 붓다에게 내밀었다.

"바가바트시여, 배고프실 텐데 이거라도 잡수십시오."

"아니다. 나는 저기 홀로 앉아 이쪽으로 오지 못하고 있는 거지한테서 밥을 얻어먹겠다."

붓다는 흙바닥에서 일어나더니 거지가 앉아 있는 곳으로 걸어갔다.

늙은 거지는 붓다가 입었다는 분소의[069]보다 더 더러운 누더기를 걸치고 힘없이 벽에 기대어 앉아 있다. 누가 봐도 불가촉천민이다.

"벗이여, 당신이 먹고 남은 밥이 있다면 내게 나누어 주시겠소?"

거지는 아무 말 없이 바가지를 내밀었다.

붓다는 오른손을 바가지에 집어넣더니 음식을 한 줌 집어 들어 입에 넣고는 꼭꼭 씹었다. 생쌀이다.

그 모양을 잠자코 지켜보기만 하던 거지가 어렵게 입을 열었다.

"댁이 진짜 붓다슈?"

붓다는 거지의 거친 손을 잡아 손등을 쓰다듬으며 말했다.

"그렇소이다. 나는 제가 해야 할 일을 다 마친 사람입니다."

---

069　분소의(糞掃依). 시체에 입힌 수의나 똥치는 걸레조각을 기워 만든 옷이다. 붓다는 처음에 둥게스와리 인근의 시다림인 시타바나에서 시신의 옷을 벗겨 입었다. 그게 가사의 시작이다.

"그 반야를 알아내셨다는 분이시지요? 저 같은 불가촉천민[070]도 열심히 노력하면 반야를 깨달을 수 있나요?"

그는 눈물 한 방울을 똑 떨어뜨렸다.

"그럼요. 우리 비구들이 하시는 말씀을 잘 들으시고, 내 몸 안에 짐승이 한 마리 있어서 이 놈이 자꾸 욕심을 부리느라 몸부림친다, 이 놈이 그러면서 겁이 엄청나게 많다, 이놈이 몸부림치고 아우성친다, 그러니 이 짐승을 다루려면 고삐를 당기고 채찍을 쳐야 합니다."

"어떻게 고삐를 당기고 채찍을 치리까?"

"욕심이 일어나고 겁이 날 때마다 숨을 깊이 쉬세요. 숨을 내쉴 때마다 하나, 두울, 세엣, 이렇게 열까지 세는 겁니다. 오직 숨만 바라보는 거지요. 열까지 센 다음 그래도 마음이 날뛰면 다시 하나부터 또 세어나가지요. 그러다 보면 성난 소가 진정되듯이 불 붙은 마음이 가라앉습니다. 쉽지요?"

"그렇게 쉬운데 왜 사람들은 어리석게 살까요? 저는 오늘부터 당장 그렇게 하겠습니다."

"작은 일이라도 실천하는 게 중요한데 그게 막상 쉽질 않거든요. 똑똑한 사람들은 내가 아무리 말해주어도 피식 웃다가는 곧 가짜집으로 숨어버립니다. 가짜집에는 예쁜 아내와 빛나는 보석, 맛있는 음

---

070　인도의 카스트에도 들지 못하는 계급이다. 산스크리트어 찬달라(Chandala). 카스트의 가장 낮은 계급인 수드라보다 못하다. 계급 있는 사람들과 몸이 닿아서도 안 되고, 계급 있는 사람에게 말을 걸어서도 안 된다. 브라만 경전을 보면 그 눈을 뽑고, 브라만의 가르침을 말하면 혀를 뽑고, 브라만 경전에 스치기라도 하면 그 신체 부위를 잘라버렸다. 현재 인도에서는 이들을 달리트라고 부른다. 인도 인구의 6.8%이며 9천5백만 명쯤이다. 오늘날 대부분의 달리트는 평등을 내세우는 불교를 믿는다.

식이 아주 많거든요."

"저는 진짜집도 없고 가짜집도 없으니 무엇을 구하리까?"

"공기 안 마시면 사람은 살 수가 없지요?"

"예."

"그런데 왕사성 공기와 이곳 시골의 공기가 다릅니까?"

"아니요."

"공기는 왕의 것도 아니요, 오직 숨쉬는 사람의 것입니다. 반야도 그러합니다. 반야가 없는 곳이 없어 이 삼천대천에 두루 가득하지만 사람들은 그걸 모른 채 살아갑니다. 아무나 가져가기만 하면 되는데, 그걸 안가져갈 뿐입니다. 왕이나 장자나 브라만도 못가져가는 그 반야, 벼락보다 더 센 무기이고, 보석보다 더 값진 것입니다. 반야는 도깨비방망이라서 그걸 한번 갖기만 하면 두드릴 때마다 뭐든 뛰쳐나옵니다. 제가 비록 댁처럼 하루하루 밥을 얻어먹고 사는 사람이지만 왕이며 장자들이 금은보화를 수레 가득 싣고 와서 보시하려고 하잖습니까? 아시지요?"

"그러니까 더 이상하지요. 죽림정사로 가는 공양 수레를 본 적이 있어요. 그런데 붓다께서는 왜 매일 밥을 얻으러 나오시나요?"

"제가 얻어먹어야만 중생을 살릴 수가 있거든요. 손해볼 거 없으니 반야를 찾으세요. 왕이나 장자나 장수가 되는 것보다 훨씬 더 낫답니다. 반야를 깨우치고 나면 나물 먹고 물 마셔도 행복하지요."

"꼭 실천하겠습니다."

"잊지 말고 꼭 숨을 세세요. 궁금한 게 생기면 죽림정사로 찾아와 우리 비구들에게 물어보셔도 돼요."

"불가촉천민이라고 못 들어가게 막을 텐데요?"

"비구들은 겉모습을 보고 사람을 대하지 않습니다. 더구나 절에서는 아무도 출입을 막지 않습니다. 오고감이 자유입니다. 지금 눈으로 보고 계시지 않습니까? 붓다라고 해서 비단 가사를 입고 황금으로 지은 밥을 먹고 사는 게 아닙니다. 저나 영감님이나 해진 옷을 입고 거친 음식을 먹는 똑같은 사람입니다. 한 생각만 돌이키면 영감님이 곧 붓다가 되는 겁니다. 저도 영감님처럼 매일매일 동냥해서 얻어먹고 살잖습니까. 붓다와 거지는 다른 게 하나도 없습니다. 처자식도 없고, 돈 한 푼 없고, 집도 없고, 반지나 목걸이도 없습니다. 더군다나 저는 있는 아들과 아내까지 불러내 저 같은 거지로 만들었지요. 우리는 서로 처지가 똑같지만 단 한 가지, 생각이 다를 뿐입니다. 나는 없어서 기쁘고, 당신은 없어서 슬프다고 생각할 뿐입니다. 그 차이가 뭔지 살펴보세요."

늙은 거지는 눈물이 핑 도는지 손으로 눈두덩을 문지르면서 고개를 끄덕였다.

"바가바트시여, 잊지 않고 숨을 세기로 맹세하겠습니다."

"사두, 사두, 사두."


붓다는 수부티와 아난다를 불러 줄을 지은 다음 다시 죽림정사로 돌아갔다. 발우를 손수 깨끗이 씻어 모아 두고, 그 다음에 흙이 묻은 발을 씻었다. 그런 다음 조금 쉬다가 사리풋타와 목갈라나와 마하카사파와 라훌라를 불러 바이바라산 칠엽굴에 오른 것이다.

시원한 굴속에 앉은 붓다, 사리풋타 존자, 목갈라나 존자, 마하카사파 존자, 수부티 존자, 라훌라 존자, 그리고 시자 아난다.

말머리를 잘 엮었으니 이제 금강경을 제대로 짜야 할 차례다.


붓다가 천천히 입을 열었다.

"시작도 훌륭하고 중간도 훌륭하고 끝도 훌륭한 금강경, 이제 시작하리다. 옛날 어떤 사람이 귀한 아들을 하나 두었습니다. 그런데 이 아들이 어리석어 일찍 가출했습니다. 뜻 없이 집을 나가면 가출이고, 우리처럼 뜻을 세우고 집을 나가면 출가가 되는 거지요."

모두들 가볍게 웃는데 라훌라가 입을 삐죽 내밀었다.

"저는 뭐 출가도 아니고 가출도 아니고… 뭐라고 하지요?"

"너는 복 있는 자라, 이렇게 말하는 것이다. 나는 복이 없어 내 발로 출가하여 6년간 죽도록 고생했지만 너는 아비 덕에 인연공덕 지은 거 없이도 출가하여 쉽게 아라한이 되지 않았느냐?"

"하하하."

"하하하."

목갈라나 존자의 몸이 크게 상해 그러잖아도 분위기가 무겁게 가라앉아 있던 참에 모처럼 모두 웃었다.

"저도 잘 데가 없어 화장실에 쪼그려앉아 잔 적이 있어요. 아버지. 물론 아버지의 6년 고행에 비하면 자랑거리도 되지 못하지만요. 그런데 저는 왜 어린 나이에 아버지한테 끌려왔을까요? 그것도 인연인가요?"

"오냐, 너는 아버지한테 출가당한 것이다. 네가 그나마 전생의 공덕이 있었으니 출가당하여 코살라의 비두다바왕이 우리 사카족을 몰살시킬 때 목숨을 부지하고, 내 아들이랍시고 비구들에게 거짓말이나 살살하던 너를 이 아비가 붙들고 가르쳐 아라한으로 만들었지. 만일 그때 출가당하지 않고 네가 아비 대신 왕이 됐으면 내 사촌 동생 마하야나처럼 될 뻔하지 않았느냐? 네가 입을 화를 대신 입은 마하야나 당숙을 위해 감사의 기도를 올리거라. 내 동생 마하야나는 왕위를 비울 수 없어 출가는 하지 못했지만 사카족을 무수히 구하는 큰 공덕을 지어 다음 생에는 반야를 닦는 비구의 툴쿠를 입으리라."

"바가바트여, 고맙습니다."

라훌라가 머리를 긁적이며 조금 뒤로 물러났다.

"아난다여, 라훌라 얘기는 농담 반 진담 반이니 나중에 금강경을 외우더라도 이 부분은 빼야 하느니라. 자, 가출한 아이 이야기로 가자."

"알았습니다, 바가바트시여."

그러면서 붓다와 아난다가 또 웃었다.


붓다는 분위기가 잘 풀려나가자 다시 입을 열었다.

"가출한 이 아들이 여기저기 떠돌기를 십여 년, 그만 거지가 되고 말았습니다. 그 사이 아버지는 열심히 일해서 큰 부자가 되었습니다. 그럴수록 아버지는 한시도 아들을 잊을 수 없었습니다. 으리으리한 집으로 이사를 해도 즐겁지 않고, 아무리 많은 하인과 미인을 거느려도, 악사들이 몰려와 여러 악기를 연주하고 가수들이 노래를 부르고 무희가 춤을 추어도 도무지 기쁘지 않았습니다.

그러던 어느 날, 대문 밖에서 고함이 들려왔습니다. 거지가 찾아와 밥을 달라고 떼를 쓰는 모양이었습니다. 탁발 다니면서 '시주하세요,

시주하세요!' 소리치는 우리 비구들처럼요."

다들 껄껄거리며 웃었다.

붓다는 웃음이 그치기를 기다렸다가 이야기를 이어나갔다.

"밖이 너무 시끄럽자 이 아버지가 나가보았습니다. 거지는, 하인들의 매를 맞으면서도 '배가 고프니 제발 밥이나 주면서 때리라'고 소리를 지르고 있었습니다. 그런데 그 거지의 목에는, 그 옛날 자신이 아들에게 생일 선물로 준 목걸이가 걸려 있지 뭡니까? 그래서 '너, 그 목걸이 어디서 났느냐?'고 물었습니다.

이 거지는, '어렸을 때 우리 아버지가 줬어요, 훔친 거 아니예요.' 하고 더 크게 소리를 질렀습니다. 아버지는, '이놈아, 너는 내 아들이다. 여기가 네 집이다.' 하면서 거지의 팔을 잡아당겼습니다. 거지는, '이 늙은이가 목걸이가 탐나서 거짓말로 꾀는구나' 의심하여 밥이고 뭐고 벌떡 일어나더니 멀찌감치 도망쳤습니다.

하는 수 없이 이 아버지는 꾀를 내었습니다. 하인을 보내어, 우리 집에 와서 똥 치우고 거름 치우는 일을 거들면 맛있는 밥을 먹여 주마고 제안했습니다. 그제야 이 거지는 아버지의 집으로 들어와 맛있게 차린 밥상 앞에 앉았습니다. 평소에 얼마나 굶주렸는지 허겁지겁 음식을 먹어치우는 아들을 보는 아비의 마음이 오죽 아팠겠습니까. 우리 라훌라가 열세살 때 처음으로 나를 보았는데, 이녀석이 글쎄 내 재산을 상속해달라고 하지 않았겠습니까. 그때까지도 우리 아버지 숫도다나왕께서는, 내가 수행이 힘들고 지치면 언젠가는 돌아올 것이라 믿고 나의 태자 자격을 유지하고 있었거든요. 그러니 부인 야수다라는, 숲에서 계속 살 거면 태자 앞으로 된 재산을 라훌라에게 넘겨달라, 이런 얘기지요. 생각해 보세요. 사랑스런 어린 아들이 겨우 재산이나 달라고 보채는 그 광경을. 내 마음 가득 슬픔이 차올랐습니다. 내 슬픔이 너무나 커서 그만 라훌라의 손을 잡아 숲으로 데려온 것입니다. 자, 거지 아들을 대하는 이 부자의 마음도 그때 라훌라를 잡아 이끌던 제 마음과 똑같습니다.

날이 흐르자, 아버지는 아들에게 밭일을 맡겼습니다. 그런 다음에는 곡식 창고 관리를 맡겼습니다. 그 뒤 집안의 크고 작은 일을 처리하도록 시켰습니다. 맨나중에는 집안의 재산을 모두 관리하도록 집사로 올렸습니다. 말하지 않아도 집안의 크고작은 일을 척척 해내고, 재산 관리도 어찌나 잘하는지 돈이 더 불어났습니다.

그러던 어느 날, 이 아버지는 집안의 친척들을 모두 부르고, 식솔까지 다 불러들인 다음, 마침내 여태껏 꾹 참아온 말을 하였습니다.

'너는 내 아들이다. 너는 태어날 때부터 내 아들이었다. 지금도 내 아들이고, 앞으로도 내 아들이다. 집안의 여러 어르신, 우리 식구들, 모든 사람들이여. 이 젊은이가 바로 내 아들입니다.'

드디어 아버지는 속엣말을 시원하게 털어놓았습니다. 그제야 아들은 자신이 주인 아저씨의 아들인 줄 알게 되고, 저를 부려먹던 사람들이 친척이며 한 식구라는 것을 알게 되었습니다."

붓다가 일단 이야기를 끊자 사람들이 박수를 쳤다. 몸이 불편한 목갈라나 존자도 빙그레 미소를 지었다.

붓다는 물을 한 모금 더 마신 뒤 저 멀리 지평선을 넘어오는 구름 한 조각을 바라보면서 다시 입을 열었다.

"나도 오늘 나의 생명과 같은 도반들을 불러모았습니다. 목갈라나 존자와 사리풋타 존자의 죽음을 허락한 오늘, 나는 이렇게 선언합니다. 잘 들으십시오.

여러분은 모두 붓다의 아들, 불자(佛子)입니다.

여러분은 태어날 때부터 불자였습니다. 여러분이 바가바트입니다. 우리가 붓다입니다.

그동안 미혹과 번뇌와 집착에 빠져 어떤 삶을 살아왔든 변함없는 내 아들 불자입니다."

목갈라나 존자가 눈물을 주르르 흘리고, 몸이 불편한 사리풋타 존자는 붓다의 발을 잡고 엎드려 무수히 이마를 찧었다. 라훌라는 그만 아버지 붓다의 가사 속에 얼굴을 묻고 울었다. 듣고 보니 라훌라를 비유한 얘기 아닌가. 사촌 동생인 아난다도 형 붓다를 향해 굳게 합장을 올렸다.

붓다는 다시 입을 열었다.

"나 역시 거지 아들에게 차례와 단계를 밟듯이 여러분을 조금씩 가르쳐왔습니다. 거지 아들에게 똥 치고 거름 치는 일을 시킨 때는, 곧 내가 아함경(阿含經) 등 아함부[071]를 설하던 시절 12년입니다. 그뒤 그 아들이 밭일도 하고 집안을 수시로 드나들 때는 방등부(方等部)[072]를 설하던 시절 8년입니다. 그 다음 집안의 크고 작은 살림을 다 맡겼을 때

---

071 많은 비유와 인과로 설법한 시기. 《아함경》이 대표적이다. 테라와다 경전.

072 《반야경》,《화엄경》,《법화경》,《열반경》을 제외한 대승 불경 전체가 이 방등부에 속한다. 대부분의 대승경전. 이렇게 나누는 기준조차 마하야나 즉, 대승불교 주장이고, 테라와다에서는 인정하지 않는다.

2
1
3

는, 내가 반야부(般若部)[073]를 설하던 20년입니다. 그 반야부의 마지막으로 나는 이제 여러분이 붓다의 아들 불자임을 알리면서, 아니 여러분이 모두 붓다임을 알리면서 나의 평생 살림을 맡길 뿐만 아니라 전재산을 다 내어드리겠습니다. 내가 여러분에게 주고자 하는 비밀 재산은 바로 지금부터 설하게 될 금강경입니다. 이 금강경을 외워 늘 암송하면, 설사 아침에 만난 꼬마나 늙은 거지라도 미혹과 번뇌와 집착을 끊어낼 수 있습니다. 또한 온갖 질병과 환난이 감히 찾아들지 못할 것입니다. 이 금강경을 지니는 것은 곧 이 사바에서 직접 불국(佛國)으로 들어가는 열쇠를 쥐고 있는 것이나 다름없습니다. 외우고 암송하고 실천하는 것은 곧 불국의 문을 여는 것입니다. 바로 반야를 깨달은 사람만이 들어갈 수 있는 그 세상 말입니다."

칠엽굴 참석자들은 자세를 고쳐잡고 숨을 골랐다. 목갈라나 존자도 힘을 내어 눈을 똑바로 떴다.

마침내 붓다가 숨겨 둔 마지막 비밀장(秘密藏)이 열릴 순간이기 때문이다.

칠엽굴 밖은 여전히 짙은 핍팔라의 녹색 잎으로 살랑거리고, 다라수와 니그로다 잎 사이로 드문드문 드러난 하늘은 파랗기 그지없다. 이따금 녹원에 서식하는 뭇새들이 날아와 목청껏 지저귀다가 날아가곤 할 뿐, 이 엄청난 법회를 기념할 만한 일은 따로 일어나지 않았다.

073  《반야경》과 이 《금강경》 등 공에 대해 설법한 것이다.

07
—
시작했으나 시작하지 않았다

붓다는 잠시 아나파나 삼매에 들었다. 바깥에서 아나파나를 하는 5백 아라한의 '생각의 흐름'에 맞춰 흘러야 한다. 생각의 폭포, 생각의 물줄기를 이뤄야 한다. 5백 명의 삼매가 하나처럼 공명(共鳴)이 되고 동기화돼야 한다.

붓다의 특명을 받은 수부티도 더욱 마음을 가다듬기 위하여 역시 아나파나 삼매에 들었다.

그런 사이 칠엽굴 밖 핍팔라 잎들은 바람에 살랑거리고, 텃새들이 굴로 들어왔다가 나가곤 했다.

붓다는 오래지 않아 눈을 뜨고 손뼉을 쳐서 존자들더러 삼매에서 나오라는 신호를 보냈다.

존자들이 하나둘 눈을 뜨자 붓다는 가만히 파란 빛으로 눈이 부신 칠엽굴 밖 먼 하늘과 들판을 내려다보았다.

수부티가 자리에서 일어나 붓다를 향해 절을 올렸다. 그런 다음 오른쪽 어깨로 늘어진 가사를 접어올리고 오른쪽 무릎을 내밀면서 꿇어 앉았다.

마침내 수부티의 입이 열렸다.

"바가바트시여, 바가바트께서는 오늘 크나큰 비밀 유산을 저희들에게 물려주신다고 말씀하셨습니다. 저희들은 지금 떨리는 마음으로 눈을 크게 뜨고 귀를 열었습니다. 바가바트께서 저희들에게 주신다는 그 보물이 무엇인지, 마치 시장에 다녀오시는 어머니 아버지가 메고 계신 커다란 배낭에 무엇이 들어있을까 궁금하여 마당으로 뛰어나가는 어린아이들처럼 애가 탑니다. 금강경이라는 이름의 그 보물을 어서 보고 싶습니다.

그 보물을 잘 받아 간직하려면 저희는 마음을 어떻게 갖춰야 하는지 말씀해 주십시오."

붓다는 빙그레 웃으면서 수부티의 질문에 고개를 끄덕였다.

"그 질문이 참으로 요긴하구나. 나는 오래전부터 여러분에게 줄 보물을 마련해 놓았다. 여기 있는 아라한들은 받을 준비가 다 되어 있지만, 칠엽굴 밖에는 아직 그 보물을 받아지닐 준비가 덜 된 비구들이 많이 있을 것이라. 또한 병이 들거나 너무 먼 나라에 살거나, 또는 아직 미혹에 빠져 외도의 사술에 사로잡혀 있는 등 가지가지 이유로 인연이 무르익지 않은 사람들, 그리고 아직 세상에 태어나지 못하여 역시 이 자리에 참석하지 못한 후세의 생명들을 위하여 먼저 마음의 준비를 어떻게 해야 하는지 말하리라."

"고맙습니다, 바가바트시여. 어서 말씀해 주십시오. 과거 현재 미래의 모든 중생이 귀를 기울이고 있나이다. 죽은 자도, 살아 있는 자도, 태어날 자도."

"존자들은 자세히 들으시오. 내가 수부티의 물음에 대답하리다. 내가 여러분에게 내릴 보물은 바로 아뇩다라삼먁삼보리[074], 곧 완전하며, 한 터럭만큼의 모자람도 없는 절대불변의 지혜를 가리키는 반야입니다. 존자들께서 이 반야[075]를 상속받기 위해서는 다음과 같은 생활 태도와 다음과 같은 마음을 지녀야 합니다.

우리는 알에서 나오는 새나 뱀이든, 태(胎)로 태어나는 인간이나 소

---

074    산스크리트어 Anuttarā-Samyak-Saṃbodhi, 팔리어 Anuttarā-Sammāsambodhi.

075    산스크리트어 프라즈냐(prajñā) 또는 팔리어 빤냐(paññā).

나 말이나 쥐든, 또는 모기, 귀뚜라미, 심지어 귀신까지 그 생김에 관계없이 모든 생명을 열반의 세계로 이끌어야만 합니다. 그리하여 남김없이 강 건너 저 언덕, 반야의 세상으로 무사히 건너게 해줘야 합니다. 이같이 수많은 생명생명들을 다 건너게 하되 진실로 어떤 생명 하나라도 내가 구제해 주었다는 생각은 하지 말아야 합니다.

왜냐하면, 수부티여!

깨달음을 구하려는 사람이 아상(我相)과 인상(人相)과 중생상(衆生相)과 수자상(壽者相)[076]이 있으면 반야를 볼 수도, 깨달을 수도 없기 때문이라. 반야는 여기도 있고 저기도 있고 앞에도 있고 뒤에도 있지만 상이 있는 사람은 끝내 보지 못하리라. 상은 눈동자를 덮는 혼탁한 찌꺼기다."

"바가바트시여! 마침내 제 질문에 정확하고 분명한 답을 주셨습니다. 지금 바가바트께서는, 저희들에게 내리실 보물의 명칭은 아눅다라삼먁삼보리이며, 줄여서 반야이며, 이 반야라는 큰 보물을 상속받기

---

076　아상(我相). 나라는 존재는 영원불멸이라고 생각하는 마음. 붓다는 나라는 고유한 개체는 없다고 말한다. atman. 현대뇌과학은 '나'는 '나의 기억'이라고 본다.
　　　인상(人相). 사람이라는 존재에 대한 마음. 그러나 붓다는 윤회환생의 주체가 되는 영혼, 살든 죽든 존재하는 그런 건 없다고 말한다. pudgala.
　　　중생상(衆生相). 존재하는 모든 것에 대한 마음. 붓다는, 눈에 보이는 여러 중생도 사실은 존재하지 않는 것이라고 말한다. sattva.
　　　수자상(壽者相). 자이나교에서는 순수영혼에 붙은 카르마(業)를 지우면 해탈하고, 열반한다고 말하지만, 붓다는 그런 것조차 없다고 말한다. jiva.
　　　상(相). samjna. 생각, 견해라는 뜻이다. 해마(hippocampus)는 좌우 2개의 변연계 뇌다. 이 뇌는 시간과 공간을 각각 나누어 기억하는데, 시간 기억과 공간 기억이 만나 상(相)을 만들고, 이 상을 기억한다. 이 기억은 더 큰 상을 지어나간다. 알츠하이머 환자의 경우 최근의 상부터 차례로 지워나간다. 4상을 말할 때에는 중증 알츠하이머 환자를 상상하면 된다. 기억이 다 지워진 사람에게는 4상이 없다.

위해서는 먼저 네 가지 상을 버리라고 하셨습니다.

먼저 아상(我相)이라 함은, '나'라는 것이 고정불변의 존재이며 어떤 실체가 있는 것으로 착각하는 마음입니다. 그러므로 이 아상을 가지고 있으면 세상의 모든 이치를 상에 따라 멋대로 해석하고, 무엇을 해도 상(相) 그대로 고집하게 됩니다. 바가바트께서는 그림자나 메아리로 지은 기억의 집은 본디 가짜집이니 기둥을 뽑고 서까래를 끌어내려 이 가짜집을 때려부수라 말씀하셨습니다. 이 가짜집에는 창문이 없어 바깥세상을 바르게 내다볼 수 없고, 벽이 두터워 바깥세상의 바른 소리가 들리지 않고, 바른 빛이 보이지 않는다고 하셨습니다. 그러니 이 가짜집을 부숴 밖으로 빠져나오지 않고는 거짓을 보고 들으며 잘못된 생각에 빠지게 되는 것입니다.[077]

인상(人相)이라 함은, 우리는 인간이니까 어찌 개나 돼지나 오리와 같겠느냐 하면서 인간으로 난 것을 두고 만물의 영장(靈長)이라는 엉뚱한 집착에 빠져 있는 것입니다. 뿐만 아니라 나는 바라문이다, 나는 크샤트리아다, 나는 바이샤다, 나는 수드라다, 이런 분별이 있어서는 안 된다고 말씀하셨습니다. 하물며 소나 말이나 호랑이나 코끼리나 서로 다른 생명이 아니라 한 송이 꽃처럼 같은 존재, 한 존재라고 말씀하셨습니다. 붓다께서는 전생에 찌르레기였으며, 사슴이었으며, 코끼리였다고 말씀하시면서 인상은 거품처럼 꺼지고 번갯불처럼 금세 사라지는 것이니 어서 버리라고 하셨습니다.

---

077  이런 극적인 상태가 Autism, Asperger syndrome, servant로 나타나기도 한다. 이해를 돕기 위한 비유다.

중생상(衆生相)이라 함은, 열흘 피는 꽃 없다느니 인간은 브라흐마나 비슈뉴나 시바신의 종이라느니 하면서 지나치게 무상을 강조하여 스스로 깎아내리고 하찮게 여겨 힘센 권력자나 천신이나 귀신에게 머리를 숙이며 종질을 하는 것입니다. 인간은 신의 종이니 신에게 굴종하며 희생을 잡아 피를 뽑아 바치고 제물을 차려 올리면서 기도하고 소원하는 존재가 되어서는 안 된다, 생명은 누구나 다 존귀하니 하늘 위 하늘 아래 가장 존귀하다고 저희를 가르치셨습니다.

수자상(壽者相)이라 함은, 태어날 때부터 이렇게 살도록 되어 있다느니 운명이 그러하니 할 수 없다느니, 죽지 않는 불사약이 있다면 그 약을 먹어서라도 살아보겠다는 욕심을 갖는 것 등입니다. 운명이란 따로 정해져 있는 것이 아니라 인연을 짓는 대로 일어나고, 인연대로 뒤따르니 오로지 선업을 쌓고 공덕을 지어 공부 인연부터 지으라고 말씀하셨습니다.

바가바트께서는 바로 이 네 가지 잘못된 상(四相)을 없애야만 보물인 아뇩다라삼먁삼보리 즉 반야를 상속받을 수 있다고 말씀하셨습니다."

수부티의 차례가 끝나자 아난다가 잠시 손을 들어 여쭐 말씀이 있음을 알렸다.

"지금 여쭙지 않으면 기회가 없을 것 같아 미련한 질문을 드립니다. 바가바트시여, 내가 없으면 여기 있는 저는 누구라고 하리까?"

마하카사파 존자가 빙그레 웃으면서, 붓다가 뭐라고 대답하실지 궁금하다는 듯 눈길을 돌려 아난다의 얼굴을 들여다보았다.

붓다는 조금도 귀찮아하지 않고 기쁘게 대답했다.

"왕사성 라자그리하에 큰 잔치가 열리는 날이면 호랑이탈이나 사자탈이나 원숭이탈을 쓴 유랑극단이 찾아와 거리에서 춤을 춘다. 호랑이탈을 쓴 이를 보고 아이들은 호랑이라며 무서워하지만, 실제로는 호랑이가 아니잖는가.”

“물론 그러합니다.”

“아난다여, 너는 지금 아난다의 탈을 쓰고 있단다. 너는 아난다가 아니라고 나는 말하고 싶구나.”

“저는 바가바트의 사촌 동생인 아난다가 틀림없습니다. 어찌 아난다가 아니라고 말씀하십니까?”

“아난다여, 왕사성 라자그리하에 시리마라는 곱고 아름다운 창녀가 있었다. 부자들은 시리마를 안아보려고 다투어 몰려들어 백금 천금을 아끼지 않았다. 너 아난다도 시리마를 좋아한 적이 있잖느냐?”

“아이, 저야 프라크리티하고만 잠시 잠깐 흔들림이 있었지 시리마하고는 아무 관계 없습니다. 뭐 얼굴을 보기는 했습니다만, 시리마가 예쁘긴 했지요.”

“아난다여, 비유를 하는 것 뿐이니 네 안의 가짜집에 숨어 사는 고약한 짐승이 깨어나지 않도록 특별히 애쓰라는 뜻이다.”

“바가바트시여, 저 이미 나이가 마흔세 살이나 됐습니다. 정신 못 차리던 청년이 아닙니다. 이제 바가바트의 말씀을 잘 알아듣고 여인들쯤은 거들떠보지도 않습니다.”

“오, 아난다가 여인에 대해 아주 졸업했다니 그거 참 사두 사두 사두로다.

그러니 이해가 더 잘 될 것이다. 내 말은, 네가 혼이 빠진 적 있는 프라크리티보다 더 예쁘고 더 아름다운 시리마가 그만 어느 날 턱 죽어버렸다는 것이다.

그때 내가 빔비사라왕에게 이르기를 '시리마를 사갈 사람을 모집한다'는 방을 내걸어 보라고 부탁했다. 아난다만이 아니라, 비구로 출가한 뒤 여인들에게 미혹당하여 흰 옷[078]으로 갈아입은 채 몰래 집으로 돌아가는 이들이 더러 있었기 때문에 한번 더 강조할 필요가 있기 때문이었다.

왕은 그렇게 했다. 인기가 하늘을 찌르던 시리마이고, 시리마를 한번 품기 위해 돈자루를 메고 온 사내들이 그 집 앞에 산을 이루고 숲을 이루며 침을 흘렸으니 그럴 만도 한 것 아니더냐. 하지만 죽은 시리마의 몸을 사겠다는 사람은 단 한 명도 나타나지 않았다. 나중에는 거저 가져가라고 해도 쳐다보는 사람이 없었다. 생전의 시리마에게 몰려들던 그 많은 사내들은 어째서 그 몸을 거저 가져가라는데도 손사래를 쳤을까? 그 몸은 시리마가 아니란 말인가? 그러면 그들이 좋아하던 시리마는 누구란 말인가?"

"시리마는 죽었습니다. 몸뚱이는 그저 머물던 집에 불과한 거지요. 몸은 껍데기입니다."

"아난다여, 그러면 그 가짜집을 보고 좋아하는 건 잘못이었구나. 그러면 시리마는 지금 어디 있느냐?"

"가짜집인 몸뚱이에서 빠져 나갔습니다."

"그러면 시리마는 아주 사라진 것이냐?"

---

078    출가 비구가 수행을 그만두고 집으로 돌아가는 것을 '흰옷을 입는다'고 표현한다. 우리말은 환속(還俗) 또는 퇴속(退俗)이다.

"그렇지요."

"사내들이 침흘리던 시리마는 대체 누구란 말이냐? 그냥 몸뚱아리였느냐?"

"모르겠습니다."

"아난다여, 호랑이탈을 쓴 배우가 그 탈을 벗는 순간 누구도 그 탈을 가리켜 호랑이라고 생각하지 않는다. 시리마가 그 몸을 떠나는 순간 아무도 그 몸이 시리마라고 생각하지 않는다."

"그럼 시리마는 어디 갔습니까?"

"아난다여, 시리마는 가지도 않고 오지도 않는다. 네가 아는 시리마는 원래 없다. 과거에도 없고 현재에도 없고 미래에도 없다. 그냥 시리마라는 상이 너의 가짜집 창문에 잠시 무지개처럼 신기루처럼 나타났다 사라졌을 뿐이다."

존자들은 다들 머리를 끄덕였다.

하지만 아난다는 이해를 하지 못하고 또 물었다.

"오, 바가바트시여, 그렇게 말씀하시니 잘 이해가 되지 않습니다. 제가 몸을 만져본 프라크리티는 지금도 비구니 교단에서 뭇 비구니들의 존경을 받으며 수행 중입니다. 프라크리티는 여전히 존재합니다."

"아난다여, 그때의 프라크리티와 지금의 프라크리티는 같은 사람이라고 할 수 있느냐?"

"뭐, 그건 아닙니다. 지금이야 너무 늙었지요."

"아난다여, 너는 기억이 나지 않겠지만 내가 태자로 있다가 출가하던 해 너는 이 세상에 태어나지도 않았다. 그러다가 내가 반야를 깨우치던 해, 너는 이 세상에 태어났다. 내가 너를 처음 본 게 네 나이 일곱 살 때다. 재잘재잘 말도 잘하고, 재롱도 잘 부렸지. 자, 그러면 그때의 아난다와 지금 내 앞의 이 마흔세 살, 슬슬 늙어가기 시작하는 이 아난다는 같은 사람이냐, 다른 사람이냐?"

"바가바트시여, 다른 사람이나 마찬가지입니다. 제 몸을 이루고 있는 물질은 벌써 여러 번 바뀌었습니다."

"아난다여, 왕사성 밖 칼리야 마을에는 올해 일흔 살이 갓 넘은 노망난 노인이 산다. 그분은 자기 이름도 모르고, 집도 모르고, 아내도 모르고, 자식도 모른다. 내가 그 집에 탁발 가보니 그는 나를 전혀 모르고 있었다. 사실 그는 우리 교단에 출가했다가 흰옷으로 갈아입고 고향으로 돌아간 사람이라서 나를 모를 수가 없는데, 그는 마치 나를 처음 보는 사람처럼 대하더라.

그 노인은 아침마다 일어나 자기 집을 가리켜 여기는 뉘 집이며, 아내와 자식들을 가리켜 당신들은 누구냐고 묻는다. 여기는 당신 집이고, 우리는 당신의 아내와 자식이라고 말하면, 그는 거짓말이라며 '어서 내 집으로 데려다 달라, 내 아내와 내 자식을 찾아달라'고 마구 화를 낸다. 자식들이 울면서 호소해도 노인은 사기꾼들이 몰래 짜고 자기를 속인다고 울부짖는다. 아난다여, 이 사람은 누구냐?"

"바가바트시여, 아무래도 저는 대답할 자격이 없는 것 같습니다."

"달리 묻는다. 너 아난다는 언제부터 아난다이고, 언제까지 아난다일 것 같으냐?"

"예?"

"아난다여, 너와 나의 할아버지는 같은 분이다. 만약 할아버지 심하하누왕[079]께서 지금 이 자리에 나타나 너를 보신다면 너를 가리켜 '네가 내 손자 아난다구나.'라고 알아보시겠느냐?"

"제가 태어나기도 전에 할아버지가 돌아가셨다니 저를 알아볼 리가 없습니다."

"그럼 지금의 이 아난다는 할아버지가 살아계실 때 어디 있었단 말이냐?"

"바가바트시여, 모르겠습니다."

"이 아난다도 저 아난다도, 태어나기 전의 아난다도 사실은 다 가짜다. 실로 아난다란 존재는 없는 것이다. 어려서부터 하나 둘 모래탑처럼 높이 쌓아놓은 아난다라는 기억이 있을 뿐이다. 그 아난다란 기억은 언제라도 지워질 수 있는 무상한 것이다."

아난다는 눈을 멀뚱거리며 고개를 흔들더니 다시 질문을 올렸다.

"바가바트시여, 미련한 질문을 하나 올리고자 합니다. 만일 그 아름답던 시리마를 보고도 저 육신은 곧 썩어문드러질 송장이니 건드리지 말자, 욕심내지 말자 이렇게 생각해야 한다면, 도대체 우리가 공양받아 먹는 과일과 무엇이 다른지요? 과일을 두면 며칠이 안가 곰팡이가 피며 썩어갑니다. 곧 썩어없어질 음식을 우리는 왜 먹어야 합니까?"

"아난다여, 그런 질문은 너 스스로 하고 너 스스로 답하면 안 되겠느냐? 아난다는 참으로 공덕이 많은 비구라. 붓다더러 아무 질문이나 할 수 있고, 낮에 누굴 만나 무슨 법을 설했느냐 따져 물을 수 있고, 내가 손가락을 까딱만 해도 무슨 뜻이냐 물어볼 수 있다. 아난다

079    슛도다나왕의 부왕. 고타마와 아난다의 할아버지다.

는 전생 여러 번에 걸쳐 내게 끼친 수고가 있어 내 사촌 동생으로 태어나고도 이런 자격을 갖고 있는 것이라. 다만 붓다와 너무 가까이 있으니 도리어 아라한이 되는데 지장이 있는 것이니 이를 늘 경계해야 한다. 남들은 네 가지 상(相)만 지우면 되는데 너는, 붓다는 내 형이다, 이런 상까지 가지고 있으니 아난다는 반드시 이 상까지 지워야만 한다. 라훌라는, 붓다는 내 아버지다, 이런 상(相)을 갖고 있었기 때문에 그 상을 깨부수기 위해 내가 일부러 사리풋타 존자에게 맡겨 잠자리가 없어 화장실에서 자고, 배고파도 참게 하였던 것이다. 하지만 나는 전생에 너의 수고를 입었으니 그 인과응보를 물리치지 않아 오늘에 이르고 보니 너에게 좋은 것도 있으나 더디 깨우치는 나쁜 인연으로도 작용하는구나. 이 점은 매우 안타깝다.

다시 말한다. 내가 비구들더러 아름다운 여인을 보고 탐심을 내지 말라고 이르며, 아난다 네가 프라크리티에 빠져 가사를 벗어버리고 도망가려 할 때 내가 뒤쫓아가 너를 빼내 온 것은, 바람둥이 사내가 이 여자를 취하고 저 여자를 취하는 마음과 너의 그때 마음은 서로 다르기 때문이다. 바람둥이는 어떤 여자와 하룻밤을 지내도 곧 잊을 수 있지만 우리 비구들이 어떤 여자와 하룻밤을 지내면 이튿날 곧바로 가사를 벗어던지고 흰 옷으로 갈아입더라. 이것은 참버섯을 먹으면 기운이 나지만 독버섯을 먹으면 죽는 것과 같다.

도둑이 백 번 천 번 도둑질해도 비구가 곡식 한 톨을 훔친 죄가 더 무겁고, 앙굴리마라[080]가 사람 천 명을 죽인 것보다 비구가 단 한 사람을 눈 흘긴 죄가 더 무겁다.

한 비구가 있어 눈병이 났다. 파드마꽃 향기를 눈에 쐬면 좋다 하여 못으로 가 꽃향기로 눈을 씻었다. 그런데 연못을 지키던 천신이 나타나 몽둥이를 휘두르며 벼락같이 소리를 질렀다. 꽃향기를 훔치는 도둑놈아! 비구는 깜짝 놀라 '나는 꽃을 꺾지도 않고, 잎을 따지도 않고 오직 향기만 좀 맡았을 뿐인데 내가 왜 도둑이냐'고 따졌다. 그러자 천신은 '주인이 주지 않은 꽃향기를 네 마음대로 맡았으니 도둑질 아니고 무엇이냐?'고 따졌다. 그때 한 수드라가 파드마꽃을 뿌리째 뽑아 수레에 한 가득 싣더니 콧노래를 부르며 지나갔다. 그러도록 천신은 이 비구만 야단쳤다. 비구는 화가 나서 '아니, 저 수드라는 연꽃을 뿌리째 뽑아 수레 가득 실어가도 내버려두면서 그까짓 향기 좀 맡은 내게는 왜 이리 모질게 구나.' 하고 따졌다. 천신이 말하기를 검은 옷 입은 사람에게 검댕이가 좀 묻은들 무슨 표가 나랴. 비구여, 그대가 비록 먹으로 점을 찍듯 작은 도둑질을 하였지만 그 마음은 오랜 수행으로 새하얀 옷감처럼 맑고 밝으니 저 멀리서도 그 점이 눈에 띈다. 흰 비단은 본디 파리 한 마리만 앉아도 사람들 눈에 띄는 법, 붓다를 따라 반야를 구하는 그대 비구여, 터럭만한 잘못이라도 수미산같이 여겨야 하리라. 그제야 비구가 알아듣고 '부디 나를 위해 자주 가르침을 주시오.' 하고 인사했다. 그러자 천신은 '나는 당신의 종이 아니요, 친

---

080    Aṅgulimāla. 코살라국 사람으로 사람 100명을 죽이면 큰 깨달음을 얻는다는 나쁜 스승의 가르침 때문에 살인을 일삼던 사람인데, 나중에 붓다를 만나 살인을 멈추고 제자가 되었다.

구도 아닌데 왜 나더러 자주 가르쳐달라고 하는가? 나는 단지 비구의 허물을 경계한 것이니 이제부터는 스스로 알아야만 할 것이다.' 하고 는 떠나갔다.

아난다여, 과일을 먹으면서 이 과일은 곧 썩어없어질 텐데 뭐하러 먹을까, 이런 생각을 하는 사람은 없다. 마음이 일어난 흔적 없이 그냥 먹는다. 그러면 마음이 일어난 자국이 없으니 인과응보의 법칙도 다가 오지 않는다. 그러나 열흘 굶은 거지가 있어 어린애 손에 들린 사과를 본다면 탐심이 크게 일어 '사과를 빼앗아 먹어라!' 하는 탐진치 속 괴 물의 외침이 마치 천둥소리처럼 들리고 두 손은 벼락이 내리치듯 뻗어 나가 냉큼 그 사과를 훔칠 것이다.

아난다여, 같은 일이라고 같은 인과응보가 있다고 말하지 말라. 나 는 늘 말했다. 마음이 지나가는 자국이 없으면 인과응보가 일어나지 않는다고. 네가 정녕 프라크리티와 잠을 자고도 마음이 흔들리지 않 는다면야 무슨 인과응보가 있으랴. 물론 네가 수행을 많이 하여 아무 런 마음이 일어나지 않고 아무 자국이 없다 해도, 프라크리티의 가짜 집에서는 춤추고 북 치는 잔치가 열릴 것이니, 네가 비록 아라한이 되 더라도 언젠가는 프라크리티의 인연 그물에 걸려 반드시 그 과보를 치 러야 할 것이다. 이런 이치로 내가 굳이 프라크리티를 찾아 헤매는 너 를 잡으러 다닌 것이니 이 형을 원망하지 말라. 그것 또한 나의 업이었 느니라."

아난다는 깊이 머리 숙이며 합장하여 붓다에게 감사를 표시했다.

붓다는 긴 한숨을 내쉬더니, 이번에는 머리를 돌려 수부티를 바라 보며 물었다.

"이번에는 수부티 존자에게 묻는다. 오늘은 의심이 있으면 뭐든 묻고 뭐든 설명하지만, 중생은 마음이 급해 묻지도 듣지도 않고, 자기가 지은 가짜집으로 얼른 숨어버린다. 칼리야 마을의 그 노망난 노인 역시 남의 말을 듣지 않는다. 화를 내면서 자기 말만 한다. 그러니 어리석은 사람을 말로 가르치고 말로 배우라고 요구하는 것은 실로 불가능한 일이라.

내가 평생 수많은 말을 하여, 너희는 내가 팔만 가지 경을 말했다고 하는데, 좋다. 후대의 누가 있어 마치 기억력이 비상한 내 아우 아난다처럼 팔만대장경을 줄줄줄 물이 흐르듯 다 외운다면 그 사람이 곧 나와 같은 붓다일까?"

수부티가 고개를 저으며 대답했다.

"바가바트시여, 아닙니다. 팔만대장경을 다 외우는 아난다는 붓다가 아니고, 아라한도 아니듯이 그런 사람이 있다고 해도 역시 붓다라고도 아라한이라고도 말할 수 없습니다. 왜냐하면 언어나 문자로는 절대불변의 지혜, 위없는 지혜, 완전한 지혜인 반야에 이를 수가 없기 때문입니다."

"수부티여, 왜 그러한가?"

"바가바트시여, 우리가 눈으로 보는 것이라도 사실 있는 그대로의 형상이 아니며, 귀로 듣는다 해도 사실 있는 그대로의 소리가 아니며, 냄새로 맡는 것 역시 있는 그대로의 냄새가 아니며, 손으로 느끼는 것도 있는 그대로의 감각이 아니기 때문입니다. 눈 감고 자는 아이들이 마치 꿈을 꾸면서 소리 지르고 팔을 젓고 발을 구르는 것과 같습니다."

"수부티여, 그대의 설명이 알맞구나. 가짜를 보려면 눈으로 바라봐야 하지만 진짜를 보려면 눈을 감아야 한다. 가짜를 들으려면 귀로 들어야 하지만 진짜를 들으려면 귀를 닫아야 한다. 내가 오늘 이 자리 칠엽굴에 단지 여러분만 부른 것은, 내가 본 것을 다 말하고, 들은 것을 다 말한다면 저 천이백 비구들 중에서는 눈이 멀거나 벙어리가 될 사람들이 생겨날 것이다. 거짓이 무섭다고 하나 진실이 훨씬 더 무섭다. 진실은 무섭고도 더 무서우니, 너무나 무서워 차마 말할 수 없는 게 한두 가지가 아니다. 내가 평생 동안 참아가며 말하지 않거나 에두르거나 빙 돌려 말한 것이 얼마나 많은지, 나는 그것을 말로써 차마 풀지 못하고 여러분이 하늘눈(天眼)으로 직접 보기를 원하고, 기다린다. 그리하여 사리풋타와 목갈라나가 보고, 이제 두 존자는 열반에 들겠다고 하시는 것이다. 수부티도 공(空)을 보았으니 기원정사에 앉아 유유자적하면서 이제나 저제나 열반을 꿈꾸고 있었다. 아, 진실을 안다는 것은, 반야를 안다는 것은, 사바가 가짜집인 줄 알고도 살아가는 아라한으로서는 매우 슬픈 일이요, 중생으로서도 매우 아픈 일이다.

아난다여, 너는 언제고 이 형의 말이 무슨 뜻인지 알게 될 날이 있을 것이다. 그러나 이 자리에서 무슨 비유를 들고 상징을 보이고 게송을 읊어주어도 너는 반야의 깊은 맛을 보지 못한다. 말할 수도 없고 들을 수 없으니, 그래서 불립문자(不立文字)라고 한다."

아난다가 다시 물었다.

"바가바트시여, 그렇다면 저는 나도 아니고, 사람도 아니고, 중생도 아니고, 영원한 것도 아니라면 굳이 무엇을 깨달으리까?"

"사랑하는 내 사촌 동생 아난다여. 네가 형을 따라 출가한 지 수십 년이 되었지만 아직도 업식(業識)의 소용돌이에서 벗어나지 못하고, 머릿속의 가짜집을 부수지 못하고, 그 가짜집에서 뛰쳐나오지도 못하는 것은 진실로 이 형을 믿지 못한 때문이다. 내가 말하였잖느냐. 그저 들숨날숨을 하나, 두울, 세엣 하며 열까지 세기를 반복하면 언젠가는 너도 붓다가 될 수 있다고 분명히 말했다. 두 번 말하고, 열 번 말하고, 백 번을 말하고, 천 번을 말하고, 새 출가자들에게 말할 때마다 너는 옆에서 듣고 또 듣고 또 들었다. 하지만 너는 형의 말을 믿지 않고 아나파나를 게을리하여, 쭈그려 앉아 숨이나 세면 저절로 깨닫는다니, 그렇다면 바이바라산 칠엽굴 바윗돌까지 다 깨달아 붓다가 된단 말인가, 이러면서 의심을 놓지 않았다. 너는 그렇게 늘 의심했다.”

“바가바트시여, 저는 바가바트의 말씀을 열심히 들으면 언젠가는 깨우칠 줄 알았습니다. 하지만 들으면 들을수록 헷갈리고, 많이 들을수록 더 어지럽습니다. 그때마다 의심이 달라붙었습니다.”

“아난다여, 아나파나를 하기가 그토록 어렵더냐?”

“바가바트시여, 어렵습니다. 다리가 저리고 머리에 불이 난 듯 번뇌가 들끓어 오래 앉아 있기가 힘듭니다. 차라리 바가바트의 말씀을 외우는 게 편합니다.”

“아난다여, 앞서 나는 출라판타카 이야기를 들려주었다. 그는 경을 들어도 무슨 말인지 외우질 못하고, 알아듣지 못해서 죽림정사나 기원장사에서 빗자루를 잡고 도량 청소를 하던 사람이었잖느냐. 출라판타카의 형 마하판타카는 총명하여 일찍이 아라한이 되었지만, 웬일인지 형제인데도 출라판타카는 그러지 못했다. 형 마하판타카가 아무리 애써도 나아지지 않았다.

하지만 우리 모두 알다시피 그는 빗질을 할 때마다 아나파나를 하여 마침내 아라한이 되었다. 붓다인 내게 가까이 다가오지도 못하면서, 오직 절마당에서 빗자루질하던 출라판타카는 아라한이 되고, 어째서 왕족이면서, 사랑하는 나의 사촌 동생이면서, 늘 내 설법을 들으면서, 내가 나무 그늘에 앉아 아나파나 사티를 할 때 넌 늘 내 곁에 있었지만, 막상 너는 아나파나 사티를 하지 않았다. 시자니까 나를 지킨다고, 혹시라도 심부름을 시킬까봐 대기하느라고, 손님이 오나 살피려고, 갖은 이유로 너는 내가 삼매에 든 순간에도 사방을 두리번거릴 뿐이었다. 너는 왜 아직도 가짜집 가짜세상에 갇혀 혼돈에 빠져 있느냐? 네 머릿속에 숨어 있는 귀신에게 복종하여 욕망을 떨구지 못하고, 분노와 두려움을 끝내 내려놓지 못한단 말인가. 그 욕망, 분노, 두려움, 사실은 정글 속의 맹수들이 갖고 있는 그것과 무엇이 다르지? 네가 정녕 반야를 구하는 비구 맞느냐!"

"용서해주소서, 바가바트시여."

"아난다여, 내게 용서를 청할 것이 아니라 정작 네 머릿속 귀신에게 속박되어 있는 너 자신에게 용서를 빌어라. 아상, 인상, 중생상, 수자상이라는 망상과 환영을 지어내 너를 종으로 삼는 그 머릿속 괴물에게서 탈출한다면 너는 그 즉시 붓다가 되리라."

붓다가 한숨을 쉬자 아난다는 눈물을 주르르 흘렸다.

"여러 존자님들이시여, 저 아난다는 어서 깨우치고 싶습니다. 제 질문이 어리석다 나무라지 마시옵고 좀 더 들어주소서. 바가바트시여, 제가 머리는 좋은데 진득하지 못하여 아나파나를 꾸준히 하지 못합니다. 바가바트가 선정에 드실 때 잠시잠깐 앉아보지만 금세 머리에서 불이 나 견딜 수가 없습니다. 이처럼 게으름을 부리는 것은 아마도 전생 공덕이 없어 그런 듯하옵니다. 저는 이대로 깨우치지 못한 채 경만 외우다가 바가바트께서 훌쩍 열반에 드실까봐 정말 겁이 납니다. 바가바트를 만나고도 반야를 깨우치지 못하고, 그 바가바트가 내 사촌형인데도 반야를 깨우치지 못하고, 심지어 시자로서 늘 붙어 있으면서도 반야를 깨우치지 못한다면 누가 저를 인정하리까. 차라리 저도 바가바트를 따라 죽는 게 낫다고 생각합니다."

아난다가 울면서 붓다에게 호소했다.

붓다는, 통증을 참느라 눈을 찡그리고 있는 목갈라나 존자를 지긋이 바라보면서 아난다에게 대답했다.

"수부티는 내 말을 잘 들었다가 암송용 금강경에 이 말을 꼭 넣어주기 바란다. 내가 늘 아난다에게 말하기를, 공부 인연이 부족하다면, 스스로 공덕이 부족하다고 느낀다면 자비심을 더 많이 가지라고 일렀다. 네 안의 욕망을 불사르고, 분노와 두려움을 깨부수라고 말했다. 네가 만일 네 안에서 일어나는 욕망을 끄기 어렵다면 업식(業識)이 두터운 것이니, 분노와 두려움을 떨치기 어렵다면 네 업식이 두터운 것이니 때때로 억지로라도 보시를 하라고 얼마나 많이 말했더냐. 보시하라, 자비하라, 보시하라, 자비하라, 내 입술이 닳도록 말했다. 내가 중생들에게 자비경을 널리 들려주라고 거듭 권하는 것은 자비 공덕은 이 세상 그 무엇보다 더 크기 때문이다. 보시도 자비가 있어야 이뤄지니 실로 자비로부터 모든 인연 공덕이 무르익고, 가지에서 꽃이 피고 열매가 맺히듯 공부 인연도 잇따라 열리는 것이다."

아난다가 얼른 대답했다.

"바가바트시여, 열심히 외우고 전하는 중입니다. 사람들에게 만 번도 더 외워주었을 것입니다."

"아난다여, 그래서 이 형이 슬프단다. 자비경을 만 번이나 외웠는데 너는 어째 아라한이 되지 못하느냐? 내 말을 입으로만 외지 말고 혓바닥으로만 굴리지 말고, 머릿속에 새겨주면 안 되겠느냐? 네 손가락으로 읽거나 네 발가락으로 읽으면 안 되겠느냐? 실천 없이 혓바닥만 굴린들 그게 무슨 공덕이 되겠느냐.

입으로 외우는 자비경은 천번 만번 백만번을 외워도 아무런 공덕이 없다. 남에게 들려준다면 그 사람 덕분에 법을 전하는 공덕이라도 있지 앵무새처럼 혼자 외운들 쓸 데라곤 하나도 없구나. 자비경이 네 머릿속을 골고루 빗질하여 무명을 떨어내고 불빛을 밝혀야 하는데 말마다 뜻마다 혓바닥으로 미끄러져 떨어지니 무슨 공덕이 남는단 말이냐.

아난다여, 자비경을 읽고 외우는 것보다 자비심을 한번 내느니만 못한 것이다. 수부티는 잘 들어라. 앞으로 이 금강경이 혹시 새어나가면, 무지한 사람들은 이렇게 말할 것이다. 금강경을 백 번 외우면 재액이 소멸되고, 천 번 읽으면 소원이 이뤄지고, 만 번 읽으면 깨달아 붓다가 될 것이라고. 하지만 거짓말이다. 그럴 거였으면 아난다는 옛날에 붓다가 되었다. 자비 없이는 공덕 없고, 공덕 없이는 공부 인연도 없다. 찬찬히 들어보라. 나는 자비경에서 이렇게 말했다."

붓다는 자비경의 핵심을 천천히 외웠다.


**살아 있는 생명이면 어떤 것이건 하나도 빠짐없이**
**약하거나 강하거나, 크거나 작거나, 길거나 짧거나, 가늘거나**
**두텁거나, 볼 수 있든 볼 수 없든, 가까이 있든 멀리 있든, 태어난**

것이든 태어날 것이든
이 세상 모든 존재여, 평화롭고 행복하라!

어느 누구든 크든 작든 속이지 아니하고
누군가 진실을 감추거나 덮거든 오히려 햇불을 켜 쳐들고
어디서든 언제든 진실을 쥐고 지키는 사람을 업신여기지 말라.
누군가 욕망의 종이 되어 정의와 양심을 등진 채 죄를 짓더라도
원한과 미움은 하늘에 던지고
다만 그들이 번뇌와 악업에서 벗어나기를 기도하라!

위로는 높은 곳의 높은 곳까지, 아래로는 낮은 곳의 낮은 곳까지,
옆으로는 먼 곳의 먼 곳까지, 미움과 원망과 분노를 남김없이
떨쳐버리고
멈추지 않고 그치지 않는 자비를 널리 펼쳐라.

서거나 걷거나 앉거나 눕거나 깨어 있는 동안
언제 어디서나 보시하고 보시를 준비하라.

자비경을 짧게 외우고 난 붓다는 아난다에게 다가가 오른손으로
앞머리를 세 번 두드리며 말했다.

"아난다여, 내가 왜 자비심을 이토록 자주 말하고, 힘주어 말하는
지 그 이유를 네가 정녕 모르는 것 같구나. 알아듣든 못알아듣든 나
는 말한다. 일단 외워두었다가 시간날 때마다 되새김질하면 언젠가는

통하리라. 모든 상(相)은 거짓이라고 나는 늘 말했다. 이 삼천대천은 신이 빚은 것도 아니고 귀신이 만든 것도 아니고, 딱 하나 반야 홀로 존재할 뿐이다. 그게 너와 나와 우리의 본래면목(本來面目)이다. 브라흐마, 비슈뉴, 시바도 사람이 짓는 상(相)에서 나올 뿐 그들이 처음부터 삼천대천에 있던 것은 아니다. 누군가의 상이 지어낸 또 다른 상일 뿐이다. 우리 눈에 보이는 코뿔소, 악어, 비둘기, 잠부나무 등 모든 생명은 사연이 각각 다르기는 하나 어쨌든 반야가 고향이다. 이 생명들은 반야로 돌아가기도 하고 나오기도 하니, 찰나에 생기고 찰나에 없어지는 데서 그 시작이 있었다. 이러한 생명이 뭉치고 뭉쳐 가지가지 생명체가 나오니 벌레, 곤충, 동물, 식물이 다 이렇게 나왔다.

우리 사람만 보자. 사람은 반야에서 나온 한 종자로부터 나온 종자로부터 나온 종자로부터 나온 단 하나의 종자(種子)[081]다. 이 종자는 무량무변(無量無邊)의 반야를 머금으니, 여기에서 끝없이 많은 종자가 나와 나를 만들고, 아난다를 만들고, 라훌라를 만들고, 난다를 만든다. 사람이 백만 명이어도, 천만 명이어도, 억만 명이어도 종자는 하나라. 그 종자 하나가 이렇게 벌어진 것이니 근본은 누구나 똑같다.

만약 왕사성 라자그리하에 독바치가 있어 인형 틀을 만들어 수만 개의 똑같은 인형을 찍었다고 하자. 이 인형은 사람들에게 팔려나가 서로 다른 옷을 입고, 서로 다른 이름을 갖고, 서로 다른 자리에 놓일 것이다. 아난다여, 그게 다 다른 인형이냐?"

"바가바트시여, 똑같은 틀로 찍었으니 다 같은 것입니다."

---

081   산스크리트어 bīja의 번역이다.

"아난다여, 사람도 그와 같으니라. 얼굴이 다르고, 이름이 다르고, 신분이 다르고, 계급이 다르고, 남녀가 다르지만 사실은 한 꽃이라. 나와 난다와 아난다와 데바닷타와 아누루다와 밧디야와 킴빌라와 바구와 우다이, 마하나마 국왕, 시바리와 라훌라는 다 한 가족이라. 우리가 서로 다른 이름과 다른 형상을 갖고 있다고 하나 사실은 내 할아버지이신 심하하누왕으로부터 나온 자식들이다. 심하하누 국왕은 내 아버지 숫도다나왕을 낳고, 왕자 셋을 더 낳았으며, 공주 하나를 낳았다. 왕자들에게서 우리들이 나오고, 공주이신 고모로부터 보시공덕이 가장 많은 시바리가 나왔다. 이렇듯이 올라가고, 올라가면 우리는 한 생명에 이르고, 그 한 생명[082]은 반야에 닿는다. 내가 우리 왕족을 숲으로 이끈 것은 곧 나 자신을 숲으로 이끈 것이다. 나에게 그런 자비심이 없었다면, 왕족이자 태자로서 아라한이 되는 사람은 없었을 것이다. 하지만 나는 내 아들 라훌라로부터 아내, 동생, 조카들까지 숲으로 불러냈다. 심지어 아버지 숫도다나왕에게도 간절히 법을 호소하여 가르쳐 드리고, 우리 왕족이 다 출가해버리는 바람에 할 수 없이 국왕이 된 내 사촌 동생 마하나마에게도 아픈 카르마를 잘 설명하여 장차 다가올 환난의 고통을 견디도록 했다. 마하나마가 비록 동생 아누루다처럼 아라한이 되지는 못했지만, 자기 머리채를 나무뿌리에 묶어 죽음으로써 동족인 사카족을 구한 것은 바로 자비심 때문이었다.

만약에 세상 사람이 다 죽고 남녀 한 쌍만 남았다 하자. 여기서 아

---

082    Y유전자는 〈최초의 수컷〉에게서 나왔다. 다만 〈최초의 수컷〉이란 약 2억 년 전에 있던 원수아강에서 수아강으로 갈라진 뒤 처음 나타난 수컷이다. 수아강(獸亞綱, Theria)은 알이 아닌 새끼를 낳는 포유류다.

이들이 태어나고, 또 아이들이 태어나 시간이 흐르면 다시 백만, 천만의 사람이 생긴다. 이 사람들이 하나인가 여럿인가?"

"바가바트시여, 잘 모르겠습니다. 틀로 찍은 인형과는 다를 것 같습니다."

"아난다여, 그렇지 않다. 틀로 찍은 인형과 다를 바가 없다. 다만 구실이 다르고 이름이 다르고 모습이 다를 뿐이다. 나 혼자 모든 걸 다 할 수 없으니 누구는 목수가 되고, 농부가 되고, 어부가 되고, 군사가 되고, 독바치가 되고, 수레꾼이 되는 것뿐이다. 먼저 태어나고 나중에 태어나고, 여기 살고 저기 살지만 돌아가면 오직 '사람'이라. 아난다여, 내가 아난다고 사리풋타가 아난다고 목갈라나가 아난다고 마하카사파가 아난다고 수부티가 아난다고 라홀라가 아난다."

"바가바트시여, 바가바트가 아난다라고요? 아난다가 어떻게 바가바트가 될 수 있습니까?"

"아난다여, 그래서 너는 어서 아라한이 되어야 한다. 내가 반야를 깨달았으니 모든 중생이 다 반야를 깨달을 수 있다. 모든 병을 고치는 감로가 여기 한 병이 있다고 하자. 그 감로를 갠지스강에 떨어뜨려 이 땅의 모든 사람들이 마시게 한다고 하자. 그 물이 갠지스강의 머리에서 발끝까지 퍼지는 데 얼마나 많은 시간이 걸리겠느냐. 혹 바다에 떨어뜨린다면 동해, 서해, 먼 바다까지 언제 그 감로가 퍼지겠느냐. 언젠가는 퍼지겠지만 아난다여, 이 사바에서는 시간이 걸린다. 너도 마하비라 붓다 얘기는 들어보았겠지?"

"바가바트시여, 들어보았습니다. 바가바트께서 6년 고행하시던 둥게스와리에서 12년간 고행요가하다 마침내 붓다가 됐다는 외도들의 자랑을 들었습니다. 하지만 그는 붓다가 된 다음에 스스로 굶어 숨을 끊음으로써 열반했다고 들었습니다."

"아난다여, 그러하다. 나는 그를 잘 안다. 그는 비록 외도지만 아라한이다. 하지만 그는 나와 다른 길을 갔다. 나는 중생을 위해 세상에 남아 반야를 등불처럼 밝혀 40년 동안 높이 쳐들고 있다. 이 반야의 불빛조차, 가까운 곳에는 금세 이르지만 먼 곳에는 오래오래 걸리리라.

마하비라를 섬기는 자이나 수행자들은 철저한 아힘사 불살생(不殺生)을 목숨처럼 지키지만 막상 자기 자신에 대한 자비심은 일절 없다. 굶기고, 일부러 고통을 준다. 얼굴을 찡그릴만큼 힘들고, 헤아릴 수 없이 많은 계를 목숨처럼 지킨다. 맑은 물도 걸러 먹고, 옷은 입지 않아 모기와 빈대와 전갈이 살을 물어뜯는다. 머리털을 깎지 않고 일일이 손으로 잡아뽑는다. 오직 맨발로 조심조심 걷는다. 벌레가 죽을까봐 못이나 개울에 들어가지 않으며, 함부로 눕지 않는다. 나는 내 몸이 부지깽이처럼 깡마르고, 풀무처럼 거친 숨을 쉬어 곧 죽을 것 같은 지경에 이르러서야 이 극단의 수행을 버렸다. 나는 내가 아니다. 나는 숫도다나왕이고, 라훌라고, 난다이고, 아난다이고, 멀리 가면 카필라의 사카족 백성 한 명 한 명이다. 나는 그들을 고통스럽게 할 수 없다. 그들의 생로병사를 괴로워하여 출가한 내가 나를 죽여 그들까지 죽일 수 없다. 나 하나만 죽는다면 아무 문제가 아니다. 하지만 나는 곧 중생이다. 내가 아난다 너를 사랑하는 마음은 내가 아들 라훌라를 사랑하는 마음과 하나도 다르지 않고, 내가 데바닷타를 사랑하는 마음은 사리풋타와 목갈라나를 사랑하는 마음과 하나도 다르지 않다. 그런 때문에 데바닷타가 나를 죽이려 바윗돌을 굴려도 화를 내지 않았으며, 나를 죽이려 코끼리를 풀어도 그를 원망하지 않았다. 일체를 나로 여기는 동체대비(同體大悲)의 마음이 내게 없다면 데바닷타를 어찌 용서할 수 있으며, 우리 승가를 위해 수많은 보시공덕을 쌓은 빔비사라왕을 굶겨죽인 왕자 아자타삿투를 어찌 교화시켜 제자로 삼을 수 있었겠으며, 사카족을 몰살시키는 비두다바를 보고 나의 사촌 동생인 카필라의 마하나마왕이 자기 목숨을 바쳐 사카족을 구할 수 있었겠느냐.”

“바가바트시여, 자비심에 대한 고귀한 말씀을 더욱 더 실천하고, 죽도록 자비경을 암송하겠습니다.”

“아난다여, 네가 가진 것을 다 털어 누군가를 도왔다고 치자. 너의 보시를 받은 그는 누구냐?”

“바가바트시여, 모르는 사람일 수도 있고 아는 사람일 수도 있습니다.”

“오, 아난다여, 더 정진하라. 네 보시를 받은 사람들이 바로 아난다니라.”

“예?”

“내가 보시했다는 마음을 남기지 않는 보시를 하라고 늘 말한 것은, 모든 보시는 결국 자기 자신에게 하는 것이기 때문이다. 내가 고모이신 감로미 공주의 아들 시바리를 사리풋타 존자의 제자로 주었는데, 시바리는 앞으로도 그와 같이 보시공덕이 큰 사람은 다시는 없을 만큼 모든 걸 털어 위대한 공덕을 지었다. 시바리가 인적 없는 사막을 가도 보시하려는 무리가 줄을 서고, 시바리가 도망가도 시주자들이 쫓아가며 보시를 받아달라고 애원하는 까닭이 무엇이냐 하면, 오래전부터 시바리가 보시를 해놓았기 때문이다. 시바리는 어린 나이에 억

만금이나 되는 집안 재산을 털어 보시하고, 그 자신은 빈손으로 우리 승가에 들어왔지만, 실은 그 많은 재산이 이 사람 저 사람에게 산산이 흩어진 것이 아니라 결국 자기 자신에게 보시한 것이라.

아난다여, 카필라의 한 군사가 이웃나라와 전쟁하다가 죽었다고 치자. 그가 죽은 것이냐?"

"바가바트시여, 그렇습니다."

"오, 아난다여, 바로 네가 죽은 것이다. 이 이치를 알겠느냐?"

"바가바트시여, 가르쳐 주소서."

"길을 가다가 거지를 만났다고 하자. 그 거지는 누구냐? 바로 나다. 길을 가다가 병자를 만났다고 치자. 그 병자는 누구냐? 바로 나다. 길을 가다가 화살에 맞아 고통스러워하는 사람을 만났다고 치자. 그가 누구냐? 바로 나다. 이와 같은 동체대비심으로 세상을 바라보면 세상이 바로 내가 된다. 그러니 다른 사람을 보고, 다른 생명을 보고 자비하는 마음이 일어나지 않는다면 이야말로 큰 병에 든 것이라. 앞으로 누구를 만나든 그 사람이나 그 생명이나 그 나무가 바로 나라는 사실을 알면 자비심이 솟구칠 것이고, 그에게 줄 것이 하나라도 있어 기꺼이 보시한다면 바로 자기자신이 보시를 받는 것이라. 한 개를 보시하면 열 개로 돌아오며, 열 개를 보시하면 백 개로 돌아오리라. 다만 동체대비심을 잃고 한 개를 뺏으면 내 것 열 개가 빠져나가고, 열 개를 빼앗으면 내 것 백 개가 빠져나가리라. 반야의 법은 틀림없이 이러하니 내가 남이고, 남이 나이며, 이러한 까닭은 본래 하나일뿐 둘이 아니며, 삼천대천 삼라만상이 이와같기 때문에 보시의 법칙은 천지간에 빈 틈이 없느니라."

"바가바트시여, 남이라도 나와 같이 여겨 늘 자비심을 실천하겠습니다."

"아난다여, 목이 마르거든 목 마른 이에게 물을 줘라. 그러면 네목이 마르지 않을 것이다. 배가 고프거든 배고픈 이에게 밥을 줘라. 그러면 네 배가 고프지 않을 것이다."

"이제야 알아듣겠습니다. 남이 나의 복전(福田)[083]인 줄 똑똑히 알아들었습니다."

"아난다여, 땅이 있어야만 수확을 거둘 수 있는 건 아니다. 복전은 가난한 사람에게도 얼마든지 있다. 다만 복전인 줄 모르고 그 복전을 헐뜯고 비웃고 할퀼 뿐이다. 사랑하는 내 사촌 동생 아난다여, 부디 자비경을 입으로 외우지만 말고 마음으로 몸으로 손으로 발로 실천하라. 그러면 너에게 깨달음의 인연이 다가오고, 언젠가는 하늘눈(天眼)이 번쩍 뜨이고, 하늘귀(天耳)가 트이리라. 보이지 않는 것을 너는 볼 것이요, 듣지 못하는 것을 너는 들을 것이다. 네가 보고 듣는 것은 실로 반야세상의 지극히 일부이니 갠지스강의 물 한 모금을 손바닥에 담아보고는 '나는 갠지스강을 다 보았다' 하고 말하는 것과 같다. 잘 들어라, 아난다여. 네가 깨달아야 나도 깨닫는다. 왜냐하면 네가 나이며, 네가 곧 중생이라. 너도 반야의 등불을 켜고, 천이백 비구들도 낱낱이 등불을 켜야만 우리 모두 열반하리라, 반야로 돌아가리라."

---

083   중생은 자비하여 복전을 짓고, 삼보는 공경하여 복전을 짓는다. 복전(福田)은 밭에 씨앗을 뿌리면 곡식을 얻을 수 있는 것처럼 복이 생기는 곳을 가리킨다. 즉 나 아닌 다른 사람이 다 복전이니 보시라는 씨앗을 뿌리면 그 결실은 나중에 몇 배가 되어 자기에게 돌아온다는 뜻이다.

칠엽굴의 여러 존자들은 다같이 합장하며 붓다에게 예를 올렸다.

아난다는 벌떡 일어나 절을 올리면서 붓다의 법을 받겠다는 의지를 보였다. 그러도록 붓다는 아난다를 애틋한 눈으로 바라보았다.

# 08

이 세상 모든 존재여, 평화롭고 행복하라!

"수부티 존자여, 나는 지금 수행자로서 자비심을 갖고, 그가 갖고 있는 자비심을 들불처럼 일으키고, 홍수처럼 흐르게 하여 내 몸으로 실천하는 것이 얼마나 중요한지 아난다를 위해 설명했다.

수부티여, 깨달음의 길을 가는 사람은 언제 어디서나 아낌없는 보시를 실천해야만 한다. 또한 계산하지 않고, 기억해 두지 않는 조건 없는 보시를 실천해야 한다. 귀로 듣고 코로 냄새 맡고 혀로 맛보고 몸으로 부딪치고 머리로 생각하는 것에도 얽매이지 않아야 한다.

수부티여, 깨달음의 길을 가는 사람의 보시는 진정 그래야 한다. 다른 사람의 눈이나 귀나 혀에 머물러서는 안 된다. 또한 자신의 눈과 귀와 혀에 머물러서도 안 된다. 걸리지 않고 머물지 않고 쌓지 않는 보시야말로 그 복과 덕이 끝이 없다."

"바가바트시여, 바로 그러합니다. 방생(放生)을 한다 하여 남보다 물고기 한 마리 더 놓아 준다고 복과 덕을 더 받는 것이 결코 아니지만, 오히려 중생들은 바로 그 방생의 복덕을 구하기 위하여 멀쩡한 물고기를 잡아두는 등 더 큰 죄업을 짓습니다. 보시를 한다면서 어디서 몇 번 했는지 기억하고 알리고 자랑하는 사람도 많습니다.

진정 마음에 머무는 것은 그것이 자비든 보시든 가르침이든 집착에 불과할 뿐입니다. 마음이 지나간 자리에는 먼지가 있어도 안 되고, 자국이 남아도 안 됩니다. 자비나 보시를 일일이 헤아리고 마음에 쌓아두면 반드시 썩고 녹슬어 언젠가는 다 사라집니다."

"그렇다, 수부티여. 내 눈으로 보고 내 귀로 들었다고 하여 그것이 사실이고 진실인 건 아니다. 하물며 반야랴. 그러기 위해 우리는 늘 가장 바른 길인 중도(中道)를 추구하는 것이다. 녹야원에 사슴을 기르는 농부가 있었다. 종종 늑대가 몰래 다가와 사슴을 잡아먹었다. 농부는 사슴을 물어죽이는 늑대를 잡으려고 사냥꾼을 샀다. 사냥꾼들은 녹야원 일대의 늑대를 모조리 죽여버렸다. 사슴을 위해서 잘한 일인가?"

"바가바트시여, 사슴을 위해서라면 잘한 일이다, 이렇게 생각하면 바가바트의 꾸지람을 들을 것입니다. 그러나 중생이라면 누구나 다 그 농부가 사슴을 위해 좋은 일을 했다고 말할 것입니다."

"그렇다, 수부티여. 처음에는 사슴들이 늑대를 걱정하지 않으면서 마음껏 풀을 뜯었다. 하지만 몇 년 뒤, 녹야원의 사슴들이 하나둘 굶어죽기 시작하더니 나중에는 거의 다 굶어죽었다. 사슴이 너무 불어나 풀이란 풀은 다 뜯고, 배고픈 사슴들은 싹이 돋아나기 무섭게 먹어치워 풀이 자랄 새가 없었다. 배고픈 사슴들은 기어이 땅을 파헤쳐 풀뿌리까지 캐서 먹어치우고, 그곳에서는 싹조차 올라오지 않았다. 너무 많이 늘어난 사슴들은 서로 싸우고, 날이갈수록 말라갔다. 그때 이웃 마을에 사는 늙은이가 찾아와 농부더러 늑대를 몇 마리 사다가 녹야원에 풀면 사슴이 살찔 것이라고 알려주었다.

수부티여, 농부가 뭐라고 말했을까?"

"바가바트시여, 농부는 마구 화를 냈을 것입니다. 일부러 사냥꾼을 불러 귀하고 비싼 사슴을 마구 잡아먹는 늑대를 다 죽여버렸는데 그런 사나운 늑대를 도로 데려오라는 것은 좋은 방법이 아닙니다. 잘 먹지 못한 사슴들이 기운이 없어 달아나지 못하고, 속절없이 늑대에게 잡아먹힐 것이기 때문입니다."

"수부티여, 그대는 어떻게 생각하는가?"

"바가바트시여, 바가바트께서는 형상에 걸리는 것은 새나 물고기가 그물에 걸리는 것과 같다고 말씀하셨습니다. 바가바트께서는 저에게 그물을 던지셨습니다. 저의 머리는 이미 농부가 노인의 제안을 거부해서는 안 되는 이유가 있을 것이라고 속삭이고 있습니다. 아마도… 늑대가 너무 많이 늘어난 사슴들을 잡아먹으면 사라진 풀이 다시 날 것입니다. 풀이 나면 지친 사슴들은 기운을 차릴 것입니다. 사슴과 늑대가 균형을 이루면 풀도 균형을 찾을 것입니다. 늑대가 행복하고 사슴이 행복하고 풀이 싱싱하게 자랄 것입니다."

"사두 사두 사두. 수부티가 매우 현명하도다. 그물에 걸리지 않은 새처럼 그대의 생각은 자유롭구나. 노인의 말대로 녹야원에 늑대를 풀면 사슴도 평화롭고 늑대도 평화롭고 풀도 잘 자란다. 나는 말한다. 늑대도 사슴도 풀도 평화롭고 행복하라. 뱀도 쥐도 평화롭고 행복하라. 독수리도 토끼도 평화롭고 행복하라."

그러자 듣고 있던 아난다가 더 설명해주기를 청했다.

"바가바트시여, 사람들은 늑대가 사슴을 잡아먹는 걸 보면 마음이 아프다고 말합니다. 힘이 있다면 늑대를 쫓아낼 것입니다. 그래서 '늑대와 사슴이 어떻게 더불어 평화롭고 행복하란 말인가. 바가바트는 좋은 말씀만 골라 하시느라고 세상의 이치를 잘 모르시는 것 같다'는 의문을 가질 것입니다."

"아난다여, 사위성이나 왕사성의 흔한 백성이라면 마땅히 그렇게 생각할 수 있다. 그렇게 이해한다면, 나는 네가 아직 자비심을 갖고 있지도, 섭리를 알지도 못한다고 말할 수밖에 없구나. 나는 거듭 말한다.

**살아 있는 생명이면 어떤 것이건 하나도 빠짐없이, 약하거나 강하거나, 크거나 작거나, 길거나 짧거나, 가늘거나 두텁거나, 볼 수 있든 볼 수 없든, 가까이 있든 멀리 있든, 태어난 것이든 태어날 것이든 이 세상 모든 존재여, 평화롭고 행복하라!**

녹야원에서 늑대를 쫓아내면 사슴이 죽고, 녹야원에서 사슴이 사라지면 늑대가 죽는다. 늑대는 늙은 사슴, 병든 사슴을 먹어가며 사슴을 게으르지 않게 건강하게 기른다. 늑대를 한 마리, 한 마리 보지 말고 늑대라는 종(種)을 보고, 사슴을 한 마리, 한 마리 보지 말고 사슴이라는 종을 보라.

곡식을 쪼아 먹는 참새를 쫓으면 농사가 망하는 법, 나중에는 참새도 농부도 함께 굶는다. 참새가 사라져 벌레를 잡아먹지 못한다면 이 벌레가 마구 새끼쳐서 곡식이란 곡식은 다 먹어치울 것이다. 미꾸라지가 사는 연못에 메기를 풀고, 메기가 사는 연못에 미꾸라지를 푸는 것도 마찬가지다. 미꾸라지만 살고 메기만 살 수는 없다. 도리천의 천신 인드라가 오직 사랑으로만 인간을 대할 때 그 반대쪽에서 파피야스가 나타나 시련의 회초리로 마구 때린다. 착한 말이 있어야 나쁜 말이 있고, 나쁜 말이 있어야 착한 말이 있다. 이렇듯이 세상에는 선한 사람이 있고 악한 사람이 있고, 사기꾼이 있고 도둑이 있다. 선한 자가 있어야 사기꾼이 보이고, 사기꾼이 있어야 선한 자가 보이는 것이다.

내가 아난다의 형 데바닷타의 흉포한 짓에도 화를 내지 않고 짐짓 좋은 말로 가르친 것은, 데바닷타가 우리 교단에 악을 가르치는 스승이었기 때문이다. 데바닷타의 유혹에 무너져 박수치고 소리 지르며 그를 따라간 비구들도 많다. 하지만 그의 진짜 모습을 적나라하게 본 그 비구들은 우리 교단으로 돌아와 이제 전보다 더 열심히 정진하고 있다. 그러니 데바닷타가 보여주는 가짜 가르침으로 우리 교단의 바른 가르침은 더 튼튼해졌다. 저 왕사성 라자그리하에 들끓는 창녀, 도둑, 사기꾼, 깡패가 실은 자기 한 몸 바쳐 다른 사람들에게 가르침을 주고 있는 것이니, 그 한 몸에는 비록 업보가 쌓여 윤회의 수레바퀴를 피할 길이 없으나 많은 사람들을 깨우치는 공덕으로써 그 업보도 덜어질 수 있으리라.

내 사촌 동생 아누루다는 왕족이면서 그 안락함을 버리고 출가하여 비구가 되었다. 그 아우가 출가할 때 데바닷타와 아난다도 함께 출가했다. 같은 때 같은 길을 나선 친형제들이다.

내가 내 사촌 동생 아난다와 내 아들 라훌라를 다그쳐 공부에 열중하라고 들볶듯이, 사촌 동생 데바닷타의 도발에도 끝까지 깨우치려 애썼듯이 나는 아마도 아누루다의 형으로서 다른 비구들에게 하는 잔소리보다 더 많은 꾸지람을 했던 듯하다. 내 설법 중에 그만 졸음에 빠진 어느 날, 나는 아누루다를 불러 몹시 야단쳤다. 차라리 카필라궁으로 돌아가 푹신한 침대에 누워 아름다운 여인의 가슴을 베고 실컷 잠이나 자라고 소리쳤다. 그러자 그는 앉은 채 잠을 자지 않고 용맹정진하다가 기어이 눈을 잃었다. 아누루다는 눈으로는 아무것도 보지 못한다. 탁발을 다니지도 못해 다른 비구들이 탁발해 온 음식을 얻어먹고, 오직 아나파나에 몰두하였다. 그러자 아누루다는 마침내 맨눈(肉眼)으로는 보지 못하는 반야 세상을 훤하게 들여다보는 하늘눈(天眼)을 얻었다. 만약 그가 눈을 잃지 않았다면 그토록 빨리 하늘눈을 얻지 못했을 것이다. 그래서 나는 내 동생 데바닷타의 숱한 악행에도 그에게 뜻밖의 기적이 일어나기를 간절히 기다렸다. 데바닷타는, 죽림정사를 보시한 나의 시주 빔비사라왕을 배신하고, 그의 아들인 태자 아자타삿투를 꼬드겨 마침내 빔비사라왕을 감옥에 가두고 기어이 죽게 만들었다. 그래도 나는 데바닷타가 깨닫기를 기다렸으나 그는 기어이 떠나가고, 그가 속이던 아자타삿투는 마가다국의 왕위를 이어 오늘날 우리 죽림정사를 지키는 신실한 시주 아사세왕이 되어 있다. 아자타삿투가 데바닷타에게 속지 않았다면 오늘의 아사세처럼 훌륭한 국왕이 되지는 못했을 것이다.

그러니 겉모습만 보고 분노하거나, 혹은 환호하거나, 혹은 행복하다는 것은 반드시 진실하다고 말할 수 없다. 코살라의 기타 태자는 안락한 중에 동생인 비두다바 왕자에게 죽임을 당하고, 카필라국왕 마하나마 역시 안락한 중에 느닷없는 비두다바의 공격으로 연못에 머리채를 묶어 자살해야만 했다.”

“바가바트시여, 바가바트의 말씀 중 어떤 것은 하루 뒤에 이해가 되는 말씀이 있고, 한 달 뒤에 이해가 되는 말씀이 있고, 십 년 뒤에 겨우 이해가 되는 말씀도 있고, 아직도 이해가 되지 않는 말씀도 있습니다.”

“그렇다, 수부티여. 사람이 살아가다 보면 하늘이 원망스럽고 부모가 원망스럽고 이웃이 원망스럽고 세상이 원망스러울 때가 있다. 하지만 나중에 보면 그것이 하늘의 가르침이고, 이웃의 가르침이고, 세상의 가르침이라는 걸 퍼뜩 깨우치는 날이 온다.

묻는다. 수부티여. 그대 생각은 어떤가? 나의 이 늙은 몸을 보고

'나는 붓다를 보고 있다'고 말할 수 있겠는가?"

"바가바트시여, 저는 지금 바가바트를 뵙고 있습니다. 하지만 바가바트의 몸을 통해 반야를 들여다볼 수는 없습니다. 왜냐하면 바가바트의 몸도 영원한 것이 아닌 한낱 상(相)에 지나지 않는, 고정되지 않고 쉼없이 변하는 물질이기 때문입니다. 그래서 저는 '나는 바가바트를 보고 있지 않다'고 말할 수 있습니다."

"바로 그렇다. 깨달음은 상(相)으로는 구할 수 없다. 상으로 반야를 볼 수 있다면 아라한이 된 비구가 어찌 5백 명밖에 되지 않겠는가. 내가 게송을 말하리니 모두들 잘 기억했다가 자주 되새기기 바란다."

**눈에 보이고 귀에 들리는 모든 상(相)은
반드시 다 사라진다.
만일 모든 상(相)이 곧 진짜 상이 아님을 깨닫는다면
그때 비로소 아뇩다라삼먁삼보리를 얻으리라.**

아난다가 게송을 외우려고 입으로 웅얼거렸다.

수부티가 붓다를 향해 물었다.

"거룩하신 바가바트시여. 아주 중요한 게송을 말씀하셨습니다. 바가바트를 천만 번 뵙고 절하는 것보다 이 게송 하나를 받들어 지니는 것이 진짜 바가바트를 뵙는 것이라고 감히 말씀드립니다. 비록 바가바트 옆에 있어 같이 밥을 먹고 물을 마셔도 이 게송을 알지 못하면 끝내 진짜 바가바트는 보지 못하며, 이 게송만 제대로 알면 바가바트가 비록 안계셔도 실은 늘 가까이 모시는 것입니다.

하오나 원래 총기가 없거나 지능이 떨어지는 사람이 어찌 이 말씀만으로 높고도 거룩한 반야인 아뇩다라삼먁삼보리를 깨닫겠습니까? 또한 먼 훗날 다른 시대에 사는 사람들이 이 말씀만 듣고 과연 참다운 믿음을 낼 수 있을까요?"

"수부티여, 그렇게 말하지 말라. 내가 가고난 뒤 먼 훗날 다른 시대라도 진정으로 반야를 찾고 구하는 사람은 이 게송이 귀에 들리자마자 퍼뜩 진실한 믿음을 낼 것이다.

내가 지금까지 한 말과 앞으로 할 말은 결단코 나 혼자 지어낸 말이 아니다. 수백 년 전부터, 수천 년 전부터, 수억 겁 전부터 삼천대천의 수많은 붓다들이 이 하늘 저 하늘에서 줄기차게 말씀해 오신 진리이다. 나는 조금도 꾸미지 않고 있는 그대로 다 말했고 말하고 말할 것이다. 그러므로 앞으로 수억 겁이 흘러도 이 진리는 변하지 않는다. 내가 아닌 그 어떤 붓다라도 결국 같은 말을 할 것이고, 붓다가 천만 명, 수억 명이라도 서로 다른 말은 하지 않는다."

"바가바트시여, 그렇다 해도 시자인 아난다는 그 게송을 외우느라고 잠시 긴장했습니다. 그 게송은, 설사 사람들의 기억에서 사라지더라도, 심지어 바가바트께서 말씀을 하지 않으셨다 해도 이 하늘이든 저 하늘이든 그곳이 어디라 해도 결코 없어지지 않는 것입니다. 그런데도 중생들은 언제나 미혹한 마음을 일으키기 때문에 곧바로 게송을 외울 생각부터 하게 되는 것입니다."

아난다는 머쓱해서 오른손을 들어 깨끗이 깎아, 파리한 쪽빛이 감도는 머리를 쓰다듬었다.

"수부티여, 너의 걱정이 참으로 옳구나. 그런 사람들을 위하여 내가 말하리라. 마음이 일어났다 꺼진 그 자리에 자국을 남기거나 남으면 그것이 곧 집착이다. 왕사성 라자그리하에 가면 유명한 마술사가 있는데, 구경꾼들은 그 마술사의 손만 열심히 따라가다가 그만 속임수에 넘어간다. 마음이 끌려다니고 매이기 때문이다. 그러니 간곡히 말한다. 심지어 법(法)에도 매달리지 말고 법 아닌 것(非法)에도 매달리지 말라.

뗏목을 타고 강을 건넌 뒤에는 그 뗏목을 지거나 끌고 갈 필요가 없다. 강가에 두거나 다른 사람을 위해 묶어두면 그만이다. 어리석은 중생들은 강을 건너고도 혹시나 하여 그 뗏목을 힘들여 끌고 다닌다. 먼 들판으로, 높은 산으로 뗏목을 끌고 다닌다. 그렇듯이 욕망과 두려움과 분노의 뗏목을 내려놓기가 그처럼 어려운 것이다.

내가 말한 게송 역시 뗏목과 같은 것, 그 말을 꿰어 만든 게송에 진정한 깨달음이 숨어 있는 것은 아니기 때문이다.”

“바가바트시여. 그 비유가 미혹한 마음에 환하게 불을 밝혔나이다.”

이때 붓다는, 그래도 이 부분에서 듣는 사람들의 욕망과 분노와 두려움이 아주 없어지지 않으리라고 생각하여 다시 한 번 설명하려고 아난다에게 물었다.

“아난다여, 나는 젊은 시절 카필라국의 태자였다. 나에게 재산이 많았겠느냐?”

“바가바트시여, 아주 많았습니다. 그러니까 라홀라 존자가 재산을 물려달라고 했지요.”

“그렇다. 나는 태자로서 많은 땅과 하인, 수레, 금은보화를 갖고 있었다. 내가 출가할 때 그중에 무엇을 챙겨왔는지 아느냐?”

"바가바트시여, 태자복을 입으시고, 마부 찬타카와 태자의 말 칸타카를 타고 나오셨습니다."

"그렇다, 아난다여. 나는 아버지 몰래 카필라성을 빠져나오기 위해 마부와 말의 도움을 받아 멀리 달아났다. 그런 다음 마부와 말을 궁으로 돌려보내고, 내가 입고 있던 태자복은 지나는 길에 만난 사냥꾼과 바꿔 입었다. 나는 진실로 태자로서 갖고 있던 재산을 모두 내려놓고 왔다. 그렇지, 아난다?"

"바가바트시여, 그러합니다. 모든 걸 두고 오셨습니다."

"아난다여, 그렇지만도 않으니라. 나는 사실 귀한 것들은 다 가지고 나왔단다. 막상 내가 두고 온 것은 값어치가 없는 것들이었다."

"그것이 무엇입니까? 처음 듣는 말씀입니다."

"아난다여, 잘 들어라. 내가 태자로 있으면서 얻은 가장 큰 보물은, 카필라성에서 깨우친 생로병사에 대한 의문이었다. 나는 그 보물을 애지중지하면서 바이샬리로, 둥게스와리로, 우르벨라로, 가야로 갖고 다녔다. 그뿐이 아니다. 아뇩다라삼먁삼보리 즉 반야를 깨우친 뒤로 카필라성으로 돌아가 내 아들, 내 동생, 내 이모어머니, 내 아내 그리고 너 아난다를 비롯한 사촌 동생들, 왕족들을 숲으로 데리고 나왔잖느냐. 나는 내 재산을 하나도 남김없이 싹 챙겨왔다."

"바가바트시여, 기름진 땅과 수레, 금은보화 등은 다 놓고 오셨잖습니까."

"아난다여, 태자로서 갖고 있던 돈이며 땅이며 수레며 금은보화를 다 합쳐도 네가 아나파나 한 시간 하는 것만도 가치가 없는 것이다. 네가 말하는 태자의 그 많은 재산과, 아버지 숫도다나왕의 재산까지 상속

받은 마하나마왕은 어떻게 되었느냐? 그 재산을 지금도 갖고 있느냐?"

마하나마는, 코살라국 비두다바왕의 침략 때 연못에 몸을 던져 자결했다.

"바가바트시여, 제 생각이 짧았습니다. 어리석은 생각을 일으킨 점 크게 뉘우칩니다."

붓다는 아난다를 향해 웃음을 지어 보이더니 이번에는 수부티를 바라보며 물었다.

"수부티여, 우리가 하던 이야기를 더 하자. 자, 그대는 내가 반야를 깨달았다고 생각하느냐?"

아난다는 또 눈이 휘둥그레져서 붓다를 올려다보았다. 사리풋타 존자와 목갈라나 존자는 아무 움직임 없이 가느다랗게 눈을 뜨고 있고, 마하카사파와 라훌라, 수부티는 고개를 끄덕이고 있다.

'왜 나만 모를까? 붓다가 그럼 반야를 깨달았지 여태 안 깨달았단 말인가? 대체 무슨 말씀이람?'

그도 그럴 것이, 붓다가 반야를 깨달았다는 것은 40년 전부터 계속 이야기된 사실이다. 둥게스와리 6년 고행 끝에 서른다섯 살이 되던 해 4월의 보름날, 가야 땅 네란자나 강변의 핍팔라나무 아래에서 아나파나 삼매에 든 지 하룻밤만에 깨달았으며, 49일간 그때 깨달은 반야를 되새겼으며, 깨달음의 내용이란 연기법과 사성제(四聖諦)와 팔정도(八正道)라고 이야기해오지 않았던가. 그러니 이 깨달음의 역사를 새삼 물을 이유가 없는데, 붓다는 수부티에게 생뚱맞은 질문을 던지고 있다.

수부티는 붓다가 의도하는 바가 무엇인지 먼저 헤아려 보았다. 붓다는 이미 사상[084]에 머물지 않아야 깨달을 수 있다고 말하고, 그것을 실천할 게송까지 말했음에도 사람들의 마음에 미혹이 남아 있음을 느꼈다.

지금 아난다의 표정이 바로 그러하다. 아난다는 아라한들이 아닌 1천2백 비구들을 대표하고 있는 표정이다. 그런 이치를 들여다본 붓다가 짐짓 수부티의 입을 빌어 그 마지막 미혹의 한 가닥마저 끊어내려는 것임을 그는 단박에 알아차렸다. 그러니 그가 대답할 말은 이제 정해졌다.

수부티는 천천히, 그리고 분명히 말했다.

"바가바트께서는 반야를 깨달은 적이 없습니다."

사람들은 숨이 막힐 듯 긴장하였다. 붓다가 깨닫지 않았다면 어떻게 붓다이며, 바가바트라는 호칭을 들을 수 있단 말인가. 아난다는 질끈 눈을 감았다.

'아니, 내 형 고타마 싯다르타가 반야를 깨달은 적이 없다고? 수부티 존자가 지금 무슨 말을 하는 거람? 지난 45년간 반야를 깨달은 사람 붓다로 살고, 붓다로 알고 뒤따른 우린 뭔가? 우리는 정녕 바보란 말인가.'

아난다는 긴장하여 붓다의 다음 대답을 기다렸다.

붓다는 아무 일도 없었다는 듯이 수부티를 향해 천연덕스럽게 답했다.

---

084    4상(相) ; samjna, 나(me)라는 상, 윤회환생하는 나의 의식(pudgala)이 있다는 상, 스스로 중생의 욕구에 머무는 상, 영혼(jiva)이 있다는 상.

"수부티의 답이 맞구나. 사두 사두 사두."

붓다가 수부티의 대답을 긍정하자 사리풋타 존자와 목갈라나 존자는 말없이 긍정하고, 마하카사파와 라훌라는 눈을 크게 뜨고, 아난다는 입까지 벌려가며 이해할 수 없다는 표정을 지었다.

붓다가 깨달은 바가 없다니, 여태 번뇌를 끊고 완전한 반야를 깨우친 아라한, 마친 자 바가바트, 눈뜬 자 붓다라 하지 않았던가. 깨닫지 않았다면 그럼 왜 아라한이며, 바가바트며, 붓다인가. 그런 의문들이 아난다의 머릿속에서 어지럽게 날아다녔다.

그런 술렁거림을 전혀 모르는 것처럼, 관심조차 없다는 듯이 붓다는 또 엉뚱한 질문을 수부티에게 내렸다.

"수부티여, 내가 반야를 가르친 적이 있느냐?"

이번에도 같은 식의 질문이지만 아난다는 그럴수록 머리가 더 복잡해진다. 정말 미칠 것만 같다. 그럼 여태 한 말은 다 농담이었단 말인가.

이 법회가 열리자마자 붓다 자신의 입으로 40년 넘게 설법했다고 말해 놓고도, 붓다는 새삼 그 사실까지 수부티에게 되묻는다.

아난다는 자기 목이 타는 듯하여 얼른 물병을 들어 한 모금 마셨다.

질문을 받은 수부티는 조금도 머뭇거리지 않고 붓다의 물음에 답했다.

이번에도 역시 똑똑 끊는 목소리로 더 짧게 대답했다.

"바가바트께서는 한 마디도 법을 설한 적이 없습니다."

아난다는 이번에는 참지 못하고 기어이 입을 열었다.

"아니, 수부티 존자님? 바가바트께서 한 마디 법을 설하지 않았다니요? 내가 들은 것만도 얼마나 많은데요? 그걸 다 외우려면 한 달로도 모자라요!"

붓다는 분명 40년간 아함부, 방등부, 반야부를 설해왔건만, 수부티는 그런 적이 없다고 대답한 것이다.

칠엽굴에 모인 사람들은 붓다가 뭐라고 설명할지, 무슨 이유로 그렇게 말하는지 궁금하여 눈을 크게 뜨고 귀를 바짝 세웠다. 침 삼키는 소리가 들릴 정도로 고요하다.

붓다는 빙그레 미소를 지어 수부티 존자의 말이 옳음을 증명하였다.

이때 수부티는 너무나 파격적인 말이 이어지면서 혼란스러워 할 사람이 있으리라는 것을 짐작하고, 다시 한번 합장한 뒤 고개를 숙여 붓다에게 예를 올린 다음 천천히 그 말을 풀었다.

"바가바트시여, 이 세상에 고정되어 변하지 않는 것은 하나도 없습니다. 비록 진리라도 그렇습니다. 네 가지 상(相)을 여의면 반야를 깨달을 수 있다고 앞서 말씀하실 때, 바로 그 반야인 아뇩다라삼먁삼보리조차 또 다른 상이 되는 것입니다. 그렇기 때문에 저는 바가바트께서 그렇게 규정되는 깨달음을 이루지 않았다고 말씀을 드린 것입니다. 바가바트는 쌓거나 모으거나 이뤄서 되는 존재가 아니라 부수고 끊고 없애고 지우고 버려서 더 부술 것이 없고, 더 끊을 것이 없고, 더 지울 것이 없고, 더 없앨 것이 없고, 더 버릴 것이 없는 경지에 이르신 것입니다. 아니, 이르지도 않으며 이를 필요도 없이 그저 그럴 뿐입니다.

이러한 이치로 이 세상에는 고정된 진리가 없기 때문에, 바가바트께서 40년간 말씀하신 것 역시 반야라는 실체가 있는 것이 아니라고 말씀드린 것입니다.

어쩌면 아난다는 지금 자신이 기억하고 있는 수많은 바가바트의 설법을 떠올리면서, 제가 말을 비틀고 꼬아 궤변을 늘어놓는다고 의심할 것입니다. 하지만 바가바트의 말씀조차 일단 말이 되어 중생의 귀에 들리는 그 순간 반야가 아닌 상(相)으로 맺힐 뿐입니다.

누가 아뇩다라삼먁삼보리를 깨닫든 깨닫지 못하든 세상은 아무 변화가 없고, 법을 설하든 설하지 않든 역시 아무 변화가 없습니다. 우리가 금강경을 논하는 이 순간에도 흰 구름은 저절로 흐르고, 새는 하늘을 날아다니며, 개미는 이 굴을 들락거립니다.

아라한은 생각이 일어났다 꺼진 자리를 깨끗이 지워 아무것도 남아 있지 않아야 아라한입니다. 그러므로 바가바트의 말씀에는 그림자나 메아리 같은 흔적조차 없습니다. 그림자나 메아리가 남는다면 그것은 바가바트의 말씀이 아닙니다."

뜻을 알아차린 존자들이 모두 합장한 손을 들어 붓다를 찬탄하였다.

09

—

아난다만 크게 웃지 못했다

붓다는 만족한 듯 미소를 길게 지은 다음 다른 이야기로 넘어갔다.

"수부티여, 그대 생각은 어떤가?

내가 보시, 보시 말하니까 하는 말인데, 혹시 어떤 장자가 그릇마다 자루마다 보석을 가득 채워 우리 승가에 보시하는 사람이 있다고 치자. 이 사람의 공덕이 크지 않겠는가?"

"바가바트시여, 그 공덕이 매우 많습니다."

"수부티여, 후세 사람들이 오늘 우리가 이야기하는 이 금강경을 읽거나 중요한 뜻을 이웃에게 알아듣게 전한다면 그 복은 오히려 그것보다 더 뛰어나리라. 왜냐하면 다른 수많은 붓다의 깨달음도 실은 이 한 경에서 나왔기 때문이다.

이 금강경 없이는 비파시불도, 시키불도, 비사부불도, 카쿠산다불도, 카나가마나불도, 카사파불[085]도 반야를 깨닫지 못했을 것이다. 그런즉 금강경이 곧 붓다.

아난다를 위해 더 설명한다.

실제로 깨달음의 법이라고 말할 수 있는 것은 존재하지 않는다. 단지 깨달음이니 아뇩다라삼먁삼보리(Annuttara samyak sambodhi)니 반야(Panna)니 다르마(Dharma)니 보리(Bori)니 하는 여러 가지 이름이 어지럽게 널려 있을 뿐이다.

수부티여, 어떤 사람이 열심히 수행을 하여 수다원의 경지에 이르렀다고 하자. 그러면 그 수다원은 '나는 수다원이 되었다'고 생각할까?"

---

085    고타마 싯다르타를 비롯한 과거 7불이다. 팔리어로 비파시불(Vipassī), 시키불(Sikhī), 비사부불(Vessabhū), 카쿠산다불(Kakusandha), 카나가마나불(Koṇāgamana), 카사파불(kasyapa).

수다원은 '깨달음의 경지를 나타낸 첫 단계'로, 대체로 평안한 의식의 흐름에 들어간 사람이다. 즉 번뇌를 조절할 능력이 있어 욕망과 분노와 두려움을 잘 다스릴 수 있으며, 그리하여 손톱만큼 남은 탐진치(貪瞋痴)의 업식(業識)을 일곱 번의 생애 안에 깨끗이 지우고 8번째 윤회에서는 아라한이 되어 이 사바에는 결코 돌아오지 않을 분들을 말한다.

"바가바트시여, 그렇지 않습니다. 왜냐하면 수다원은 성스런 반야의 흐름에 발을 들여놓았지만, 발을 들여놓았다는 생각조차 없습니다. 감각이나 인식에도 발을 들여놓았다는 생각이 없기 때문에, 그래서 우리는 수다원이라고 말합니다."

붓다는 수부티에게 다시 한 번 물었다.

"수부티여, 사다함은 사다함과를 얻었다고 생각하지 않겠는가?"

사다함은 깨달음의 경지를 나타낸 두 번째 단계를 가리키는 말이다. 탐진치 3독을 버려 반야를 거의 깨달은 뒤 마지막으로 한 번만 더 환생하여 공부를 마쳐야 할 분들이다.

탐진치(貪瞋痴) 3독은 다 지워 남아 있지 않다. 다만 아라한이 되기 위한 조건인 계정혜(戒定慧) 단계에서 손톱만큼 부족하여 이 세상에 한 번만 더 환생하여 수행하면 아라한이 될 수 있는 분들을 말한다.

"바가바트시여, 그렇지 않습니다. 왜냐하면 사다함은 한번 이 세상에 다시 와 수행정진해야 하는 분을 가리키지만, 막상 사다함이 되면 간다 온다 생각이 전혀 없습니다. 그렇기 때문에 바로 사다함입니다."

붓다는 또 물었다.

"수부티여, 아나함은 아나함과를 얻었다고 생각하지 않겠는가?"

아나함은 깨달음의 경지를 나타내는 세 번째 단계로, 깨달음을 이룬 뒤 결코 이 세상에 돌아올 필요가 없는 성자이다. 다만 완전히 열반하는 건 아니고, 계정혜(戒定慧) 가운데 마지막 지혜가 약간 모자라 차원 높은 천상에서 조금 더 머물며 아라한과를 얻어 다시는 사바에 돌아오지 않는 분들을 가리킨다. 그러므로 도리천이나 도솔천 같은 다른 하늘에 한 번 더 태어나 공부를 마쳐야 하는 분들이다.

"바가바트시여, 그렇지 않습니다. 왜냐하면 아나함은 사바로 다시 오지 않지만, 실제로 오지 않는다는 생각조차 없습니다. 그렇기 때문에 바로 아나함입니다."

시자 아난다가 바로 이 아나함 단계에 머물러 있다. 반야가 완전하지 못하다 하여 그는 아직도 붓다의 독촉을 받고 있다.


붓다는 이번에는 아라한에 대해 물었다.

"수부티여, 아라한은 아라한과를 얻었다고 생각하지 않겠는가?"

아라한은, 탐진치(貪瞋痴)를 완전히 벗어던지고, 또 계정혜(戒定慧)까지 완성하여 틀리지 않고 어긋나지 않고 모자라지 않는 완전한 반야를 깨달은 분들이다. 붓다의 승가에는 약 5백 명의 아라한이 있다. 지금 이 칠엽굴에 모인 일곱 명 중 아난다를 제외하고는 모두 아라한이다. 즉 반야의 세계로 들어간 분들이므로 사바세계든 천상세계든 다시 돌아오지 않을 분들이다.

"그렇지 않습니다. 실제로 아라한이라는 고정된 실체는 없습니다. 바가바트시여, 어떤 아라한이 '나는 아라한의 도를 얻었다' 하면 곧 사상(四相)에 집착당하니 아라한이 아닙니다. 아라한은 그런 생각조차 일어나지 않으며, 그래서 아라한입니다.

바가바트께서는 언젠가 저를 가리켜, 갈등 없는 삼매를 얻어 대중에서 최고이며 욕심을 떠난 첫번째 아라한이라고 말씀하신 적이 있습니다. 그렇지만 저 자신은 '욕심을 떠난 아라한'이라는 생각조차 해보지 않았습니다. 욕심이 없으니 욕심이 떠났다는 생각도 없는 것입니다. 또 이미 반야라는 바다에 이르렀으니 여기가 바다다, 저기가 강이다라고 할 필요도 없습니다.

바가바트시여, 제가 만약 '나는 아라한의 도를 얻었다'고 말한다면, 바가바트께서도 '수부티는 갈등 없는 행동을 즐기는구나' 하고 말씀하시겠지요. 그러나 제게는 '갈등 없는 행동을 할 갈등'이 없으며, 또한 '즐겨야 할 갈등 없는 행동'을 할 까닭이 없기 때문에, 저는 아라한이라고 생각하지 않습니다. 따라서 제가 저를 가리켜 아라한이라고 생각해야 할 까닭도 없으며, 그럴 필요도 없습니다. 또한 저라는 상도 없기 때문에 저를 가리켜 이렇다 저렇다 상을 지을 일도 없고, 관심도 흥미도 없습니다. 그렇기 때문에 바가바트께서는 저를 가리켜 아라한의 경지에 이르렀다고 말씀하신 것입니다."

붓다는 빙그레 미소를 지었다.

"어리석은 이가 자신이 어리석다고 하는 순간부터 슬기로운 이가 되고, 어리석은 이가 자신은 슬기롭다고 알면 참으로 어리석은 이다."

사리풋타와 목갈라나 두 존자도 머리를 끄덕여 수부티를 칭찬했다. 마하카사파도 라훌라도 웃었다. 아난다만 크게 웃지 못했다.

붓다는 늘 그러하듯이 더 자세한 예를 들기 위해 이번에는 자신의 전생 이야기를 꺼냈다.

"내가 아주 오랜 옛날 디팡카라086 붓다를 모시며 살 때가 있었다."

고마타 싯다르타는 당신 이전에 여섯 분의 붓다가 세상에 다녀가셨다고 늘 말했다. 이 붓다들이 어느 세상에서 언제 깨달음을 이루었는지는 붓다와 아라한들만 알 수 있다. 도리천은 수명이 1천 년이고, 도솔천은 수명이 4천 년이며, 비상비비상처천은 수명이 무려 8만4천 겁이나 되는 상상할 수도 없는 다른 세계087가 있다.

붓다는 과거 당신이 모시던 디팡카라 붓다 이야기를 꺼내들었다.

"수부티여, 내가 디팡카라 붓다한테서 반야를 물려받거나 전해 받았다고 생각하느냐?"

"바가바트시여, 아닙니다. 반야는 물려줄 수 없고 전해줄 수 없으니 물려받을 수도 전해 받을 수도 없습니다."

"수부티여, 내가 세상에 태어나서 이 세상을 반야의 등불로 빛냈다고 생각하느냐?"

"바가바트시여, 아닙니다. 반야를 깨닫기 전이나 후나 아무런 변화

---

086  Dīpaṃkara. 디팡카라 불(燃燈佛).

087  붓다는 이 우주의 시간과 공간을 매우 입체적으로 보았다. 그래서 공간도 서로 다르며, 시간도 서로 다르다고 했다. 오늘날의 블랙홀 같은 공간 개념이 나오고, 중력에 의해 시간이 달라지는 개념도 설명했다. 붓다는 33천을 제시했는데, 이중에 가장 중력이 세고 수명이 긴 게 무색계의 비상비비상처천(非想非非想處天)이다. 욕계의 사왕천부터 28종류의 하늘(天)은 신들이 사는 세상이며, 그러한 신들조차 반야 안에 존재하는 생명체일 뿐이라고 말했다. 도리천은 Trayastrimsa의 한자 번역, 도솔천은 Tusita의 한자 번역, 비상비비상처천은 N'eva sanna n'asannayatana의 번역이다.

도 차이도 없습니다. 우르벨라 마을에 가시기 전에도 세상은 이러했으며, 그 이후에도 이러했습니다."

"왜 그렇게 생각하느냐?"

"반야는 반야라고 말할 수 없으며, 바가바트께서 세상에 나셨다 하나 바가바트께서는 아무 빛도 내지 않으셨기 때문입니다. 바가바트께서 반야를 깨달았다고 말씀하신다면 그것은 이미 반야를 깨달은 것이 아니며, 바가바트께서 세상을 빛냈다고 말씀하신다면 사실은 빛을 낸 것이 아니기 때문입니다. 그렇게 등불을 밝혔다고 말한다면, 아마 라자그리하나 사르나트, 카필라바스투의 모든 사람들이 고타마 싯다르타가 언제 등불을 켜들고 다녔느냐, 난 그 불빛을 본 적이 없다고 되물을 것입니다."

"수부티여, 그렇다. 반야를 깨닫기 위해 수행정진하는 사람들은 모두 이같이 마음을 비워야 한다. 모든 사람들이 이 같은 본래 마음을 갈고 닦고 지켜야 한다.

모두들 잘 들어라.

**마땅히 머무는 바 없이 마음을 내야 한다.**
**마음이 일어난 자리에 자국이 있으면**
**참다운 마음이라고 할 수 없다."**

"바가바트시여, 그 말씀을 받들어 지니겠나이다. 미혹하고 번뇌하고 집착하는 중생들은, 우담바라꽃[088]을 보고 '우담바라꽃이 참 아름답다'는 생각을 하더라도, '이 꽃이 정말 우담바라꽃일까? 이 꽃은 정말 삼천 년만에 한번 필까? 이 꽃에서 꿀을 따면 얼마나 맛이 있을까?' 하고 가지가지 잡념을 일으킵니다. 그런 수많은 마음의 자국이 남아 있는 사람이 비록 '우담바라꽃이 아름답다'는 생각을 잠시 낼지라도, 그는 진실로 그 생각을 일으킨 것이 아니라 다만 번뇌잡념의 흙탕물을 일으킨 것에 지나지 않는 것입니다."

"수부티여, 여기 왕사성 라자그리하 북쪽으로 흐르는 갠지스강에 가보면 엄청난 모래가 언덕을 이룬다. 그리고 그 모래만큼 많은 다른 갠지스강이 또 있다고 치자. 이 모든 강의 모래를 더하면 얼마나 많겠느냐?"

갠지스강은 길이 2,460킬로미터의 긴 강이다. 이 모래를 가리켜 항하사(恒河沙)라고 말한다. 수학적으로는 10의 52승인 $10^{52}$이다. 붓다는 지금 인간의 두뇌로는 계산할 수 없는 천문학적인 수를 말하고 있다.

수부티도 그 뜻을 알고 질문에 알맞게 대답한다.

"바가바트시여, 헤아릴 수 없이 많습니다. 갠지스강의 모래만 해도 그 수효를 헤아릴 수 없이 많은데 하물며 그 모래만큼 많은 강의 모래야 오죽 많겠습니까."

"수부티여, 내가 지금 오직 진실한 마음으로 말하리라. 비유가 아닌 진실로써 말하리라. 오직 반야로써 힘주어 말하리라.

---

088    산스크리트어 udumbara. 붓다가 세상에 나타날 때 핀다는 전설의 꽃으로 3,000년에 한 번 핀다고 한다. 한국의 일부 사이비 승려들은 풀잠자리알을 우담발라꽃이라고 거짓 말한다.

어떤 사람이 그 모든 강의 모래만큼 많은 세상에 갖가지 귀한 돈과 보석으로 가득 채워 보시하면 그 복덕이 크지 않겠는가?"

"바가바트시여, 굉장히 크고 많습니다."

"수부티여, 그렇다. 하지만 누군가 이 경을 듣거나 읽고 그 깊은 뜻을 깨달아 이웃과 함께 나눈다면, 또 게송 하나만이라도 외워 자국을 남기지 않는 그 마음으로 실천한다면, 그 사람의 복과 덕은 갠지스강의 모래알만큼 많은 세상에 갖가지 귀한 보석으로 가득 보시한 공덕보다 훨씬 크리라."[089]

"바가바트시여, 진실로 옳으신 말씀이십니다."

"수부티여, 이 금강경의 가치를 다시 한 번 강조하거니와 결코 의심하지 말고 굳게 믿으라는 뜻으로 한 번 더 비유하리라.

이 경을 전하거나 게송 하나를 외워 실천해도 그렇게 공덕이 크거늘, 하물며 스스로 이 경을 지니고 쓰고 읽고 외워 그 뜻을 깨우친다면 삼천대천이 다 기뻐할 일이라. 분명히 알라. 이 사람은 더 이를 곳이 없는 가장 높은 법을 성취한 것이니, 그가 곧 아라한이라.

그리고 이 경이 살아 있는 곳에 곧 삼세[090]의 모든 붓다가 계시고, 모든 아라한과 아나함과 사다함과 수다원 등의 선지식이 있다. 이

---

089 붓다에게 죽림정사를 보시한 마가다의 왕 빔비사라, 기원정사가 있으며 불교를 숭상한 코살라의 국왕 파사나디, 붓다의 고국 카필라의 국왕 마하나마는 모두 비참한 죽음을 맞았다. 보시했다고 카르마가 면제되지 않는다. 카르마는 오직 반야로써 소멸될 뿐이다.

090 삼세(三世); 과거세, 현재세, 미래세. trayo-dhvanah. 여기서 현재세는 찰나다. 《아비달마대비바사론》에 따르면 1찰나는 75분의 1초, 약 0.013초에 해당한다. $10^{-18}$이다. 물리적으로 가장 짧은 시간은 청정(淸淨)으로 $10^{-21}$이다.

경을 쥐고 있는 사람은 뭐든지 벼락처럼 부수고 쪼개고 가르는 금강
(金剛)을 가지고 있는 셈이며, 그 금강마저 때려부술 수 있다. 그래서 금
강경이다. 다시 말하니 금강이 반야요, 반야가 금강이다."

붓다가 긴 설명을 끝내자 수부티 존자가 감격하여 눈물을 흘렸다.

"거룩하신 바가바트여. 만일 금강경이 없다면 바가바트께서도 한
낱 범부(凡夫)일 것이며, 삼세의 모든 바가바트도 바가바트가 아닌 어
느 천상의 한낱 생명체 한 개로 남았을 것입니다."

붓다가 설한 금강경은 이처럼 짧다.

다시 묻고 확인하는 것뿐 금강경은 눈에 보이고 귀에 들리는 모든
상(相)은 다 가짜라고 말한다. 눈에 보이고 귀에 들리는 모든 상이 가
짜라는 사실을 알아야 하며, 눈으로 보고 귀로 듣는 이 세상에서는
얻을 것도 버릴 것도 없다(無學). 다만 가짜를 가짜라고 똑똑히 알아야
진짜를 드러낼 수 있는데, 이에 대해 붓다는 상(相)에 가려진 진짜가
뭔지 이해하려면 바로 '8가지 바른 길'에 들어서야 한다고 설했다. 인
간의 눈으로는 가짜 상에 속아 거짓을 사실처럼 보는데, 하늘눈(天眼)
혹은 제3의 눈이 열려야 궁극의 반야인 아뇩다라삼먁삼보리를 볼 수
있고, 인간의 귀로는 가짜 소리를 듣는데, 하늘귀(天耳)가 열려야 궁극
의 반야인 아뇩다라삼먁삼보리를 들을 수 있다.

**눈에 보이고 귀에 들리는 모든 상(相)은
반드시 다 사라진다**

이 말을 말로써 알아들을 수 있으려면 붓다가 말한 탐진치(貪瞋痴) 법칙을 먼저 알아야만 한다. 탐진치가 뭔지 모르면 이 말을 알아들을 수가 없다. 탐진치를 끊어야만 이 말을 알아들을 수 있다는 것이 붓다와 수부티의 문답에 들어 있다.

상이 아니면, 그러면 무엇이냐는 의문을 스스로 가질 수 있고, 그러면 '여덟 가지 바른 길'이라는 계정혜(戒定慧) 삼학과 혜(慧)를 자세히 풀이한 팔정도를 닦아 궁극의 반야인 아뇩다라삼먁삼보리를 이룰 수 있기 때문이다.

붓다와 수부티는 수다원, 사다함, 아나함, 아라한의 경지를 말하면서 사실상 탐진치와 계정혜의 기준을 보여주었다.

수다원은 '눈에 보이고 귀에 들리는 모든 상(相)은 반드시 다 사라진다'는 말을 말로써 알아 듣지만, 정작 상(相)을 다 거두지 못한다. 그래서 앞으로 일곱 번 더 세상에 다시 태어나 수행정진을 해야만 그 사이에 탐진치를 완전히 여읜 사다함이 되고, 다음 단계인 아나함과 아라한 경지로 들어가야 마침내 카르마에 끌려다니는 윤회의 수레바퀴에서 벗어날 수 있다고 설명한다.

수다원의 가치는 그때부터 비로소 궁극의 반야를 볼 수 있는 길에 들어섰다는 인가를 받기 때문이다. 그 이전에는 설사 비구라 해도 반야의 길에 들어선 것은 아니고, 반야를 찾는 거리의 나그네일 뿐이다.

그러므로 탐진치가 없는 사다함이라 해도 궁극의 지혜를 깨우치기 위해서는 한 생애에 걸친 계정혜(戒定慧) 수행이 더 필요하다.

따라서 수다원과 사다함은 아직 반야의 실상을 제대로 보지 못하지만 이치로는 알아들어 믿음이 확고한 사람들이다. 이중 사다함은 한 생애만 더 수행해도 마침내 반야를 깨우치는 수준에 이르는 분을 가리킨다.

탐진치를 완전히 여읜다는 것은 편도체가 가짜로 지어놓은 집을 다 때려 부수어 어리석음, 무명을 닦은 깨끗한 상태를 가리킨다. 그렇다고 반야가 뚜렷이 드러나는 단계는 아니다. 왜냐하면 계정혜 수행 과정을 따로 거쳐야 하기 때문이다. 계정혜(戒定慧)는, 뜻만 새기자면 계율을 지키고, 늘 정(定) 즉 상에 물들지 않는 삼매에 들어 있어야 비로소 반야를 볼 수 있다는 뜻이다. 탐진치를 완전히 여읜 사다함도 계정혜 수행으로 아뇩다라삼먁삼보리를 얻기 위해서는 한 생애에 걸친 용맹정진이 더 필요하다는 것이다.

붓다는 또 '머무는 바 없이 마음을 내야 한다'고 말했다.

이것은 아라한 경지를 가리키는 말이다. 수다원은 아직 이 경지에 이르지 못한 분이니 이 기준에 해당되지 않는다. '눈에 보이고 귀에 들리는 모든 상(相)은 반드시 다 사라진다'는 탐진치 이치를 깨우치고, 그 다음에 '머무는 바 없이 마음을 내야 한다'는 계정혜 수행 과정을 다 마친 아라한의 경지가 바로 이 수준이다. 그러므로 '머무는 바 없이 마음을 내는' 사람은 오직 아라한밖에 없다.

오늘 붓다는 딱 두 가지 가르침을 던졌다.

**- 눈에 보이고 귀에 들리는 모든 상(相)은 반드시 다 사라진다.**

**- 머무는 바 없이 마음을 내야 한다.**

이 두 가지가 반야를 깨닫는 조건이요, 이것이 완성되어야 아라한이 되고 붓다를 이해하는 경지에 이른다는 말이다.

그러므로 아라한이나 붓다는 눈에 보이고 귀에 들리는 모든 상(相)이 상이 아닌 줄 아는 분이며, 어떤 상황에서도 머무는 바 없이 마음을 내며, 마음을 다 쓴 다음에는 불이 꺼지듯, 물이 마르듯 아무 흔적을 남기지 않는 분이다.

이 말이 곧 오늘 붓다가 설한 금강경의 핵심이요, 1천2백 비구에게도 들려주지 않고, 5백 아라한에게도 다 들려주지 않고, 오직 칠엽굴 일곱 제자에게만 들려주는 비밀한 법문이다.

10

번개칼조차 부수고 끊고 베고 깨는 무기가 있다

태이자는 빙그레 웃으면서 아주타나의 손을 잡아 톡톡 두드렸다.

늙어서 살갗이 거북등껍질처럼 갈라진 거친 손이지만, 아주타나는 그의 손이 매우 부드럽다고 느꼈다.

"막 수다원이 된 너의 손길이 참 부드럽구나."

"스승님, 스승님의 손길이 몹시 부드럽습니다. 거친 손이지만 그 손에서 따뜻한 사랑이 느껴집니다."

"우리 붓다께서는 중생은 먹음으로써 근본을 삼는다고 말씀하셨다. 중생이 근본으로 삼는 그 먹을거리란 쌀과 보리와 강황과 밀과 과일 등 갖가지 산해진미가 있지만 그중의 으뜸은 자비란다. 자비를 받은 꽃나무는 더 아름답게 꽃을 피우고, 자비를 받은 과일나무는 더 크고 단 열매를 맺는다. 중생 또한 그러하니 자비로 키운 아이는 자비롭게 세상을 살아가고, 미움과 원망으로 키운 아이는 다른 생명을 해치고 괴롭히며 살아간다. 자비는 반야를 감싸는 보자기 같다. 다만 탐진치라는 가짜집, 가짜기억이 시키는 대로 궁중 여인들을 탐하는 것은 메아리나 그림자일 뿐이다. 반야는 궁중 여인들의 치마 속에 있지 않다."

"태이자 스승님, 저는 이제 진짜와 가짜를 가릴 눈을 가졌습니다. 진짜처럼 보이는 것조차 실은 가짜임을 보는 하늘눈을 가졌습니다. 또한 진짜와 가짜의 경계를 걸림없이 넘나드는 반야의 눈을 가졌습니다.

다만 스승님 말씀하시는 뜻대로 저는 몇 번은 더 이 사바에 다녀가야만 할 사람입니다. 그물처럼 엮인 죄업(罪業)이 많아 '돌아오지 않는 자' 아라한이 되기에는 발에 걸린 차꼬와 손에 채워진 수갑이 무겁습니다. 제가 밀어낸 것은 제자리로 당겨야 하고, 당긴 것은 밀어놔

야 합니다. 늘어진 고무줄은 다시 줄어들어야 하고, 구부린 용수철은
도로 튀어나와야 합니다."

태이자는 싱긋 웃으며 아주타나를 사랑스럽게 바라보았다.

"아주타나는 들어라. 붓다는 말씀하셨다. 꼭 그런 것만은 아니다.
업식(業識)을 닦는 두 가지 방법이 있으니 하나는 목숨이 끊어질지언
정 아나파나를 하는 것이고, 또 하나는 자기에게 속한 물건이 하나라
도 있다면 그게 무엇이든 다른 생명에게 내어주고, 심지어 마지막 남
은 살가죽까지 던져 보시하는 것이다. 아나파나를 하면서 다리가 저
리고 머릿속 탐진치란 괴물이 꿈틀거리고 날뛰는 걸 참아내면 그것이
바로 업식을 지워나가는 고통이라. 내가 듣기로 아나파나를 하다가 죽
은 사람은 없더라. 아나파나를 하지 못하는 것은 탐진치라는 괴물이
날뛰는 걸 진정시키지 못하기 때문이니, 수행자라면 소에 코뚜레를 뚫
거나 고삐를 채우듯, 코끼리를 꼬챙이로 길들이듯 탐진치라는 괴물이
함부로 날뛰지 못하도록 다스려야만 한다. 탐진치라는 괴물은 그림자
와 메아리와 거품으로 이루어진 가짜집에 살고 있으니, 만일 그 가짜
집의 기둥을 들어내고 서까래를 뽑아버리면 업식이 만들어낸 이 탐진
치라는 괴물은 저절로 사라질 것이다. 그러고도 무너진 집에 깔려 있
는 기왓장이며 나뭇조각을 하나하나 뜯어내어 다른 생명에게 보시하
면, 다른 생명에게는 요긴한 물건이 될 것이고, 너의 집터는 깔끔하고
매끈하게 다져질 것이다."

"스승님, 저는 바이샤, 수드라, 불가촉천민 등을 불러다 힘든 일을
시키고, 그들이 가진 안락과 희망과 행복을 빼앗아 우리 가족끼리만
먹고산 바라문이었습니다. 대대로 내려온 저의 집안의 죄와 저의 죄

가 매우 클 것입니다."

"아주타나여, 보리심은 자비심을 먹고 자란다. 너는 붓다보다 더 어린 나이에 아라한이 되리라. 붓다는 전생에 쌓은 무수한 공덕으로 여든 살이 되시도록 큰 화를 입지 않으시고, 무수한 제자들에 둘러싸여 반야의 등불을 높이 드셨다. 하지만 아주타나, 그대는 어리석음으로 친구를 죽게 하고, 궁중의 여인들에게 욕망의 불을 질렀다. 너의 머리는 아라한의 경지에 들어왔으나 네 몸은 아직 수다원에 머물러 있다. 그래서 수다원이다. 네가 정녕 '돌아오지 않는 자' 아라한이 되려면 아나파나에 더 열중하여 자취와 냄새와 메아리를 없애야만 한다. 네가 이미 금강경을 보았으니 고타마 싯다르타의 법회가 열리는 곳이면 그곳이 죽림정사든 기원정사든 니그로다동산이든 대림동산이든 바이바라산이든 다 찾아가 공부하라. 아나파나가 곧 계(戒)이니 새벽에 일어나 삼매에 들고, 오전에 삼매에 들고 오후에 삼매에 들어야 한다. 숨 한 번 내쉴 때마다 나라는 허상의 먼지를 뱉어내라. 욕망을 뱉어내라, 분노를 뱉어내라. 업식을 녹이고, 업식을 닦고, 업식을 깨는 손쉬운 방법이 있으니 그것은 오직 아나파나에 자기 몸을 던지는 것 뿐이다. 들숨날숨 사이에 너를 두고 그 어떤 욕망, 분노, 두려움에 끌려가지 말라. 오직 붓다와 반야에 의지하라."

"잊지 않겠습니다, 스승이시여."

아주타나는 태이자에게 손을 모아 합장하면서 머리를 깊이 숙였다.

"업이 사라져야 아라한이다. 참회하고 반성한다고 업이 다 녹거나 풀리지는 않는다. 보시를 많이 한다고 업이 술술 풀리지도 않는다. 업은 업이고, 공덕은 공덕이다. 업을 녹이고 지우고 없애려면 오로지 반야를 뚜렷하게 깨우쳐야만 한다. 반야를 올바르게 깨우치면 비로소 업이 술술 풀린다. 이치로 확실히 알지 않으면 업은 쇳덩어리처럼 딱 딱해서 결코 풀리지 않는다."[091]

"남은 생애, 업식을 다 녹이고 부수고 태우고 지워 반드시 아라한 이 되겠습니다."

"아주타나, 그렇게만 한다면 너는 곧 사다함이 되고, 아나함이 되 고, 머지않아 아라한이 될 것이다. 그런 다음 세상에 나가면 장차 너 를 등불로 삼아 공부하려는 수행자들이 몰려들고, 대중의 공양이 끊 이지 않을 것이다. 그러거든 너는 자비심을 숨으로 삼고 밥으로 삼고 기쁨으로 삼아야 한다. 줄 수 있는 것은 모두 내주고, 줄 수 없는 것까 지 내줘라. 너에게 남은 것이 가루 하나, 먼지 하나 없을 때까지 모두 다 내어주어라. 비구에게 필요한 것은 오직 가사 한 벌과 발우 한 개 뿐, 나머지는 다 남에게 주어라.

붓다가 가르쳐주신 자비심은 보물 중의 보물이니, 찰나라도 놓치 지 말고, 억겁이라도 놓치지 말라.

**살아 있는 생명이면 어떤 것이건 하나도 빠짐없이, 약하거나 강하 거나, 크거나 작거나, 길거나 짧거나, 가늘거나 두텁거나, 볼 수 있**

---

091    사람도 여러 생을 살면서 업이 쌓인다. 마치 원자 한 개인 수소에서 원자 6개인 산소로 묶이고, 나아가 우라늄은 원자 92개로 묶이고, 오가네손(Og)은 무려 118개로 뭉쳐진다. 원자덩어리는 웬만해서는 녹지도 풀리지도 부서지지도 않는다. 반야를 소립자 수준이라 고 이해한다면, 원자 한 개인 수소조차도 업이고, 원자 26개인 철은 훨씬 더 무거운 업이 다. 이렇게 업이 쌓이고 쌓인 것을 풀기 위해서는 업을 묶은 힘만큼 반대 에너지가 필요 하다. 수소 원자 두 개를 합치려면 섭씨 2억 도의 힘이 필요한 것처럼.

든 볼 수 없든, 가까이 있든 멀리 있든, 태어난 것이든 태어날 것이든 이 세상 모든 존재가 다 평화롭고 행복할 때까지 자비심을 펼쳐라!

위로는 높은 곳의 높은 곳까지, 아래로는 낮은 곳의 낮은 곳까지, 옆으로는 먼 곳의 먼 곳까지 미움과 원망과 분노를 떨쳐내어 멈추지 않고 그치지 않는 자비를 널리 펼쳐라. 서거나, 걷거나, 앉거나, 눕거나 깨어 있는 동안 언제 어디서나 자비의 마음을 닦아라.

이것이 바로 다시는 돌아오지 않는 아라한의 삶이다.

그러므로 말한다. 너는 돌아오지 않는 아라한이 되어라.

내가 열반에 들고 싶어도 반야의 물줄기가 끊어지거나 막힐까봐 오래도록 산아랫 세상을 기웃거리며 내려다보았는데, 마침 아주타나 네가 와줬다. 나는 이제야 열반할 수 있는 아주 귀한 기회를 얻었다.

아주타나 너는 붓다를 스승으로 삼고, 다른 세상에서 깨달음을 얻은 비파시불, 시키불, 비사부불, 카쿠산다불, 카나가마나불, 카사파불을 뵈어도 좋다. 그러나 붓다들의 말씀은 하나도 다름이 없으니 오직 반야일 뿐이라. 동쪽의 물이나 서쪽의 물이나 남쪽의 물이나 북쪽의 물이나 물맛은 같은 것처럼."

"저는 더 열심히 수행정진하여 기필코 '돌아오지 않는 사람'이 되고자 합니다."

"사두 사두 사두. 상에 머물지 말라, 마음의 자국을 남기지 말라는 말씀은 쉽지만 어렵고, 알아도 모르기 쉽다. 그래서 붓다는 수부티를 통해 이리 두드리고, 저리 두드리고, 쪼개보고 벌려보고 당겨보고 쥐어보시며 거듭 살피신다. 어떻게 말씀하시는지 마저 들어보자꾸나."

아주타나는 보이는 대로, 들리는 대로 태이자에게 다시 설명해나갔다.

수부티가 붓다에게 물었다.

"바가바트께서는 이 경을 금강경이라고 말씀하셨습니다. 바가바트께서는 왜 이 경을 금강경이라고 부르십니까?"

"이 경의 본래 이름은 《세상에서 가장 단단한 벼락칼 바즈라[092]처럼 무엇이든지 부수고 끊고 베고 깨는 반야로써 폭풍우와 파도와 하마와 악어가 드글거리는 강을 헤쳐가며 니르바나의 언덕까지 오르는 길을 가리키는 이야기(能斷金剛般若波羅密經)》[093]라고 한다."

이 사바세계의 맨꼭대기 33천을 주관하는 신 인드라가 있다. 인도 고대 신화에, 인간과 천신의 혼혈인 아수라가 있는데, 이 때문에 아수라 무리는 늘 천신들에게 덤빈다. 이때 천신의 왕인 인드라가 아수라 군대를 물리치는데, 그가 사용하는 무기가 바로 바즈라(vajra)라는 벼락칼이다. 인드라가 바즈라를 내리치면 아수라 군대는 어지럽게 흩어진다.

이처럼 번갯불이자, 이 번갯불이 내리치는 벼락을 뜻하는 '가장 강한 무기 바즈라'는 무엇이나 부수고 끊고 벨 수 있다. 그런데 이런 신들의 무기인 바즈라처럼, 그러면서 바즈라까지 능히 깨부수고 끊어버

---

[092] 인드라신의 가장 강력한 무기로 바즈라(vajra)라고 한다. 벼락을 치면 모든 게 부서지고 깨지듯 바즈라는 인드라의 가장 강한 무기다. 이것을 금강으로 번역했다.

[093] 와즈라체디까 쁘라즈냐빠라미따 쑤뜨람(vajracchedikā prajñāpāramitā sūtraṃ).

리는 것이 있으니 그게 바로 '완성된 지혜' '궁극의 지혜'인 반야다. 그러므로 금강경이란, 반야로써 모든 욕망과 미혹과 번뇌와 집착을 끊고 모든 상(相)에서 벗어나, 반야의 저 언덕에 이르는 말씀이라는 뜻이다. 실을 베틀에 걸어 옷감을 짤 때 늘어뜨리는 세로실 즉 날실이 경(經)이다. 가로실은 그때그때 새로 놓거나 갈아 넣는 씨실이지만 날실은 언제나 같은 자리에 있어야 한다. 이처럼 변하지 않는 줄이라 하여 경(經)이다.

"나는 오늘 여러분에게 붓다의 모든 재산, 가장 값이 나가는 재산을 다 나눠주려 한다. 그 귀한 재산이 바로 반야다. 반야는, 세상에서 가장 단단한 벼락칼 바즈라처럼 강하며, 그런 바즈라마저 깨부수는, 삼천대천에서 가장 센 무기다.

반야만 있으면 어떤 악마라도 물리치고 시련을 견디며 문 없는 벽을 뚫을 수 있다. 내가 그 반야를 여러분에게 고스란히 내주겠다.

'벼락칼인 바즈라 같고, 그런 바즈라조차 부수는 반야경'은 그대들이 받들어 갈고 닦아야 하리니 줄여서 금강반야경, 더 줄여 금강경이라 하자. 글로 적거나 입으로 외우기만 하는 것은 금강경이 아니니, 앵무새의 말은 말이 아니요, 신기루로 떠오른 산은 산이 아닌 것과 같다.

왜냐하면 수부티여! 이 금강경은 금강경이 아니기 때문에 금강경이라고 부르는 것이다. 또한 이 금강경은 존재하는 것이 아니기 때문에 존재하는 것이다.

수부티여, 그대 생각은 어떤가? 오늘 내가 금강경을 설했다고 생각하는가?"

"바가바트께서는 금강경을 설하지 않으셨습니다."

"금강경은 내가 만든 경인가?"

"아닙니다, 바가바트시여. 과거에도 있고 현재에도 있고 미래에도 있는 경입니다. 없지만 있고 있지만 없습니다."

"수부티여, 좀 재미난 이야기를 해볼까. 내가 좀 잘 생겼나?"

"바가바트시여, 젊은 시절에는 절세 미남인 아난다보다 더 잘 생겼다고 생각한 적이 있었습니다."

"그렇구나. 지금은 아니란 말이지?"

존자들이 다들 웃었다. 아난다도 모처럼 웃으면서 긴장을 조금 풀었다.

"우리 아난다가 나보다 더 잘 생긴 거야 사실이지. 어쨌든 그때든 지금이든 나의 이 생김새로 반야를 들여다볼 수 있거나 짐작할 수 있는가?"

"바가바트시여, 아닙니다. 생김새로는 반야를 볼 수 없습니다. 그러기로 말하면 아난다는 벌써 해탈했을 것입니다. 미안하오, 아난다 비구."

아난다가 머쓱하여 고개를 가볍게 저었다.

"수부티여, 참으로 그러하다. 내 얼굴을 흙이나 돌로 비슷하게 빚어 놓고 돈 좀 벌게 해주세요, 병이 낫게 해주세요, 벼슬 좀 높여주세요, 이러면 그렇게 될까?"

"바가바트시여, 그렇게 되지 않습니다. 다만 탐진치로 지은 가짜집에 갇혀 살아가는 수많은 중생은 아마도 상(像)을 빚어 모시고 탑(塔)을 세울 것입니다. 그 상과 탑에 밥을 바치고 과일을 올리고 돈을 뿌릴 것입니다. 그래서 중생입니다."

"그렇다. 수부티여, 수많은 사람들이 저 갠지스강의 모래알만큼 많은 몸과 목숨을 버려 이웃을 구할지라도, 어떤 한 사람이 금강경의 깊은 뜻을 이웃에게 알아듣게 새겨 전해준다면 그 복이 훨씬 더 많은 것이다."

수부티는 붓다의 뜻을 깊이 이해하고 눈물을 흘렸다.

이때 사리풋타, 목갈라나, 마하카사파, 라홀라, 그리고 아난다도 눈물을 흘리며 두 손을 모았다.

수부티가 붓다를 찬탄했다.

"훌륭하십니다, 바가바트시여. 이처럼 깊은 말씀은 저의 좁고 짧은 지혜로는 감히 상상하지 못한 말씀입니다. 그동안 바가바트께서 수많은 경을 말씀하셨지만 오늘처럼 보신대로 들으신대로 낱낱이 말씀하신 적은 처음인 것 같습니다. 목갈라나 존자의 열반을 앞두고, 또 사리풋타 존자께서 목갈라나 존자를 혼자만 보낼 수 없다 하여 함께 열반하시겠다는 지금, 바가바트의 유산을 높이 받들어 가슴에 떠안겠습니다.

바가바트시여, 비록 후세 사람들이라도 탐진치에 매달리지 않는 사람이라면, 바가바트의 이 말씀을 전해 듣기만 해도 깨끗한 믿음을 내고 퍼뜩 반야를 깨닫게 될 것입니다.

이 세상에 존재하는 모든 상(相)은 그것이 빛이든 소리든 현상이든 형상이든 고정불변이 아니라는 비밀한 반야를 말씀하셨습니다. 탐진치가 남아 있다면, 계정혜가 익지 않았다면 없으나 있고, 있으나 없는 경지를 과연 알아차릴 수는 있을까요? 이 세상은 색즉시공(色卽是空)하고 공즉시색(空卽是色)하며 또한 색불이공(色不異空)하고 공불이색(空不異

色)합니다. 또한 공공즉공(空空卽空)이요, 색색즉색(色色卽色)이며 색색즉
공(色色卽空)이며, 공공즉색(空空卽色)입니다.

바가바트시여, 저 자신은 지금 이 말씀을 믿고 이해하여 간직하는
것이 어렵지 않습니다. 이 자리의 존자님들도 다 이해하시고, 아마도
아난다도 곧 이해할 것입니다. 또 이 자리에 온 천신들이며, 후대의 아
라한들 또한 다 알아들을 것입니다.

또한 칠엽굴 밖 바이바라산에 올라 아나파나를 하는 5백 아라한
과 1천2백 비구들도 언젠가는 그 뜻을 의심 없이 깨우칠 것입니다.

또한 5백 년 뒤쯤에 태어난 사람일지라도 상(相)에 이끌리지 않고
상으로 지은 가짜집을 때려부수고 그 자리에서 깨끗이 떠난다면, 이
말씀을 듣고 믿고 이해하여 간직할 수 있을 것이며, 그렇다면 그 사람
역시 정말로 훌륭한 사람입니다. 왜냐하면 이 사람은 모든 상(相)에서
완전히 벗어나기 때문입니다. 상이란 그것이 무엇이든 본래 존재하지
않는 것이기 때문에, 진실로 마음을 비우고 그림자를 남기지 않는다
면 처음부터 있지도 않을 것이기 때문입니다. 어떠한 겉모습에 얽매이
지 않는 것이 바로 반야이기 때문입니다."

"그렇다, 수부티여. 그대의 말마다 태양처럼 빛나는구나. 반야는
본디 스스로 빛나는 삼천대천의 본질이다. 수부티의 말대로 후세에
어떤 사람이 이 경을 듣고도 놀라거나 두려워하지 않고, 오히려 빙그
레 웃으면서 외투를 벗듯 탐진치를 벗고, 잘 익은 과일의 껍질을 벗기
듯 계정혜를 구하면 분명코 이 사람은 '쳇바퀴처럼 구르며 윤회하지
않는 반야 그 자체'인 아라한이라고 할 것이다.

그렇다면 그 드문 사람이, 지금 내가 있는 시대라고 해서 더 많지

도 않을 것이며, 후세 천년 만년 뒤에 이 금강경을 온갖 말로 옮기고 풀이하는 과정에서 아무리 때가 많이 묻고 비유와 상징과 해설이 두껍게 덮여도, 이 금강경의 참뜻을 깨우치는 사람은 결코 적지 않을 것이다.

왜냐하면 금강경은 내가 말하지 않아도 금강경이며, 내가 태어나기 전에도 금강경이며, 내가 말을 배우지 못한 젖먹이 시절에도 금강경이며, 내가 둥게스와리 6년 고행 중 온갖 마라에 시달릴 때도 금강경이며, 내가 깨닫기 전에도 금강경이며, 내가 삼천대천의 반야로 떠난 뒤에도 금강경이기 때문이다. 그러므로 설사 누가 금강경을 적은 책을 모조리 빼앗아다 높이 쌓아놓고 불을 지르고, 설사 누가 금강경을 외우는 사람들을 모조리 잡아다 죽여 그 흔적을 다 없앤다 해도 금강경은 여전히 금강경이며, 금강경을 해치려는 그 어떤 것도 쳐부술 것이기 때문이다.

왜냐하면 수부티여. 옛 생에 가리왕이 내 몸을 토막낸 적이 있다. 나는 그때 어떤 상(相)에도 빠지지 않을 수 있었다. 왜냐하면 내 몸의 마디마디가 끊어질 때 상에 매어 있었다면 반드시 성내고 한스러웠을 것이다. 나는 그때 비명을 지르지 않았으며, 울지 않았으며, 그를 원망하지 않고, 분노하거나 두려워하지 않았다. 아픔이 아픔이 아니며, 죽음이 죽음이 아니며, 분노가 분노가 아니라는 사실을 나는 그때 깨우치고 있었다.

수부티여, 또 과거 5백 생 동안 내가 인욕 선인으로 윤회할 때 뱀 대가리를 움켜쥐듯 탐진치를 꼭 쥐고, 사나운 들짐승의 목줄이나 코뚜레처럼 꽉 당겨잡고, 오로지 철갑코뿔소의 외뿔처럼 오직 반야를 향해서만 달렸기 때문에 나는 어떠한 상에도 끌려가지 않고 빠지지 않고 무너지지 않았다.

그러므로 반야를 향해 가는 사람은 모든 형식을 떠난 바른 마음을 굳세게 일으켜야 한다. 곧 눈에 보이고 귀에 들리는 상을 잘 파악하여 그림자나 자국이 남지 않는 마음, 감각과 이성을 잘 다스리는 마음을 맑고 깨끗하게 내어야 한다. 탐진치(貪瞋痴)에 절대로 물들지 않는 순수한 마음, 계정혜(戒定慧)로 씻고 닦고 벗겨낸 순수한 마음이 곧 반야의 마음이다.

만일 마음이 상(相)에 얽매인다면 그 사람이 가는 길은 깨달음을 향해 가는 길이 아니라 어지럽고 굽고 끊어지고 뒤집히고 무너지는 길이다. 그러므로 깨달음을 향해 가는 사람은 상에 얽매이지 않는, 자국이 남지 않는 완전한 마음을 가져야 한다.

수부티여, 나는 진리를 말한다. 진실을 말한다. 틀림없이 말한다. 곧 열반에 들 사리풋타 존자와 목갈라나 존자 앞에서 상에 매이지 않는 진실을 말한다.

내가 보리수나무 아래에서 얻은 법은 실체도 아니고 허상도 아니다. 고타마는 보리수나무 아래에서 연기법을 깨달았다더라, 고집멸도(苦集滅道) 4성제를 깨달았다더라, 8정도를 깨달았다더라, 풍문으로 아무리 들어봐야 반야의 길은 영영 갈 수도 바라볼 수도 없다.

반야를 깨우치기 위해 철갑코뿔소의 외뿔처럼 달리는 수행자의 길은, 사실은 칠흑처럼 깜깜한 어둠 속에서 바늘을 찾는 것이라. 이때 반야의 등불이 켜진다면 그 어떤 길도 환하게 보고 뚜벅뚜벅 갈 수 있지만 상에 매이는 사람들은 불 꺼진 등을 잡고 있는 것이며, 기름 없는 등을 쥐고 있는 것이니 탐진치의 밀림에서 빠져나오지 못하며, 말과 문자의 미로에 갇혀 결코 반야를 보지 못할 것이다. 탐진치에 갇힌 사람은 길없는 길을 헤매고, 문없는 문을 두드리고, 있지도 않은 강이나 바다의 신기루 앞에서 발을 동동 구를 것이다.

수부티여, 내가 그런 사람들을 위하여 말하고자 하는데 과거 현재 미래의 중생에게 확실히 전할 수 있겠느냐?"

"바가바트시여, 어서 알려주소서. 오늘 말씀하신 금강경을 들으려면 상을 맺지 않는 눈을 갖고, 상에 걸리지 않는 귀를 가져야 하는데, 우리 죽림정사가 있는 마가다국 왕사성에서조차 그런 사람은 실로 한두 명도 되지 못할 것입니다. 그런즉 지금 당장은 금강경을 깨우치지 못해도 언젠가 깨우치고야 말겠다는 각오로 열심히 수행정진하는 먼먼 훗날의 중생을 위하여 그 비밀한 방법을 알려주소서."

붓다는 두 손으로 이마를 짚어 정수리 쪽으로 쓸어올리면서 말했다.

"중생은 반야를 보아도 보이지 않고 들어도 들리지 않는다. 그래서 중생이다. 같은 눈을 갖고도 보지 못하고, 같은 귀를 갖고도 듣지 못하느니 기어이 보고야 말겠다, 듣고야 말겠다, 서원을 하고 맹세를 하고 각오를 한다면 내가 이렇게 말하리라.

눈에 보이고 귀에 들리는 것은 누구든 무엇이든 사랑(慈)하고, 누구든 무엇이든 공감(悲)하라. 그것이 자비다. 구름이며 새, 지나가는 동물마저, 그 울음소리 숨소리마저 그대로 비쳐드는 맑은 호수처럼 자비는 거울처럼 드러나야 한다.

***고통 받는 존재들, 고통에서 벗어나기를!***
***두려워하는 존재들, 두려움에서 벗어나기를!***
***슬퍼하는 존재들, 슬픔에서 벗어나기를!***

자비는 탐진치에서 벗어나 계정혜에 들어가야만 일어나는 고귀한 마음이니, 도적이나 깡패나 사기꾼에게는 결코 깃들지 못하는 마음이라. 자비는 반야의 길을 가는 수행자의 칼이요, 창이요, 철갑코뿔소의 외뿔이다. 자비심을 갖고 있는 수행자라면 아무것도 두려워 말고 꿋꿋이 달려 나아가라."

"바가바트시여, 자비의 마음을 가지라는 말씀을 받아 지니겠나이다. 탐진치에 아직 매어 있어 자비하는 마음이 일어나지 않는 중생이 '나도 바른 길을 가고 싶다, 나도 반야를 깨우치고 싶다'는 마음이 일어난다면, 비록 상 있는 마음을 일으킬지라도 탐진치의 올가미와 덫과 함정에서 빠져나올 길은 없는지요?"

"수부티여, 있다."

"바가바트시여, 그렇다면 중생을 위해 그 길을 알려주소서."

"수부티여, 중생을 자비하는 너의 마음이 아름답도다. 자비심이 생기는 것만으로 그 사람은 이미 반야의 길, 여덟 가지 바른 길에 올라선 것이다. 하지만 자비하는 마음이 나기는커녕 남의 것을 빼앗고 싶고, 아름다운 여성이나 청년을 갖고 싶고, 왕이나 장군이 되어 사람들을 부리고 싶고, 더 많은 돈을 벌어 큰 부자로 살고 싶은 탐진치의 욕망이 불끈 솟아난다 해도 거기서 벗어날 수 있는 길이 있으니, 수부티는 잘 들어라.

나쁜 왕과 정치로부터, 도둑으로부터, 사기꾼이나 위선자로부터, 나쁜 귀신으로부터, 성난 물과 불로부터, 악귀와 그루터기, 돌부리로부터, 가시와 불길한 별자리로부터, 마을을 휩쓰는 전염병과 바르지 않은 법으로부터, 잘못된 견해와 비열하고 탐욕스런 사람으로부터, 사나운 코끼리와 사자, 호랑이, 늑대, 하이에나, 뱀, 전갈, 독사, 표범, 멧돼지, 곰, 들소, 야차와 나찰 등으로부터, 또한 온갖 종류의 위험으로부터, 온갖 질병으로부터, 온갖 장애로부터 언제나 보호받기를 원한다면 반드시 들어라.

내 주머니에 있는 것을 꺼내어 그것이 필요한 사람에게 주어라.

내 곳간을 열어 그것이 필요한 사람들에게 나눠라.

내 머리를 열어 지식을 나누고 지혜를 전하라.

손으로 도울 수 있으면 손으로 돕고, 발로 도울 수 있으면 발로 도와라.

일할 수 있으면 일로 돕고, 거들 일이 있으면 거들어 도와라.

공간이 필요한 사람에게 공간을 주고, 시간이 필요한 사람에게 시간을 줘라.

아름다운 말, 밝은 웃음이라도 전하라.

아무것도 줄 게 없더라도 내 눈과 내 심장을 파내서라도 그것이 필요한 사람에게 주어라.

이를 보시라고 하니, '나는 지금 보시하고 싶다'는 마음을 내는 즉시 공덕이 될 것이요. '나는 나도 모르게 보시하고, 보시하고 나서는 잊으리라' 하며 보시하면 그 공덕이 더 클 것이요, 보시하고도 마음에 흔적이 남지 않아 자기가 보시한 줄도 알지 못하면 훨씬 더 큰 공덕이 되리라. 이렇게 보시를 하고 또 하다 보면 탐진치라는 감옥의 문이 저절로 열리고, 언젠가는 스스로 감옥에서 걸어 나오리라.

이런 사람이 길을 가면 막힌 곳이 저절로 열리고, 꺼진 길이 저절로 일어설 것이다. 머물지 않고 남기지 않고 새기지 않는 보시를 하면 큰길이 눈앞으로 다가올 것이다."

"바가바트시여, 바가바트께서는 오늘 시장바닥을 구르는 장사꾼이나 뒷골목에 숨어 사는 거지라도, 몸을 팔아 먹고사는 창녀나 남의 물건을 훔치는 도둑이나 소매치기라도 꾸준히 보시를 하다 보면 자비심이 생기고, 자비심이 생기면 저절로 탐진치의 감옥문을 부수고 나와 계정혜의 큰길에 이를 수 있다고 말씀하셨습니다.

바가바트께서 말씀하시는 금강경은 비구나 왕이나 바라문이나 장군을 위한 것이기도 하며, 장사꾼이나 거지나 창녀나 도둑이나 소매치기를 위한 것이기도 합니다. 어떤 중생이라도 금강경을 받아 지닐 수 있는 방법을 친절하게 알려주셨습니다. 이로써 중생은 누구나 다 바가바트의 유산을 물려받을 수 있는 자식이 되었습니다."

"그러하다, 수부티여. 반야의 등불을 갖지 못한 사람이라도 꾸준히 보시하면 그 보시가 곧 자신의 길을 밝히는 등불이 될 것이며, 나아가 자비를 실천하면 심지를 타고 올라가는 기름 즉 자비심이 더 차오를 것이니 철갑코뿔소의 외뿔처럼 반야를 구하러 나가라. 언제고 금강경을 만나는 순간 나의 상속자가 되리라.

그러나 보시를 하더라도 마음에 머물지 않는 보시를 하지 않고, 살아 있는 생명의 아픔을 보고도 공감하지 못하는 사람은 자비의 기회도, 보시의 기회도 얻지 못하니 우기에 태양을 찾고, 건기에 비를 기다리는 것과 같으리라."

"바가바트시여, 탐진치에 미혹당하는 중생이라도 한 마음 내어 보시를 하고, 꾸준히 보시하여 마침내 자비하는 마음을 얻으면 언젠가는 금강경 같은 반야를 상속받을 수 있다고 말씀하셨습니다. 보시도 못하고, 자비하는 마음도 없는 사람이 앵무새처럼 말만은 재잘거릴 수 있어서 혹시라도 이 금강경을 남에게 소리로라도, 글자로라도 들려준다면 그래도 공덕이 있을까요?"

"수부티여, 있고 말고, 그 공덕이 매우 크리라. 비록 보시하는 마음이 없고, 자비하는 마음이 없는 사람이라도, 욕심으로 분노로 두려움으로 혹은 그 이유가 무엇이든 이 금강경을 다른 사람에게 읽게 해주고, 듣게 해준다면 그 또한 보시 공덕, 자비 공덕이 못지 않으리라.

금강경을 아무리 베껴 써서 만 번 백만 번 사경해도 그 공덕이 아주 없으랴마는, 이 금강경을 백 명에게 전하여 한 명이라도 보시하는 마음, 자비하는 마음을 내고, 그러다가 그중의 한 사람만이라도 '눈에 보이고 귀에 들리는 모든 상(相)은 반드시 다 사라진다'는 구절에 이르러 크게 깨닫거나 '머무는 바 없이 마음을 내고, 마음이 일어난 자리에 남김이 있거나 자국이 있지 않는 사람'이 나온다면 그의 공덕은 한량이 없을 것이다. 그러니 천 명에게 전하고, 만 명에게 전하고, 수많은 사람에게 반야의 길을 가리키는 인연을 맺어준다면 그 공덕은 비할 데가 없으리라. 사람은 모름지기 이런 복전(福田)을 갈아야만 큰 공덕을 수확할 수 있다."

사리풋타 존자와 목갈라나 존자는 합장을 하면서 기뻐하였다.

"바가바트시여. 만일 금강경을 손에 쥐기는 하였으나, 읽기는 하였으나 그 뜻을 깨우치지 못하는 사람은 무엇을 어떻게 해야 반야를 깨우칠 수 있는지 알려주십시오.”

　“수부티여, 만일 금강경을 갖고도, 듣고도, 읽고도 이해하지 못한다면, 다른 사람에게라도 널리 펴서 반야를 깨달을 수 있는 인연을 맺어주면 그 공덕으로 머지않아 피안(彼岸)으로 향하는 반야선을 타게될 것이다. 법보시의 공덕은 모든 보시 중 으뜸 공덕이니 법보시로 다른 사람을 깨우친다면 그 인연으로 머지않아 반야를 깨달을 귀한 인연을 얻게 될 것이다.”

　“바가바트시여, 그렇지만 금강경을 이해하지 못하는 사람들이 입으로만 찬탄하고 손으로만 베껴쓰려 한다면, 그때에는 그런 사람들을 어떻게 반야선으로 이끌어 태우리까?”

　“수부티여, 누구든지 금강경의 자구에 매달려 황금을 캐려는 듯, 벼슬을 캐려는 듯 오직 공덕만 찾고, 소원성취만 원한다면 참으로 어리석고 슬픈 일이다. 금강경을 모르는 채 아무리 많이 읽고 아무리 많이 베껴 써도, 설사 은으로 종이 삼아 금을 갈아 글씨를 쓴다 해도 그것은 강을 건너려는 사람이 노는 젓지 않고 금막대기로 뗏목을 삼아 거기에 칠보로 장식하고 ‘이 뗏목 참 좋구나’ 하면서 엉뚱한 것을 찬탄하는 것처럼 아무 소용이 없다. 더구나 복을 빌거나 원을 세워 천번 만 번 앵무새처럼 외운들 단지 탐진치에 빠진 채 억겁이 지나도록 쳇바퀴만 돌리는 어리석음에 지나지 않으리라. 차라리 자갈밭에 씨뿌려 농사 짓는 것이 백 배 천 배 나으리라.”

　“바가바트시여, 그 말씀을 가슴에 담아 길이 간직하겠나이다.”

　“수부티여, 아침에 자기 몸을 남에게 보시하고, 낮에도 자기 몸을 남에게 보시하고, 밤에도 자기 몸을 남에게 보시하는 사람이 있다고 하자. 이렇게 무량(無量) 겁 동안 자기 몸으로 보시할지라도, 어떤 사람이 이 금강경을 듣고 단 한 구절에서라도 퍼뜩 반야의 한 줄기라도 실마리 잡듯 잡을 수 있다면 그 복이 더 크고 많으리라. 하물며 써서 지니며 읽고 외우고 깨우쳐서 다른 사람을 위해 알아듣게 풀어주는 공덕을 어디에 비하랴.

금강경은 불가사의하며, 그 양을 잴 수 있는 말이나 되가 없고, 그 길이를 잴 수 있는 자가 없으니 그 공덕 또한 한량이 없다.

나는 오늘 큰 믿음과 지혜를 일으킨 사람들을 위해 금강경을 설한다. 만일 어떤 사람이 금강경을 읽고 외우고 깨우쳐서 다른 사람을 위해 널리 전한다면, 나와 과거 현재 미래의 모든 바가바트들과 아라한과 천상의 천신들이 이 사람을 알아보고 그를 굳게 지킬 것이다.

수부티여, 금강경이 있는 곳이면 진 땅이건 마른 땅이건 그곳이 곧 오늘의 칠엽굴이며, 금강경이 있는 곳이면 그곳이 곧 법당이다. 내가 비록 열반한 뒤라도 진실로 금강경의 정수를 이해하고, 금강경이 가리키는 대로 반야를 깨우친다면 그 자리에 내가 있으며, 아울러 과거 현재 미래의 모든 붓다들이 그 자리에 계시리라. 왜냐하면 나를 비롯한 모든 붓다와 모든 아라한은 반야 안에 머물 것이기 때문이니, 해가 떠오르면 구석구석 비치지 않는 땅이 없는 햇빛과 같다.

그러므로 금강경을 보면 서로 손잡아 공경하고 함께 염송하며, 돌아가며 빛과 향을 뿌려라."

"바가바트시여, 아라한이 반야성(般若城)에 들어가려면 어찌 해야 하는 것인지요? 바가바트처럼 반야가 될 수 있습니까?"

"수부티가 마침내 무서운 질문을 하였구나. 지금 아라한이 된 사람은 어떻게 해야 붓다가 되느냐, 수부티는 이런 질문을 한 것이다."

사리풋타 존자와 목갈라나 존자도 수부티를 바라보며 놀라는 표정을 지었다.

붓다는 수부티를 잠자코 바라보았다. 네가 어찌 그런 질문을 할 수 있느냐는 표정이다.

수부티는 오래전 아라한 경지에 이르렀지만, 그렇다고 해서 붓다처럼 삼천대천을 두루 돌아다니며 천상에 오르내리지 못하고, 천인들과 마음대로 노니는 경지에 이르지 못한 걸 슬퍼했다. 만일 붓다가 열반하고 나면 그 의문을 끝내 풀지 못할 것이므로, 오늘 용기를 내어 질문한 것이다. '나는 어떡해야 붓다처럼 될 수 있습니까?' 이런 질문이다.

붓다는 본디 보리수나무 그늘에 앉아 아라한의 경지에 이르렀다. 그런 아라한 고타마 싯다르타가 어느 날부터 붓다가 되었으며, 붓다와 아라한은 '돌아오지 않는 자'라는 점에서는 같으나 사실은 큰 차이가 있다. 고타마 싯다르타를 포함하여 이 삼천대천에는 모두 일곱 분의 붓다가 있지만, 그 붓다에 아라한은 포함되지 않는다. 붓다와 바가바트는 '지혜의 완성자' 그리고 '마치신 분'이라는 경칭일 뿐이다.

그렇다면 붓다와 아라한은 무슨 차이란 말인가. 수부티는 이 질문을 과감히 올린 것이다.

마하카사파와 라훌라와 아난다도 귀를 세우며 바가바트를 바라보았다.

붓다는 한참만에야 빙그레 미소를 지어 보이며 입을 열었다.

"존자들은 들으시오. 사람들은 말합니다. 아라한은 붓다가 아니란 말이냐? 왜 붓다에게만 바가바트라고 높여 부르고, 아라한에게는 그렇게 부르지 않는가. 그렇다. 아라한은 불자(佛子)라. 윤회를 할만한 탐진치가 전혀 없고 계정혜를 이루었다. 그러나 아라한은 아직 붓다는 아니다. 마치 송아지가 태어나 소를 닮았다 해도 더 자라야 소가 되고, 망아지가 태어나 말을 닮았다 해도 더 자라야 말이 되듯이 아라한은 윤회에 들지는 않으나 반야 그 자체가 되기에는 더 많은 시간이 필요하다. 마치 호수에 던진 얼음이 녹아야 물이 되고, 구름이 뭉쳐야 물이 되듯이 아라한은 더 기다려야만 한다."

"바가바트시여, 가슴이 두근거립니다. 우리는 어디에서 어디로 가는 존재입니까? 바가바트께서 열반하시면, 사리풋타 존자와 목갈라나 존자가 열반하시면 대체 어디로 가시는 것입니까? 있으면서도 없고 없으면서도 있는 그곳은 어디입니까?"

"수부티여, 그대는 짐짓 아난다를 위해, 혹은 1천2백 비구들을 위해 대신 질문을 하고 있구나. 그러니 나도 말한다. 우리는 이 세상에서 가장 작은 점에서 시작하여 가장 큰 점으로 돌아간다. 반야는 우리가 들어가야 할 삼천대천의 근본이니, 삼천대천 그 자체라. 우리가 시작한 그 점이란 무엇인가. 찰나에 생기고 찰나에 사라지는 그 작은 점에서 모든 생명이 나왔으니 마지막은 가장 큰 점인 아카샤로 돌아가는 것이다. 우리는 그렇게 점에서 나와 점으로 돌아가리라."

여기서 삼천대천을 가리키는 우주(宇宙)란 시간과 공간이란 뜻이다. 과거 현재 미래이면서 과거도 현재도 미래도 아닌 시간, 동서남북 아래 위이면서 동서남북이 아니고 아래도 위도 아닌 공간이다. 시간도 없고, 공간도 없는 그곳이 우주의 근본이요, 거기가 아카샤다.

"바가바트시여, 언제 어디서 점으로 와 언제 어느 점으로 가시나이까?"

"수부티여, 오늘의 질문은 그대들만 알고, 여기 계신 아라한들만 알 일이지 밖으로 새어나가서는 안 된다. 아무리 바른 말이라도 여러 입을 거치면 때가 묻고 해지고 갈라지고, 가시가 돋치고 뿔이 난다. 우리가 날마다 이야기한 반야, 길어봐야 후후오백 년, 즉 5백 년이 다섯 번 지나면 불빛이 흐려지고 색이 바랠 것이다. 내가 굳이 칠엽굴에 여러분만 부른 것은, 사리풋타 존자와 목갈라나 존자가 열반에 앞서 궁금하고 미혹한 내용이 있으면 이 자리에서 다 풀자는 뜻에서다. 한 가닥이라도 의심이 있으면 다 끄르고 풀고 녹여 없애자는 것이 이 칠엽굴 설법의 목적이다. 먼 훗날 반야의 등불이 꺼지려 할 때 누군가가 이 불을 다시 밝히라는 뜻이기도 하다. 메시아가 올 때까지는 어떡하든 반야의 등불을 꺼뜨려서는 안 된다.

수부티여, 나 고타마가 수부티이고, 수부티가 고타마라면 그 말을 알아들을 수 있겠는가?"

"바가바트시여, 저는 알아듣겠으나 아난다 존자에게 한번 물어봐야 되겠습니다."

"아난다는 들어라. 내가 아난다이고, 아난다가 나라고 하면 의심이 드는 게 없느냐?"

아난다가 낮은 목소리로 대답했다.

"바가바트시여, 머리로는 의심이 들지 않는다고 말씀드려야 옳은 줄 알기는 하나 이 못난 동생은 바가바트의 말씀을 잘 알아듣지 못하고 있습니다."

"아난다여, 잠시 기다려라."

붓다는 눈을 감고 삼매에 들었다. 그러고는 칠엽굴에 쳐진 결계(結界)를 다시 한번 확인했다.

붓다는 이때 아무도 없는 곳을 향해 말했다.

아주타나가 바라보는 방향이다.

"과거 현재 미래에서 찾아온 그대들에게도 전한다. 지금부터 내가 하는 말을 절대로 입밖으로 내지 말라. 스스로 깨우치기 전에는 말로써 가르칠 수 없는 것이니 비밀상자에 담아 꼭 덮어 두어라."

아주타나는 흠칫 놀라 붓다를 향해 합장을 해보였다.

그러잖아도 잔뜩 긴장한 아난다는 침을 꼴깍 삼켰다.

붓다는 마침내 금강경이 시작된 이래 가장 무거운 말을 꺼냈다.

"세상에는 참으로 많은 사람이 있다. 내가 있고 네가 있고 그가 있고, 브라만이 있고, 크샤트리아가 있고, 바이샤가 있고, 수드라가 있다. 동쪽 나라 사람들이 있고, 서쪽 나라 사람들이 있고, 남쪽 나라 사람들이 있고, 북쪽 나라 사람들이 있다. 지금은 우리가 각각의 얼굴을 하고, 이름이 다르고, 몸이 다르고, 말이 다르지만 멀고 먼 훗날에는 결국 반야라는 한 얼굴이 된다. 그 전에는 붓다만이 반야가 되고, 아라한만이 자기를 다 녹인 다음 반야가 된다. 나머지 사람들은 윤회환생을 하면서 언제고 반야가 될 때까지 돌고 돌고 또 돌아 육도[094]를 헤맨다. 이 윤회환생은 모든 사람이 다 반야를 깨우쳐 커다란 반야의 바다로 나아가 그 바다가 될 때까지 계속된다. 모두가 다 반야가 되면 우리는 하나가 된다. 나보다 먼저 붓다가 되신 비파시불, 시키불, 비사

부불, 카쿠산다불, 카나가마나불, 카사파불은 처음도 나와 같고, 중간
도 나와 같고, 끝도 나와 같으니 우리는 결국 하나다. 그 이름도 따로
없는 우리는 반야다.

나는 오늘에 이르기까지 내 전생을 낱낱이 드러내어 반야에 이르
는 과정을 자세히 설명해주었다. 내 전생을 나만 보는 것이 아니라 과
거불들도 보시며 미래불들도 보신다. 뿐만 아니라 붓다가 되면 반야
로 하나가 되니 곧 여러분의 전생도 다 보게 된다. 그래서 수기(授記)도
줄 수 있는 것이며, 가지고 있는 하나하나의 업보가 어떻게 뭉치고 맺
혀진 것인지 실마리를 잡아당길 수 있다.

왜 그러한가. 여러분은 곧 나이기 때문이다. 내가 핍팔라나무 아래
에서 아라한이 된 뒤에 나는 그대로 반야 속으로 뛰어들고 싶었다. 그
때만 해도 내가 여러분과 서로 다른 존재인 줄 알았다. 내가 자이나
교도들과 함께 고행요가를 하던 둥게스와리에 마하비라가 있었다. 그
는 12년 고행 끝에 스스로 붓다가 되었다고 선언했지만, 이런 생각으
로 그는 열반의 희열을 즐기다가 앉은 채 죽었다. 그렇게 하여 그 한
사람만 반야로 들어가고, 자이나교도들은 아직도 등불 없는 깜깜한
길을 헤매고 있다."


"아주타나, 여기서 잠깐 삼매를 거두자."

---

094  육도(六道)는, 중생의 종류를 여섯 가지로 구분한다. 지옥, 아귀, 축생, 아수라, 인간, 천
     신이다. 천신은 도리천, 도솔천 등 천상의 인간이지만 역시 중생이다. 본인의 업보에 따라
     여섯 가지 툴쿠 중 하나를 입어야만 한다. 서로 다른 환생체요, 페르소나요, 아바타지만
     본인은 그것을 VR(가상현실)처럼 실제로 느낀다.

태이자가 갈쿠리처럼 거친 오른손으로 눈 감은 채 삼매에 들어 칠 엽굴을 들여다보고 있는 아주타나의 머리를 톡 쳤다.

아주타나가 눈을 떴다.

"붓다는 지금 몹시 중요한 말씀을 하시는 중이다. 하지만 너는 마 하비라가 누군지 모를 것이다. 마하비라, 우리 붓다의 제자들에게는, 뭐랄까, 말해서는 안 되는 존재, 이단이지만 궁금하고 신기한 존재, 뭐 그런 사람이었다. 하지만 당시 붓다를 따르던 비구들 사이에도 마하비 라가 붓다가 되었다는 소문이 널리 퍼졌다. 여기저기서 쑥덕거렸지. 아 니, 붓다는 아무나 되는 거야? 붓다는 누구나 되는 거야? 이런 놀라 움이었다."

"그렇군요. 붓다의 제자들은 자이나교도들하고는 늘 다투었으니까 요."

"그럼. 그래서 이번에는 내가 네게 그 이야기를 들려줘야겠다. 어 차피 알아야 할 비밀이니까."

태이자는 찻물을 한 잔 마시고는 아주타나를 들여다보면서 이야 기를 시작했다.

# 11

마
하
비
라

붓
다

바가바트, 즉 고타마 붓다가 마흔여덟 살이 되던 해, 기원정사에서 여름 안거를 마치고, 마가다국 죽림정사로 건너가 그곳에서 여러 날 머물며 비구들, 그리고 때마침 찾아온 백성들에게 인연 따라 두루 설법을 한 뒤 남쪽으로 네란자나강을 따라 난 길을 걸어내려갔다. 그러니까 지금 칠엽굴에서 금강경을 설하기 30여 년 전이다. 이때 라훌라는 스무 살로 비구가 되고, 아난은 불과 열세 살이라서 아직 시자 자격조차 얻지 못하고 따라다닐 때였다. 이때 시자는 메기야가 맡았다.

그는 기원정사로 돌아가기 전에 붓다가야에서 포교 중인 목갈라나를 만나보고 싶어했다. 목갈라나는 주로 브라만이나 자이나 같은 외도(外道)들을 찾아다니며 붓다의 가르침을 전하는 일을 즐겨했는데, 이 무렵 목갈라나는 여름 안거가 끝나자마자 자이나교 수행자들이 많이 모여 있는 붓다가야, 거기서도 둥게스와리로 길을 떠나 그들을 한 명씩 만나 설득하는 중이었다.

붓다 일행은 붓다가야를 흐르는 갠지스강의 지류인 네란자나강을 따라 걸었다. 그러다가 한때 그가 아나파나를 하던 중 아라한의 경지에 들어선 바로 그 자리의 핍팔라나무를 만났다. 어린 동생 아난이 그 나무를 꼭 보고 싶다고 하여 굳이 길을 돌아서 찾아간 것이다. 아난뿐만 아니라 다른 비구들도 "와!" 하면서 이 나무를 반겼다.

"그새 핍팔라나무가 더 크게 자랐구나. 그늘도 더 넓고 시원한걸?"

"바가바트시여, 이 나무에서는 하얀 진액이 나옵니다. 나뭇가지를 잘라도 진액이 흘러나옵니다."

따라오던 시자 메기야가 잎사귀 한 장을 따서 꼭지에 흐르는 진액을 만지며 말했다. 붓다는 여태 물고 있던 미소를 거두고 싸늘하게 야단쳤다.

"메기야, 내가 함부로 생명을 죽이지 말라고 말한 계는 단지 인간과 동물에게만 해당되는 게 아니라 식물에게도 마찬가지다. 먹고 살아가기 위해 식물을 베거나 뜯는 것이 아니라면 함부로 해치지 말라. 식물도 생명이니 다 생각하고, 윤회한다. 동물과 아무런 차이가 없으니, 네 생각에 차이를 두지 말라."

메기야는 깜짝 놀라 보리수잎을 든 손을 이마에 댄 채 머리를 깊이 숙였다.

"식물도 생각을 한다. 아픔을 느끼고 괴로움을 안다. 꼭 필요하지 않으면 바윗돌조차 부수지 말라. 바위 속에도 삼천대천세계가 있으니, 함부로 돌을 깨면 한 세계를 깨는 것이라. 나와 나무를, 나와 바위를, 나와 동물을 똑같이 생각하라. 누가 누구를 먹고, 누가 누구에게 먹히라는 법은 없다. 호랑이조차 배고플 때나 사슴을 잡아먹지, 그것도 병들거나 다치거나 늙은 사슴을 골라 잡지 함부로 생명을 죽이지는 않는다. 쌀을 먹더라도 그 볍씨를 잘 지켰다가 다시 심어 잘 자라게 해줘야 한다. 앞으로는, 먹는 것이 아니라면 채소나 나뭇가지조차 함부로 꺾거나 뜯지 말라. 있는 그대로 누구나 다 자유(自由)할 때 모든 유정 무정이 함께 해탈하리라."

이번에는 아난이 쪼르르 다가와 붓다에게 청한다.

붓다는 오랜만에 핍팔라나무를 어루만지면서 다시 만난 기쁨으로 활짝 웃었다.

"저도 여기 앉아보고 싶습니다. 여기서 좀 쉬었다 가시지요?"

아난이 그 자리에서 붓다처럼 가부좌를 틀어보겠다고 말한다. 세상 사람들이 다 붓다라고 부르지만 아난에게는 여전히 사촌형이다. 붓다도 어린 아난을 보면 늘 귀엽게만 여겨진다. 동기(同氣)의 따뜻한 피가 핏줄을 타고 흐른다.

"그러자꾸나. 우르벨라 마을에 수자타가 아직 살고 있다면… 이제 중년 여인이 되었겠구나. 이곳에 다시 앉고 보니 길상초를 베어다 깔아준 농부도 그립다."

아난은 재빨리 핍팔라나무 그늘에 앉아 다리를 포갰다. 올해 열세 살이 된 아난은 아직도 비구 생활에 익숙하지 않다. 스무 살이 되어 제법 비구 티가 나는 붓다의 아들 라홀라와는 사뭇 다르다. 아난은 장차 붓다를 가장 가까이서 모시는 시자를 맡기로 다짐했지만 아직은 너무 어려 붓다를 시봉하는 건 주로 메기야의 일이다. 메기야는 왕족 출신이면서 붓다와 같은 사카족이다. 그러니 아난은 비록 시자가 될 예정이긴 하나 지금은 그저 철부지 조카일 뿐이다.

"이곳에 앉아 잠시 아나파나를 해보고 싶으니 바가바트께서는 기다려주실 수 있겠습니까?"

"암만. 우리 아난이가 아나파나를 하겠다면 하루 종일이라도 기다려 줄 수 있단다. 다만 내가 반야를 깨우친 것은 핍팔라나무 때문도 아니고, 수자타의 우유죽 때문도 아니고, 길상초 때문도 아니고, 샛별 때문도 아니고, 네란자나강 때문도 아니라는 걸 너는 잘 알아야 한다. 쓸데없는 번뇌 망상을 다 지워야 그 자리에 얼음처럼 차갑고 번개처럼 날카로운 반야가 깃들 수 있다. 훗날 사람들이 찾아와 이 나무에 색색으로 물들인 비단을 두르고, 내 형상을 깎아 황금가사를 입힌들 그게 무슨 소용이 있으랴. 지우고 지우고 또 지워야 반야가 깃들 자그마한

틈이라도 생기는 것이니, 행여 어떤 상(相)도 짓지 말라. 그런 줄 알고 아나파나를 하고 있거라. 난 네란자나강에 나아가 그때처럼 발 좀 씻겠다."

붓다를 따라온 비구들도 저마다 핍팔라나무 주변에 둘러앉아 다리를 포개고 눈을 감았다. 라훌라는 아버지의 발을 씻어드리겠다며 뒤를 따랐다.

붓다는 네란자나강에 발을 담근 채 강 건너 우르벨라 마을을 건너다보았다. 고된 삶을 살아가는 그곳 마을 사람들이 어렴풋이 보인다. 여전히 하루를 견뎌내기 위해 힘든 노동을 하고, 먹을거리를 찾아 헤매는 건 그때나 지금이나 똑같다. 천 년이 지나도 어쩌면 변하지 못할 것이다. 들고양이나 들개처럼 한 끼 식사를 찾아 이리저리 헤매야만 한다.

"아버지, 오른쪽 발을 내밀어 주세요. 제가 깨끗이 닦아드리겠습니다."

"오냐."

붓다는 아들 라훌라의 두 눈을 바라보면서 오른쪽 발을 내밀었다. 라훌라는 손바닥으로 강물을 퍼올려가며 아버지 붓다의 발을 씻었다. 그러는 라훌라를 가만히 바라보던 붓다가 입을 열었다.

"할만하니?"

"뭐 그냥 하는 거지요. 해 뜨면 눈 뜨고, 해 지면 자는 것처럼요. 아직은 아버지 하시는 일이니 믿고 따를 뿐입니다."

"아들아, 미안하구나. 너를 왕궁에 두고 왔다면 맛있는 음식 먹고, 포근한 잠자리에서 쉴 수 있었을 것이다. 지금쯤 예쁜 아가씨를 얻어 장가도 갔겠지. 그게 그립지 않으냐?"

"아니라고는 못하지요."

"하지만 이 아버지가 네 손을 이끌어 숲으로 데려온 건… 어쩔 수 없는 일이었단다. 네가 엊그제 숙소를 얻지 못해 화장실에 쪼그려 앉아 잠을 잤다는 말을 들었다. 힘들었지?"

"아뇨. 어차피 숙소라고 해봐야 왕궁의 화장실만도 못한 걸요."

라훌라는 얼마 전 죽림정사에서 붓다의 설법이 있던 날, 비구들이 너무 많이 찾아오는 바람에 잠자리를 얻지 못해 다른 어린 비구들과 함께 화장실 구석에 등을 기대어 앉아 잔 적이 있다. 붓다는 이 소식을 듣고 숙소를 한 명씩만 쓰도록 돼 있던 규칙을 바꾸어 사람이 많을 때는 두 명씩 함께 써도 된다고 했다. 또한 몇 년 전에는 어린 라훌라마저 하루 한 번만 밥을 먹는 비구의 규칙대로 살다보니 배가 너무 고파 몰래 운 적이 있었다. 누군가 붓다에게 이 사실을 알려 어린 사미와 병든 비구는 아침을 더 먹게 하라고 또 규칙을 바꾸었다.

"내 아들 라훌라여, 왕궁이란, 안락한 감옥일 뿐이란다. 난 내 아들을 감옥에 두고 올 수가 없었단다. 네가 알든 모르든, 그런 사실을 잘 알고 있는 아버지가 어찌 내 아들을 그런 감옥에 두겠느냐."

"그래도 너무 일찍 궁을 나와 행복이 뭔지 잘 느껴보질 못했어요. 걸식을 다니다 또래 아이들이 재미나게 뛰어다니며 노는 걸 보면 부럽다는 생각이 든 적도 많아요."

"이 세상 어떤 행복도 반야를 깨우쳐 아느니만 못하단다. 반야를 한 번만 맛보면 이 아버지가 왜 어린 네 손을 이끌어 숲으로 끌고 들어왔는지 이해할 수 있을 것이다. 반야는 이 세상 어떤 음식보다 맛있고, 어떤 향수보다 냄새가 좋고, 어떤 꽃보다 더 아름답단다. 아버지를 믿는다면 그때까지만 꼭 참아주렴."

"어떻게 해야 그 반야를 갖게 될까요? 전 나이가 너무 어린데?"

"내가 출가를 한 게 스물아홉 살, 너보다 겨우 아홉 살 더 많았을 뿐이다. 네 나이 스무 살이 되고, 이제 비구계를 받아 너는 어엿한 비구가 되었다. 내 아버지가 만일 붓다였다면 나는 아마도 더 이른 나이에 반야를 보는 눈을 가졌을 것이다. 난 나보다 훨씬 더 일찍 출가한 너를 보면 한없이 부럽단다. 그러니 너를 위해 이 아버지가 설법을 해주리라. 귀 담아 잘 들어야 한다. 반야는 물이나 바람이나 햇빛처럼 여기저기 널려 있지만, 그것을 가지려면 먼저 네가 해야 할 일이 있다."

"예, 아버지 바가바트시여."

"내 아들 라훌라여, 비구 라훌라여! 너는 먼저 사랑(慈)을 배워야 한다. 꽃을 보든 나무를 보든 구름을 보든 돌을 보든 그것들을 다 사랑해라. 눈에 보이는 모든 것이 다 네 친구다. 아니, 너 자신이다. 그러니 기쁜 마음으로 그들을 보살피고 아끼고 사랑해야 한다. 네가 만일 지렁이와 개미와 나비까지 사랑할 수 있다면 네 마음 속에서 누굴 미워하거나, 무엇을 빼앗고 싶거나, 때리고 싶거나, 욕하고 싶은 마음이 사라질 것이다. 안그러냐?"

"그럼요. 어떻게 꽃을 보고 욕을 할 수가 있겠어요?"

"그렇다. 사람이든 짐승이든 도둑이든 사기꾼이든 다 꽃 보듯이 사랑하라. 그러면 모든 것이 다 네 친구가 되고, 그러면 네 마음에서 미움이 다 사라져 깨끗해질 것이다. 하지만 사랑하는 마음이 없고, 친구라는 마음이 들지 않으면 항상 미움이 일어나고 항상 화가 치밀 것이다.

그 다음, 너는 모든 친구들을 모두 안쓰러워(悲) 해야 한다. 내가 저 핍팔라나무를 대할 때 처음에는 사랑하는 마음을 내고, 그 다음에는 안타까워하는 마음을 함께 냈단다. 보아라, 온종일 저 자리에 붙박혀 움직이질 못하잖느냐. 바람도 구름도 마음껏 날고, 물도 저렇게 힘차게 흘러가는데 핍팔라나무는 오래전부터 오직 저 한 자리에 뿌리 박혀 조금도 움직이지 못한다. 그렇게 생각한다면 아무도 저 나무를 베거나 꺾지 못할 것이다.

이것이 자비다. 사람들은 꽃을 보면 아름답다고 좋아하지만 거기서 슬픔은 느끼지 못한다. 꽃은 죽기 전에 씨앗을 남기기 위해, 살기 위해 피우는 것뿐이란다. 꽃이 피면 그 나무나 풀의 죽음이 시작되었다는 말이다. 그러니 꽃을 보면서 거기서 죽음을 볼 수 있어야 한다. 이처럼 아름다움과 함께 슬픔까지 보아야 꽃을 제대로 느끼는 것이다.

나는 한때 카필라왕국의 태자로서 왕이 될 몸이었다. 사람들은 그런 나를 사랑할 줄만 알뿐 내가 다른 사람들처럼 세상의 어두운 그림자를 보지 못하고, 왕궁 법도에 갇혀 세상 사람들을 마음껏 만나지 못한다는 걸 알지 못했다. 나는 태자라는 이유로 아픈 사람, 늙은 사람, 가난한 사람을 만나서는 안 되었다. 굶주리는 사람이 있어도 나는 알지 못하고, 늙어 잘 걷지 못하는 사람이 있어도 나는 알지 못하고, 병들어 괴로운 사람이 있어도 나는 알지 못했다. 나는 심지어 어머니가 돌아가셨다는 사실도 알지 못한 채 자라다가 네 나이가 돼서야 겨우 내 친어머니가 나를 낳자마자 돌아가셨으며, 어머니인 줄 알던 분은 실은 이모라는 사실을 알았다. 그제야 나는 슬픔이라는 걸 느끼고, 그제야 생로병사를 알았다. 그러기 전까지는 죽음도, 질병도, 늙음도 나는 전혀 알지 못했다."

붓다는 네란자나강을 따라 흐르는 바람을 향해 숨을 길게 내쉬었다.

"저도 자비는 좀 압니다."

"그야 넌 태자가 아닌 데다, 다행히 아비 손에 이끌려 어린 나이에 숲으로 끌려왔으니 그건 너의 복이라고 할 수 있다. 자비(慈悲) 두 개가 서로 짝이 될 때 세상이 비로소 올바르게 보인다. 아름다운 꽃 한 송이를 보더라도 자비심이 있어야 제대로 보이고, 맛있는 과일을 보더라도 그것이 생겨나고 썩어가는 과정을 다 알아야 제대로 보이는 법이다. 내가 어린 너를 왕궁에서 숲으로 데려온 것은 네가 너무나 사랑스럽기는 하지만 또한 감옥 같은 왕궁에서 살아가야 할 앞으로의 네 삶이 안타까웠기 때문이다. 아버지 대신 네가 왕손으로서 왕이라도 되면 무슨 일을 겪을지 아느냐? 왕은, 다른 나라와 전쟁을 하면서 사람을 죽이거나 성을 부수고 집과 살림살이를 불태워야 하고, 죄 지은 백성을 잡아다가 그 가족들이 보는 데서 목을 베어 죽여야 하고, 군사를 보내 가시나무회초리를 휘두르면서 세금을 뜯어와야만 한다. 왜냐하면 왕국이란 그렇게 해야만 지켜진단다. 우리 왕족은 살아 있는 것 자체가 죄란다. 하루 살면 하루의 죄가 쌓이고, 열흘 살면 열흘의 죄가 쌓이는 게 왕실의 삶이다. 내가 게송을 읊으리라."

붓다는 자신의 발을 씻고 있는 아들 라훌라를 지긋이 내려다보며 게송을 읊었다.

**살아 있는 생명이면 어떤 것이건 하나도 빠짐없이**
**약하거나 강하거나, 크거나 작거나,**
**길거나 짧거나, 가늘거나 두텁거나,**

**볼 수 있든 볼 수 없든, 가까이 있든 멀리 있든,**

**태어난 것이든 태어날 것이든**

**이 세상 모든 존재여, 평화롭고 행복하라!**

라홀라는 붓다가 먼저 외운 게송을 따라 외웠다.

"잘했다. 사랑하는 마음을 내면(慈) 미운 마음이 일어나질 않는다. 안타까워하는 마음(悲)을 내면 화를 내거나 뭇 생명을 죽이지 못한다. 내가 출가하여 비구가 된 것은, 백성들의 삶을 보고 그들을 구제할 길이 없을까 그 답을 알아내기 위해서였다. 자비는 나를 지키는 좌우명이었다."

"자비하는 두 마음만 내면 되리까?"

"아니다. 자비를 갖추면 마음이 준비가 되었을 뿐 아직 해야 할 것이 두 가지 더 있다. 가르쳐 주랴?"

"예, 그것이 무엇입니까?"

"함께 기뻐하는 마음(喜)이다. 기뻐하는 마음이란, 여러 사람이 모여 북 치며 기쁘게 노래하는 마음이니 너도 나도 다 즐겁다. 여기 앉아서도 핍팔라나무, 길상초, 네란자나강, 붓다가야의 땅 등 모든 것이다 함께 북 치고 노래하듯 즐겁게 여기는 마음이 있어야 한다. 이런 마음에서는 원망도 증오도 다 사라진다. 무엇이든 다 똑같은 것이 평등이고, 무엇이든 다 똑같이 나눠먹고, 나눠가지는 것이 평화다.

그 다음에는 내게 필요없거나 남이 더 필요하다고 하는 물건을 남에게 기꺼이(喜) 내주어(捨) 평안한 마음을 지켜야 한다. 쓸데없는 것을 움켜쥐지 말고 이웃을 위해 내놓아야 한다. 어떤 삶을 살든 세상이 뜨겁다고 끓거나, 차갑다고 얼지 않고 언제나 말씨가 상냥하고 친절하고 겸손해야 한다. 만일 자비(慈悲) 희사(喜捨)를 갖지 못하면 욕심이 생겨 남의 것을 빼앗게 되고, 남을 미워하여 싸우게 된다. 내가 국왕의 아들인 태자로 있고, 네가 국왕의 손자로 산다면 우리는 아마도 왕궁을 더 아름답게 꾸미기 위해 백성들의 재물을 빼앗아야 하고, 그것으로 모자라면 남의 나라에 쳐들어가 전쟁을 해서라도 그들의 재물과 노비를 빼앗아 와야만 할 것이다. 지금 코살라국과 마가다국 등 수백 개, 수천 개의 왕국이 있어 하루도 전쟁이 그치지 않지만 우리 비구들은 아무도 전쟁을 하지 않는다.

이렇게 자비(慈悲) 희사(喜捨)로써 자기 마음을 닦아 놓으면 그제야 터를 닦은 듯 그 자리에 반야의 집을 튼튼히 지을 수 있으리라.”

“반야의 집은 언제 짓습니까?”

“자비희사하는 마음은 오직 터만 닦는 것이니, 너는 잊지 말라. 숲으로 들어가 큰 나무 그늘에 앉아 눈을 감고 오직 아나파나를 하면서 너의 들숨과 날숨을 놓치지 말라. 아나파나가 곧 반야의 집을 짓는 서까래요, 기둥이란다. 지금은 내가 무슨 말을 해도 구름처럼 흘러가버리고, 새처럼 날아가겠지만 그때가 되면 아버지의 말이 무슨 뜻인지 들리면서 그 말이 기왓장이 되고, 벽돌이 될 것이다. 그러니 너는 오직 자비희사하면서 너의 들숨과 날숨을 뚫어지게 지켜보아라. 그러면 지금은 상상할 수 없는 경계를 끝내 보고야 말 것이다. 그때까지는 아비가 오늘 해준 말을 깊은 호수처럼 깊이, 저 높은 설산처럼 높이 지켜나가야 한다.”

“예, 아버지 바가바트시여. 그러면 저는 자비만 틀어쥐고 있으면 깨닫겠습니까?"

"천만에. 반드시 아나파나 사티를 해야만 하늘이 숨긴 비밀장을 열 수 있다. 숲으로 들어가 큰 나무 그늘에 앉아 오로지 너 자신의 숨만 바라보아라."

"바가바트시여, 공양만 끝나면 왜 늘 숲으로 들어가 아나파나 사티를 하시는지 궁금했습니다. 다 깨우치고, 다 마치신 바가바트께서 왜 그런 수행이 필요하지요?"

"수행자는 반야를 깨닫기 위해 아나파나 사티를 하지만, 붓다는 반야가 되기 위해 아나파나 사티를 한단다. 내가 아나파나를 하다가 삼매에 들면, 나는 삼천대천세계를 노닌단다. 내가 가지 못할 곳은 이 하늘, 이 땅 아무 곳도 없다. 법열(法悅)을 맛보지 않은 사람은 그 맛이 얼마나 좋은지 모른다."

"바가바트께서는 누구한테서 아나파나 사티를 배우셨어요?"

"라홀라 네가 태어난 지 이레만에, 아직 붉은 핏덩어리인 너를 두고, 네 어머니를 두고, 내 아버지를 두고, 내 이모어머니를 두고 나는 왕궁을 나섰다. 실로 나의 출가는 태어나는 것만큼이나, 죽는 것만큼이나 큰 사건이었다. 그길로 나는 알라라 칼라마와 웃다카 라마풋타를 찾아갔다. 그분들로부터 명상을 배우고, 자이나 교단 파스류바의 가르침을 받으며 고행 요가를 했으나 빠진 듯 모자란 듯 허전했다. 실망감과 자괴감에 빠져 둥게스와리를 나와 가야 땅으로 건너가니 커다란 핍팔라나무가 한 그루 있어 그 그늘에 지친 몸으로 주저앉았다. 앞으로 어떻게 해야 하나 생각하니 앞이 깜깜하고, 도반들조차 날 버리고 떠나가자 너무나 괴로웠다. 태자 지위며 아들이며 아내며 왕궁마저 버리고 나와 이 무슨 초라한 몰골이란 말인가, 너무 슬펐단다. 과거의 상(相)을 다 지우지 못했다는 걸 그때 알았다.

그때, 어린 시절의 기억이 갑자기 떠올랐다. 봄이면 국왕과 대신들이 모두 들로 나가 농경제(農耕祭)를 크게 여는데, 그날 나는 축제장 요람에 누워 있었다. 시녀들까지 다 구경가 어린 나 혼자 잠을 자다가 한 줄기 바람소리에 깨어났다. 아무도 오지 않았다. 온 천지간에 나 홀로 있었다. 울다 지쳐 하는 수 없이 요람에 앉아 숨을 세면서 바라보았다. 그냥 들숨날숨만 바라보는데, 핍팔라나무 아래 앉아 생각해보니 그게 바로 아나파나 삼매[095]였다. 어린 나는 우주를 마음껏 날아다녔다. 그날의 체험을 나는 여태 잊고 있었다. 그날 내가 본 것이 꿈이 아니고 환영이 아니었건만.

라훌라여, 아들아, 내 아들아. 아나파나를 하다가 삼매에 들면 무슨 일이 일어나느냐. 온 우주는 그물망처럼 연결되지 않은 것이 하나도 없는데, 이 큰 그물의 한 코만 잡고나면 거기가 아무리 먼 곳이라도 마치 내 눈으로 보는 듯 볼 수 있고, 아무리 먼 데서 나는 소리라도 내 귀로 듣는 듯 들을 수 있더라. 그러니 시간이 없고 공간이 없다. 다만 그물망의 한 코를 어떻게 잡아 올라타느냐, 오직 삼매 뿐이다."

"저는 어떻게 그물코를 잡으리까?"

"나와 너는 피를 나눈 혈육이니 그물망으로 연결되기가 아주 쉽단

---

095    이에 대해 대승불교 초기 인물로서 유식학을 집대성한 바수반두는 "아뢰야식은 항상 폭류(瀑流)처럼 흐른다(恒轉如瀑流)"고 했다. 주석 104) 참고.

다. 이 아버지는 인드라망[096]이 바로 뇌망(腦網)[097]이라는 걸 그때 알았다. 그런 줄 알고 묻지 말고, 따지지 말고 밤이나 낮이나 아침이나 저녁이나 늘 아나파나 사티를 해라. 그러면 너는 언젠가 그 뇌망에 연결될 것이고, 그러면 너는 어디에 가 있든 이 아비를 볼 수 있을 것이다. 오늘 들은 말은, 누구에게도 하지 말라. 공감하지 않고는 아무리 말해도 공명되지 않는다. 너는 내 친아들이니 쉬 공감하고 쉬 공명될 것이다. 그러니 철갑코뿔소가 오직 뿔 하나에 모든 생각을 집중하여 미친 듯이 달리듯 너 혼자 가라. 그러면 반야를 깨우치기 아무리 어렵다한들, 마치 철갑코뿔소의 외뿔에 코끼리 가죽도 뚫리듯 너는 반드시 깨우치리라."

그 사이 라홀라는 아버지 붓다의 두 발을 깨끗하게 씻어놓았다. 마치 단 이슬을 마신 듯 개운하다. 오직 라홀라만을 위한 법문이다.

"발이 아주 개운하구나. 오늘 이 아버지의 법문을 절대로 잊지 말고 죽으나사나 오로지 아나파나 사티를 하거라. 오직 그길뿐이니 너는 한 마리의 코뿔소처럼 집중하여 코끝을 바라보아야만 한다. 그럼 이만 핍팔라나무 그늘로 가서 네 당숙인 아난이 어떻게 숨을 쉬고 있나

---

096　산스크리트어로 인드라얄라(indrjala)이며, '인드라의 그물'이란 뜻이다. 끊임없이 서로 연결되어 온 세상으로 퍼지는 우주의 실상을 가리킨다. 화엄철학에서는 '인다라망경계문(因陀羅網境界門)'이라고 하여 부처가 온 세상 구석구석에 머물고 있음을 상징하는 말이다. 인드라 그물은 한없이 넓고, 그 그물의 이음새마다 구슬이 있어서 이 구슬들은 서로서로 비춘다. 인간은 자기 혼자라고 생각하지만 실제로는 서로 연결돼 있고, 서로가 서로를 비추는 관계 속에 존재한다.
　　　《화엄경(華嚴經)》에는 인드라망 비유가 자주 나온다. 이 세계, 즉 법계(法界)가 인드라망의 구슬들처럼 중중무진(重重無盡)한 관계를 맺고 있다고 나온다.

097　인간은 60조 개 세포가 인드라망처럼 연결된 것이다. 이렇듯이 뇌도 그물코처럼 수없이 연결되는 것이 뇌망이다. 칼융이 말한 동시성의 원리는 이러한 뇌망으로부터 시작된다.

보자꾸나."

붓다는 풀밭에서 일어나 네란자나강과 하늘 높이 흘러가는 흰 구름떼를 올려다보면서 따뜻한 눈길로 아들 라훌라의 손을 잡아 이끌었다. 붓다의 손에 이끌린 라훌라가 빙긋이 웃었다. 가슴이 벅차오른다.

"바가바트시여!"

소리가 나는 뒤를 바라보니 거기에 목갈라나가 서 있다가 두 손을 모아 인사했다.

"오, 목갈라나. 내가 온 건 어찌 알고 여기까지 왔소?"

"이리 찾아온 게 아니고 바가바트께서 죽림정사에 오셨다는 소문을 듣고 그리 가던 길이었습니다."

"지금은 안거와 설법이 모두 끝나 그대를 보러 여기까지 내려왔다오. 우리 마음이 서로 통했구려."

"바가바트시여, 몸둘 바를 모르겠습니다. 그런데 혹시 둥게스와리의 마하비라(Mahāvīra)를 아직 기억하십니까?"

"그야 자이나의 우두머리이자 내 도반이었으니 어찌 모를 수가 있소? 내가 자이나를 버린 뒤 그쪽 외도들이 우리 교단에 많이 들어왔으니 이래저래 서먹한 사이가 되었지요. 굳이 목갈라나 비구께서 자이나 수행자들에게 포교하신다는 말을 듣고 걱정스럽기도 하고, 궁금하기도 해서 걸음이 여기까지 닿았습니다."

"바가바트시여, 놀라운 일이 생겼습니다. 무슨 영문인지는 몰라도 자이나교도들 사이에 마하비라가 붓다가 되었다는 소문이 널리 퍼져 있습니다."

"마하비라가 마침내 반야를 깨우쳤다고?"

자이나교 23대 교주 파스류바(Parshva)⁰⁹⁸가 이끌 때 고타마 싯다르타는 이 교단에 들어가 자이나 수행법인 고행(苦行)을 했다. 6년간 먹지 않고, 자지 않는 등 극한의 고행을 하던 싯다르타는 고행이 극단에 치우친 잘못된 수행법임을 깨닫고 이곳 네란자나강으로 나와 핍팔라나무 아래에서 홀로 수행했던 것이다. 오늘 아들 라훌라에게 말한 자비(慈悲) 희사(喜捨) 정신은 바로 그때 극한의 고행에 집중하던 자이나교단을 나온 뒤 터득한 수행법⁰⁹⁹이다.

자이나 수행자들은 벌레 한 마리 죽이지 않기 위해 마실 물을 체로 걸러 마시고, 심지어 입에도 마스크를 대어 벌레가 들어가 죽지 않도록 한다. 털이개를 늘 가지고 다니며 앉을자리를 쓸고, 모기가 달려들어도 이 털이개로 쫓을 뿐 절대로 죽이지 않는다. 아무것도 갖지 않기 위해 이들은 결코 옷을 입지 않는다. 23대 교주 파스류바가 죽은 뒤 마하비라가 24대 교주가 되었는데 이때부터 이러한 계율이 더 철저해지고, 그때 고타마 싯다르타는 극한의 고행으로는 반야를 깨달을 수 없다고 보아 자이나 교단을 빠져 나온 것이다. 당시 고타마 싯다르

―

098  마하비라의 스승이자 고타마 싯다르타의 스승. 다만 훨씬 더 이전의 인물이라는 주장도 있다. 한편 마하비라의 아버지는 고타마 싯다르타의 아버지처럼 족장이었는데, 그는 태자는 아니고 둘째였으며, 그의 아버지 이름이 싯다르타다.

099  자이나교는 몸 전체를 부정한다. 그래서 고행을 해야만 깨달음을 얻을 수 있다고 믿는다. 하지만 고타마는 탐진치를 일으키는 마음 때문이지 몸 때문만은 아니라고 마음을 바꾸고, 탐진치를 일으키는 마음만 철저히 물리치고 도리어 들숨날숨을 관찰하여 반야를 깨우쳤다. 이는 마치 인간의 욕망과 공포와 불안을 일으키는 것은 편도체뇌일 뿐이므로 나머지 대뇌 뇌량, 해마를 이용하여 반야를 깨우쳐야 한다는 말과 같다. 고타마는 본능의 뇌인 편도체뇌를 특정하였고, 자이나교는 몸 전체를 편도체뇌처럼 여겼다.

타는 벌거벗은 몸으로 둥게스와리를 나와 시체를 버리는 시다림에서 시신을 덮은 옷감을 주워 몸을 가린 뒤 이곳 네란자나강까지 나왔던 것이다.

그뒤 고타마 싯다르타가 반야를 깨우친 뒤 교단을 직접 열면서 붓다의 교단과 마하비라 교단이 서로 맞서고 있다. 그런 중에 목갈라나는 자이나교의 중심지인 둥게스와리까지 찾아가 붓다의 가르침을 전하던 중이었다.[100]

"마하비라가 붓다가 되었다면 내가 직접 만나 가르침을 청해야겠네. 혹시라도 내게 부족함이 있는지 그를 거울 삼아 나를 비춰보리라."

"시간이 별로 없으니 지금 바로 가셔야 할 듯합니다. 이미 단식(斷食)에 들어갔다는 소문이 있습니다."

"파스류와는 비록 깨우치지 못했지만 병이 들자 스스로 단식하여 죽었지. 아마도 마하비라 역시 이 전통을 따르겠지. 그럼 목갈라나 존자가 먼저 가서 내가 마하비라를 만나고 싶다는 말을 전해주시오."

"그럼 그렇게 하겠습니다."

목갈라나는 온 길로 돌아가고, 붓다는 곧 아난 등 무리를 일으켜 둥게스와리로 향했다.


강을 건너 우르벨라 마을에 이르니 벌써 소문이 돌았는지 마을 사람들이 몰려나와 붓다를 예배했다. 그들도 자이나교주 마하비라가 깨

---

100  나중의 일이지만 목갈라나 존자는 포교를 다니다가 브라만들에게 맞아죽는다. 기록에는 브라만들과 얽힌 전생의 업보를 풀기 위한 것이었다고 나온다.

달았다는 소문을 들어 알고는 있었다. 그들은 수드라와 불가촉천민이
모여 사는 자기네 마을 근처에서 붓다가 두 명이나 나왔다면서 수군
거렸다.

붓다는 웃으면서 마을 사람들을 축복하고, 뒤늦게 달려나온 수자
타와 그의 남편, 자녀들의 예배를 받았다. 길상초를 베어다 깔아준 농
부는 그 사이 죽고, 대신 그의 아들이 와서 예배했다.

그런 다음 붓다 일행은 고행림을 따라 둥게스와리로 들어갔다. 극
단의 고행을 하는 자이나 교단인만큼 그들은, 기원정사나 죽림정사
같은 시설조차 없어 비를 피할 수 있는 굴과 햇빛을 가리는 큰 나무
그늘에서 생활하고 있었다.

먼저 그곳에 이른 목갈라나가 나와 붓다를 이끌었다.

"마하비라 교주는 지금 몸이 몹시 쇠약해 여러 사람은 만날 수 없
고, 도반이던 바가바트만 잠시 만날 수 있다고 허락했습니다. 그러니
혼자만 가셔야 합니다."

"그럼 가십시다."

목갈라나 옆에 서 있던, 마하비라의 제자인 듯한 사문이 벌거숭이
로 서 있다가 길을 안내했다. 붓다도 한때는 그 사문처럼 벌거숭이로
수행한 적이 있다.

움푹 패인 자연 굴에 이르니 그 앞에 수백 명의 제자들이 둘러앉아
있었다. 굴 안쪽에 마하비라가 가부좌를 튼 채 앉아 있는 모양이었다.

시자인 듯한 젊은 자이나 수행자가 나와 손짓을 하자 다른 벌거숭
이 수행자들은 멀찍이 숲으로 물러나고, 붓다에게는 혼자서만 가까이
다가오라고 일렀다.

붓다가 시자를 따라 굴로 들어가니, 비쩍 말라 금세라도 숨을 거둘 것 같은 마하비라가 앉아서 자이나 주문을 외우고 있다가 천천히 눈을 떴다.

"오, 나의 도반 고타마로군. 붓다가 되어 교단을 이끈다는 말은 진작에 들었다오."

붓다는 자신을 반갑게 맞이하는 옛 도반 마하비라를 향해 두 손을 합장해 보였다.

"교주께서 붓다가 되었다는 말씀을 듣고 인사드리러 찾아 왔습니다."

"반갑소. 내가 아마 사나흘 뒤에는 해탈 열반에 들 것 같은데 옛 도반인 고타마를 만나 몹시 반갑소. 이곳 둥게스와리에 있을 때 나보다 더 고행에 열중하던 고타마가 나를 찾아와 주니 어찌 반갑지 않겠소. 그대가 우리 교단을 버리고 떠났다는 말을 듣고는 몹시 서운했지만 반야를 깨달아 아라한, 바가바트, 붓다가 되었다는 말을 듣고는 줄곧 대화를 나누고 싶었다오. 그동안 여러 사문들이 기원정사나 죽림정사에 찾아가 문답을 나누었다는 말도 듣고, 그 문답 내용도 전해 들었소만 갈증이 다 가시질 않았다오."

마하비라는, 고타마가 한창 고행할 때처럼 얼굴이 바짝 말라 광대뼈가 튀어나오고, 살가죽이 늘어붙어 금세라도 숨이 꺼질 듯하다. 마하비라를 보니, 둥게스와리 시절의 힘든 기억이 주르르 일어난다.

"내가 핍팔라나무 아래에서 벼락 맞은 듯 문득 반야를 깨우치고는, 이러한 반야를 아는 이가 세상에 아무도 없고 오직 나만 알게 됐으니, 이걸 말로 가르칠 수도 없는 경계이니 이대로 열반에 들어버릴까, 이렇게 생각한 적이 있습니다. 하지만 내가 둥게스와리를 버리듯 또한 저를 버리고 떠난 도반 다섯이 생각나 이들에게라도 반야를 전해보자, 이들에게라도 반야의 단 이슬 맛을 느끼게 해주자는 마음으로 바라나시 북쪽 사르나트(녹야원)까지 맨발로 걸어 갔습니다. 만약에 자이나의 파스류와 스승이 계셨다면 이리 돌아와 먼저 말씀을 드렸을 텐데 그러지 못하고, 또 처음 제가 출가할 때 가르침을 주신 스승들이 생각나 그리 가려고도 했지만 그분들 역시 세상을 떠나버려 아무도 찾아뵙지 못했습니다. 나는 마침내 녹야원에서 나를 버리고 떠난 도반 다섯을 만나고, 이들과 함께 보름간 치열한 토론을 벌이고, 가르친 끝에 마침내 콘단냐가 먼저 아라한이 되었답니다. 콘단냐는 내가 자이나교단을 나올 때 가장 크게 반대한 어르신이고, 저를 몹시 미워하여 네란자나강 기슭에 저를 버려두고 욕을 하며 떠난 분입니다. 그런 그가 나의 가르침만으로 아라한이 되자 저는 이 반야가 오직 나만 깨우칠 수 있는 게 아니고, 수행을 하면 많은 사람들이 깨우칠 수도 있다는 사실을 확인했습니다. 더구나 저는 생로병사로 고통받는 백성들을 구제하기 위해 태자의 자리를 박차고 숲으로 들어왔잖습니까. 이제 그길을 아는데, 막상 불쌍한 중생들을 외면할 수가 없었습니다. 저는 제 마음이 처음 일어난 중생의 곁으로 돌아가고자 했습니다. 마하비라 교주께서는 그렇게 생각하지 않습니까?"

"나는 고타마와 다른 생각을 갖고 있습니다. 적멸(寂滅)에 이른 나는 이 세상에 머물 이유가 하나도 없습니다. 우리 자이나교는 누구든 적멸에 이르는 즉시 단식사(스스로 굶어죽는)하는 전통이 있습니다. 나이가 많은 수행자 중에서는, 늙어 죽거나 병들어 죽는 것을 부끄러워하여 미리 굶어 죽는답니다. 내가 자이나교의 열네 번째 교주이고, 나는 우리 자이나 교단 처음으로 붓다가 되었습니다. 내가 굳이 말을 하지 않아도 우리 사문들은 머지않아 인연 따라 저절로 적멸에 이를 것입니다. 가르쳐서 될 일이 아니라는 건 고타마도 알 듯, 굳이 교화를 할 필요가 없습니다."

"마하비라 교주여, 혹시라도 내가 본 것을 똑같이 보았다면, 저 우주와 저 모래알을 속속들이 들여다보았다면 이런 허망한 중생계에서 아웅다웅 힘들게 살아가는 사람들이 불쌍하지 않습니까. 저 수드라며, 불가촉 천민들이 살아가는 우르벨라 마을을 보고 어찌 자비심이 나지 않으리까. 욕망의 고통으로 물결치는 사바의 이 숱한 제자들을 남겨두고 마하비라 교주 혼자서만 열반에 드시렵니까?"

"왜 그러시오? 고타마, 그대가 이미 '무릇 상(相)이 있는 것은 본디 다 허망하니 만일 모든 상이 상이 아님을 안다면 반야를 보리라'고 말하지 않았나요?"

"그렇군요. 그렇습니다. 저도 마하비라 교주께서 세상을 어떻게 보고, 어떻게 대할지 짐작은 하고 있었습니다. 그래서 드린 말씀입니다. 미안합니다. 다만 있는 것도 아니고 없는 것도 아닌, 나지도 않고 죽지도 않는 이 묘한 도리를 세상에 내보이는 것도 아름다운 일이 아니겠습니까."

"저기 저 제자들, 다 허망한 상에 지나지 않습니다. 저 상이 꺼진들, 상이 솟아난들 대체 이 삼천대천세계에 무슨 티끌만한 변화라도 있나요? 저 하늘의 태양이 꺼진들, 달이 무너진들 대체 삼천대천세계가 부르르 떨기라도 한답니까. 본디 켜지면 꺼지는 것이고, 꺼지면 켜지는 것, 내버려 두십시다. 고타마, 다 알면서 왜 이러십니까. 어머니와 아버지 등 온 가족이며 카필라성의 백성, 태자의 지위를 남김없이 다 버리고 벌거벗은 몸으로 숲을 찾아오신 태자 출신 사문이 제게 할 말은 아닌 듯합니다."

붓다는 빙그레 웃으면서 슬쩍 질문을 던졌다.

"혹 전생은 기억나십니까? 저 멀리 도리천 도솔천 천인(天人)들은 보입니까?"

"예, 기억하고 또 봅니다. 고타마도 전생을 아주 오래전까지 기억한다고 들었습니다. 사실이겠지요?"

"그렇습니다. 저는 사람으로 태어나기 한참 전에는 한때 찌르레기로 태어난 적도 있고, 사슴으로 태어난 적도 있고, 코끼리로 태어난 적도 있습니다. 나무나 꽃으로 태어난 적도 있습니다. 사람으로 태어나서도 무수한 윤회와 환생을 겪었습니다. 저는 이 몸이 있는 한 가르침을 나눌 것이지만, 한번 가면 다시는 이 사바로 돌아오지 않습니다. 범천(梵天)으로도 가지 않습니다. 저는 그냥 반야입니다."

"이해합니다. 저 역시 사바로 돌아오지 않습니다. 그래서 지금 이 자리에서 열반에 들고자 합니다."

"마하비라여, 그렇다면 저기 저 우르벨라 마을에는 가장 낮은 계급으로 하루하루 고통스럽게 살아가는 불쌍한 사람들이 많습니다. 저들은 언제나 돼야 그 고통에서 벗어나 우리처럼 붓다가 될 수 있을까요? 그들은 언제나 탐진치(貪瞋痴)를 여의고, 적멸하는 경지에 이르며, 그러고도 반야를 깨우칠까요?"

"사람마다 다르니 어떤 이는 수억 겁이 걸리고, 어떤 이는 수만 겁이 걸리고, 어떤 이는 수천 겁이 걸리겠지요."

"그러도록 이 중생들은 무수히 윤회당하면서 얼마나 많은 피를 흘리고, 땀을 흘리고, 울고, 악쓰고, 거듭된 죽음을 고통스럽게 맞아야 할까요?"

"나도 고타마도 그 많은 윤회를 거치다가 금생에서야 겨우 적멸에 이르고, 반야에 접속했습니다. 가르쳐서 될 일이라면 중생을 다 구제할 수 있지만, 고타마여, 가르친다고 되는 일이 아니라는 걸 잘 아시잖습니까. 초전법륜이라고 하는 그 다섯 제자가 과연 아라한이 됐을까요? 정말로 고타마의 설법을 들으면 전생의 보시공덕 없이도 아무나 반야를 깨우칠 수 있습니까? 보시공덕이 부족하면 인연이 이뤄지지 않는 법인데, 그런 중생들이 무슨 수로 반야를 깨닫겠습니까. 고타마는 지금까지 몇 명의 아라한을 만들었습니까?"

붓다는 잠시 눈을 감았다가 뜨면서 천천히 대답했다.

"부끄럽습니다. 백여 명이 조금 넘습니다."

"그렇습니다. 아무리 가르쳐도 알아듣지 못하는 사람이 더 많습니다. 탐진치의 성을 때려부수고, 먼지까지 다 털어내어 그야말로 고요한 적멸의 경지에 이르러야 겨우 반야 한 줄기가 가느다란 햇살처럼 깃드는 법인데, 저들의 몸에는 천만 번, 억만 번 윤회해도 다 씻지 못할 욕망과 번뇌, 분노와 증오가 가득 차 있습니다. 그들을 어떻게 가르쳐 아라한으로 만들리까. 헛된 꿈을 주느니 저 먼저 열반해탈하여 빛을 비추느니만 못합니다. 고타마도 저도 스스로 열반해탈의 경지에 이르렀습니다. 누가 가르친다고 갈 수 있는 길이 아닙니다. 결국 혼자 가야 하는 길입니다. 태양이 황도(黃道)를 가듯, 달이 백도(白道)를 가듯 인간도 인간의 길 중도(中道)를 가야 합니다."

"중생이 불쌍하잖습니까. 만 번 태어나 겪어야 할 고통을 천 번으로 줄이고, 천 번 태어나 겪어야 할 고통을 백 번으로 줄일 수 있잖습니까."

"고타마여, 그대의 자비심조차 한 올의 번뇌입니다. 한 중생이 이 고통스런 사바에서 억겁을 더 살아야만 비로소 붓다가 된다고 칩시다. 그 억겁이 얼마나 긴 시간입니까?"

"겁이 찰나이고, 찰나가 겁이지만 그건 마하비라나 제가 아는 반야이고, 중생들은 한 철 한 시가 고통스럽습니다. 중생은 그 사실을 모르고 시간을 두려워합니다. 그게 아니라는 걸 알려줘야 합니다."

"나는 곡기가 끊어지는대로 열반합니다. 이 세상은 순간순간 죽고, 시시때때로 다시 태어납니다. 죽고살고, 살고죽고, 아까 죽고 지금 죽고 이따 죽는 게 중생계의 삶입니다. 눈 한 번 깜빡할 사이에 백 번 태어나고 백 번 죽습니다. 고타마의 '자비심으로 기다리는 시간'과 저 마하비라의 '무심으로 기다리는 시간'은 한 올의 차이도 없이 똑같습니다. 그래도 이런 세상에 머물겠습니까."

"마하비라여, 저는 중생이 있는 한 윤회환생을 줄이고 더 줄일 수 있는 가르침을 세상에 남기겠습니다. 저의 가르침이 널리 퍼지면 이 중생계가 하루라도 먼저 해탈하지 않겠습니까. 우리를 옥죄는 이 머릿속 탐진치(貪瞋痴)조차 계정혜(戒定慧)로 이겨낼 수 있다는 걸 제가 시험해 보았습니다. 업(業)은 다스릴 수 있습니다. 결코 정해진 운명이 아닙니다."

"찰나가 영원이고, 영원이 찰나입니다. 고타마의 말도 맞고, 제 말도 맞습니다. 저는 가고 고타마는 남습니다. 그게 중생계입니다. 굳이 중생계에 더 머물러 한 사람에게라도 반야의 종자를 더 뿌리려는 그 마음, 이해합니다. 찬탄합니다. 그래도 저는 갑니다. 제가 가도 이 허공 세계에는 물결 하나, 바람 한 줄기가 생기거나 줄지 않습니다. 이 허공 세계를 어찌 혼자 감당하시렵니까."

마하비라와 붓다는 서로 웃었다.

"마하비라시여, 나의 도반이시여. 나는 바위를 끌어안고도 설법을 합니다. 바위 속 숱한 물질과 대화를 합니다. 원숭이나 강물이나 나무를 보고도 설법을 합니다. 제 몸이 흩어지는 그날까지 저는 세상과 대화를 할 것입니다. 결국 저는 죽는 날까지 내 시간을 보림(保任)하겠습니다."

"반야를 쥐고 있는 고타마여, 그대는 이 세상의 색(色)이 되시고, 나는 이 세상의 공(空)이 되리다. 나는 그대를 느끼고, 그대는 나를 느낄 것입니다. 오지도 않고 가지도 않는 것을 굳이 잡아 붙들고 있겠습니까. 한 붓다는 남고, 한 붓다는 갑시다."

더 할 이야기가 없다. 작별할 시각이다.

"마하비라 교주시여, 저는 당신을 시험하러 온 것이 아닙니다. 열반에 드신다기에 작별 인사를 드리러 온 것입니다. 더 물을 것도, 더 살필 것도 없음을 말씀드립니다. 이만 물러가고자 하니 원하는 자리, 원하는 시각에 편안히 열반하소서."

"고맙소. 모든 것은 마음이 짓는 것이라. 그대도 옳고 나도 옳고 저들도 옳고, 구름도 옳고 나무도 옳고 바위도 옳소. 고타마의 자비심을 찬탄합니다. 우리는 곳 하나가 될 것입니다."

붓다는 두 손을 모아 합장한 뒤 마하비라를 이별했다.

그러자마자 자이나교 수행자들이 우르르 몰려들어 다시 굴앞에 줄서 앉기 시작했다. 그들은 마하비라의 눈빛이라도 마주치고 그의 숨소리라도 들어보려는 듯했다.

붓다는 목갈라나와 라훌라, 동생 아난 등 여러 비구들을 이끌고 둥게스와리를 나와 북쪽 죽림정사를 향해 길을 잡았다.

12

금강경은 뜻도 불가사의요, 결과도 불가사의다

태이자는 마하비라 이야기를 마치면서 아주타나에게 다시 칠엽굴로 돌아가라고 했다.

"붓다의 유훈을 마저 듣자. 어서 삼매에 들어 붓다께서 뭐라고 말씀하시는지 자세히 들려다오. 경으로도 남지 않은, 세상에 없는 비밀장이다."

"예, 태이자 스승님."

아주타나는 눈을 감더니 들숨과 날숨을 바라보면서 찬찬히 호흡을 골랐다. 그러고는 칠엽굴로 돌아갔다. 붓다가 말하고 있다.

아주타나가 말한다.

태이자가 듣는다.


"나는 삼천대천의 뇌인 반야와 하나가 되면서 결국 여러분과 내가 하나라는 걸 알았으니, 그때부터 나는 붓다가 되고, 더불어 여러분과 나는 하나가 된 것이다. 내가 이 늙고 지친 몸을 이끌고 아직 제자를 만나기만 하면 반야가 뭐냐 묻고, 가르치고, 일일이 잔소리하는 것은 여러분이 곧 나이기 때문이다. 여러분과 내가 다르다면 굳이 고통스럽게 먼 길을 맨발로 걸어다니며 반야를 깨우치라고 호소할 이유가 없다. 이미 아라한이 된 목갈라나 존자가 굳이 교만한 브라만을 찾아가 법을 놓고 따지다가 얻어맞을 필요가 없다. 그러나 목갈라나 존자는 매맞을 각오를 하고 그들을 향해 나아갔다. 왜냐하면 그들이 목갈라나 존자이고, 목갈라나 존자가 그들이기 때문이다. 목갈라나 존자가 맞을 때 나도 맞았으며, 브라만이 목갈라나 존자를 때릴 때 나도 때린 것이다. 중생이 아프면 나도 아프고, 중생이 기쁘면 나도 기쁘고,

중생이 힘들면 나도 힘들다고 말한 까닭이 바로 여기에 있는 것이다. 우리는 이런 이유로 반야의 등불을 꺼뜨려서는 안 되는 것이다. 나를 위해, 또 다른 나인 남을 위해."

"오, 바가바트시여, 붓다시여!"

"수부티여. 나는 나를 알기 위해 내면으로 파고들면 들수록 거기에서 뜻밖에도 수부티를 만나고, 또한 수부티를 보면 볼수록 거기서 나를 만난다. 우리 모두가 다 그렇게 만난다."

목갈라나 존자는 붓다를 향해 합장하며 그의 발끝에 이마를 갖다 대었다. 사리풋타도 붓다의 발끝으로 다가가 이마를 갖다 대면서 찬탄했다.

"그렇다, 수부티여. 내가 데바닷타의 행패를 당하면서도 끝까지 그를 향해 화를 내거나 비판하거나 욕을 하거나 다투거나 싸우지 않은 것은, 실은 데바닷타가 곧 나이기 때문이다. 마가다국 태자 아자타삿투가 국왕이자 나의 오랜 시주인 빔비사라왕을 감옥에 가둬놓고 괴롭힐 때 내가 태자를 벌하여 국왕을 구하지 않은 것은, 국왕이 곧 나요, 태자가 곧 나이기 때문이었다. 국왕이 성급한 마음에 여기저기서 지은 업보가 있었으니 아자타삿투가 그 업보에 이끌려 아버지를 잡아 가둔 것이라. 두 사람이 풀어야만 할 인연법이 그러하니 내가 끼어들 자리가 없다. 또한 데바닷타가 지은 업보로 나를 괴롭힌 것 또한 데바닷타의 업보요, 또한 나의 업보이니 우리 둘 다 그것을 풀고 끌러야만 반야의 문을 열 수 있는 것이다."

"바가바트시여, 참으로 놀라운 말씀이고 거룩한 말씀이고 위없는 말씀이십니다."

"수부티여, 그뿐이 아니다. 내가 진실로 오늘 나의 전생담을 말하노니 칠엽굴을 떠나는 즉시 존자들은 기억에서 지워야 하리라. 상(相)을 잡고 사는 중생에게 이 사실이 전해지면 놀라다 못해 미치는 사람이 있을지도 모른다. 사리풋타 존자와 목갈라나 존자를 위해 오늘 나는 반야의 봉인(封印)을 풀겠다."

사리풋타와 목갈라나는 다시 한번 합장 배례하여 감사를 표시했다.

"내가 그동안 수많은 나의 전생 자타카[101]를 말해왔다. 또한 다른 사람의 전생도 말해왔다. 나는 그것을 어떻게 알았을까? 그렇다. 나는 아말라식[102]으로 나가서 마음 종자요 윤회의 씨앗인 여러분의 알라야(alaya)[103]에 접속하고 교류한다. 내가 우르벨라 마을 뒷산 둥게스와리에서 자이나교도들과 함께 고행요가할 때는 그것을 알지 못했다. 우르

---

101  자타카(jataka). 붓다는 자신이 과거 생에 앵무새, 찌르레기, 코끼리, 사슴, 말, 도마뱀, 비둘기, 토끼, 공작새, 백조, 닭, 해오라기, 물고기, 딱따구리 등의 동물로 태어나고, 나무로도 태어나고, 사람으로는 왕, 상인, 도둑, 수행자, 뱃사공, 바라문, 가난한 서민 등으로 살았다고 말했다. 인간의 미발현유전자(junk DNA)는 무려 98%다. 단 2%만이 인간 생명현상을 주관한다. 미발현유전자 즉 정크 유전자에는 지구에 생명이 출현한 이래 거쳐온 모든 기억이 저장되어 있다. 즉 리보솜, 시아노 박테리아, 미토콘드리아를 비롯 파충류, 포유류, 영장류 등의 진화 과정에 겪은 모든 기억이 저장돼 있다. 이런 의미에서 붓다의 전생 이야기 자타카는 시사하는 바가 크다.

102  아말라식(Amala vijñāna)은 인간이라는 종의 기억을 갖고 있는 편도체로부터 완전히 벗어난 자유로운 의식으로, 카르마가 없는 상태의 보편적인 우주식(宇宙識) 즉 반야심(般若心)이다. 알라야식보다 더 정제되고 고급한 의식이다.

103  알라야식(ālaya vijñāna)은 불교에서 가리키는 8번째 의식인 아뢰야식이다. 붓다는 윤회의 씨앗이라고 표현했다. 기본적으로 편도체가 갖고 있는 욕망인 생존욕구, 생식욕구, 권력욕구를 벗어난 아상(我相)의 최종적이고 근본적인 실체이자 인간이라는 종(種)이 갖고 있는 매우 큰 단위의 의식이다.

벨라 숲속의 카사파 형제 무리가 조로아스터 교도로서 수행하는 것
도 관심을 두지 않았다.

그러다가 가야로 나와 수자타의 우유죽을 먹고 기운을 차린 뒤
죽음을 무릅쓰고 아나파나를 하자 나는 곧 둥게스와리의 자이나 수
행자들과, 우르벨라 마을 뒷산에 머물던 우르벨라 카사파 3형제가 거
느리던 1천5백 명의 조로아스터교(배화교) 수행자들의 알라야식에 통
하고, 1천5백 개의 그 알라야식을 내가 직접 묶어 썼다. 여러분이 아
라한이 될 때도 실은 이러한 과정을 따로 거쳤지만 여러분은 아마도
눈치채지 못했을 것이다. 사람의 뇌와 뇌가 알라야로 연결[104]되어 마침
내 반야의 문이 열린다는 사실을. 어떻소, 사리풋타?"

"바가바트시여, 저는 제 머리가 환해지는 것이 오랜 아나파나 삼매
로 열리는 삼매경(三昧境)인 줄 알았나이다. 알라야식끼리 만나 그물망

---

104  바수반두(Vasubandhu, 世親)는 그의 저서 《유식30송(唯識30頌)》에서 "알라야(여러
의식 중 가장 높은 수준의 무의식, 편도체의 탐진치를 완전히 지운 다음에 일어나는 가
장 깨끗하고 근원적인 마음, 한자로 아뢰야)는 마치 폭류(瀑流)처럼 항상 흐르고 있다."
고 했다. 이에 대해 천문학자 이시우 박사는 "알라야식이 흐름에 해당한다면 집단 내 구
성원들이 서로 다른 알라야를 가진다 하더라도 안정된 이완(弛緩) 상태로 가면서 모든
구성원들의 알라야는 일정한 하나의 흐름을 가질 것이다. 즉 여러 구성원 사이에서 일어
나는 긴밀한 상의(相依)적 수수(授受) 관계를 통한 부단한 연기적 변화를 거치면서 공통
된 알라야가 형성될 것이다. 이것이 집단의 공통된 특성으로 나타난다. 이러한 집단적 알
라야는 칼 융의 집단 무의식에 해당한다고 볼 수 있다."고 했다. 바수반두와 이시우 박사,
그리고 칼 융의 집단무의식과 같은 두뇌 집중 현상이 고타마 싯다르타의 아나파나 삼매
중에 일어났으며, 나는 이를 체험으로 확인했다. 칼 융은 <동시성 : 비인과적인 연결원리
Synchronizitat als ein Prinzipakausaler Zusammenhange> (Zurich, 1952)라는 책에
서 이를 주장했다. 다만 '비인과적인 연결'이란 칼 융 개인의 주장이다. 이 주장들은, 저자
가 1994년에 발표한 《소설 금강경》을 버리고, 28년만에 처음부터 다시 쓴 까닭의 한 올
이기도 하다.

처럼 연결된다는 사실은 어렴풋이 짐작만 하고 있었습니다."

"사리풋타여, 바로 그렇습니다. 그래서 아라한입니다. 아라한은 다른 사람들의 알라야식을 모아 더 큰 반야지(般若智)인 아말라식을 얻은 분들입니다. 수많은 사람들의 알라야식을 모으고 이어 크게 계산하니 그제야 탐진치(貪瞋痴)로 지은 '기억의 가짜집'이 보이고, 계정혜(戒定慧)로 태양처럼 빛난 것입니다.

그럼 나는 어떻게 삼천대천의 뇌, 온 우주의 아말라식이 모인 아카샤와 접속하였던가. 바로 여러분 덕분입니다. 내가 핍팔라나무 아래에서 아라한이 된 뒤 녹야원 사르나트로 가서 다섯 명의 비구를 아라한으로 만든 뒤 그 해 안거가 끝날 무렵까지 모두 60명의 아라한을 만들어 냈습니다. 그제야 나는 나를 아라한으로 만들어준 우르벨라 카사파 3형제 무리를 찾아갔고, 그들은 저와 동기화됐다는 걸 깨닫고 우리 교단으로 귀의했습니다. 그때가 돼서야 내 깨달음의 원리를 정확히 알아낸 것입니다. 이렇게 하여 우리 교단이 커지고, 기원정사든 죽림정사든 대림정사든 혹은 독수리산이든 바이바라산이든, 우리 비구들이 모여 아나파나를 할 때마다 수천 명이 모여 집단 아나파나 삼매에 들어갔습니다. 그때마다 여기저기서 아라한이 마구 생겨났습니다. 두뇌와 두뇌가 서로 연결되니 혼자서는 이루지 못한 것을 쉽게 떼를 지어 이루어낸 것입니다. 지금 내가 칠엽굴 밖에 5백 아라한을 삼매에 들게 하고, 1천2백 비구들을 불러 삼매를 구하라 말한 것은 우리를 위해, 그들을 위해 다 함께 반야를 닦자는 것입니다.

오늘도 5백 아라한이 밖에서 삼매를 이루고, 그들의 뇌가 그물망처럼 연결되었습니다. 뇌가 연결되었다고 다 깨우치지 못하고 그물망을 쓰는 주인공은 따로 있듯이 아라한들이 삼매에 들어 있을 때 나는 그 뛰어난 두뇌를 하나로 묶어 아말라식을 구하고, 나아가 더 큰 삼천대천의 뇌인 흐리다야식[105]을 들여다볼 수 있었습니다. 나는 흐리다야의 그물뇌에 닿았으니 그래서 붓다인 것입니다.

나는 늘 말했습니다. 우리 세상을 비추는 저 태양이 천 개가 있어야 소천세계가 되고, 소천세계 천 개가 있어야 중천세계가 되고, 중천세계 천 개가 있어야 비로소 가장 큰 대천세계[106]가 된다고. 물론 이 삼천대천은 우리 인간의 머리로 계산할 수 없을만큼 많은 세계가 있으니 나는 그렇게 비유했습니다. 그래도 놀라는 사람이 많고, 내가 재미있으라고 거짓말하는 거라며 비웃는 사람이 있었습니다. 태양이 한 개 뿐이지 어째서 저런 태양이 천 개나 되며, 천 개나 되는 태양을 가진 세계가 또 천 개나 있을 수 있느냐, 붓다는 거짓말도 잘한다, 이렇게들 수군거렸습니다.

그러나 그것은 진실입니다. 나는 마침내 알았습니다. 아라한들의 뇌와 그물처럼 연결되자 나는 별마다 뇌그물이 있다는 걸 알고 거기에 접속할 수 있었습니다. 그 다음에는 소천세계마다 뇌가 있고, 중천세계마다 뇌가 있고, 대천세계에도 뇌가 있다는 걸 알고 차례차례 접

---

105  흐리다야식(Hrdaya vijñāna). 불식(佛識)이라고 하여 반야 자체를 가리킨다.

106  《장아함경》제18권 30 〈세기경(世紀經)〉중에 "하나의 해와 달이 4천하(四天下)를 두루 돌면서 광명을 비추고 있는 것과 같은 그런 세계(世界)가 천(千) 개나 있다. 이 천 개의 세계는 천 개의 해와 달이 있고… 이것을 소천세계(小千世界)라고 한다.
하나의 소천세계와 같은 그러한 세계가 천 개 있으면 이것을 중천세계(中千世界)라 하고, 하나의 중천세계와 같은 그러한 세계가 천 개 있으면 이것을 삼천대천세계(三千大千世界)라고 한다. 이와 같은 세계가 겹겹으로 둘러 있는데 생겼다 무너졌다 한다…"

## 12

속하여 이 삼천대천을 다 들여다보았습니다.

부수고, 부서진 것을 쪼개고, 쪼갠 것을 또 나누다 보면 뜻밖에도 거기서 또다시 삼천대천을 만나고, 또 별을 합치고 붙이고 더하다 보면 역시 거기에 삼천대천이 나옵니다. 그렇게 한없이 더 올라가다 보면 그 끝은 도로 극미진(極微眞)의 공(空)에 이르니 공즉 삼천대천이요, 삼천대천 즉 공입니다. 이 말이 곧 색즉시공(色卽是空)이요 공즉시색(空卽是色)이란 뜻이 되는 것입니다. 아라한이 붓다가 되는 것은 색즉시공하고 공즉시색하는 이치를 통해야 하느니 얼음이 녹아야 물이 되고, 구름이 뭉쳐야 물이 되는 것과 같은 이치라. 그러니 어찌 아라한과 붓다가 같다고 말할 수 있겠는가. 같으면서 다르고, 다르면서 같은 것이라."

"바가바트시여, 수부티는 떨리고 무서워 차마 말씀을 올리지 못하겠나이다."

"수부티여, 놀라지 마라. 존자들도 들으시오. 사리풋타 존자, 목갈라나 존자를 위해 남김없이 빠짐없이 숨김없이 다 말씀드리겠습니다. 듣기 시작했으니 들어야 하고, 말하기 시작했으니 말해야 합니다.

수억 겁 전의 어느 날 이 염부주에 수명이 아주 짧아 찰나에 생로병사를 지나가는 작은 생명이 나타났습니다.[107] 아, 이 세상은 점에서 나왔으니 생명도 점에서 나옵니다. 이 점 같은 생명은 감기 들고, 배 아프고, 전염병이 돌 때 우리 몸에 들어와 사람을 죽이기도 하고, 살리기도 합니다. 또 우리 몸에 갠지스강 모래알만큼 많은 그 점 같은 생명[108]이 있으니, 우리 몸이 곧 소천세계입니다. 지금 우리가 보는 이런 세상이 갠지스강의 모래알만큼 많은데, 그것이 바로 우리 한 사람 한 사람의 몸에 들어 있다고 말한다면 믿을 수 있겠습니까?"

"오, 바가바트시여!"

사리풋타 존자가 고개를 몇 번이나 끄덕이면서 붓다를 찬탄했다.

"나는 과거불 이야기를 많이 했습니다. 대체 과거불이 뭐냐, 미래불이 뭐냐 물을 수 있습니다. 내가 오늘 시원하게 말씀드리지요.

삼천대천세계도 결국 점 하나에서 시작되었습니다. 이 점은 내 몸에도 가득 차 있고, 여러 존자들 몸에도 가득 차 있습니다. 생명의 씨앗[109]입니다. 아마 최초의 붓다라고 할 수 있습니다.

우리는 이 점을 매우 존중해야 합니다. 이 점은 별처럼 늘어나 저

---

107    물질을 쪼개면 분자, 원자, 전자, 중성자, 소립자 등으로 쪼개진다. 남는 것은 파동치는 에너지 뿐이다. 불교에서는 물질에 있어서 최소의 물체를 극미(極微), 가장 큰 물체를 기세간(器世間)이라 하는데 기세간이란 우주를 말한다.
         200권 짜리 초기경전 《대비바사론(a-mahā-vibhāṣāśāstra)》에 의하면 제일 작은 단위를 가리켜 극미진이라 이른다. 극미진(極微塵)은 물질 가운데서 최소단위로 가장 미세한 물체라는 뜻에서 최세색(最細色)이라고도 한다. 만약 극미를 더 분할하면 곧 공(空)이 된다.
         중생이 너무 물질에 집착하니 '분석하면 모든 존재들이 다 허망하게 비어 버린다'는 진리를 알려주기 위한 방편이다. 이를 일러 석공관(析空觀)이라 하는데 물질을 분석해서 공으로 돌아가는 관법(觀法)이다. 극미진 단계에 이르면 빈 공간이다. 이 단계를 불교에서는 인허(隣虛)라고 한다. '빈 것과 이웃한다'는 뜻이다.
         따라서 인허진(隣虛塵)이 물질 가운데서 가장 미세한 셈이다. 이보다도 더 작게는 분석하지 못한다. 인허진은 너무나 작아서 비공비유(非空非有)라고 한다. 그러면서 묘유(妙有) 즉 '진공묘유(眞空妙有)'라고 이른다.
         이제야말로 진공(眞空)이 등장한다. 일체 만물을 나누고 쪼개다 보면 나중에는 모두 진공이 되고 만다.
         현대물리학에서 가장 작은 단위인 쿼크(quark)는 6가지의 종류로 나뉜다. 또한 쿼크에 대응하는 반쿼크(antiquark)가 있다. 수명은 $10^{-22}$초다. 《대비바사론》에서 찰나의 시간은 75분의 1초 즉 0.013초가량 된다.

108    인간을 이루는 60조 개의 세포를 가리킨다. 세포 하나하나는 독립된 생명체다.

109    곧 수소를 말한다. 수소는 원자 하나에 전자 하나다. 이 수소가 두 개 합치면 헬륨이고, 여섯 개 합치면 산소가 된다.

하늘의 은하수처럼 곳곳에 흩어지니 이 점들이 뭉치고 합하여 별이 움직이고 태양이 빛나고 달이 돌기 시작했습니다. 그러면서 오늘날 우리가 숨쉴 수 있는 공기를 만들어 냈습니다. 찰나에 생기고 찰나에 사라지는 존재들이 있으니, 이리 뭉치고 저리 뭉쳐 공기가 되었습니다. 그중에 우리가 코로 숨을 들이 쉬어 살아가게 하는 여러 원소가 생긴 것입니나.[110]

두번째로 나타난 붓다는 이처럼 점을 뭉치고 녹여서 전혀 다른 성질을 가진 수많은 원소를 만들었습니다. 이 붓다가 만들어낸 수많은 원소는 우리 몸에 가득 차 있습니다.

그러면서 별과 별이 늘어서고, 수많은 행성이 생겨났습니다. 그러다가 들숨날숨 숨쉬는 생명이 나왔으니 이분은 세 번째 나온 붓다입니다. 이분들은 지금도 공기 중에, 우리 몸속에, 흙속에, 물속에 어디고 살지 않는 데가 없을만큼 번성하였습니다.[111]

그러다가 이분들이 여럿이 모여 집단 생명을 이루니 놀랍고도 놀라운 일입니다.[112] 우리 몸은 원소로 말하면 다 헤아릴 수 없이 많으며, 분자로 말해도 다 헤아릴 수 없이 많습니다. 우리 몸은 수많은 생명체들이 모여 이룬 거대한 세계이니 우리가 곧 은하이고 삼천대천입니다. 하늘의 별만큼이나 많은 생명체가 우리 몸속에 삽니다. 우리 몸이 곧

---

110  근본 원소인 수소를 뭉쳐 만들어진 산소, 탄소, 질소 등 수많은 원소들이 세상에 등장하면서 우주 법계가 열렸다. 그러면서 이런 원소들이 또 모여 분자의 시대가 열린 것이다.

111  분자가 모여 이뤄진 단세포 생명체다.

112  단세포들이 모여 이뤄진 다세포 생명체다.

은하입니다.[113]

이러한 생명체끼리 서로 정보를 주고받는 교미를 하기 시작했습니다. 물에 살 때는 어떻게 해야 하나, 공기 중에 살 때는 어떻게 해야 하나, 여기저기 흩어져 살던 생명체들이 서로서로 모여 소식을 주고받으며 정보를 모아 하나로 끌어당겼습니다. 그러면서 점점 더 똑똑해졌습니다. 그러다가 햇빛으로 영양을 만드는 기술을 만들어냈습니다. 공기 중에 떠다니는 것들을 묶어 씨앗을 만들고, 과일을 만들고, 이파리를 만들었습니다. 얼마나 놀라운 일입니까. 이 모든 것이 지금도 우리 몸속에 들어 있단 말입니다. 이분들이 바로 과거불이십니다.

그 다음에는 척추라는 등뼈가 생기면서 거기에 심장이 매달리고, 간이 매달리고, 위장이 매달리고 허파가 매달렸지요. 걸어가고 뛰어가고 날아갔습니다. 저 호수에 사는 악어와 도마뱀 같은 생명체가 나타난 것이니, 그 또한 우리 몸속에 들어 있습니다."

"바가바트시여, 악어가… 우리 몸에 들어와 있습니까?"

"그렇다, 수부티여. 우리 몸에 악어가 들어 있다. 존자들이여, 우리는 그렇게 차례차례 생명의 집을 지어왔습니다. 악어 같은 동물들이 바로 난생(卵生)이니, 이때 덩치가 작아 살기 힘든 누군가가 굴속에 숨어 살다가 뱃속에 알을 까고, 부화하고도 팔다리가 다 만들어진 다음에 낳아 젖을 먹이는 동물이 나타났습니다. 쥐나 토끼처럼 새끼를 낳아 젖을 먹여 키우는 동물이 나온 것입니다. 난생보다 훨씬 더 번성하

---

113    60킬로그램의 인간은 원자 약 $10^{28}$개로 이뤄진다. 우리 몸의 세포는 모두 $10^{14}$개다. 우리 은하의 별은 $10^{22}$개다.

였습니다. 이분이 바로 그 시대의 붓다입니다.

그 다음에는 침팬지나 원숭이 같은 동물들이 나왔습니다. 그러다가 이 중에서 누군가 두 발로 걸으면서 앞발을 들어 돌을 잡거나 나무 막대기를 잡았습니다. 손이 나온 것입니다. 이들은 결국 오늘의 우리 같은 인간이 되었습니다. 첫 인간, 그분이 바로 그 시대의 붓다십니다.

내가 하고자 하는 말은, 지금까지 이 염부주에 나타난 모든 생명은 사실 우리 몸에 그 역사가 다 들어 있다는 사실입니다. 다시 말해, 우리는 잠자리로 산 적이 있으며, 찌르레기로 산 적이 있으며, 솔개로 산 적이 있으며, 원숭이로 산 적이 있습니다. 그것이 우리들의 전생입니다. 나는 그 이야기를 해왔습니다.[114]

또한 인간이 된 이래 왕으로 산 적이 있고, 전쟁터에 나가 싸우다 죽은 적이 있고, 물에 빠져 죽은 적이 있고, 목이 잘려 죽은 적이 있고, 여러분이 상상하는 모든 경험을 다 해보았습니다. 혼자 할 수 없는 경험을, 서로 다른 나를 만들어 동쪽으로 보내고, 서쪽으로 보내고, 남쪽으로 보내고, 북쪽으로 보내어 갖가지 지식을 얻어 탑처럼 높이 쌓아 더 지혜로워지고 있습니다. 나도 여러분도 그 끝에 서 있는 것입니다.

빔비사라왕이 옥에 갇혀 굶어죽을 때 나도 굶어죽습니다. 그 아들 아자타삿투가 아버지인 빔비사라왕을 굶겨죽일 때 나도 빔비사라왕을 굶겨죽였습니다.

---

114     인간 유전자의 2%만 단백질 코딩 유전자이고, 98%는 Junk DNA다. 이를 비번역 RNA(non-coding RNA)라고 한다. 현대과학은 아직 이 정크유전자를 풀지 못하고 있다.

지금도 누군가는 아프고 슬프고 병들고 늙고 죽어갑니다. 그들은 그 개인의 삶을 사는 것이 아니라 나를 위해, 우리를 위해 그렇게 사는 것입니다. 다른 삶이 아니라 우리 삶입니다. 그러므로 나는 지금도 아프며, 지금도 슬프며, 지금도 늙고, 지금도 죽고 또 태어나고 기쁘고 행복합니다. 모든 생명이 그물처럼 모두 연결되어 있으니, 내가 어찌 중생의 삶과 공감하지 않겠습니까. 나는 태어나면서부터 병자, 환자, 늙은이들을 보면서 그들이 바로 나라는 걸 공감한 것입니다.[115] 그러한 공감에서 나는 우르벨라 마을 네란자나강 건너 가야 땅으로 갈 수 있었으며, 핍팔라나무 아래 앉아 이 비밀을 알아낼 수 있었습니다.

인간 뿐만이 아닙니다. 누군가는 물에서 헤엄치고, 누군가는 하늘을 날아다니며, 누군가는 땅을 딛거나 혹은 파헤치며 혹은 뿌리박고 살아갑니다. 각자 살아가는 것으로 보이지만, 결국 우리는 우리로써 서로 맞물려 살아가는 것입니다. 나는 비록 아라한이 되고, 붓다가 되었으나 결국 인간으로서 궁극의 지혜를 갖추었습니다. 언젠가는 중생 모두 다 붓다가 되는 길을 먼저 열어놓은 것입니다. 나의 깨달음은 중생이 모두 깨달아야만 완성이 되는 것이지 나 홀로 붓다로서 고고할 수는 없습니다.

지금까지 여러 분의 과거불이 나왔으나 이 염부주의 사람들이 다 붓다가 되고, 이 염부주의 모든 생명들이 다 붓다가 되고, 소천세계의 생명들이 다 붓다가 되고, 중천세계의 생명들이 다 붓다가 되고, 대천

---

[115] 바이샬리에 사는 거사 비말라키르티(vimalakirti) 즉 유마힐은 "중생이 아프므로 나도 아프다"고 말했다. 이런 공감력은, 깨달은 사람만이 느낄 수 있는 놀라운 능력이다. 《유마경》.

세계의 생명들이 다 붓다가 되는 날 우리는 하나가 되고, 점이 되어 돌아갑니다.

라훌라여, 네 앞에 있는 그 조약돌을 주워 내게 가져오너라."

라훌라가 공깃돌 하나를 주워 붓다에게 건넸다.

"라훌라여, 이 조약돌이 크냐?"

"바가바트시여, 매우 작습니다. 아이들이 공기놀이를 하는 작은 돌입니다."

"라훌라여, 네 말대로 그러하다. 하지만 작다, 크다를 크기로 말하지 말라. 같은 사람이어도 중생이 있고, 수다원이 있고, 사다함이 있고, 아나함이 있고, 아라한이 있고, 붓다가 있듯이 크기는 같아도 무게가 다르며, 무게는 같아도 크기가 다르다. 이 조약돌 하나 속에 저 태양이 1억 개가 들어가 있다[116]고 말하면 너는 믿을 수 있겠느냐?"

"바가바트시여, 도무지 모르실 말씀입니다."

"그렇다, 라훌라여. 이 조약돌 안에는 태양이라고 꼭 말할 수는 없으나 태양 같은 것이 그만큼 들어 있다. 다만 진짜 태양이 1억 개 들어 있는 것처럼 무거운 조약돌이 있으니, 이 조약돌은 수다원도 들지 못하고, 사다함도 들지 못하고, 아나함도 들지 못하고, 아라한도 들지 못한다. 오직 붓다만이 들 수 있다.

이따 해가 지면 이 바이바라산 하늘에는 차례로 별이 돋을 것이다. 그중에 어떤 별은 백 년 전의 것이고, 어떤 별은 천 년 전의 것이고, 어

---

116    물질 1g 속의 원자 수는 $6 \times 10^{23}$개다. 붓다는 이 사실을 알고 있었다. 인간의 몸 전체에는 $10^{28}$개의 원자가 있다.

떤 별은 십억 년, 백억 년 전의 것이리라. 과거 현재 미래의 별빛이 마구 쏟아질 것이다. 붓다는 별을 통해 과거를 보며, 현재를 보며, 미래를 본다. 나는 지금 멀리 떨어진 코살라국의 사위성 근처 기원정사에서 어떤 비구가 무엇을 하는지 알 수 있으니 이를 일러 하늘눈(天眼)이라고 한다. 놀라지 마라. 아라한 중에도 아누루다 존자처럼 하늘눈을 가진 사람이 벌써 몇 명이나 된다. 왜 알 수 있으며, 어떻게 알 수 있는가.

우리의 현재는 저 먼 하늘로 날아간다. 과거를 찾기 위해 한창 달려가다 보면 거기에 미래가 나타난다. 과거 속에 미래가 있고, 미래 속에 과거가 있다. 과거와 현재와 미래가 저 별빛처럼 쌓인다. 그래서 나는 언제고 과거 현재 미래를 들여다볼 수 있다. 나는 내 핏줄을 따라 흐르는 붉은 혈액을 자세히 들여다보며, 펄떡거리며 뛰는 심장을 들여다볼 수 있다.

그런가 하면 은하수에 퍼져 있는 수많은 천상의 나라를 들여다보고, 거기 사는 천인들을 낱낱이 들여다볼 수 있으니 우리의 하루가 어느 하늘에서는 백 년이 되고, 어느 하늘에서는 천 년이 되고, 어느 하늘에서는 만 년이 된다. 그리하여 과거와 현재와 미래가 톱니바퀴처럼 서로 다르게 돌아가는데, 빨리 흐르고 늦게 흐르기는 하나 결국은 같다. 누군가의 수명은 찰나이고, 누군가의 수명은 1만 년이지만, 그 수명은 서로 같은 것이라[117]. 수미산도 갠지스강 모래알도 실은 같은 크기라.

---

117    현대 과학은 우주의 나이를 138억 년이라고 계산한다. 하지만 특수상대성이론으로 계산하면 우주 중심의 시간으로는 불과 몇 시간밖에 되지 않을 수 있다. 붓다의 시간 개념이 이와 같다. 이렇게 해석하면 인간 수명 100년은 우주의 어떤 지점에서는 커피 한 잔 마시는 시간밖에 되지 않을 수 있다.

하늘눈은 이처럼 보이지 않는 것을 보고, 하늘귀는 들을 수 없는 것을 듣고, 만질 수 없는 것을 만질 수 있다. 삼천대천 어디든 언제든 갈 수 있고, 어디서든 언제든 올 수 있다. 이것이 반야의 무한한 힘이니 진정한 금강경이라. 존자들이여, 잊지 말고 잘 들어 기억하시오."

여러 존자들이 합장을 올리는 가운데, 수부티 존자와 마하카사파 존자, 라홀라 존자, 아난다는 자리에서 일어나 삼배를 올렸다.

수부티가 거듭 찬탄하여 말했다.

"바가바트시여, 거룩하신 바가바트시여, 금강경을 두 손으로 받들어 높이 지니겠나이다."

"수부티여, 우리는 지금 칠엽굴에 앉아 있다. 여기 있으면 여기 시간이 있고 여기 공간이 있고 여기 세계가 있어 이곳의 업보를 보고, 이곳의 법칙에 따라 엮거나 풀고, 묶거나 끌러야 한다.

그래서 말한다. 이 염부주에서는 금강경을 읽고 외우고 뜻을 깨우친 사람도 때로는 남에게 업신여김을 당하고 조롱당하는 경우가 있을 것이다. 그것은 이 사람이 지옥에 떨어질 과거의 큰 죄업이 있어도 남에게 업신여김을 당하고 조롱받는 작은 과보로 업장이 줄어든 것이며, 머지않아 그 과거의 죄업마저 깨끗이 소멸되어 곧 반야를 깨닫게 된다는 징조라. 왜냐하면 금강경을 깨우친 사람이 비록 천대를 받더라도 그 천대가 곧 공(空)을 이미 깨우쳤기 때문에 결코 천대가 될 수 없다.

그는 설사 핍박을 받고 시련을 겪더라도 그것이 곧 업장이 소멸되어 가는 마지막의 마지막이라는 것을 잘 알며, 또 그러한 사실마저 곧 공하다는 걸 알기 때문에 늘 깨달은 이의 자세를 흐트리지 않는 것이다."

"바가바트시여, 만일 바가바트께서 전생에 가리왕의 핍박으로 팔과 다리가 칼에 베어 떨어져나갈 때, '이 나쁜 놈아! 나는 아무 잘못이 없거늘 너는 왜 나를 해치느냐!' 하고 잠시라도 분노를 일으켰다면, 가리왕이 죄를 뉘우치기는커녕 다시 죽고 죽이고 뺏고 빼앗기는 윤회의 수레바퀴에 떨어지고 말았을 것입니다. 바로 그때 바가바트께서는 머물지 않는 마음을 내셨기 때문에 칼로 베어도 베어지지 않은 것이며, 가리왕도 참회시킬 수 있었던 것입니다."

붓다는 다른 사람들을 위하여 더 자세하게 설명하는 수부티를 보고 고개를 끄덕였다.

"그렇다, 수부티여. 나의 끝없는 과거 세계를 돌이켜보면, 디팡카라 붓다부터 무수히 많은 붓다들을 뵙고 받들어 공양했다. 그냥 지나친 적이 결코 없었다. 그러나 내가 그렇게 쌓은 공덕도, 어떤 사람이 훗날 이 금강경을 읽고 외우고 깨우쳐 얻은 공덕에 비하면, 그 공덕의 백분의 일 또는 천만억 분의 일에도 미치지 못한다.

수부티여, 훗날 나의 이런 말을 들으면 마음이 어리둥절하여 믿을 수도, 믿지 않을 수도 없는 사람들이 생길 것이다.

그러나 수부티여, 분명히 알라. 이 금강경은 뜻도 불가사의요, 결과도 불가사의다."

13
—
끝났으니 끝나지 않았다

"거룩하신 바가바트시여, 지금까지는 반야를 깨달은 사람들을 위해 비밀한 말씀까지 다 알려주셨습니다. 그렇다면 아직도 미혹과 번뇌와 집착에 빠져 있는 중생은 어떻게 마음을 다스려야 합니까? 배가 고픈 사람들은 음식을 보면 얼른 먹고 싶고, 색을 보면 욕정이 일어나 손이 먼저 뻗어나갑니다. 그래서 바가바트께서는 인간뿐 아니라 돼지, 소, 말, 개, 귀뚜라미, 매미 따위의 모든 생명이 다함께 깨달음을 이루어야 한다고 말씀하셨습니다. 그 모든 생명이 곧 '나'이며 '우리'라고 말씀하셨습니다. 만일 그런 사람들에게, 모든 생명을 다 열반으로 이끌어라, 그러나 단 한 사람도 열반에 이끌지 말라고 하신다면 이 말과 저 말이 섞이어 도무지 무슨 뜻인지 몰라 당황할까 염려됩니다. 그러지 않아도 아무리 보시를 많이 해도 소용없고 아라한이 돼도 아라한이 아니다, 이렇게 바가바트의 가르침을 담은 언어의 잔가지만 보는 사람 중에는 불법은 너무 복잡하니 그냥 막 살자, 도박도 하고 실컷 먹고 놀면서 막 살자, 이런 단멸론자[118]들이 있습니다."

"수부티여, 그대는 공(空)을 가장 또렷이 본 아라한이다. 내가 오늘 사리풋타 존자와 목갈라나 존자를 위해 이 말 저 말, 우리를 위해, 나를 위해 아무것도 숨기지 않고 다 말했다. 그런즉 수부티 존자도 본 그 반야로써 중생을 제도하고, 비구들을 가르치며, 아라한이 되라고 재촉해야 하리라.

---

118　단멸론(斷滅論)이란 자아(自我)가 없다니 어차피 죄를 지어도 내가 지은 게 아니니 마음껏 죄를 짓자, 죽고 나면 끝이니 살아서 욕락을 누리자면서 허무주의, 염세주의로 빠지는 것을 가리키는 경계의 말이다. 승려들이 도박을 하고, 룸살롱 드나들고, 금전과 여색에 빠지는 것도 단멸론의 폐해다. 《금강경》을 잘못 배우면 단멸론에 빠진다.

어떤 미혹한 중생이 무엇을 조금 깨우치고 나면, '야, 이 좋은 걸로 다른 사람들을 깨우쳐야지' 하고 생각할 것이다. 그러나 그가 아무리 많은 사람을 가르쳐 깨우치게 한들, 나는 그가 단 한 사람도 깨닫게 하지 못했다고 말할 것이다.

수부티여, 그대 생각은 어떤가? 내가 디팡카라 붓다를 모시던 시절 반야를 깨닫는 무슨 묘수나 비법이 있어서 그것을 얻거나 물려받았겠는가? '야, 여기 반야 한 쪽이 있으니 너 하나 가져라.' 이렇게 해서 내가 받은 것인가?"

"아닙니다, 바가바트시여. 제가 바가바트의 설법을 이해하건대, 바가바트께서 디팡카라 붓다를 모실 적에, 반야라는 법이 있어 그것을 얻으신 것이 아닙니다."

붓다가 이어서 말했다.

"그렇다, 수부티여. 내가 깨달은 반야는 영원무궁토록 변하지 않는 진리이지만, 그 반야를 설명하는 내 말은 자꾸 변하는 '말'이다. 나는 지금 변하는 말로 변하지 않는 반야를 말하느라고 이렇게 어렵게 설명하는 것이다. 소문이란 사람을 건너뛸수록 자꾸 변해 나중에는 본뜻과 전혀 상관없는 말이 전해진다. 내가 말하는 반야도 그러하리니 동쪽으로 서쪽으로 나라가 백 개면 백 번 거듭 번역되어 전해지다 보면 나중에는 내 뜻이 아주 사라질 수도 있다.[119]

수부티여, 만일 깨달음의 실체인 반야가 형상으로 존재하는 것이라면 디팡카라 붓다께서는, 그대는 먼 훗날 붓다가 되어 사카무니[120]라 하리라고 수기(授記)를 주지 않으셨을 것이다. 그때 그냥 '옛다, 반야 한 덩어리 줄 테니 받아 지녀라.' 하고 줄 수 있었다면 나는 수많은 생애 동안 환생을 하지 않았을 것이다. 그러나 반야는 줄 수도 없고 받을 수도 없기 때문에 디팡카라 붓다는 나에게 '너는 먼 훗날 붓다가 되어 석가모니라 불리리라.' 하고 수기를 주신 것이다.

수부티여, 내가 깨달은 반야는 그 내용이 완전히 존재한다거나 완전히 존재하지 않는다거나 시시때때로 변하는 것이 아니다. 그렇기 때문에 나는, 모든 존재는 곧 반야의 존재라고 말한다.

수부티여, 있는 것은 곧 없는 것, 모든 존재는 존재이며 비존재이다. 그것이 모든 존재의 법이다.

비유컨대, 그 사람은 매우 키가 크다 하고 말한다면 과연 키가 큰 것인가?"

"바가바트께서는 키가 크지 않다는 말과 함께 키가 크다는 말씀을 동시에 하신 것입니다. 그러므로 그 말에서 키가 크다는 뜻을 알아낼 수 있습니다. 다만 바가바트께서는 키가 커도 크지 않으며, 키가 작

---

119　붓다는 마가다국 언어인 프라크리트어(팔리어라고도 함)를 썼다. 테라와다는 프라크리트어로 결집하여(문자가 아닌 口碑) 오늘까지 전해지는데, 마하야나는 불경을 산스크리트어로 번역하고, 그러다 보니 베다 철학에 쓰인 힌두어 단어가 많이 들어가고, 이후 중국으로 흘러들어온 다음에는 도교와 유교 문화가 강한 한문으로 옷을 갈아입고, 또 무속이 강한 한반도로 들어와 오늘날 한글로 번역되기에 이르렀다. 예를 들어 인도철갑코뿔소의 뾰족한 외뿔처럼, 몸무게가 3톤이 나가는 큰 코뿔소가 그 뿔 끝에 모든 힘을 모아 달리라는 말이 일본을 거쳐 한국에 들어오면서 '무소의 뿔처럼 혼자서 가라'는 말로 뒤집힌다. 심지어 물소 뿔은 두 개라서 힘을 모을 수 없는데도 그렇다. 몸무게 3톤~4톤의 인도철갑코뿔소처럼 시속 60킬로미터로 달리다가 날카로운 외뿔로 들이받아야 두꺼운 코끼리 가죽이 뚫린다. 이처럼 탐진치(貪瞋痴)를 뚫기가 그렇게 어렵다는 뜻이고, 그렇게 온힘을 다해야 반야가 열린다는 말인데 그만 '물소'라는 오류로 붓다의 말씀이 어지러워졌다.

120　산스크리트어 Śākyamuni의 한자 번역은 시쟈무니(釋迦牟尼), 한글 번역은 석가모니다.

아도 작지 않다는 말씀을 하신 것입니다.”

“그렇다, 수부티여. 이 삼천대천은 인간의 머리로 알 수 없는 비밀로 가득 차 있으니 중생은 그 불가사의를 도저히 감당할 수 없다. 두뇌가 5백 개는 모여야 이 사바를 겨우 들여다볼 것이요, 별마다 5백 개의 두뇌가 곳곳에 있어 1천 개의 세상이 있어야 겨우 소천을 들여다볼 것이요, 그렇게 중천, 대천을 차례로 볼 것이다.

반야를 깨닫기 위해 길을 가는 사람은 위도 보고 아래도 보고, 오른쪽도 보고 왼쪽도 보아야 하니, 큰 것도 보고 작은 것도 보아야 한다.”

“바가바트시여, 바로 그렇습니다. 누군가 ‘나는 많은 이웃을 열반의 세계로 이끌었다’고 말한다면, 그는 곧 반야를 깨닫기 위해 수행하는 사람이 아닙니다.”

“수부티여, 만일 반야를 깨닫기 위해 수행하는 사람이 ‘나는 불국토를 이루었다’고 말하면, 이 사람 역시 반야에 이른 사람이 아니다. 왜냐하면 불국토를 이룬다는 말도 불국토를 이룬다는 그 말의 그림자나 메아리만 있을 뿐이기 때문이다. 수부티여, 본래 존재도 없는 그 말만 갖고는 존재를 만들 수 없는 것이다.

수부티여, 본래 존재하지 않는 진실한 자기 모습을 본 사람이야말로 반야를 깨달은 사람이라고 나는 말한다.”

“그러합니다, 바가바트시여.”

“나에게 눈(肉眼)이 있는가? 수부티여, 그대 생각은 어떤가?”

“예, 있습니다. 제 눈으로 바가바트의 맨눈을 볼 수 있습니다.”

“그렇다. 물론 수부티가 내 눈이 있다고 말한 것은, 눈이 없다는 개념을 먼저 떠올렸기 때문에 그렇게 말한 것이다.

수부티여, 그대 생각은 어떤가? 나에게 하늘눈(天眼)이 있는가?"

"예, 있습니다."

"수부티여, 나에게 지혜의 눈(慧眼)이 있는가?"

"예, 있습니다, 바가바트시여."

"수부티여, 나에게 반야의 눈(法眼)이 있는가?"

"예, 있습니다."

"수부티여, 나에게 붓다의 눈(佛眼)이 있는가?"

"예, 있습니다."

"수부티여, 내가 오늘 갠지스강의 모래에 대해 비유한 일이 있지?"

"예, 있습니다."

"수부티여, 한 개의 갠지스강에도 모래알이 무수히 많다. 그 모래알만큼 많은 갠지스강이 또 있다고 하자. 그리고 그 모든 모래알만큼 많은 불국토가 있다고 하자. 그렇다면 매우 많겠지?"

"많고도 많고도 많습니다, 바가바트시여."

"수부티여, 그 많은 불국토에 살고 있는 헤아릴 수 없이 많은 사람과 생명들의 가지가지 다른 마음을 나는 다 꿰뚫어 본다. 왜냐하면 내가 말한 마음은 본래 흐르는 마음과 흐르지 않는 마음까지 다 마음이라고 하기 때문이다. 흘러간 과거의 마음도 얻을 수 없고, 흐르고 있는 현재의 마음도 얻을 수 없고, 흐르게 될 미래의 마음도 얻을 수 없다. 또한 흘러간 과거의 마음도 얻을 수 있고, 흐르고 있는 현재의 마음도 얻을 수 있고, 흐르게 될 미래의 마음도 얻을 수 있다."

"바가바트시여, 가슴이 울렁거려 감히 진정하지 못하겠나이다."

"수부티여, 그러면 이야기를 쉬운 곳으로 돌려보자.

어떤 사람이 삼천대천세계[121]가 가득 차도록 많은 보석을 가난한 이웃에게 나누어준다면, 이 사람은 그 인연으로 공덕을 많이 얻겠는가?"

"그렇습니다, 바가바트시여. 그런 사람은 그 인연으로 공덕을 많이 얻을 것입니다."

"수부티여, 만일 공덕의 실체가 있다면, 나는 공덕이 많다고 말하지 않았을 것이다. 공덕은 본래 없는 것이므로 나는 공덕이 많다고 말한 것이다."

"거룩하신 바가바트시여, 자세히 설명해 주셔서 감사합니다."

"수부티여, 그대 생각은 어떤가? 사람들은 탁발 다니는 나를 보고 '저 할아버지가 바로 붓다란다. 야, 붓다는 저렇게 생긴 사람이구나. 키도 크네. 팔도 기네' 이러면서 수군거린다. 내 몸(色身)을 보면 나를 볼 수 있는가?"

"그렇지 않습니다, 바가바트시여. 붓다를 보는 것은 맨눈으로 보이는 몸만 보아서는 되지 않습니다. 붓다는 몸으로 완성되지 않습니다. 왜냐하면 붓다께서 말씀하신 형상은 사실 형상이 아니기 때문입니다. 또 그렇기 때문에 붓다의 형상입니다."

"수부티여, 그대 생각은 어떤가? 나를 잘 모르는 사람들은 '와, 저분 걷는 것 좀 보아라. 와, 저분 목소리 좀 들어보아라. 역시 붓다는 다르긴 다르구나!' 하고 수군거린다. 과연 내 모습을 통해 나를 볼 수 있는가?"

---

121    우주. 1개의 태양계가 1,000개 모여 소천세계를 이루고, 1개의 소천세계가 1,000개 모여 중천세계를 이루고, 1개의 중천세계가 1,000개 모이면 대천세계가 된다(《장아함경》 제18권 30世紀經). 현대의 우주 초초은하단과 거의 비슷하다.

"그렇지 않습니다, 바가바트시여. 바가바트를 뵙는 것은 형상이나 소리나 느낌만으로는 볼 수 없습니다. 바가바트께서 몇 가지 모습을 말씀하셨으나 그 모습이라는 상(相)은 이미 상이 아닙니다. 이를 일컬어 붓다의 상이라는 그 이름이 있을 뿐입니다."

"자, 수부티여, 지금 이 칠엽굴에서도 그런 생각을 하고 있는 사람이 있을지 모른다. 특히 아난다가 그러겠지. '붓다는 반야를 설했다' 그러나 그렇게 생각해서는 안 된다. 누가 만약 내가 반야를 설했다고 말한다면, 그 사람은 곧 나를 비방하는 것이니 내 말의 뜻을 이해하지 못하였기 때문이다. 수부티여, 설법(說法)이란 설할 수 없는 반야다. 설법이라는 말이 있을 뿐이다."

"바가바트시여, 후세 사람들이 이 말씀을 듣고 반야에 대한 믿음을 낼 수 있을까요?"

붓다가 고개를 끄덕이면서 수부티에게 말했다.

"수부티여, 그들은 사람이 아니다. 사람이 아닌 것도 아니다. 왜냐하면 중생은 중생이 아니고, 중생이 아닌 것도 아니다. 그래서 중생이다."

수부티가 붓다에게 물었다.

"거룩하신 바가바트시여. 그렇다면 바가바트께서 깨우치신 반야도 역시 얻은 바 없는 깨달음입니까? 즉 반야를 깨닫지 않았기 때문에 깨달으신 것입니까?"

"그렇다, 수부티여. 나는 아무리 작은 것일망정 깨달은 바가 없다. 그래서 반야를 깨달았다고 말하는 것이다."

"그러합니다, 바가바트시여."

"수부티여, 금강경의 지혜는 평등이다. 높고 낮은 법이 따로 없다. 이것이 깨달음이다. 어떠한 상에도 빠지지 않고 옳고 바른길(中道)을 찾아 나간다면 곧 반야를 깨달을 수 있다."

"바가바트시여, 말씀대로 실천하겠나이다."

"수부티여, 어떤 사람이 수미산처럼 높다랗게 보석을 쌓아놓고 평생 이웃에게 나누어 줄지라도, 이 경을 읽고 외우고 중요한 뜻을 깨우쳐 이웃을 위해 설명해 준다면, 그 공덕은 오히려 수만 배, 수억 배가 될 것이다."

"그러합니다. 금강경을 널리 펴서 큰 공덕을 쌓을 수 있도록 중생들을 이끌겠습니다."

"아니다, 수부티여. 중생을 이끈다고 말하지 말라. 그런 생각은 옳지 않다. 왜냐면 진실로 붓다는 중생을 이끌지 않는다. 만일 붓다가 중생을 이끈다고 하면, 그 붓다는 도로 상(相)에 빠지는 것이다. 나는 나를 이끌지언정 중생을 이끌지 않는다. 수부티여, 내가 나라고 할 때에도 그 '나'는 사실 내가 아니다. 나는 너이고, 또 우리이고, 중생이다."

"그러합니다, 바가바트시여."

"수부티여, 붓다의 형상을 닮는다고 누구나 붓다가 되겠는가?"

"물론 그렇지 않습니다."

"수부티여, 그렇다. 겉모습으로 붓다가 된다면 전륜성왕[122]이 곧 붓다이리라. 그러나 전륜성왕은 붓다가 아니다. 만들어진 것은 무엇이든지 영원하지 않다. 게송을 말하리라."

---

122  전륜성왕(轉輪聖王). 미래 시대에 전 세계를 슬기롭게 다스린다는 전설의 왕으로, 붓다와 똑같은 형상을 하고 있다고 한다.

**만약 겉모습을 보고 나를 보려 하거나**
**목소리만으로 나를 찾으려는 사람이 있다면,**
**그는 곧 잘못된 길에 빠질 것이며**
**끝내 나를 알지 못하리라.**

수부티는 게송을 듣고 다시 한번 붓다에게 예를 갖추었다.

"수부티여, 혹시 이렇게 생각하는 사람이 있지 않을까? '붓다는 타고난 생김새[123] 때문에 반야를 깨우치지 않았을까?' 하고."

"바가바트시여, 간혹 그런 사람이 있습니다. 아마도 32상을 갖춘 상을 깎거나 빚어 놓고 저기 붓다가 앉아 있다, 붓다에게 절해라, 붓다에게 기도하라, 재물과 음식을 올려 놓고 네 소원을 빌어라, 그렇게 말할 것입니다."

"수부티여, 만일 누가 그렇게 생각한다면 다시는 그러지 말라고 가르쳐라. 왜냐하면 내가 반야를 깨달은 것은 이 귀 때문에 얻은 것도

---

123  신체 특징 32가지. 32상이란, 보통 사람의 몸과 다른 붓다만의 특징 서른두 가지를 말한다. 붓다는 발바닥이 판판하고, 손바닥에 수레바퀴 같은 손금이 있고, 손가락이 가늘면서 길다랗고, 손과 발이 매우 부드럽고, 손가락 발가락 사이에 비단결 같은 막이 있고, 발꿈치가 둥글고, 발등이 높고, 장딴지가 사슴다리 같고, 팔은 무릎까지 내려오고, 성기가 말이나 사슴처럼 몸에 숨어 있고, 키와 두 팔을 벌린 길이가 서로 같고, 털구멍마다 새카만 털이 나고, 털이 위로 쏠리고, 온몸에 황금빛이 나며, 몸에서 밝은 빛이 솟구치며, 살결이 부드럽고, 발바닥과 손바닥과 어깨와 정수리가 다 판판하고, 겨드랑이가 판판하고, 몸매가 사자 같고, 몸이 곧고 단정하고, 어깨가 둥글며 두둑하고, 이가 모두 마흔 개나 되며, 이가 가지런하고 희고 빽빽하고, 송곳니가 희고 크며, 뺨이 사자 같고, 목구멍에서 맛좋은 진액이 나오고, 혀가 길고 넓으며, 목소리가 맑고 멀리까지 들리며, 눈동자가 검푸르고, 속눈썹이 소와 같고, 두 눈썹 사이에 흰 털이 나고, 정수리에 털이 말린 상투가 여러 개 있는 것을 말한다.

아니고, 곱슬머리 때문에 얻은 것도 아니고, 판판한 발바닥 때문에 얻은 것도 아니기 때문이다. 누가 내 귀를 잘라다 자기 귀에 붙이면 그가 반야를 깨달을 수 있을까? 누가 내 머리카락을 잘라다 자기 머리에 덮어쓰면 반야를 깨달을 수 있을까? 누가 내 발을 잘라다 붙이면 그가 반야를 깨달을 수 있을까?

수부티여, 혹시 과거 세상, 현재 세상, 미래 세상에 이렇게 생각하는 사람도 있지 않을까?

'붓다는 여러 가지 상(相)에서 벗어났기 때문에 붓다가 된 것이로구나. 그래서 붓다는 미혹을 떨쳐내고, 번뇌를 끊고, 집착을 버렸구나.'하고."

"바가바트시여, 그런 사람이 매우 많을 것입니다."

"수부티여, 그런 생각도 옳지 않다. 반야를 깨닫기 위해 떨쳐낼 것도, 끊을 것도, 버릴 것도 없기 때문이다."

"그러합니다, 바가바트시여."

"수부티여, 어떤 사람이 갠지스강에 있는 모래알만큼 많은 세계에 가득 찬 보석을 이웃에게 나누어 줄지라도, 깨달음을 이루겠다고 뜻을 세운(發心) 사람이 모든 존재가 본래부터 그 모습이 참 모습이 아님을 알고 줄기차게 수행하면 이 공덕이 훨씬 뛰어날 것이다.

수부티여, 그러나 사실은 그렇게 수행을 완성하여 공덕을 얻은 사람도 정녕 공덕이랄 것은 없다."

"바가바트께서는 앞에서는 공덕이 있다고 말씀하셨습니다. 그런데 뒤에서는 공덕이 없다고 말씀하셨습니다. 그 까닭을 설명해 주십시오."

"수부티여, 반야를 깨우친 사람은 공덕을 쌓는다는 탐욕과 집착을 이미 뛰어넘은 존재이기 때문에 공덕이란 말이 필요 없고, 공덕조차 필요없다. 그러므로 반야를 깨달은 사람은 공덕을 생각하지 않으며, 공덕이 필요하다는 생각을 하지 않으니, 그래서 공덕이 없다고 말한 것이다. 산꼭대기에 오른 사람에게 더 오를 산이 없듯이 반야를 깨달은 사람에게 무슨 공덕이 더 필요하랴. 내가 무슨 일을 하든 나한테는 아무런 공덕이 없는 것과 같은 이치이다. 내가 만일 우리 비구승가를 이끌며 때때로 법을 설하고, 계를 가르쳐서 공덕을 얻으려 했다면, 나는 붓다가 아니다. 40년 교화 동안 나는 밥을 얻어먹고, 나무 그늘에 앉아 아나파나를 하고, 햇빛이나 가리는 정사에 누워 잠을 잤다. 머리에 관을 쓰지 않고, 목걸이나 귀고리, 반지를 끼지 않았으며, 입을거리나 먹을거리를 쌓아둔 적이 없다. 내가 입은 가사와 수부티 존자의 가사는 늘 같은 것이었다. 더러 황금색 비단 가사가 들어와도 나는 입은 바가 없다. 어떤 사람은 붓다나 아라한이 되어도 좋은 음식은커녕 거친 탁발 음식이나 먹고, 남이 쓰다 버린 천조각으로 가사를 기워 입고, 햇빛이나 가리고 비나 새지 않는 움막 같은 데서 잠잔다며 출가를 꺼린다. 이처럼 붓다나 아라한은 아무런 이익이나 공덕을 구하지 않으며, 실제로 아무 공덕이 없다. 수부티는 이 말 때문에 중생이 놀라지 않도록 하라.”

“그러겠습니다, 바가바트시여.”

“수부티여, 어떤 사람이 나를 가리켜 ‘아니, 반야를 깨달았다는 저 할아버지는 걷기도 잘한다, 오줌도 누네, 걷다가 힘들다고 앉기도 하고 졸리다고 하품도 하네. 목 마르다고 물 마시고 배고프다고 밥 먹네’ 라고 말한다면, 그는 진실로 나를 보지 못한 것이다. 그 사람은 내가 설한 반야의 뜻을 알지 못하는 것이다. 왜냐하면 반야를 깨달은 이는 온 적도 없고 간 적도 없으며, 오지도 않고 가지도 않는다. 그래서 깨달았다고 하는 것이다."

"거룩하신 바가바트시여, 그런 사람들에게 이 금강경을 알아들을 수 있게 설하겠나이다."

"수부티여, 사람들이 이 세상의 산과 들과 집과 수풀을 다 부숴 먼지를 만들면 그 먼지가 참으로 많을 것이다. 그렇겠지?"

"갠지스강 모래알보다 더 많습니다, 바가바트시여. 그러나 먼지가 실제로 존재한다면 바가바트께서는 굳이 이 말씀을 하지 않으셨을 것입니다. 왜냐하면 바가바트께서 먼지는 곧 먼지가 아니라고 말씀하셨기 때문입니다.

거룩하신 바가바트시여. 바가바트께서 말씀하신 세상도 사실은 세상이 아닙니다. 그렇기 때문에 그 이름이 세상일 뿐입니다. 즉 세상이라고 해도 곧 먼지가 뭉친 것일 뿐이며, 그 뭉친 덩어리가 곧 세상은 아니기 때문입니다."

"그렇다, 수부티여. 중생들은 그 먼지 덩어리를 몰라보고 그것을 그저 세상이라고만 집착한다. 먼지가 세상이고 세상이 먼지이며, 먼지가 사람이고 사람이 먼지이며, 먼지가 히말라야이며 히말라야가 먼지다. 머릿속에 지어 놓은 가짜집도 때려부숴야 하거늘 먼지를 왜 귀하게 여기겠느냐.

수부티여, 만일 오늘 내가 말한 이 금강경을 다른 사람에게 전하기를 '오늘 붓다께서 아상, 인상, 중생상, 수자상 등 모든 상을 버리라고 말씀하셨다'고 말한다고 하자. 그렇다면 그 말을 전해 들은 사람은 금강경을 이해했다고 볼 수 있을까?"

"아닙니다, 바가바트시여. 그런 사람은 바가바트의 뜻을 이해하지 못한 것입니다. 버리면 얻고, 얻으면 버려지니 비록 상은 버렸지만, 그로써 모든 생명이 반야에서 피어난 한 송이 꽃이라는 걸 깨닫기 때문입니다."

"수부티여, 반야를 깨닫기 위해 먼 길을 가는 사람은 모든 것을 이렇게 분명하게 의심해 알고, 이렇게 보고, 이렇게 믿고 이해해야 한다. 결코 존재 그 자체에 얽매여 긍정하지도 부정하지도 말라. 모든 상이 떠난 그 자리에 무한한 자비심이 가득 차오르니, 나는 농경제가 있던 날 천막 속 그 요람에서 상을 지우고, 마침내 자비심을 일으켰다. 세상이 곧 나라는 걸 깨우치고 나니 태자가 되어서도 우리 백성들의 생로병사가 또렷이 보였다. 시종들은 태자인 내게 나쁜 것, 더러운 것, 슬픔과 질병과 가난과 죽음 따위를 보이지 않으려 애썼지만 그럴수록 더 눈에 띄었다. 맛있는 음식을 보면 그것을 먹지 못하는 생명이 보이고, 아름다운 꽃을 보면 피지 못한 꽃, 병든 꽃이 먼저 보이고, 아름다운 여인을 보면 늙고 지친 병자와 수드라와 불가촉천민이 보였다. 그것을 잊기 위해 몸부림쳤지만 스물아홉 살의 그날, 요람에 누운 채 방글거리는 내 아들 라훌라를 보는 순간, 나는 한없는 슬픔으로 눈물을 주체할 수 없었다. 이 아이가 견뎌야 할 업의 무게며 다가올 생로병사의 운명이, 국왕으로서 이웃나라와 전쟁을 치러야만 하는 더 큰 업이 검은 구름처럼 몰려드는 것을 보았다. 그러고 보니 숫도다나 부왕께서 나의 출가를 막기 위해 지어준 별궁이며, 아름다운 미인과 춤추는 무희, 노래하는 가희들, 악사들이 벌이는 춤과 음악과 환락으로도 샘솟듯하는 나의 자비심을 덮을 수 없다는 걸 알았다. 그래서 그날 출가한 것이다. 나는 출가를 통해 내가 곧 내가 아니며, 그래서 내가 곧 그들이며, 내가 곧 이 세상이며, 내가 곧 반야라는 사실을 깨우친 것뿐이다."

"바가바트시여, 거룩한 가르침을 받들어 지키겠나이다. 상을 지우는 것이 구세대비(求世大悲)의 첫걸음이요, 그러고도 가야 할 길이 멀다는 사실을."

"수부티여, 누가 세상에 가득 찬 보석을 이웃에게 나누어 줄지라도, 반야를 깨닫기 위해 먼 길을 가고, 외로운 길을 가고, 위험한 길을 가고, 거친 길을 가는 사람이 이 경을 지니고 중요한 뜻을 읽고 외우고 깨우쳐서 이웃을 위해 말한다면 그 복덕이 더 뛰어나리라.

그렇다면 이웃을 위해 금강경을 어떻게 말해야 할까? 말하면 금강경이 아니고 말을 안해도 금강경이 아니다. 그러니 말의 자구나 표현이나 형식에 치우치지 말고 내용에 충실하라. 게송을 하나 더 말한다."

**눈에 보이고 귀에 들리는 모든 것은**
**꿈이요, 환상이요, 물거품이요, 그림자다.**
**이슬처럼 마르고 번개처럼 사라진다.**
**마땅히 이렇게 생각에 생각을 더하라.**

"위없는 저의 스승 바가바트시여, 지금까지 말씀하신 금강경을 저 수부티가 요약해 보겠습니다.

먼저 무슨 의문이든지 다 끄를 수 있고, 무슨 문제이든지 다 쳐부수고 깨부술 수 있는 궁극의 지혜인 반야를 얻으려면 먼저 위로는 높은 곳의 높은 곳까지, 아래로는 낮은 곳의 낮은 곳까지, 옆으로는 먼 곳의 먼 곳까지 미움과 원망과 분노를 떨쳐내어 멈추지 않고 그치지 않는 자비를 널리 펼쳐야 합니다.

서거나, 걷거나, 앉거나, 눕거나 깨어 있는 동안 언제 어디서나 자비의 마음을 닦아야 합니다.

그래야만 세상과 공감(共感)하고 공명(共鳴)하는 자비심과 보시행으로 일체가 되어 드디어 반야를 깨우칠 마음밭을 준비했다고 할 수 있습니다. 수행자가 되려 한다면 말할 것도 없고, 행복하고 평화롭게 세상을 살고자 하는 그 누구라도 자비의 마음을 닦지 않고 보시를 하지 않으면 그 어떤 반야의 문도 열리지 않습니다.

**그러고도 살아 있는 생명이면 어떤 것이건 하나도 빠짐없이**
**약하거나 강하거나, 크거나 작거나, 길거나 짧거나, 가늘거나**
**두텁거나, 볼 수 있든 볼 수 없든, 가까이 있든 멀리 있든,**
**태어난 것이든 태어날 것이든,**
**이 세상 모든 존재가 평화롭고 행복하기를 염원해야 합니다.**

안그러면 반야를 깨우칠 기회를 얻지 못하여 욕망과 분노와 두려움이 지어놓은 가짜집에 갇혀 살아가며 나날이 번뇌와 잡념에 시달리고, 지옥에 빠지거나 아수라계에 떨어지거나 지옥에 떨어지거나 짐승이 되어 영원히 고통받을 것입니다. 그러므로 사람으로 태어나 반야를 깨우칠 수 있는 공부 인연을 만나려면 반드시 자비심과 보시행을 갈고 닦고, 누구나 다 평화롭고 행복하도록 기원하고 실천해야 합니다.

　　이것이 반야의 문에 들어가 금강경을 펼쳐 볼 수 있는 첫째 조건입니다. 만일 이러한 준비가 안 되면 금강경을 천만 번 독송하고, 천만 권을 찍어 돌리고, 금으로 베껴 쓰고, 은으로 베껴 쓴들 아무런 공덕이 없습니다."

　　"오, 수부티여, 사두 사두 사두로다. 그대가 금강경을 처음 대하는 이의 마음을 아주 잘 설명했다."

　　사리풋타 존자와 목갈라나 존자도 수부티를 향해 머리를 끄덕였다.

# 14

메시아를 기다려라

잠자코 아주타나의 긴 설명을 듣고 있던 태이자가 고개를 끄덕이며 입을 열었다.

"아주타나 그대는 지금 매우 중요한 이야기를 전하고 있다. 누군가가 무엇을 반드시 이뤄야겠다는 서원을 품는다면 그는 반드시 자비(慈悲)[124] 두 글자를 돌기둥처럼 양쪽에 세워야 한다. 오른쪽에는 비를 세워야 하는데 바로 공감(共感)이라. 슬픔 고통 외로움 등 아픈 마음을 다 느낄 수 있어야 한다. 만일 비에 공감하지 못한다면 그 사람은 금강경의 문을 열 수 없다. 공감하지 못하는 사람은 반야에도 공명하지 못한다."

"태이자 스승님, 그러면 왼쪽에는 자를 두리까?"

"그렇다. 도적이든 강도든 창녀든 거지든 눈앞에 존재하는 생명이든 아니든, 무조건 사랑하라. 네가 방금 본 수부티 존자의 말씀이 바로 그것이다. 그러나 세상 사람들은 오른쪽에 비를 두고, 왼쪽에 자를 두어야만 한다는 조건을 그만 잊어버린다. 금강경을 듣기만 하면 대번에 무슨 기적이 일어나 아라한이 되는 줄 알고, 붓다가 되는 줄 안다. 소원이 이뤄지고 복덕이 쏟아지는 줄 안다. 그리하여 금강경은 오늘날 세상 밖으로 사라지고 말았다. 사리풋타 존자와 목갈라나 존자가 열반에 드시고, 붓다가 열반에 드시고, 이어 마하카사파 존자와 아난다

---

124 자(慈) : metta. 친구라는 말로 다른 중생들과의 동질성, 평등성을 가리키는 말이다. 한자 뜻은, 어머니가 새끼를 기르는 마음, 검디검게(玆) 마음(心)을 태우다. 옥시토신 호르몬이 주는 생명의 본능이다.
비(悲) : karuna. 동일한 감정, 우정을 의미한다. 한자 뜻은, 마음(心)이 기쁘지 않고(非) 슬프다. 공감(共感)을 가리킨다. 유대감을 이끌어 내는 남성 호르몬 바소프레신과 같은 작용을 말한다.

존자로 이 금강경이 흘러갔지만 결국 가르칠 사람을 만나지 못해 더 전하지 못했다. 지금 메시아를 기다리느라 툴쿠가 되어 세상에 머물고 있는[125] 목갈라나 존자의 제자 빈드루 파라타 존자[126], 사리풋타 존자의 제자이면서 붓다의 아드님이신 라훌라 존자, 그리고 바드라[127] 존자, 마하카사파 존자 네 분이 금강경을 온전히 갖고 계시지만, 이분들은 세상에 이 경을 내보이지 않고 있다.

그러니 세상에는 아난다 존자 이후 금강경을 외우는 이가 사라졌다. 금강경이 있다는 전설만 있어 내가 오랜 수행 끝에 어디 있는지 알아내고, 이제야 아주타나 너를 통해 빛으로 숨어 있던 금강경을 불러낸 것이다.

우리 불가에 두 가지 불가사의가 있으니 하나는 붓다께서 도리천에 올라가셔서서 어머니의 툴쿠[128]와 다른 행성에 사는 천신들께 설법한 마하파탄경이요. 또 다른 것이 바로 핵심 아라한 몇 분에게만 비밀리에 전하신 이 금강경이다. 그런데 마하파탄경은 너무 심오하여 인간의 몸으로는 도저히 이해하기 어려운 경전이라서 매우 뛰어난 아라한이 아니고는 무슨 뜻인지도 모른다. 다만 금강경은 그보다는 이해하기 쉬우면서도 반야의 문을 활짝 열어젖힐 수 있는 열쇠이니, 간절한 수행자라면 누구라도 깨우칠 수가 있다.

---

125 주세아라한(住世阿羅漢)이라고 한다.

126 빈두로(Pindolabharadvaja, 賓頭盧).

127 군도발탄(軍徒鉢歎).

128 Tulku. 환생체. 후생(後生).

다만 붓다의 비밀한 뜻은, 그리고 방금 네가 말한 수부티 존자의 뜻은 자비와 보시를 실천하지 않으면 반야의 문은 결코 열리지 않는다는 무서운 말씀이다."

"태이자 스승님, 왜 비구들은 자비와 보시를 좌우에 두지 않아 금강경을 잃어버렸을까요?"

"아주타나여, 비구는 '보시를 하는 자'가 아니라 '보시를 받는 자'가 되는 바람에 오늘날 아라한이 잘 나오지 않는다."

"비구는 보시를 하는 자가 아니라 받는 자라서 그렇다구요?"

"그렇다. 비구들이 탐진치를 벗어나야 반야의 문을 두드릴 수 있는데, 공짜로 보시를 받아먹는 그 탐진치를 그대로 갖고 있는 한 아무리 계정혜의 문을 두드려도 그 문은 열리지 않는다. 다시 말한다. 자비를 실천하지 않으면 탐진치를 조복(調伏)시킬 수 없다. 탐진치는 생명을 살리는 약이자 그 생명을 죽이는 독이다. 이 탐진치는 욕망에 불타오르는 악마와 같아서 남의 것을 훔쳐서라도 나를 살리고, 남을 죽여서라도 나를 살린다. 하지만 그 업식이 날로 두터워져 악마가 시키는대로 달리다 보면 어느새 짐승의 몸에 갇히고, 아수라의 몸에 갇히고, 지옥에 떨어진다. 그러니 무한한 자비로, 쉬지 않는 자비로, 끊임없는 자비로 이 탐진치의 악마를 조복시켜 길들여야 한다. 제멋대로 뛰어다니던 야생마를 길들인 좋은 말처럼 서로 믿고 의지할 수 있는 한 몸이 되어야 한다. 그렇게 돼야만 계정혜의 문을 두드릴 수 있다."

"오른쪽에 비를 세우고 왼쪽에 자를 세워두라는 스승님의 말씀을 제 머릿속에 새겨두겠습니다."

"아주타나여, 오른쪽의 비는 사실 목갈라나 존자시다. 목갈라나 존자는 지옥에 빠진 중생을 구제하신 분이다. 단 한 명이라도 지옥에 빠진 사람이 있다면, 목갈라나 존자는 어떡하든 구해야만 한다고 말씀하신 분이다. 다만 사람들은 목갈라나 존자라고 하면 사람으로 여기고, 사악한 바라문에게 맞아죽은 비구로 이해하여 굳은 마음을 내기 어려우니, 너는 목갈라나 존자의 제자인 빈드루 발라타사 존자를 섬겨라. 너는 비를 위해 빈드루 발라타사 존자를 붓다의 오른쪽에 모시고, 그를 크시티가르바 보디사트바[129]로 모시기 바란다."

"그러면 붓다의 오른쪽에 세워야 할 자(慈)의 기둥은 어느 분으로 삼으리까?"

"원래 사리풋타 존자가 자의 상징이다. 사리풋타 존자의 제자 중에 붓다의 고모가 낳은 아들 시바리 존자가 계시니, 이분은 붓다께서 복덕이 가장 많은 비구라면서 칭찬한 분이다. 엄청난 부잣집 외동아들이었는데 열한 살에 출가하면서 모든 재산을 처분하여 모조리 보시하였다. 이후로도 시바리 존자는 비구로서 중생과 비구들에게 두루 보시하셨다. 물론 태자의 지위와 땅과 재물과 군대를 송두리째 버린 붓다에 비하랴. 그러니 아바로키테스바라 보디사트바[130]로 모셔라."

"태이자 스승님, 그러면 붓다의 왼쪽에는 사리풋타 존자와 그 제자들을 상징하여 아바로키테스바라 보디사트바(관세음보살)를 두고, 오른쪽에서는 목갈라나 존자와 그 제자들을 상징하여 크시티가르바 보

---

129　크시티가르바 보디사트바(Ksitigarbha Bodhisattva)는 "모든 중생을 구제하시는 분"이라는 뜻으로, 한자어 번역은 지장보살이다.

130　아바로키테스바라 보디사트바(Avalokiteśvara Bodhisattva)는 "모든 것을 내려다보는 분"이라는 뜻으로, 한자어 번역은 관세음보살이다.

디사트바(지장보살)를 두어 자비의 상징으로 호위하리까?"

"그렇다. 붓다의 왼쪽에는 자를, 오른쪽에 비를 세워 붓다가 되는 첫 관문을 열기 위해서는 자비의 실천이 그 시작임을 널리 알려라. 이르되 자보시(慈布施) 비보시(悲布施)라."

"알겠습니다, 스승님. 그렇게 하겠습니다. 중생도 자비를 해야 하지만, 받는 손만 가진 줄 아는 출가 비구들에게, 더욱 더 자비심을 키우고 보시를 해야만 한다고 널리 알리겠습니다."

"자, 그러면 수부티 존자가 반야의 문을 두드리려면 먼저 자비를 갖추고, 그러려면 보시로써 그 자비를 실천해야 한다고 말씀하셨으니 이제 반야의 문이 언제 어떻게 열리는지 들어보자. 어서 가자."

아주타나는 다시 눈을 감고 숨을 골랐다.

히말라야의 맑은 공기가 코끝에서 들락거린다.


"제가 자비로써 반야의 문을 두드리라고 누군가에게 말하면, 장자나 바라문이나 국왕이야 그럴 수 있지만 아무 재산이 없이 하루 벌어 하루 먹고 사는 바이샤 같은 하층민, 죽기 전까지는 노동해야 하는 수드라, 죽지 못해 사는 불가촉천민, 그리고 가사 한 벌과 발우 한 개만으로 오직 수행정진하는 우리 비구들은 어떻게 자비하리까?"

"수부티가 잘 알고 있으면서 굳이 내 입으로 말하라는 뜻이구나. 그러니 말한다. 어떤 사람이 가진 게 없다고 하여 아무것도 보시할 게 없으니 나는 반야의 문을 열 수가 없다, 이렇게 생각한다면 그는 어리석은 사람이다. 왜냐하면 비록 죽어 시신이 되더라도 그 시신을 파먹는 벌레들에게는 큰 공양이 되고, 시신을 쪼아먹는 독수리에게는 맛있는 식사가 되며, 배고픈 늑대와 곤충과 벌레들에게는 큰 잔치가 된다. 시신으로도 남에게 기쁨을 줄 수 있는데 어찌 살아 있는 몸으로 자비를 실천할 수 없으리. 나무 아래에 오줌을 눌 수도 있고, 쇠똥구리나 구더기에게 똥을 뉘줄 수도 있다. 목 마른 풀에 물 한 모금 못 떠주랴. 수레가 달려오는 길 한가운데 앉아 있는 사마귀 좀 풀섶으로 옮겨주지 못하랴. 수부티여, 내가 언제까지 이런 비유를 들어야 하는가? 외우는 아난다만 힘들어진다."

수부티는 웃으면서 합장을 해보였다.

"탐진치의 가면을 쓰고 사는 중생은 뭐든 쉽게 이해할 수 있게 알려줘야 합니다."

"수부티여, 중생은, 모든 생명은 먹음으로써 근본을 삼는다. 자비 중에 가장 먼저 실천해야 할 자비가 바로 먹을거리를 주는 것이다. 어떤 생명이든 일단 살아남아야 반야도 구할 수 있고, 업보를 풀 수도 있다. 그러니 반야의 문을 열기 위해 자비를 실천하려는 사람은 먼저 생명을 소중히 여겨야 할 것이다. 죽이지 말고, 훔치지 말고, 속이지 말라. 그런 자비를 입은 사람이 언젠가는 나의 인연이 되고, 나의 스승이 될 수 있다."

"그렇습니다, 바가바트시여."

"또한 남의 슬픔을 내 슬픔으로 공감하는 것도 중요하니 누구는 똥무더기에서 살아가고, 누군 썩은 거름에서 살아가고, 누군 불구덩이에서 살아가고, 누군 시궁창에서 살아가고, 누군 목숨을 바쳐 다른 사람을 구한다. 이 모든 것이 나를 위한 것이니, 어찌 그들을 비(悲)하지 않으랴. 독사를 비하고, 코뿔소를 비하고, 코끼리를 비하고, 사자를 비하라. 잠자리, 매미, 모기, 파리도 비하라. 비(悲) 없는 자(慈) 없고, 자(慈) 없는 비(悲) 없다. 비가 있어야 자가 있고, 자가 있어야 비가 있고, 그렇게 자비가 짝을 이루면 저절로 탐진치를 벗어버리고 비로소 반야의 문을 열리라.”

“바가바트시여, 금강반야의 문을 열기 위해서는 탐진치가 지은 가짜집을 때려부수고 온전히 벗어나야 하는데, 그 차꼬와 수갑을 벗는 열쇠는 바로 자비와 보시라고 말씀하셨습니다.

이제 금강반야의 문이 열렸으니 이 수부티가 바가바트의 말씀을 간략하게 줄여보겠습니다.

첫째, ‘눈에 보이고 귀에 들리는 모든 상(相)은 반드시 다 사라진다. 만일 모든 상(相)이 곧 상이 아님을 깨닫는다면 그때 비로소 가장 높은 반야인 아뇩다라삼먁삼보리를 보리라’고 하셨습니다. 이것은 계정혜로 들어가는 그 첫걸음인 계(戒)를 말씀하시는 것입니다.

둘째, ‘마땅히 머무는 바 없이 마음을 내야 한다. 곧 마음이 일어난 자리에 남김이 있거나 자국이 있어서는 참다운 마음이라고 할 수 없다.’고 하셨습니다. 두번째 걸음인 삼매(定)를 가리키는 말씀이시니 아나파나를 하여 번뇌와 잡념을 모조리 지운 뒤의 옳고 바른길 중도(中道)를 말씀하시는 것입니다.

셋째, 계와 정을 닦고 나면 ‘눈에 보이고 귀에 들리는 모든 것은 꿈이요, 환상이요, 물거품이요, 그림자’라는 실상을 보고, 그렇게 생각에 생각을 더하면 반야를 깨우칠 수 있다고 말씀하셨습니다.

바가바트시여, 제가 옳게 추렸습니까?”

“사두 사두 사두! 사리풋타 존자, 목갈라나 존자, 마하카사파 존자,

라훌라 존자, 그리고 그대 수부티 존자는 바로 여기에 이르렀다. 아난다는 아직 저 언덕에 서서 이 언덕으로 건너오려 발을 동동 구르는 중이다. 아난다여, 이 세상에 올 때 너 혼자 오고, 이 세상을 떠날 때 너 혼자 떠나듯 반야의 강은 너 혼자 건너야만 한다. 내가 비록 네 형이라도 너를 데리고 건널 수 없구나. 슬프냐? 외로우냐?"

아난다가 눈물을 글썽였다.

"바가바트시여, 그러합니다. 저도 어서 아라한이 되고 싶습니다."

"아난다여, 사랑하는 나의 동생 아난다여. 아라한은 되고 싶다고 되는 것도 아니고 되기 싫다고 되지 않는 것도 아니다. 무슨 운명이 있어 누구는 아라한이 되고 누군 수다원이 되는 것도 아니다. 오직 너 스스로 탐진치의 감옥을 때려부수고 나와 금강반야의 문을 네 손으로 열어야만 한다."

"바가바트시여, 저도 어서 저 언덕으로 건너가고 싶습니다. 니르바나의 언덕으로 이 동생을 이끌어 주십시오."

"아난다여, 금강경은 이제 끝났다. 쉬지 말고 닦아라. 내가 열반하기 전까지는 제발이지 금강반야의 문을 활짝 열어다오."

"바가바트시여, 저는 붓다께서 말씀하신 금강경을 다 들었습니다. 한 자도 빠뜨리지 않고 이 자리에서 다 외울 수 있습니다. 또 수부티 존자가 말씀하신 금강경 줄거리를 무거운 마음으로 잘 들었습니다. 이제 이 동생은 어찌해야 합니까?"

"아난다여, 반야가 만일 사과나 딸기나 대추라면 내가 당장 따다 줄 수 있다. 내가 너를 위해 무엇을 아끼랴. 내가 지금까지 우리 비구들에게 숨기거나 감춘 것이 있었는가?"

"바가바트시여, 없습니다. 붓다의 처소는 제가 늘 들여다보는데 가사 한 벌과 발우 한 개 뿐입니다. 돈 한 닢 갖고 있지 않고, 들어오는 공양물이나 재물은 쌓아두지 않고 모두 아프거나 늙은 제자들에게 나눠주십니다."

"그렇다, 아난다여. 나는 지금 금강경을 다 설명했다. 그러나 너는 아직 받지 못하고 있다. 내가 아라한이 아직 되지 못한 너에게 금강경을 들려준 것은, 이 금강경을 거울 삼아 자비를 더 기르고, 탐진치를 확실히 벗고, 계정혜로서 반야의 문을 열라는 뜻이다. 금강경을 들었다고 그 자리에서 단박에 아라한이 된다? 오, 그런 일은 없다. 차라리 비를 맞으며 길을 걷다가 아라한이 되는 사람은 있어도 금강경을 듣고 아라한이 되는 사람은 없을 것이다. 차라리 대나무 잎사귀가 비벼대는 대밭에서 바람소리를 듣고 아라한이 되는 사람은 있어도 금강경을 외우다가 아라한이 되는 사람은 없을 것이다. 왜냐하면 탐진치 계정혜를 통해 꼭 해야만 하는 일이 있으니 아난다여, 너는 지금 가짜 집인 샴발라[131]에 앉아 있는 툴쿠이지만 너의 뇌는 반드시 아카샤[132]에 접속해야만 한단다.

너의 심장은 너의 뇌에 접속해야만 힘차게 뛸 수 있다. 뇌에 접속

---

131  Shambhala. 탐진치가 거짓으로 지어놓은 매트릭스 같은 가상공간이다. 불교에서는 이 세상을 샴발라로 이해한다.

132  Akasha. 원래 산스크리트어로 하늘이란 뜻이다. 과거 현재 미래의 모든 기억 등이 다 저장돼 있는 우주의 뇌, 혹은 영혼의 고향. 아카샤의 모든 정보를 아카식 레코드라고 한다. 우주식(宇宙識). 우주에 가득차 있는 영기(靈氣)와도 같은 것이며 또한 최초의 원소이자 제5원소라고 한다. 공간적 점유성이나 장애성을 지니지 않는 것, 즉 무애(無礙)를 본질로 하는 공간 즉 절대공간을 말한다.

하거나 소통하지 못하는 심장은 죽은 것이나 마찬가지다. 뛰어야 할 때 뛰지 못하고 쉬어야 할 때 쉬지 못하니 그 심장은 살아 있는 것이 아니다. 너는 샴발라에 맞춰 뛰는 심장이 되어서는 안 된다. 반드시 아카샤에 맞춰 심장을 박동하는 아라한이 되어야 한다.

반야를 깨우치지 못한 사람은 번뇌와 잡념이 지은 감옥에 갇혀 쳇바퀴 돌 듯 윤회환생할 뿐이다. 윤회환생하는 자, 국왕이나 바라문이나 장자라도 탐진치의 감옥에 갇혀 있는 한 누구나 다 고통스러우니 빔비사라왕조차 굶어죽고 파사나디왕조차 길에서 황병으로 죽는 게 이 사바의 윤회환생이란 것이다.

네가 정녕 반야의 세계에 이르고자 한다면 반드시 자비로 공덕을 기른 다음 아나파나에 열중하라는 수부티 존자의 말을 잊지 말라.

너를 위해 금강경을 설해야 한다면 나는 아마 일년도 더 할 수 있을 것이나, 어떤 사람은 금강경을 몇 줄만 듣고도 퍼뜩 반야를 깨우치기도 할 것이다. 그러니 너는 더 열심히 자비하고 보시하고, 공감하고 공명하면서 더 열심히 아나파나 하라.”

“예, 바가바트시여. 말씀대로 따르겠습니다.”

아난다는 눈물을 훔치면서 다소곳이 합장을 올렸다.


수부티 존자가 마무리하기 위해 나섰다.

“바가바트시여, 붓다께서는 이제 금강경을 다 설하셨나이다. 다 설하셨으나 설한 바가 없다고 감히 말씀드립니다.”

“그렇다. 금강경의 길이는, 줄이기로 한다면 열 마디로 줄일 수 있고, 한 마디로 줄일 수 있고, 말하지 않을 수도 있다. 끝내 흔적조차 없이 지울 수도 있다. 그래도 금강경은 짧아지지 않는다. 또 늘리기로 한다면 하루 종일 설해도 오히려 부족하고, 일년 내내 설해도 부족하고, 천 년을 설해도 부족하며, 설사 수억 겁 동안 쉬지 않고 금강경을 설한다 해도 다 설할 수 없을 것이다. 그래도 금강경은 늘어나지 않는다.

금강경의 양은, 삼천대천의 천신과 사람과 짐승과 벌레 등 모든 생명에게 아무리 퍼주어도 결코 모자라지 않다. 아무리 인색하여 아무에게도 말하지 않고 알리지 않고 꼭꼭 숨긴다 해도 역시 금강경은 결코 늘어나지 않는다.

금강경은 쪼개도 쪼개지지 않고, 나누어도 나누어지지 않는다. 금강경은 없어도 금강경이고 있어도 금강경이다."

수부티는 다시 한번 붓다에게 예를 올리고 마지막으로 말했다.

"바가바트시여, 금강경 법회는 시작했으나 시작한 것이 아닌 것처럼, 이제 법회가 끝났으나 끝나지 않았습니다. 금강경 법회는 지금도 시작하고 내일도 시작하고 내년에도 시작하며, 천 년 후에도 매일매일, 순간순간 시작할 것입니다. 또한 금강경 법회는 천 년 전에 이미 끝나고, 오늘 끝나며, 내일 끝나며, 천 년 뒤에 끝나며 매일매일, 순간순간 끝날 것입니다. 금강경이 있는 곳이라면 언제나 법회가 열릴 것이며, 금강경이 없어도 언제 어디서나 금강경 법회가 일어날 것입니다. 바람이라도 윙윙거리며 금강경을 외울 것이요, 물이라도 졸졸거리며 금강경을 외울 것입니다.

삼가 거룩하신 바가바트께 예배드립니…"

수부티 존자가 목이 메어 끝엣말을 다 맺지 못했다. 그의 눈에서 굵고 뜨거운 눈물이 주르르 흘러내렸다.

늙어 몸을 운신하기도 어려운 사리풋타 존자와 목갈라나 존자도 굳이 자리에서 일어나더니 붓다의 발에 이마를 대며 절을 올렸다.

목갈라나 존자가 울먹이면서 말했다.

"이 목갈라나는 이제 반야로 돌아가고자 합니다. 한 오라기 의심없이 열반하고자 합니다. 제자를 위해 이렇게 위대하고 장엄한 법회를 마련해주시어 감사합니다. 모든 중생과 이 기쁨을 나누고자 합니다."

이어 사리풋타 존자도 말했다.

"팔만대장경도 결국 금강경 하나로 모아지고, 바가바트의 80평생이 오늘의 한 말씀 속에 빛납니다. 바가바트를 뵌 이래 저와 목갈라나는 비로소 반야의 달콤한 맛을 보고 부끄럽지 않은 비구로서 살아올 수 있었습니다."

바가바트는 목이 타는지 아난다를 불렀다.

"아난다여, 목이 마르구나."

아난다가 물병을 두 손에 받쳐 들고 붓다에게 내밀자, 붓다는 이 물병을 두 손으로 받아 한 모금 한 모금 천천히 물을 마셨다.

"아난다여, 물맛이 참으로 시원하구나. 한잔 더 따르거라."

아난다는 붓다가 내미는 잔에 물을 더 따랐다.

붓다는 수부티에게 그 물잔을 내밀었다.

"수부티여, 그대도 이 물을 마시고 목을 축이거라."

수부티는 앞으로 나아가 붓다가 내미는 잔을 받아들어 정중하게 예를 올린 다음 천천히 물을 마셨다.

아난다는 다른 물병을 들어 사리풋타 존자, 목갈라나 존자, 마하카사파 존자, 라훌라 존자에게 차례로 건네주었다.

붓다가 몸을 일으킨 다음 먼저 칠엽굴을 나서니 근처에서 아나파나를 하던 아라한과 비구들이 하나둘 자리에서 일어나 절을 올렸다.

목갈라나 존자의 시자 빈드루 발라타사와 사리풋타 존자의 시자 시바리가 다가와 두 존자를 부축했다.

바이바라산을 휘감아 도는 하늘은 여전히 파랗고, 법회가 시작할 때 하늘 꼭대기까지 올랐던 해는 서산을 향해 기울고 있다.

# 15

아닌 것을 막고, 나쁜 것을 그치게 하라

"아주타나, 너도 꿀물을 마시렴."

태이자는 꿀물이 든 주전자를 아주타나에게 내밀었다.

아주타나는 먼저 스승의 물잔에 한 잔 따르고, 그 다음 그의 물잔에 꿀물을 따라 후르륵 마셨다.

태이자가 꿀물로 목을 축이더니 아주타나에게 말했다.

"아주타나여, 내가 이제 편히 죽을 수 있겠구나. 나는 오래전부터 열반에 들고 싶어 조바심이 났지만 금강경을 영영 잃어버릴까봐 이제나 저제나 하면서 너를 기다렸다. 네가 마침내 이 세상에는 존재하지 않는 금강경을 저 아카샤에서 꺼내 생생하게 들여다보았다. 나는 이제 열반에 들 테니 너는 세상에 오래 더 머물며 금강경 비밀장을 전해 줄 제자를 기다려라."

"스승님, 저도 어서 열반에 들고 싶습니다. 하여 금강경을 글로 지어 남긴 뒤 스승님과 더불어 열반하고 싶습니다."

"금강경을 지은 다음에 나하고 같이 열반하자고? 아주타나야, 그런다고 누가 그 경을 읽고 저 은하수 너머 하늘에 있는 진짜 금강경을 볼 수 있겠느냐? 문자의 숲에 갇혀 평생 헤어나오지 못하면 그 죄가 너에게 이르리라. 마하카사파 존자가 칠엽굴에서 결집할 때 문자로 적지 않고 오직 비구들의 깨끗한 입으로만 암송하라고 한 것은, 경이 함부로 돌아다니고 이 말 저 말로 옮겨지면서 붓다도 알아듣지 못하는 위경(僞經)[133]이 될까봐 그런 것이다. 문자로 적힌 경은 이리 채이고 저리 채이고, 이게 섞이고 저게 섞이어 본디 뜻을 잃고 상하거나 썩을

---

133    위경(僞經) ; 붓다가 말하지 않은 가짜 경전. 특히 중국에서 수많은 위경이 나왔다.

수 있으니, 이를 경계한 것이다."

"사리풋타 존자도 열반하시고, 붓다도 열반하시고, 모든 아라한이 다 열반하셨습니다. 스승께서도 지금 열반하신다고 말씀하셨습니다. 저 역시 어서 열반하고 싶습니다. 아무도 안계신 이 사바라는 샴발라에 저는 더 머물고 싶지 않습니다. 그러니 글로써 금강경을 옮기지 않으면 언제 또 사라질지 모릅니다. 허락하여 주소서."

"음, 네가 굳이 글로써 금강경을 남기고 싶다면 비밀장 그대로 쓰지는 말라. 용을 타고 올라가 아카샤에서 본 사실도 숨겨라. 그저 기원정사나 죽림정사 쯤에서 천이백 비구 모아 놓고 붓다께서 널리 설하신 것으로 간단히 하라. 그러고도 줄이고 또 줄여, 감출 것은 감추어라. 어쩌랴, 눈밝은 이가 있다면 감춰도 볼 것이요, 눈이 어두운 자는 있는 대로 다 보여줘도 거짓이라고 말하리라. 무슨 뜻인지 알겠느냐?"

"예, 스승님. 저도 목숨을 잃을 위기에서 느닷없이 비구로 신분을 숨겨 여기저기 세상을 돌아다녀 보니 비밀장을 알만한 비구가 없다는 걸 알았습니다. 비구들은 비록 바라문보다는 더 열심히 공부하고 있으나, 막상 경전을 외우기 바빠 아나파나 수행을 게을리합니다. 또 자비심도 잃어버렸습니다. 보시가 뭔지 알지도 못합니다."

"수부티 존자가 말씀하신 대로 자비하는 마음이 생기지 않으면 아나파나를 할 수가 없다. 힘들어 못하는 게 아니고, 어려워 못하는 게 아니고 오직 인연공덕이 없어 못하는 것이다. 어쩌다 다리를 포개어 잠시 앉아도 온갖 망상이 들불처럼 일어나 머리가 붉게 물들고 다리가 저려 금세라도 다리가 끊어질 듯하니 기어이 포기하고 마는 것이다. 그 인연을 튼튼하게 만들어주는 게 자비다. 누구든 왼쪽에는 자를 모시고, 오른쪽에는 비를 모셔서 걸음걸음마다 자비하고, 순간순간 자비해야 한다. 그러지 않고는 아나파나가 아무리 쉬워도 끝내 하지 못할 것이다."

"스승님, 저는 오늘 은하수 강물을 헤치고 들어가 용궁처럼 생긴 아카샤에 들어가 금강경을 훔쳐보았습니다. 저는 스승님의 토굴을 지키면서 붓다가 보신 세상을 더 구경해볼 참입니다. 또 붓다가 말씀하신 마가다국의 팔리어가 아닌, 우리가 지금 널리 쓰는 산스크리트어로 탐진치를 여의고 계정혜에 이른 사람이 가야만 하는 여덟 가지 바른 길(팔정도)에 이르면 마음이 어떤 상태가 되는지 책을 짓고자 합니다."

"그래, 반야를 깨우치려면 중도에 이르러야 하는데, 거기서 조금이라도 빗나가면 아카샤에 닿을 수가 없어 끝내 이 샴발라라는 가짜집에 갇혀 살 수밖에 없다. 6백 년 전 붓다가 이 세상에 계실 때보다 요즘 사람들은 지식이 더 많아져 생각이 복잡하게 얽히고설켜, 번뇌와 잡념이 히말라야산만큼 높아졌다. 그러니 옳고 바른 길 중도를 제대로 밝혀 탐진치를 버리고도 계와 정을 마치고도 반야의 문을 열지 못하는 수행자들을 위해 책을 지으면 좋겠구나."

"태이자 스승님, 제가 스승님께서 열반하시기 전에 허락을 구할 게 한 가지 생겼습니다. 그러니 저를 인가해주시기 전까지는 어떡하든 세상에 더 머물러 주십시오."

"아주타나, 내가 언제까지 기다리면 되겠느냐?"

"태이자 스승님, 붓다의 말씀을 입으로 외워 반야의 문을 열 수 있다면 저도 이 세상에 더 머물 필요 없이 스승님과 더불어 열반하고 싶습니다. 하지만 저처럼 천방지축으로 뛰어다니며 이 사바의 샴발라를 헤매는 수많은 청년들을 위해 꼭 하고 싶은 일이 있습니다.

첫째 우리 교단은 자비와 보시를 잊었습니다. 그래서 아까 말씀하신대로 왼쪽에 자보시를 상징하는 아바로키테스바라 보디사트바[134], 오른쪽에 비보시를 상징하는 크시티가르바 보디사트바[135]를 모시는 상을 드러내고자 합니다. 오로지 자비와 보시를 강조하기 위한 것입니다. 상을 지우기 위해 상을 세우고자 합니다."

"그렇게 하면 중생들은 부귀영화를 구하기 위해 아바로키테스바라 보디사트바를 부르짖고, 사람들이 죽을 때마다 크시티가르바 보디사트바를 불러낼지도 모른다. 그러다 자비를 잊으면 무슨 보람이랴. 자칫하면 탐진치의 감옥으로 또다른 샴발라를 이중 삼중으로 짓는 어리석은 결과를 낳을지도 모른다. 너를 묶는 업이 될 수도 있다."

"그렇더라도 눈밝은 이는 자비를 실천할 것이고, 아바로키테스바라 보디사트바를 통해 보시의 가치를 이해할 것이고, 보시의 가치는 이해하지 못해도 손이 저절로 끌려가 억지로라도 선업을 쌓아 공부할 기회를 갖게 될 것입니다. 크시티가르바 보디사트바도 마찬가지이니 남의 아픔과 슬픔과 죽음에 공감하고 공명하여 눈물을 흘리다보면 역시 자비하는 마음이 저절로 생겨 공부 인연이 조금씩이라도 자랄 수 있을 것입니다."

"또 무슨 계획이 있느냐?"

"금강경을 품격 있는 산스크리트어로 정리하여 몇몇 뜻있는 청년들에게 직접 가르치고자 합니다."

---

134    관세음보살.

135    지장보살.

"너무 깊은 이야기는 하지 않는 게 좋겠구나. 공덕이 이르지 못하고, 공부에 이르지 못한 사람들에게 반야의 실상을 있는 그대로 보이면 놀라 자빠져 울부짖거나 도리어 비방할 수도 있단다. 딱 아난다 존자에게 말하듯이 줄여야 할 것이다."

"예, 태이자 스승님. 제가 깔끔하게 정돈하고 요점만 간략히 적어 제자들을 가르칠 수 있도록 하겠습니다. 이렇게 금강경을 짓고, 그밖에도 수천 가지 경전에 조금씩 흩어져 있는 공(空)을 반야경으로 따로 묶어 경전을 정리하겠습니다. 단 한 사람을 위해서라도 그 일을 해야만 합니다. 먼 훗날 어느 세상이든 제 책을 읽고 반야의 문을 열 아라한이 이 금강경에서 많이 나와 준다면 얼마나 좋겠습니까."

"아주타나여, 그것도 좋구나. 하지만 다른 건 하지 말라. 네가 금강경과 반야경을 지어 붓다가 말씀하신 반야 실상을 수행자들에게 보이는 것은 좋으나 필시 제멋대로 경전을 짓고 꾸미는 사람들이 나올 것이다. 아무리 좋은 경전이라도 탐진치의 가짜집에 들어가면 돈 버는 부적이 되고 말리라."

"태이자 스승님, 저는 금강경과 반야경만 있으면 아무리 많은 가짜 경전이 나오고, 사법(邪法) 위법(違法) 불법(不法)으로 덧칠한 책이 나와도 붓다의 가르침은 굳게 지켜지리라고 생각합니다."

"그래, 좋구나. 그러면 네가 일을 마칠 때까지 내가 기다려 줄 것이니 그리하라. 다만 한 가지 꼭 이를 말이 있다."

"말씀하십시오, 스승님."

"아주타나여, 네가 누구를 이끌든 반야의 세상으로 인도하기 위해서는 지켜야 할 것이 있다. 네가 비록 궁중 여인들을 탐하다가 죽을 고비를 넘기고 붓다의 반야 세상으로 숨어들었지만, 그건 여러 생에 걸친 너의 선업과 공덕이 있어서 그런 것이지 누구나 다 그런 인연을 만날 수 있는 것은 아니다.

그러니 계(戒)를 무겁게 보아라. 아닌 것을 막고, 나쁜 것을 그치게 해야 비로소 삼매에 들 수 있고, 그래야 반야지혜가 생긴다.

붓다가 말씀하신 계정혜(戒定慧)에 이르기는커녕 아직 탐진치(貪瞋痴)라는 쳇바퀴와 감옥과 샴발라를 맴도는 게 사바 중생의 삶이다. 이런 중생에게 탐진치와 계정혜를 아무리 가르친들 억겁의 시간으로도 모자란다.

그렇다고 왜 길이 없으랴. 출라판타카조차 아라한이 되는 게 붓다의 가르침이다.

탐진치와 계정혜 사이에 자비(慈悲)가 있다. 자비가 없으면 탐진치의 감옥에서 절대로 빠져나오지 못하고, 자비가 없으면 계정혜의 반야성에 절대로 들어가지 못한다.

다시 강조한다. 내 토굴에는 석가모니 붓다 옆에 아라한 두 분이 늘 계신데, 사실은 사리풋타와 목갈라나 존자다. 하지만 붓다가 다녀가신 지 이제 5백 년이 넘어 당신의 제자들을 기억하는 사람이 많지 않다. 그래서 나는 그동안 고타마 싯다르타 옆에 자(慈)를 상징하는 아바로키테스바라 보디사트바(관세음보살)와 비(悲)를 상징하는 크시티가르바 보디사트바(지장보살)를 머릿속에 그려 모셨다. 자비를 극적으로 돋보이게 하려는 목적이다. 사리풋타로서 자(慈)를 내보이고, 목갈라나 존자로 비(悲)를 보일 수도 있지만 어리석은 중생을 위해 더 극적인 얼굴이 필요할 것이다.

그러니 아주타나 너는, 자비를 실천하다 보면 어느덧 탐진치의 함정과 감옥에서 벗어나며, 그러고도 자비를 더 열심히 실천하다 보면 어느덧 계정혜의 반야성에 이르게 된다는 이 이치를 세상에 알려야 한다. 그래서 자비의 두 보디사트바를 네게 붙이고자 한다. 아바로키테스바라 보디사트바와 크시티가르바 보디사트바로서 세상에 자비를 더 널리 알려라. 이건 내 주장이 아니고 붓다가 남기신 발자국을 보고 하는 말이다."

"예, 스승님, 그리하겠습니다."


아주타나는 태이자가 시키는대로 황토 벽돌을 찍어 토굴 옆에 방한 칸을 더 이어 붙였다. 그러고는 아침마다 탁발을 나가 음식을 구해다가 스승과 함께 공양을 했다.

그런 중에 먼저 산스크리트어로 반야의 정수를 골라 담은 중론(中論)을 지었다. 붓다가 사용한 팔리어는 이제 사용하는 사람이 드물어 할 수 없이 산스크리트어로 지은 것이다.

그는 중론에서 금강경과 반야경의 핵심 주제인 공(空)에 대해 매우 깊이 서술하였다. 그는 이 책을 다 짓고 나서 '중도(中道)에 대한 근본적인 글 중론(中論)'[136]을 지었다. 그는 공(空)을 이해하면 곧 연기를 알고, 중도(中道)에 통한다고 적었다.

---

136  《중론(Mūlamadhyamakakārikā)》이다. 영어로는 Fundamental Verses on the Middle Way로 번역한다. 'middle way'는 잘못된 번역이다.

중론을 지은 다음에는 붓다의 말씀을 뽑아 반야경[137]을 찬술했다.

석 달이 지나자 그가 원하는 모든 것이 완성되었다.

태이자 스승은 아주타나의 저작을 보고 매우 흡족하다고 칭찬하면서 이제는 열반에 들어도 되겠다며 매우 기뻐했다.

하지만 태이자는 아주타나의 열반만은 허락하지 않았다.

"자, 이곳 히말라야와 붓다가 태어나 반야를 깨우치신 땅 가야에는 수많은 비구들이 모여 수행하고 있다. 너는 네 고향이 있는 남인도로 내려가 아직도 반야를 모르는 무명의 세상에 너의 중론과 반야경, 금강경을 전해라. 그렇게 하여 붓다의 마음법으로 큰 등불을 켜 중생들이 사바에서 오래도록 고생하지 않도록 큰 빛으로 이끌어라. 그런 다음에 열반하든지 혹은 툴쿠로 존재하며 반야를 펼치든지 너 스스로 판단하라."

"태이자 스승님, 제 고향인 중인도는 푸르나 존자가 전법하다 죽은 검은 땅입니다. 그만큼 중인도 제 고향 일대는 탐진치가 용암처럼 들끓는 지옥이나 다름없는 땅이니 저는 반드시 그곳에 가서 반야의 등불을 높이 켜겠습니다. 붓다께서 사르나트를 향해 맨발로 걸어갔듯이 저도 제 고향 중인도를 향해 걸어가겠습니다."

"아주타나여, 그렇다. 네가 나와 함께 열반하는 것은 쉬운 일이나 중생을 위해 더 자비하는 마음을 세상에 물려줘야만 한다. 나도 내 마음대로 열반해버렸다면 너를 만나지 못했을 것이다. 무명이 넘치는

---

137    prajñāpāramitā sūtra.

중인도 땅에 가서 수많은 아주타나를 만나라."

"스승님, 받들어 모시겠습니다. 이곳을 떠나 욕망의 땅 제 고향으로 내려가 반야의 등불을 환하게 밝히겠습니다."

"아주타나여, 그럼 나는 기쁜 마음으로 이 툴쿠를 벗어던지고자 한다. 저기 저 나뭇단이 보이느냐? 네가 탁발 다녀오는 동안 틈틈이 저 나뭇단을 쌓았다. 저기에 앉아 아나파나를 하다가 열반하고자 하니 네가 불을 좀 붙여다오. 사리는 살피지 말라. 그 자리에 곡식을 심으면 잘 자라리라."

"예, 그리하겠습니다. 하오나 스승님, 언제 돌아오시겠습니까."

"뭐라고?"

"태이자 스승님, 제가 그만 스승님의 비밀을 엿보았습니다. 스승님은 열반하지 않으실 겁니다. 그래서 여쭙는 말씀입니다."

"아주타나여, 내가 전생에 누군지 네가 벌써 보았다는 말이냐?"

"스승님, 그러한 듯합니다."

"일러보라."

"스승님, 제가 아카샤를 뒤져 고타마 붓다께서 바이바라산 칠엽굴에서 금강경을 설하는 장면을 골라 들여다 볼 때 여러 존자들의 존안을 함께 뵈었습니다. 스승님은 그때 뵌 분 중 한 분이신 듯합니다. 지금의 툴쿠와 겉모습은 다르지만 그 상은 비슷합니다."

"누구로 보이느냐?"

"태이자 스승이여, 스승님은 라훌라 존자의 툴쿠가 아닌가 싶습니다. 그때 그 의심이 들어 라훌라 존자를 더 깊이 내려가 젊은 시절을 살피고, 또 칠엽굴 이후로도 들여다보니 아무래도 태이자 스승과 비숫하다는 생각을 하게 되었습니다. 지금의 스승님은 아무리 들여다봐도 빈 집처럼 보입니다. 남의 집에 잠시 계신 것이시지요?"

"이런이런. 내가 그만 네게 들켰구나. 오, 아주타나여, 이제 무엇을 더 숨기랴. 네 말대로다. 나의 수천 생 중의 하나가 사카 고타마 라훌라였다. 라훌라 이후로는 그저 되는대로 이름을 붙여 쓸 뿐 여전히 사카 고타마 라훌라다. 내가 열반하여 아카샤로 갔다면 5백 명의 다른 아라한들이 그러하듯 아마 이 사바로 돌아오지 않았을 것이다."

"스승님, 어떤 연유로 열반하지 않고 아직 이 샴발라에 계십니까? 메시아를 기다리는 네 분 중의 한 분이시군요."

"아주타나여, 아라한은 본디 열반하면 아카샤로 돌아가 반야의 바다에 풍덩 빠지면 그만이거늘, 사실 이 사바에는 고타마 붓다의 제자 중에서 나 말고도 세 분이 더 남아 계시다."

"오, 스승님! 그 전설이 사실이었군요?"

"음. 이 육신에 남은 시간이 별로 없으니 내가 바로 말해주리라. 어차피 아주타나 너는 곧 알 것이라 굳이 말을 하지 않으려 했다만, 네가 먼저 이르니 속일 수 없구나. 다만 지금부터 내가 하는 말은 함부로 혓바닥에 올려서는 안 되니 그리 알라."

"스승님, 갠지스강의 강물이 천년 만년 끊임없이 흐르듯 스승님 말씀을 멀리 흘려보내겠습니다."

"우리 아버지 고타마 붓다께서 여든 살이 되시던 해에 바이샬리에서 안거를 했다. 사리풋타 존자와 목갈라나 존자가 열반하신 뒤 고타마 붓다께서도 열반을 준비하셨다. 아난다 당숙께서 아버님의 열반을 말렸지만 고타마 붓다는 열반을 미루거나 거부하지 않기로 이미 결심하셨지. 원래 붓다의 뜻은 메시아가 올 때까지 사바에 머물러 계시다가, 어린 메시아를 직접 가르치고 싶어 하셨지만 굳이 그럴 필요가 없다고 보시고 열반을 결심하신 거지. 그 이유가 바로 바이샬리 하안거 중에 있었지. 바이샬리는 붓다께서 전염병과 가뭄을 물리친 아주 성스러운 땅이라서 그곳 백성들은 붓다를 매우 공경했다."

오래전 일이다.

가야에서 반야를 깨우친 지 5년째 되던 해, 리차비족의 수도 바이샬리에 심한 가뭄이 들었다. 몹쓸 역병과 무서운 잡귀의 공포로 사람들이 벌벌 떨었다. 가뭄이 어찌나 심한지 농작물이 말라죽고 나무들도 열매를 맺지 못하여 사람과 가축이 굶주렸다.

역병이 돌면서 많은 사람이 속절없이 죽어나가자 바이샬리는 시체 썩는 냄새로 가득 차고, 그 악취가 더 많은 악귀들을 불러들였다. 살아남은 사람들은 굶주림과 질병 말고도 악귀의 공포에 떨어야 했다.

바이샬리의 리차비족이 세운 밧지국 국왕과 대신, 백성들은 이러한 공포와 혼란을 물리치기 위해 '지혜의 완성자' 붓다를 초대하기로 했다.

이들은 왕실의 바라문과 왕자들로 사절단을 구성하여 라자그리하의 빔비사라왕을 찾아가 붓다를 초대할 수 있게 해달라고 청하여, 이 사절단은 마침내 붓다를 모실 수 있게 되었다.

이들이 붓다가 머무는 숲으로 나아가 바이샬리의 사정을 알리자 붓다는 기꺼이 그러기로 하셨다. 바이샬리는 붓다가 처음 출가하여 알라라 칼라마 스승을 만난 땅이다.

붓다가 질병과 악귀가 날뛰는 땅으로 가신다고 하자 빔비사라왕은 라자그리하에서부터 갠지스강을 건너 바이샬리로 가는 8요자나의 거리를 안전하게 여행할 수 있도록 모든 군사들을 내주었다.

붓다께서 갠지스강을 건너자마자 천둥번개가 치면서 폭우가 쏟아져내렸다. 그러자마자 오랜 가뭄으로 죽어가던 풀과 나무가 살아나고 먼지가 씻겨나갔다. 말라 죽던 풀과 나무가 기운을 차리자 숲에 깃들어 살던 동물들도 겨우 목을 적시며 기운을 차리기 시작했다.

갠지스강을 지나 바이샬리로 여행하는 사흘 동안 비가 계속 내려 리차비족의 밧지국 전체가 가뭄에서 벗어났다.

붓다가 바이샬리에 도착하자 이틀 안 도리천의 인드라신이 권속을 거느리고 마중 나와 대신 악귀들을 물리치기 시작했다고 전한다.

붓다는 아난다를 불러 보석경을 가르쳐주고는 리차비족 왕자와 함께 도시와 거리를 돌아다니며 이 경을 큰 소리로 읽고 붓다의 발우에 강물을 담아 질병이 도는 곳마다 뿌리라고 했다. 그러자 모든 악귀들이 도시와 거리에서 물러나고 사람들은 질병에서 벗어났다.

재앙에서 벗어난 리차비족들은 여러 가지 공물을 준비하여 붓다를 모셨다.

이 회상에는 바이샬리의 밧지국 백성들뿐만 아니라 인드라신을 우두머리로 하는 천상계의 여러 신들도 와 있었다.

붓다는 가뭄과 질병과 악귀들을 극복해낸 밧지국 백성들에게 보석경을 설하셨다.

- 지상에 있는 존재이건 천상에 있는 존재이건, 여기 모인 모든
  존재들은 다 행복하라!
  이제 내가 말하는 것을 주의 깊게 들어라.
- 모든 존재들은 귀 기울여 들어라. 밤낮으로 자비를 베풀어라!
  그리고 부지런히 지키고 섬겨라!
- 이 세상과 저 세상의 그 어떤 보석이라도 반야와 비교할 수는
  없다! 반야는 이 세상 제일가는 보배다! 이러한 진리로써 모든
  존재여, 행복하라!
- 청정한 아나파나는 즉각 반야를 깨우치는 삼매라서 그 무엇과
  비교할 수 없다! 반야는 이 세상 제일가는 보석! 이 진리로써
  모든 존재여, 행복하라!
- 사성제(四聖諦)와 팔정도(八正道)를 실천한 사람이 있어 성자들로
  찬양받을 만한 아라한들, 붓다의 제자로서 공양을 받을 만한
  비구들, 그들에게 보시하면 큰 공덕을 짓는다! 이분들은 이 세상
  제일가는 보석! 오직 이 진리로써 모든 존재여, 행복하라!
- 확고한 마음으로 감각이 부르는 욕망을 극복하여 아라한과
  비구들의 가르침을 잘 따라 평온한 마음으로 반야를 구하면
  죽음의 굴레에서 벗어난다네! 승가는 이 세상 제일가는 3가지
  보석 중의 하나! 이 진리로써 모든 존재여, 행복하라!
- 땅속에 단단히 뿌리박은 나무는 사방에서 부는 바람에
  흔들리지 않는다. 성스런 진리를 이해하는 사람도 이와 같으니
  승가는 이 세상 제일가는 3가지 보석 중 하나! 이 진리로써 모든
  존재여, 행복하라!

- 깊은 지혜를 지닌 분께서 말씀하신 성스런 진리를 이해하는
  사람은 아무리 심한 잘못을 해도 8번째는 윤회하지 않는다네!
  승가는 이 세상 제일가는 3가지 보석 중의 하나! 이 진리로써
  모든 존재여, 행복하라!

- 탐진치(貪瞋痴) 3가지 족쇄는 즉각적으로 소멸되고, 비참한
  곳으로부터 해방되어 사악한 행동을 범할 일 없다네!
  승가는 이 세상 제일가는 3가지 보석 중의 하나! 이 진리로써
  모든 존재여, 행복하라!

- 몸과 말과 마음으로 지은 잘못은 감출 수 없으니, 궁극적 길을
  본 사람은 그것을 감출 수 없다는 걸 알고 가르쳐 준다네!
  승가는 이 세상 제일가는 3가지 보석 중 하나! 이 진리로써 모든
  존재여, 행복하라!

- 무더운 여름철이 시작되어, 키 높은 나무에 피어난 꽃처럼,
  붓다가 펼친 드높은 반야는 열반으로 인도하고 최상의 행복을
  준다네! 붓다는 이 세상 제일가는 보석! 이 진리로써 모든
  존재여, 행복하라!

- 최상의 것을 알고, 주고, 가져오는 분께서 최상의 반야를 가르쳐
  주었네! 붓다는 이 세상 제일가는 보석! 이러한 진리로 모든
  존재여, 행복하라!

- 과거는 끝나고 더 이상 고통스런 윤회 환생은 없다. 마음은
  미래에 윤회하거나 끌려다니지 않고, 번뇌의 씨앗은 깨끗이
  소멸되어 더 자라지 않으니 기름 없는 등불처럼 완전히 꺼져서
  현자들은 열반에 든다네! 승가는 이 세상 제일가는 3가지 보석

*중 하나! 이 진리로써 모든 존재여, 행복하라!*
*- 지상이건 천상이건 모든 존재들은 완전한 반야를 이룬 붓다께*
*경배하니 여기에 모인 모든 존재여, 행복하라!*

붓다는 이때 인연으로 바이샬리에 자주 갔는데, 이모 프라자파티가 여성 5백 명을 이끌고 와 처음으로 비구니 교단을 이룬 곳도 이곳 바이샬리다.

"아주타나여, 붓다는 바이샬리를 몹시 사랑하셔서 그곳에 자주 들르셨는데, 이해에 바이샬리로 가서 하안거를 하신 것은 장차 고향인 북쪽의 룸비니로 가고자 하신 때문이다.

그때 아난다는 다른 비구들과 벨루바 마을로 나가 한 장자의 공양을 받고 있었지. 고타마 붓다께서는 아침부터 기침을 많이 하시더니, 라훌라를 남겨 놓고 아난다 당숙더러 다른 비구들을 이끌고 가서 공양을 받으라고 하셨어. 그때 빈드루 발라타사 존자와 바드라 존자는 바라나시에서 오시는 중이고, 마하카사파 존자는 마침 기원정사에서 오고 계시는 중이라 점심 공양에는 못가셨지. 그러다 보니 때맞춰 도착하신 빈드루 발라타사 존자, 바드라 존자, 마하카사파 존자가 붓다의 곁을 지키게 되었지."

"스승님, 붓다께서 일부러 그렇게 모이도록 하신 건가요?"

"아주타나여, 붓다가 하시는 일은 반야에서 한 치도 벗어남이 없으니 아마도 그랬겠지. 붓다는 우리 네 사람을 불러 앉힌 뒤 부탁을 하셨다. 네가 지금 삼매에 든다면 이 장면도 볼 수 있을 테지만, 내 툴쿠가 언제 쓰러질지 모를만큼 사정이 급하니 계곡으로 걸어가면서 들려주마. 어서 씻으러 가자."

태이자의 몸은 꺼져가는 숯불처럼 힘이 없다.

아주타나는 태이자를 부축하여 계곡 쪽으로 걸었다.

"붓다가 말씀하시기를, 너희 네 사람을 부른 것은, 내가 본디 메시아가 올 때까지 기다렸다가 그가 반야를 속히 깨우치게 하려는 것이었는데 도솔천 사정이 뜻대로 되지 아니하고, 또한 내가 아니어도 너희 네 존자들이 능히 내 일을 할 수 있을 것 같아 부탁 좀 하려는 것이다."

태이자는 당시 바이샬리에서 있던 비밀스런 이야기를 아주타나에게 찬찬히 들려주었다.


고타마 붓다는 아직 기력이 남아 있어 걸음걸이도 괜찮고, 가끔 탁발도 나갈만큼 좋았다. 그러다 보니 이날 네 존자를 부를 때만 해도 무슨 특별한 일이 있을 줄은 아무도 알지 못했다. 결과적으로는 석 달 뒤에 고타마 붓다가 룸비니에 이르지 못한 채 도중의 쿠시나가르에서 열반에 들지만, 이때는 그 사실을 아는 제자들이 없었다.

"내가 머지않아 열반에 들리라. 그러거든 마하카사파는 적당한 시기에 이 세 아라한과 더불어 설산 마차푸차레봉 기슭으로 들어가 메시아가 올 때까지 거기서 기다려라. 즉 열반에 들지 말고, 굴에 숨어 지내라."

그때 마하카사파가 붓다에게 여쭈었다.

"바가바트의 말씀을 높이 받들겠나이다. 그러면 툴쿠의 몸을 빌어 교단을 살피는 것은 가능하리까?"

툴쿠란 남의 몸을 빌어 대신 움직여 쓰는 것이다. 때때로 명을 다한 신체들이 있어 쓸만하면 몇 년씩 빌려 쓰기도 하고, 그렇게 이 툴쿠 저 툴쿠를 옮겨다니기도 한다.

"마하카사파가 반야를 지키는 신장[138]이 되려는구나. 천신들이 늘 반야를 지키니 굳이 애쓸 건 없지만 더러 세상에 나와 반야의 등불이 꺼지지 않도록 살피는 것도 좋으리라. 너희 네 아라한이 나와 함께 반야의 세계로 들어간다면 오죽 좋으랴마는 내가 굳이 세상에 남아 메시아를 기다리라고 한 것은, 내가 메시아를 말함으로써 메시아란 말이 이미 중생의 머릿속에 상(相)으로 자리잡았기 때문이다. 내가 열반하고 나면 중생은 아마 승가에 의지하는 듯하면서도 속마음으로는 메시아를 애타게 기다릴 것이다. 기다리지 못하는 중생들은 여기저기서 내가 메시아다, 이분이 메시아요, 저분이 메시아라고 하면서 가짜들이 뛰쳐나오고, 아마도 보지 못하고 듣지 못하였건만 메시아의 상을 깎아 여기저기 세워 향불을 켜고 공양을 올릴 것이라. 그러한즉 네 존자들은 가짜 메시아를 가려 쳐내고 진짜 메시아가 올 때 어리석은 중생들이 쥐떼나 승냥이떼처럼 몰려들어 메시아의 수행을 방해하지 않도록 결계를 쳐달라는 것이라. 그런즉 진짜 메시아가 내려와 수행을 하더라도 그가 탐진치의 성을 완전히 때려부수고 샴발라와 아카샤를 마음대로 드나들어 붓다가 될 때까지는 중생의 눈에 띄지 않도록 지켜야 한다. 그것이 내가 여러분에게 특별히 부촉하는 까닭이라."

---

138　다른 세상의 존재들로써 반야를 지키는 일을 하는 천신을 가리킨다. 물론 천신도 중생이다.

태이자는 거기까지 이르고는 계곡에 이르러 몸을 씻기 시작했다. 이 툴쿠의 마지막 목욕이다.

"사실 네가 오기 몇 년 전에 겨우 이 툴쿠를 얻었단다. 그러고는 네가 찾아오기를 기다렸지. 여기서는 마차푸차레가 잘 보이는 곳이니 수행처로는 참 좋지 아니한가. 이 토굴에 앉아 있으면 찬 기운과 더운 기운이 올라갔다 내려왔다 하는 소리가 들린다. 히말라야의 들숨날숨처럼. 마차푸차레까지 올라간 더운 바람이 도로 내려와 토굴을 식힌 다음 저 아래 페와호수까지 갔다가 다시 데워진 바람이 이리 올라와 토굴을 따뜻하게 감싸준다.[139]

이런 까닭에 저 만년설을 이고 있는 마차푸차레봉 아래에 아주 깊은 굴이 있고, 거기 네 존자들이 고요히 앉아 계신다. 5백 년 전의 내 몸도 거기 남아 있단다. 지금이야 얼어붙은 미라에 불과하지만 내 영혼의 주소 노릇은 하고 있다."

"태이자 스승님, 그러면 늘 툴쿠를 옮겨다니십니까?"

"그렇다마다. 내가 못다한 이야기를 들려주마. 아주타나여, 네가 왕에게 쫓겨 달아날 때 뒤를 쫓는 군사들을 피해 잠시 몸을 숨겨준 궁인이 있었지?"

"예, 그 이 뒤에 몸을 숨기자 뒤를 쫓던 군사들이 저를 못 본 채 그

---

139 마차푸차레봉은 해발 827미터의 포카라를 감싸고 있는 히말라야 봉우리. 포카라 평균기온은 20도에서 30도 정도로 안정적이다. 포카라 북쪽으로 히말라야산맥이 병풍처럼 쳐져 있는데 포카라를 감싸는 8,000미터급 봉우리로 안나푸르나 등 3개나 있다. 히말라야 봉우리 중 6,997미터의 마차푸차레가 가장 가까이 있다 보니 눈으로는 제일 높아 보인다. 마차푸차레는 지금까지 정상까지 오른 이가 한 명도 없다. 네팔인들이 숭배하는 성산이라 아무도 들어갈 수 없다.

냥 지나쳤습니다."

"아주타나여, 그 궁인은 내가 잠시 쓴 툴쿠였다. 그러고도 네가 궁궐 담을 돌아 헉헉거리며 달리는데 오른쪽으로 가는 걸 막아서며 왼쪽으로 가라고 일러준 궁인이 있었다. 기억하느냐?"

"예, 스승님. 그 궁인이 알려준대로 달리다보니 목숨을 건질 수 있었습니다."

"아주타나여, 그것도 내가 잠시 빌려 쓴 툴쿠였다."

"스승님, 그러면 저를 시험에 들게 하여 삼매에 이르게 하신 것입니까?"

"꼭 그런 것만은 아니란다. 네 전생을 보면 알겠지만 꽃이 필 때가 되었으니 나도 그런 수를 쓴 것이란다. 그러지 않았다면 네가 어찌 금강경 법회를 볼 수 있었겠느냐."

"아, 스승님. 몸둘 바를 모르겠습니다."

"아주타나여, 이 툴쿠나 잘 씻겨다오. 난 마차푸차레 내 몸으로 돌아갔다가 다시 인연이 되면 세상으로 나올 것이다. 하지만 아주타나 네가 있으니 아마 천 년이나 이천 년은 선정에 들 수 있을 것이다."

아주타나는 히말라야 빙하가 녹은 물이 흘러내리는 계곡물로 태이자의 몸을 깨끗이 씻어드렸다. 등을 밀어주고, 머리를 감기고, 발을 씻겼다.

"이만 하면 내 툴쿠에게 고맙다는 인사는 마친 셈이니 토굴로 돌아가자꾸나."

태이자는 토굴로 돌아가자 미리 준비해둔 깨끗한 가사로 갈아입었다. 그러고는 토굴에서 나와 그가 손수 쌓은 나뭇단으로 올라가 가부좌를 하고 앉았다.

아주타나는 나뭇단 아래에 무릎을 꿇고 앉았다.

"나의 아버지 사카 고타마 싯다르타 붓다는 스승없이 스스로 깨달으셨다. 오늘의 교단은… 붓다의 그 교단이 아니다. 그래서 내가 잠시 바깥 세상에 나온 것이다. 시간이 흘러 변하지 않는 것이란 없다.

그렇듯이 네가 금강경을 뭐라고 가르치든 미래세에는 결국 거짓말이 될 것이다. 서너 사람의 입을 지나고 나면 그 어떤 말도 거짓말이 되듯이 네가 전하는 금강경도 이곳저곳 이 사람 저 사람의 입과 손을 지나면서 거짓말이 이끼처럼 녹처럼 먼지처럼 달라붙을 것이다.

금강경으로 복을 구하고, 금강경으로 명예를 구하는, 그래서 금강경이 그만 탐진치의 성(城)이 될지도 모른다. 그래도 어쩔 수 없다. 붓다도 스승없이 깨달았듯이 누군가는 금강경을 인연으로 삼아 반야의 문을 두드릴 것이다. 단 한 사람을 구하는 경이 되어도 좋다. 그래서 금강경이다. 나는 이만 마하카사파가 계시고, 빈드루 발라타사 존자와 바하드라 존자가 계산 마차푸차레로 돌아간다. 아, 마음이야 나도 붓다가 계신, 붓다들이 계신 공(空), 아카샤로 가고 싶지만 메시아가 오실 때까지는 기다릴 수밖에 없다."

"제가 어리석은 짓을 하거나 더러 생각이 막혀 아카샤에 닿지 못할 때에는 스승님께서 찾아와 매를 쳐 주십시오. 메시아가 오시는지 저도 잘 찾아보겠습니다."

"후."

태이자가 한숨처럼 가느다란 숨을 길게 몰아쉬었다.

"…가시렵니까?"

"메시아 얘기가 나오니 걱정스러워 그런다. 내가 굳이 메시아가 누군지 말하지 않은 것은, 네 눈으로 직접 보라는 뜻이다. 과거 현재 미래가 한 손에 있으니 지금이라도 그분을 뵐 수가 있다. 굳이 말하자면 메시아는… 사람이 아니다."

"메시아도 바가바트나 붓다겠지 아무려면 사람이겠습니까. 알고 있습니다."

"아주타나여, 네가 내 말을 못알아들은 듯하다. 너는 네 심장을 볼 수 있지? 핏줄에 피가 뛰어가는 소리도 들을 수 있지? 우리 승가처럼 네 눈 끝에 앉아 두런거리는 4만 가지 목소리[140]를 들을 수 있지?"

"예, 알고 있습니다. 붓다께서 5백 아라한들과 한 몸이 되어 아카샤에 이르렀다는 것도 알고 있습니다. 메시아, 어떤 한 사람을 가리키는 말이 아닙니다. 저는 수많은 사람들의 두뇌가 인드라망처럼 연결되어 있는 뇌망(腦網)을 상상하고 있습니다."

태이자는 만족스러운 미소를 지었다.

"아주타나여, 이제 이 툴쿠를 벗는 게 즐겁구나. 툴쿠를 벗으면서 오늘처럼 아무 걱정이 없는 적이 없었는데, 네가 나를 기쁘게 죽을 수 있게 해주는도다. 사두 사두 사두. 나는 간다."

태이자는 눈을 감았다. 그러고는 곧 선정에 들었다. 숨이 점차 가늘어진다.

---

140    시상하부(hypothalamus)에 있는 중앙생체시계(SCN ; supra-chiasmatic nucleus)는 좌뇌 2만 개, 우뇌 2만 개의 신경세포로 이뤄져 있다. 인체의 바깥세상과 내부 세상을 동시에 들여다보면서 인체의 오장육부를 주관하는 대표 신경세포인 pacemaker와 여러 뇌를 동기화(synchronized)시키는 일을 한다.

아주타나는 태이자를 향해 삼배를 올렸다.

그러고는 자비경과 마하파탄경, 그가 짧게 정리한 금강경을 읽기 시작했다.

더 기다렸다. 스승을 보내드리는 불길을 차마 당길 수 없다.

노을이 질 무렵, 아주타나는 태이자의 코끝에 불 붙인 향을 가까이 갖다 대보았다. 연기가 흔들리지 않는다. 들숨도 날숨도 없다. 숨을 그친 지 오래된 듯하다.

아주타나는 토굴 아궁이에서 불씨를 가져다가 나뭇단 아래에 마른 나뭇잎을 말아 넣고 불을 넣었다.

이윽고 노란 불꽃이 일어나더니 곧 나뭇단으로 옮겨붙는다.

노을과 더불어 태이자의 열반이 서서히 이뤄졌다.

아주타나는 태이자를 다비한 자리에 곡식을 뿌렸다.

그래놓고 석 달을 더 머물며 아나파나를 했다. 틈틈이 중론과 반야경과 금강경을 더 손질했다. 의심이 나면 아카샤로 들어가 붓다의 음성을 직접 들었다.


아주타나는 봄이 되자 중론과 금강경 필사본을 들고 가야로 나아갔다. 그러나 붓다의 제자들이 많은 그곳에서 도반이나 제자를 구하지 않고, 내처 고향인 중인도까지 걸식을 하며 걸어내려갔다.

그는 중인도 고향 안드라프라데시의 군트르로 내려가 집을 찾았다. 나중에 '나가르주나의 언덕'[141]이라고 불릴 땅이다.

가족들은 죽은 줄 알고 있던 아주타나가 비구가 되어 돌아온 것을 보고 깜짝 놀랐다. 가족들은 궁중 사건이 났을 때만 해도 죽은 두 청년이 아주타나의 벗이고, 하필 그때부터 아주타나가 보이지 않는 것을 보고는 붙잡혀 죽거나 어디로 달아난 것이라고 여겼다. 다행히 달아난 범인이 아주타나라고 말하는 사람은 없었다. 세력 있는 바라문의 집안인만큼 왕궁에서도 대놓고 의심하는 이가 없었다.

가족들은, 연락이 없던 아주타나가 무사히 돌아오자 다들 반갑게 맞이하였다. 하지만 그가 바라문이 아닌 붓다의 제자가 되어 돌아온 것에는 떨떠름하게 여겼다. 게다가 그에게 상속된 재산을 모조리 정리하더니 한 번에 보시해 버렸다.

그는 그의 가문들이 다 아는 이름 아주타나 앞에 미르 즉 용을 뜻하는 나가르를 덧붙여 행세하기 시작했다. 나가르아주타나, 줄여서 나가르주나로 이름을 바꾸었다.

말하기 좋아하는 사람들은 차츰 아주타나, 곧 나가르주나를 가리켜 용궁에 다녀왔느니, 용을 타고 다니느니 하는 말을 붙여 주었다.

나가르주나는 고향땅에서도 걸식을 하며 수행에 전념했다. 붓다의

---

141  Nagarjuna konda. 안드라프라데시 주의 주도이던 하이데라바드(지금은 아마라바티가 주도)에서 남동쪽으로 150km 남쪽 호수의 가운데에 섬처럼 있다. 1990년 1월. 나는 이 호숫가에 앉아 붓다와 아주타나를 생각하며 슬픔에 잠겨 있었다. 당시 나는 이 소설을 상상하지 않았지만 30년이 지난 지금 아주타나를 주인공으로 이 소설을 쓴다.

제자들이 가끔 찾아오기도 했지만 대개는 전부터 알고 지내던 브라만들이 더 많이 찾아왔다. 바라문은 인도의 지식인들이라서 무엇보다 대화가 통할 수 있는 대상이다. 그들과 토론하고, 몰래 중론과 금강경, 반야경의 요체를 살짝살짝 보여주곤 했다.

그는 몇 년이 되지 않아 1천2백 명의 비구를 이끄는 교단을 이끄는 지도자가 되었다. 붓다가 바이샬리에서 승가를 이룬 속도보다 훨씬 빠르다.

그 소식이 가야에도 흘러들어갔다. 그들은 나가르주나가 거짓말로 붓다를 속이고 흉내낸다며 '나가르주나는 붓다의 제자가 아니다'라고 깎아내리며 그를 인정하지 않았다.

나가르주나는 붓다의 제자들로부터 끝내 인정을 받지 못한 채 스승이 있는 마차푸차레 근처로 가서 열반했다.

붓다가 떠난 지 6백 년만에 불교는 커다란 싸움이 일어났다. 붓다를 따르던 승가와 나가르주나를 따르는 승가의 싸움이다.


오늘날 사람들은 말한다. 나가르주나는 두번째로 오신 붓다였다고. 하지만 나가르주나는 단 한 번도 자신을 아라한이라고 여긴 적이 없다. 그는 아마도 젊은 날에 날뛰던 거친 탐진치의 얼굴이 아직 남아 있어 몇 번 더 사바에 다녀가거나 천상에 가서 그 업보를 깨끗이 닦아야만 한다고 생각했는지도 모른다. 그런데도 사람들이 그를 보디사트바라고 부르는 것은, 반야를 향해 가는 사람이라는 뜻에 딱 들어맞기 때문이다.

나가르주나가 일으킨 마하야나 불교는 근본불교를 믿는 테라와다 비구들이 있는 북인도를 펄쩍 뛰어넘어 파키스탄, 아프가니스탄, 그리고 서쪽으로는 중동, 동쪽으로는 중앙아시아로 퍼지기 시작하면서 티벳 고원을 점령하더니, 머지않아 타클라마칸사막의 천산남로를 따라 중국, 한국, 일본까지 퍼져나갔다.

오늘날 붓다의 정통 계보를 잇고 있다고 믿는 테라와다는 스리랑카, 미얀마, 태국 등 동남아시아에서 번영 중이다. 하지만 테라와다에는 금강경이 없으며, 반야경이 없으며, 심지어 붓다 옆에 아바로키테스바라 보디사트바와 크시티가르바 보디사트바를 결코 두지 않는다.

《금강경 비밀장》을 마치며

금강경은 고타마 싯다르타가 쓴 게 아니다. 테라와다 즉 남방불교에서는 금강경이 있는 줄도 모른다. 이들은 관세음보살, 지장보살도 모른다. 그러니 고타마 싯다르타 시대에는 없던 분들이며, 금강경 또한 없던 경전이다.

그런데도 한국, 중국, 일본에서는 금강경이 가장 유명한 경전이 되었다. 그러면서 아무도 모르는 경전이 되었다. 따라서 읽어도 무슨 말인지 알 수 없고, 그래서 모르니까 성스런 경전이 되었다.

고타마 싯다르타의 이름을 빌려 금강경을 쓴 분은 아주타나, 즉 나가르주나, 한자로 용수(龍樹)다. 고타마가 열반한 지 5백 년이나 지나서 태어난 중인도 출신 바라문이다.

나는 이 아주타나가 어쩌다가 금강경이라는 위경을 썼는지 궁금했다. 아주타나 아니어도 중국인들 중에서는 가짜경을 만들어낸 사람이 많은데, 이런 중국산 위경은 하도 황당하여 누구나 다 가짜라는 걸 알 정도이니 사실 문제가 되지 않는다.

진짜 문제는, 금강경은 너무나 그럴듯하고, 하필 모든 경전 중에서 가장 뛰어난 경전으로 인정받기 때문에 문제가 되는 것이다. 붓다가 말하지도 않았는데, 분명히 아주타나가 쓴 건데 왜 이 경전이 모든 팔만대장경의 맨 윗자리에 있느냐는 것이다.

나는 아주타나, 즉 나가르주나가 어떻게 해서 금강경이라는 경전을 썼는지 몹시 궁금했다. 철없던 새내기 소설가 시절, 즉 서른다섯 살 때 나는 《소설 금강경》(1994년)을 두 권으로 펴냈다. 그때는 의심없이 금강경 줄거리를 따라갔다. 손과 머리로 글과 뜻만 새겼다.

그러던 중에 아주타나가 나를 끌어당겼다. 아주타나는 내가 《소설 금강경》(1994년)을 쓰기 훨씬 전에 나를 인도로 불러들였다. 1990년, 나는 고타마 싯다르타의 발길이 닿은 성지는 모조리 빼고, 그가 가보지 않은 땅, 정말 인도인들이 욕망하는 진짜 삶을 살피러 인도 전역을 돌아다녔다. 뉴델리, 뭄바이를 거쳐 남쪽으로, 남쪽으로 내려갔다가 동해안을 타고 도로 올라오다 불교 유적지가 나타날 때쯤 여행을 접고 뉴델리로 곧장 가서 귀국했다.

이런 인도 여행길에 나는 아주타나의 고향에서 뜻밖에도 내 인생의 32년을 빼앗아갈 주제를 담은 책 한 권을 만났다. 소련의학자가 쓴 《생체시계(The Grand Biological Clock)》(1989년)란 책이었다. 당시 동서냉전이 덜 풀려 서방에는 전혀 알려지지 않은 소련 의서(醫書)가 인도에는 영역되어 나와 있었다. 돌아오자마자 번역서를 내고, 이어 〈바이오코드〉 연구를 시작했다. 때마침 여행에서 돌아온 지 얼마 안 되어 쓴 《소설 토정비결》이 우리나라 출판 역사상 최초의 각권(3권 모두) 밀리언셀러가 되면서 〈바이오코드〉 연구 자금이 확보되었다.

여기서 잠깐 《소설 토정비결》 이야기를 하지 않을 수 없는데, 내가 이지함과 같은 한산이씨인 줄 아는 이가 많지만, 나는 무반(武班)을 많이 배출한 함평이씨다. 소설을 발표한 지 한참이 지나서야 임진왜란 때 조상이 쓴 서책이 발견되어, 내 직계 조상인 이관(李瓘)과 토정 이지함이 매우 가깝게 지냈다는 사실을 뒤늦게 알았다. 우리 집은 청양 장승개이고 토정의 집은 보령이었는데, 우리 집안은 청양 서쪽 경계에 살고, 토정은 보령 동쪽 경계에 살아 실제 거리는 불과 10리 안팎이었다. 그러다 보니 서로 왕래가 잦고, 토정이 우리 집터(충남문화재로 지금도 그 자리에 있다)를 봐주고, 나아가 이관 할아버지의 산소 자리와 문중묘원 자리까지 잡아주었던 것이다.

이 소설에는, 나로선 잊어서는 안 되는 다른 인연이 한 가지 더 있다. 우리 외할머니 이화눈(李花嫩, 꽃처럼 예쁜)은 타고난 이야기꾼이었다. 이 마을 저 마을 돌아다니며 당시 유행하던 신소설이며 옛날이야기, 역사 이야기를 들려주고, 더러 운세도 봐주었단다. 이 일이 제법 잘 되어 38세에 큰돈을 벌어 여기저기 땅을 많이 사셨다. 무반의 피가 흐르는 집안에서 내가 글을 쓴 것은, 오로지 외할머니로부터 온 X유전자 덕분이라고 믿는다.

한편, 서른다섯 살 때, 동갑내기 도반인 송광사 스님 자륜을 만났는데, "바이오코드 연구를 하려면 수식관 즉 지관좌선법이자 아나파나 사티를 시작하라"고 권해서 그대로 따라했다. 그 무렵 고등학교 때부터 인연을 맺어온 불교에 대한 생각이 시들해져 반성하는 마음으로 《소설 금강경》(1994년)을 펴냈다. 그뿐 그렇게 이 소설을 잊었다.

세월이 흘러 바이오코드는 1996년에 완성되고, 2008년에 브레인 워킹이 끝나고, 2017년쯤 브레인리퍼블릭이 끝났다. 그래서 다른 건 몰라도 《소설 금강경》은 다시 써야겠다고 결심, 플롯을 다시 짜고 글을 새로 입혀 완전히 고쳐 썼다. 하지만 고타마 싯다르타에게 미안하고, 저자인 아주타나에게 미안해 덮어두었다.

그러고는 올해인 2023년 2월 2일, 고타마에 대한 의심을 끊고, 아주타나가 하는 말귀를 겨우 알아듣고 나서 바이오코드 연구에 마침표를 찍었다. 말하자면 〈바이오코드의 완성〉이라는 비밀장을 완성했다. 그러자마자 도반 자륜더러 토론하자며 올라오라고 채근했지만 그는 3월 1일, 저혈당쇼크로 갑자기 떠나버렸다.

이 《금강경 비밀장》은 꽤 오래 걸린 작품이다. 내가 가장 오래 쓴 작품이 《천년영웅 칭기즈칸》(전8권)인데, 5년 걸렸다. 거기에 비하면 이 소설은 거의 30여 년 걸린 셈이다.

원래 금강경 제6 정신희유분(正信希有分)에 "如來滅後 後五百歲 有持戒修福者 於此章句 能生信心 以此爲實"이란 말이 나온다. 붓다가 열반한 뒤 2천5백 년이 지나도 계율을 지키며 수행하는 사람이 있으며, 금강경을 보고 바른 믿음을 내어 결실을 이루는 이가 나타날 것이라는 말이다. 붓다가 열반하면 첫 5백 년간은 붓다의 설법을 듣기만 해도 깨닫는 사람이 많이 나오는 시기란다. 두 번째 5백 년은 선정(禪定)으로 깨달음을 얻는 사람이 나오는 시기다. 5세기까지이니 이때 아주타나 등 여러 사람들이 나타나 대승불교 혁명을 이루었다. 세 번째 5백 년은 불경을 많이 읽고 연구하여 공덕을 닦는 시대다. 삼국시대다. 네 번째 5백 년은 탑과 절을 많이 지어 공덕을 쌓는 시대다. 반야 지혜가 뭔지는 잘 몰라도 공덕을 많이 쌓아 경전을 지키고 후대에 잘 전하는 공덕을 쌓는 시대이지 깨닫는 시대가 아니라는 뜻이다. 마지막 5백 년이 바로 지금 이 시대를 말하는데, 세상에 투쟁과 갈등이 많이 일어나 붓다의 반야가 사라지는 시대라는 것이다. 실제로 인도, 중앙아시아의 불교가 이슬람교도들에게 쫓겨나 지금은 사라지고, 중국

불교는 공산당에 밀려 숨어버리고, 우리나라는 유교에 밀려 산으로 숨고, 일본은 신도(神道)와 뒤섞여 제사불교가 돼버렸다.

그렇건만 금강경에는, 이런 후오백세라도 이 금강경을 읽고 바른 믿음을 내어 반야를 깨달을 사람이 있다[於此章句 能生信心 以此爲實]고 예언하는 내용을 담은 것이다(正信希有分 중에서).

이는 붓다의 말씀이자 아주타나의 말씀이라고 나는 본다.

고타마 싯다르타는 당시 인류 중 단 한 명으로서 붓다가 되었다. 아주타나 역시 당시 인류 중 단 한 명으로서 중론을 쓰고, 대승불교를 일으키고, 금강경 등 주옥같은 경전을 썼다. 아이작 뉴턴은 당시 인류 10억 명 중의 한 명으로서 우주의 원리 중 하나인 중력(Gravity)을 보았다. 알베르트 아인슈타인은 당시 인구 15억 명 중의 한 명이지만 그 한 사람이 특수상대성이론 공식 $E=mc^2$를 알아냈다.

현재 인류는 80억 명이다. 아무리 불법이 무너져가는 세상이라지만 금강경은 수없이 인쇄되고 보시되어 숱한 사람이 읽고 있다. 비록 이해가 매우 어렵지만 80억 명 중 누군가는 반드시 알 것이라는 게 금강경의 핵심 주제인 반야와 공(空)을 설한 저자 고타마 싯다르타의 뜻이고, 글로 쓴 저자 아주타나의 뜻이었을 것이다.

다시 말해, 고타마 싯다르타와 아주타나는, 얄밉게도 후오백세에는 불법이 사라질 거라고 예언했지만, 그래도 나는 '80억 명 중의 단 한 사람'을 위해《금강경 비밀장》을 펴내고, 이 글을 쓴다.

나는 이 소설을 매우 무거운 마음으로 세상에 내놓는다.

지금쯤 이 글을 읽고 "깨닫기가 저렇게 힘들면 차라리 나는 내 마음대로 살겠다"고 생각하는 사람이 있을지도 모르겠다. 하지만 '내 마음대로' 살아서 3천 생, 5천 생, 이 사바를 구르는 것이다. 그 '내 마음대로'는 사실 가짜다. 편도체라는 뇌가 만들어내는 욕망과 공포와 불안과 생존, 생식의 몸부림일 뿐이다. 뇌과학자들은 이미 '나'를 '나의 기억'일 뿐이라고 정의한다.

몸부림치고 싶을만큼 끔찍한 진실이다. 다들 아다시피 지금, 오직 진실을 깨우치고자 하는 고타마 싯다르타(테라와다)와 나가르주나(마하야나)의 정통 불교는 욕망의 깊은 바닷속에 빠져버렸다. 한때 인도와 중앙아시아에 번성하다 없어진 고도의 철학 대승불교는 반야에 지친 중생들 때문에 지금은 사막에 스며든 물처럼 사라져버렸다.

반야의 빛이 너무 눈부셔서 차마 바라볼 수 없었을까? 인도에서는 도로 힌두신들에게 소원을 비는 쉬운 욕망의 길로 돌아서고, 나머지 중앙아시아 땅에서는 '신의 뜻대로' 되라는 자포자기식 욕망이 그 자리를 대신하고 있다. 힌두교나 이슬람은 욕망을 극대화하는 종교다. 욕망이 클수록 끌려가기 좋고, 인간은 모든 것을 다 힘센 신에게 맡기고 오직 충실한 종이 됨으로써 어려운 문제를 쉽게 해결하려고 든다.

그래도 어쩌랴. 나는 〈바이오코드〉 32년 연구로 겨우 반야심경을 이해했다. 반야심경은 금강경을 포함한 반야부 경전들의 핵심 주제를 270자로 줄인 다이제스트 반야경인데, 한 마디 이해하는 데 거의 몇 생은 걸릴 만큼 어렵다. 五蘊皆空 10년, 色不異空 空不異色 色卽是空 空卽是色 10년, 空相 不生不滅 不垢不淨 不增不減 10년, 依般若波羅

蜜多故 心無罣礙 無罣礙故 無有恐怖 遠離顚倒夢想 究竟涅槃 10년이
니, 반야심경만 40년 공부거리다. 그것도 과학이 발달한 현대 기준이
니 옛날에는 지금의 10년 공부를 10생 동안 해도 마치기 어려웠을 것
이다.

그래서 줄인다. 이 《금강경 비밀장》을 읽고 80억 명 인류 중 단 한
명이라도 반야를 들여다보게 된다면 그로써 충분하다.

2023년 4월
이재운

**이재운**

**소설가, 사전편찬자, 바이오코드 개발자.**

1958년 충남 청양에서 태어나 중앙대 문예창작학과와 같은 대학원을 졸업했다. 대학 3학년 때 쓴 장편소설 《아드반 – 사막을 건너는 사람은 별을 사랑해야 한다》를 문장사에서 출간하고, 4학년 때 쓴 《목불을 태워 사리나 얻어볼까》를 출간하면서 작품 활동을 시작했다. 1991년 11월에 첫 출간한 《소설 토정비결》(전3권)은 350만 부 이상 팔린, 우리나라 최초의 각권 밀리언셀러로, 토정 이지함 선생을 중심으로 한 민족사적인 운명과 조선 중기 역사인물들의 국난극복사를 탁월하게 묘사한 작품으로 평가받았다. 이후 한국인의 역사와 문화에 대해 다양한 방면으로 창작 활동을 펼쳐 많은 저작물을 발표하여, 지금까지 다양한 장르의 작품 150여 권을 출간했다.

1993년 스포츠서울 <이재운의 민속기행>, 1996년 조선일보 <청사홍사靑史紅史>, 1999년 경향신문 <당취黨聚>, 1997년 경기신문 <깨달음의 노래, 해탈의 노래>, 2000년 조선일보 <일사일언>, 2004년 스포츠서울 <상왕上王 여불위>, 2008년 한겨레신문 <이재운의 우리말의 탄생과 진화>, 2011년 경인일보 <이재운 칼럼>을 연재하였다.

장편소설로는 《장영실》, 《상왕上王 여불위》(전6권), 《천년영웅 칭기즈 칸》(전8권), 《당취黨聚》(전5권), 《하늘북소리》(전2권), 《청사홍사》, 《바우덕이》, 《갑부》(전2권), 《징비록》, 《사도세자》, 《가짜화가 이중섭》, 《김정호 대동여지도》, 《황금부적》 등의 작품을 출간했다. 1994년부터 우리말 어휘 연구를 시작하여 '뜻도 모르고 자주 쓰는 우리말 시리즈'로 《우리말 사전》, 《우리말 어원사전》, 《우리 한자어사전》, 《상대적이며 절대적인 우리말 백과사전》 등의 사전을 펴내고 있다.

한편 1991년 우리나라 최초로 <생체시계The Grand Biological Clock>란 용어를 쓰고, 저술을 번역소개했으며, 이때부터 연구해온 생체시계SCN; supra-chiasmatic nucleus 관련 성격 분석 프로그램인 <바이오코드>는 많은 심리상담 현장에서 널리 쓰이고 있다.

# 금강경 비밀장

**글** 이재운 | **발행인** 김윤태 | **교정** 김창현 | **발행처** 도서출판 선 | **북디자인** 화이트노트
**등록번호** 제15-201 | **등록일자** 1995년 3월 27일 | **초판 1쇄 발행** 2023년 8월 15일
**주소** 서울시 종로구 삼일대로 30길 23 비즈웰 427호 | **전화** 02-762-3335 | **전송** 02-762-3371

**값** 19,000원
ISBN 978-89-6312-628-9 03810